SABINE KORNBICHLER

Annas Entscheidung

ROMAN

Weltbild

Besuchen Sie uns im Internet:
www.weltbild.de

Genehmigte Lizenzausgabe für Verlagsgruppe
Weltbild GmbH, Steinerne Furt, 86167 Augsburg

Umschlaggestaltung: Atelier Seidel, Neuötting
Umschlagmotiv: gettyimages, München
© Imagebank/Frank Whitney
Gesamtherstellung: GGP Media GmbH,
Karl-Marx-Straße 24, 07381 Pößneck
Printed in Germany
ISBN 3-8289-7552-6

2007 2006 2005 2004
Die letzte Jahreszahl gibt die aktuelle Lizenzausgabe an.

Für meinen Vater

1

W*as willst du mehr?*, hätte sie mich mit leisem Tadel gefragt. *Sitzt an einem wunderschönen Sommertag auf einer Bank und blickst auf ein Bergpanorama, das einem das Herz höher schlagen lässt.* Im Geist hörte ich die Stimme meiner Mutter, als stünde sie neben mir. Sie hätte tatsächlich nicht mehr gewollt, sie war ein Mensch gewesen, der akzeptierte, was nicht zu ändern war. Ich aber wollte die Zeit zurückdrehen und alles ungeschehen machen. So sinnlos dieser Gedanke auch schien, er war tausendmal besser als die Bilder, die mich seit jenem Tag im Mai verfolgten. Sie hatten von mir Besitz ergriffen und hielten mich ständig in ihrem Bann. Sie ließen keinen Raum für etwas anderes als dieses maßlose Entsetzen.

Ich will, dass das aufhört. Sofort!, antwortete ich meiner Mutter im Stillen und starrte auf die Berge, die sie so sehr geliebt hatte und für deren Schönheit ich blind geworden war. Weder der strahlend blaue Himmel noch die Wärme der Sonne auf meiner Haut konnten meine innere Starre auflösen. Würde es jemals etwas geben, das stärker war als die Bilder meiner Phantasie, etwas, das sie verdrängte und mich aus dieser Folterkammer befreite?

Wenn es etwas gab, so würde ich es hier jedoch nicht finden, das spürte ich ganz deutlich. Schwerfällig erhob ich mich von der Bank und setzte meine Wanderung fort. Ich war noch nicht weit gegangen, als ich merkte, dass ich meine Zigaretten auf der Bank hatte liegen lassen. Wäre ich nicht noch einmal umgekehrt und dabei auf einem Stein abgerutscht, der verdeckt im Gras lag, wäre ich Steffen wahrscheinlich nie begegnet.

»Auu«, schrie ich, als ein stechender Schmerz durch meinen linken Knöchel fuhr und mich in die Knie zwang. Ich ließ mich ins Gras fallen, zog meinen Schuh aus und massierte das schmerzende Gelenk. Gerade wollte ich aufstehen, um zu testen, ob ich auftreten konnte, als ich neben mir die Stimme eines Mannes hörte.

»Nein, nicht bewegen!«

»Wie bitte?« Über meine Schulter hinweg sah ich in hellbraune Augen unter einer tief in die Stirn gezogenen, dunkelblauen Schirmmütze.

»Ich möchte mir das erst einmal anschauen, wenn Sie nichts dagegen haben.« Er kniete sich neben mich.

»Und wenn ich etwas dagegen habe? Mein Knöchel ist schließlich kein Ausstellungsstück.« Ich sah ihn abweisend an.

»Ich bin Arzt.«

»Das mag sein, aber ich habe Sie nicht gerufen. Oder läuft Ihre Praxis so schlecht, dass Sie sich auf diese Weise Patienten beschaffen müssen?«

Er hatte seine Hände schon nach meinem Fuß ausgestreckt, zog sie jedoch blitzschnell wieder zurück, als habe er sie sich auf dem Weg dorthin verbrannt. »Entschuldigen Sie, ich wollte Ihnen nicht zu nahe treten.«

»Nein, ich muss mich entschuldigen«, lenkte ich halbherzig ein, als ich seinen zerknirschten Gesichtsausdruck sah. »Sie haben mich nur gerade auf dem falschen Fuß erwischt.«

»Auf dem umgeknickten«, meinte er lächelnd, während er sich auf seine Unterschenkel setzte. »Steffen Wolf.« Seine Hand streckte sich mir versöhnlich entgegen.

»Anna Laudien.«

»Darf ich jetzt Ihren Knöchel untersuchen?«

»Wenn Sie dann heute Nacht besser schlafen.«

»Eigentlich geht es mir darum, dass *Sie* heute Nacht gut schlafen«, entgegnete er ernst und begann vorsichtig, meinen Fuß abzutasten und in alle Richtungen zu drehen.

»Um das zu erreichen, müssten Sie ein Wunderheiler sein.« Wenn ich an die Nächte der vergangenen Wochen dachte, konnte ich mich ausschließlich an Alpträume erinnern.

»Geben Sie mir eine Chance«, sagte er sanft.

»Warum sollte ich?«

»Weil …« Er sah mich forschend an und stockte sekundenlang. »Weil Traurigkeit lähmt – weit schlimmer als ein verstauchter Knöchel.«

Es war nicht Traurigkeit, die mich lähmte, aber wie sollte er das wissen? »Sprechen Sie aus Erfahrung?«, fragte ich mit leisem Spott, den er jedoch nicht zu bemerken schien.

»Schon vergessen? Ich bin Arzt.«

Mein Blick verfing sich in seinem, der ebenso viel Wärme ausstrahlte wie seine Hände, die meinen Fuß nach wie vor umfangen hielten. »Und ich hätte meinen Fuß jetzt gerne wieder.«

»Oh, Entschuldigung, natürlich.« Im Aufstehen reichte er mir seine Hand und zog mich hoch. »Was halten Sie davon, wenn ich Sie bei einer Tasse Tee über die möglichen Spätschäden von verstauchten Knöcheln aufkläre?«, fragte Steffen Wolf mit einem ebenso schiefen wie hoffnungsvollen Lächeln.

»Nichts«, antwortete ich ehrlich und erntete einen enttäuschten Blick, der sich bei meinem nächsten Satz jedoch in einen freudigen wandelte. »Aber gegen einen Kaffee hätte ich nichts einzuwenden. Ich hole nur schnell meine Zigaretten von der Bank dort drüben, bin gleich zurück.« Ich zog meinen Schuh an und trat vorsichtig auf. Mein Knöchel tat bei jedem Schritt weh, so dass mein Gang in ein Humpeln ausartete.

»Sie müssen Ihren Fuß später unbedingt kühlen«, rief er mir hinterher.

Seine Fürsorge tat mir gut. Zum ersten Mal seit Wochen entspannten sich meine Mundwinkel für einen wohltuenden Moment. Ich verstaute die Zigaretten in meinem Rucksack und ging zu ihm zurück. »Wohin wollen wir gehen?«

»Das Café Krugalm ist gleich da vorn, dort habe ich auch meinen Wagen abgestellt.«

»Ja … okay.« In dem Café, auf halbem Weg zwischen Bayrischzell und Schliersee gelegen, hatten meine Eltern auf ihren Wanderungen oft eine Pause eingelegt. Vor einem Jahr hatte ich sie zuletzt auf einem dieser Ausflüge begleitet.

Wir hatten Glück und bekamen draußen noch einen Platz im Schatten einer Linde. Steffen Wolf nahm die Schirmmütze ab und strich sich durch seine dunkelblonden Haare, die sich jedoch durch die Richtung, die er ihnen damit vorschreiben wollte, nicht beeinflussen ließen. Sie fielen ihm sofort in die Stirn. Während er versuchte, die Aufmerksamkeit der Kellnerin zu erlangen, betrachtete ich ihn etwas genauer. Er hatte ein schmales, fein geschnittenes Gesicht mit einem sehr sensiblen Mund. Im Vergleich zu den gebräunten Gesichtern an den Nachbartischen sah seines eher blass aus. Er trug ein weinrotes Polohemd zu dunkelblauen Bermudas und zählte offensichtlich zu jenen Menschen, die nicht leicht schwitzen. Trotz der siebenundzwanzig Grad im Schatten wirkte alles an ihm frisch.

»Machen Sie Urlaub hier?«, begann ich das Gespräch, nachdem die Kellnerin unsere Bestellung aufgenommen hatte.

»Halb und halb, ich war auf einem Kongress in Schliersee

und hänge jetzt noch in Geitau das Wochenende zum Ausspannen dran.«

»Hat er sich gelohnt?«

»Wer?«

»Der Kongress natürlich.«

»Ja ... schon allein, weil ich Sie sonst nie kennen gelernt hätte.« Er sagte es mit einer fast andächtigen Aufrichtigkeit und ohne jeden Anflug von billiger Schmeichelei.

Von *kennen* kann keine Rede sein, dachte ich, sagte es jedoch nicht, um ihn mit meiner Ruppigkeit nicht gleich wieder zu verschrecken.

Inzwischen hatte er seinen Tee und ich meinen Milchkaffee bekommen. Ich holte meine Zigaretten aus dem Rucksack und hielt ihm die Schachtel hin. »Rauchen Sie?«

Er schüttelte den Kopf und sah mir über seine dampfende Tasse hinweg zu, wie ich mir eine Zigarette anzündete und den Rauch tief inhalierte. »Sind Sie Kinderarzt?«

»Nein.« Meine Frage schien ihn zu amüsieren.

»Sie sind auf eine so besondere Weise fürsorglich, da dachte ich ...«

»Meine Patienten sind zwar auch manchmal wie Kinder«, unterbrach er mich mit einem Lächeln, »aber weit älter. Ich bin Internist und habe mich auf Geriatrie spezialisiert.«

»Geriatrie? Das sagt mir nichts«, gab ich offen zu.

»Einigen meiner Kollegen sagt diese Ausrichtung leider auch nichts. Aber um Ihre Frage zu beantworten: Geriatrie ist Altersheilkunde.«

»Wie sind Sie denn darauf gekommen? Als Vorsorgemaßnahme zum Selbstzweck?«

Er zuckte merklich zusammen und starrte mich entgeistert an. Seine Antwort kam zögerlich: »Bei meinem Vater wurde Alzheimer diagnostiziert ... er hat ...«

»Oh, mein Gott, das tut mir Leid«, brachte ich stotternd

heraus. Ich hätte mich ohrfeigen können. Was glaubte ich denn? Dass ich mich aus meiner Gefühlsstarre würde lösen können, indem ich anderen Schmerzen zufügte? Am liebsten wäre ich im Erdboden versunken.

»Wie sollten Sie das wissen – es steht doch nicht auf meiner Stirn geschrieben.« Die Falte, die sich plötzlich zwischen seinen Augenbrauen die Stirn hinaufzog, sprach allerdings Bände.

»Trotzdem war es taktlos von mir.« Und das war noch untertrieben.

»Schon vergessen«, sagte er beschwichtigend.

Wenn sich nur alles so schnell vergessen ließe, dachte ich müde. Um es wenigstens für den Moment zu versuchen, schnitt ich ein unverfänglicheres Thema an: »Wo leben Sie?«

»In Düsseldorf, dort habe ich meine Praxis und auch meine Wurzeln.«

Ich zog fragend meine Augenbrauen in die Höhe.

»Ich bin dort geboren, aufgewachsen und habe dort studiert.«

»Muss ja eine faszinierende Stadt sein, wenn es Sie nie von dort weggezogen hat.«

»Ach, ich weiß nicht«, sagte er mit wenig Begeisterung. »Ich denke, Düsseldorf ist so faszinierend wie jede andere deutsche Großstadt auch. Es hat sich für mich nur nie ergeben, von dort wegzugehen. Aber wir reden die ganze Zeit nur von mir – was ist mit Ihnen?«

»Ich lebe in Hamburg«, gab ich ihm knapp Auskunft. Nachdem ich mir noch einen Kaffee bestellt hatte, zündete ich mir eine weitere Zigarette an.

»Wenn Sie das noch ein paar Jahre machen, sterben Sie, lange bevor Sie ein Fall für einen Geriater werden könnten.«

»So mörderisch ist Hamburg nun wirklich nicht«, entgegnete ich, obwohl ich genau wusste, worauf er anspielte. »Außerdem töten uns meist die unvorhersehbaren Dinge.«

»Diese Ansicht ist nicht gerade altersgemäß, Sie …«

»Der Tod ist auch nicht immer altersgemäß«, unterbrach ich ihn vehement, zog kräftig an meiner Zigarette und gab mir Mühe, meine Gedanken in andere Bahnen zu lenken. »Wie alt sind Sie eigentlich, Herr Geriater?«

»Vierzig. Und falls es Sie interessiert«, fuhr er leise fort, »ich habe keine Kinder und bin weder verheiratet noch liiert.«

»Möchten Sie gerne, dass mich das interessiert?« So, wie ich mich ihm gegenüber gab, konnte ich mich selbst nicht ausstehen. Ich hatte jedoch so viel Wut in mir, dass ich sehnsüchtig nach einem Opfer suchte, an dem ich sie auslassen konnte.

Er stützte sein Gesicht in die Hände und sah mich ruhig an. »Ich glaube schon.«

»Warum?«, fragte ich verwundert. Er kannte mich so gut wie nicht, wirkte jedoch auch nicht wie ein geübter Aufreißer.

»Ein vages Gefühl von Seelenverwandtschaft.«

Da ich nicht bereit war, nach einer Stunde von Seelenverwandtschaft zu reden, versuchte ich, dem Ernst in seinen Augen mit leisem Spott zu begegnen. »Und meine aparte Erscheinung beeindruckt Sie gar nicht?«

»Soll ich ehrlich sein?«

»Nur zu! Ich bin erst vierunddreißig, also durchaus noch in einem Alter, in dem ich Ehrlichkeit vertrage.«

»Ich mag es lieber, wenn Frauen ein wenig weiblicher sind.«

Mit diesen Worten hatte er mich völlig überrumpelt. Zwar war ich mit einem Körper, der in Anbetracht seiner Maße inzwischen durchaus für eine Margarine-Werbung herhalten konnte, sicher nicht der Prototyp der Weiblichkeit. Aber mit meinen schulterlangen, blonden Haaren, einem ebenmäßigen Gesicht und tief dunkelblauen Augen machte ich dieses *Manko* wieder wett. Jedenfalls hatte ich das bisher angenommen. »Was, in Gottes Namen, ist an mir unweiblich?«, brachte ich schließlich heraus.

»So habe ich das nicht gemeint«, machte er schnell einen Rückzieher. »Sie sehen nur sehr dünn aus und …« Jetzt blieben ihm die Worte im Hals stecken.

So gab ich mir selbst die Antwort: »Und Sie bevorzugen ein wenig üppigere Formen.« Obwohl er selbst asketisch schlank wirkte. Was Polohemd und Bermudas von seinem Körper preisgaben, sah nach Knochen und Muskeln, aber nur wenig Fettpolstern aus.

Sein Ja kam einem Stoßseufzer sehr nahe. »Damit Sie aber keine falschen Schlüsse ziehen: Ich bin nicht auf der Suche nach einer Ersatzmutter«, sagte er mit Nachdruck.

»Wonach suchen Sie dann?« Kaum war die Frage heraus, musste ich an ein Sprichwort denken: Wer mit dem Feuer spielt, kommt darin um. Steffen Wolf wirkte jedoch weder gefährlich noch feurig. Er war einfach nur ein unglaublich sympathischer Mann, der zumindest in diesem Moment nicht zum Scherzen aufgelegt war.

»Ich suche nach einer warmherzigen, liebenswerten Frau …«

»… mit üppigen Formen«, sagte ich mit einer Mimik, die die Bitte um Entschuldigung bereits einschloss.

Er nickte, während sein Blick den meinen nicht losließ.

»Warum sitzen Sie dann hier mit mir?«

»Schon einmal etwas vom Prinzip Hoffnung gehört?«

Ich beugte mich vor und drosselte die Lautstärke meiner Stimme. »Hoffen Sie auf einen Hormonschub, der meine Körbchengröße um drei Nummern in die Höhe schießen lässt?«

»Nein«, erwiderte er völlig unbeeindruckt. »Ich hoffe auf meine beruhigende Ausstrahlung. Als Kind habe ich reihenweise Igel gezähmt.«

»Sie denken dabei doch hoffentlich ausschließlich an die Stacheln und nicht an die kurzen Beine«, konterte ich mit einem drohenden Unterton.

»Was ich denke, verrate ich Ihnen beim Abendessen. Abgemacht?«, fragte er ohne Umschweife.

Einen Moment blieb ich stumm. Das Letzte, wonach mir im Augenblick der Sinn stand, waren Männerbekanntschaften. Aber Steffen Wolf war anders als alle Männer, die ich bisher kennen gelernt hatte – jedenfalls soweit ich es nach dieser knappen Stunde überhaupt beurteilen konnte. Es war schwer, sich seiner Wärme und Fürsorge zu entziehen. Und noch etwas kam hinzu: Ich würde den Abend nicht allein in der Ferienwohnung meiner Eltern verbringen müssen.

»Ja«, sagte ich schließlich mit einiger Verzögerung, was seine offensichtliche Freude jedoch nicht zu trüben vermochte.

Nachdem wir gezahlt hatten, bot er mir an, mich zurück nach Bayrischzell, dem Ausgangspunkt meiner Wanderung, zu fahren, was ich in Anbetracht meines schmerzenden Knöchels gerne annahm. Für den Abend verabredeten wir uns in einem Gasthof in Geitau. Und dies auch erst, nachdem ich ihm mehrfach versichert hatte, dass mein Auto Automatik habe und mein Knöchel somit geschont bliebe.

Als ich die Wohnung meiner Eltern aufschloss, blieben mir noch drei Stunden bis zum Abendessen. Anstatt endlich mit Packen, dem eigentlichen Sinn meiner Reise, zu beginnen, verkroch ich mich auf die Eckbank in der Küche. Die Stille, die mich dort umfing, wurde nur durch das leise Ticken der Wanduhr durchbrochen. Ich lehnte meinen Kopf gegen die kühle Wand. Es war Wochen her, dass meine Eltern zuletzt durch diese Räume gegangen waren, trotzdem schien die gesamte Atmosphäre noch von ihrer Gegenwart erfüllt zu sein. Was ich hier tun musste, kam mir vor wie ein unverzeihlicher Eingriff, wie die unwiderrufliche Demontage eines schönen Traums.

Worauf mein Blick auch fiel, ob auf das Wandregal mit den bemalten Tellern oder die selbst genähten und bestickten Kissen auf der Holzbank – jeder Gegenstand hatte meinen Eltern ihren Lebensabend verschönern sollen. Hier, wo sie so viele glückliche Urlaubstage verlebt und sogar Freunde gefunden hatten, hatten sie als Rentner für immer bleiben wollen. Dafür hatten sie jeden einzelnen Pfennig umgedreht und gespart, was immer sich erübrigen ließ. Völlig vergebens. Diese beiden Worte saßen wie ein Kloß in meinem Hals. Warum löste er sich nicht endlich in Tränen auf?

Humpelnd ging ich Richtung Wohnzimmer und blieb im Türrahmen stehen. Ich hatte bereits die Hamburger Wohnung meiner Eltern ausgeräumt, hatte jede Schublade, jeden Schrank geöffnet und nur Leere zurückgelassen. An die Schmerzen hatte ich mich jedoch nicht gewöhnen können. Wie gerne wäre ich geflohen, hätte alles unberührt gelassen und die Tür hinter mir zugeschlagen. Wie gerne wäre ich irgendwann zurückgekehrt, um alles unverändert vorzufinden, wie auf einem Schnappschuss, der die Zeit anhält.

Aber die Realität sah anders aus. Bis Montag musste ich alle persönlichen Dinge aus dem Apartment räumen, da der von mir beauftragte Makler ernsthafte Interessenten gefunden hatte, die es möbliert und unrenoviert kaufen wollten. Und es gab niemanden, der mir dabei helfen konnte. Mein Bruder Ralph hatte sofort nach der Trauerfeier wieder zurück nach Singapur fliegen müssen. Man hatte ihm in seiner Bank nicht länger freigegeben. Ich hätte Freunde meiner Eltern um Hilfe bitten können, aber das wollte ich nicht. So stand ich allein vor dem Berg, den zwei Menschen hinterlassen, wenn sie plötzlich und unerwartet aus dem Leben gerissen werden. *Plötzlich und unerwartet* – voller Bitterkeit dachte ich über diese Redewendung nach. Auf meine Eltern traf sie tatsächlich zu. Wie oft hatte ich sie dagegen schon in Todesanzeigen von über Neunzigjährigen gelesen und mich darüber gewundert. Was erwarteten diese Menschen? Ein ewiges Leben? Meinen Eltern hätte ein Lebensabend genügt.

Zögerlich sah ich mich im Wohnzimmer um, das eher die Bezeichnung *bäuerliche Stube* verdient hätte. Auch hier bestand alles aus Holz. Bis auf die Vitrine, hinter deren Glas das Lieblingsgeschirr meiner Mutter stand. Sie hatte es nur zu ganz besonderen Gelegenheiten herausgeholt und es ausschließlich mit der Hand abgespült. Mir war immer verborgen geblieben, was sie darin gesehen hatte. In meinen Augen war das Blümchenmuster ein bisschen spießig, in ihren hatte es einen freudigen Glanz hinterlassen. Genauso wie die kleine Sammlung aus Porzellanhunden, die meine Eltern über Jahre hinweg zusammengetragen hatten. Oder die zahllosen Häkeldeckchen, die die Holzflächen vor Kratzern schützten.

Ich ging hinüber zu einer Kommode und zog die oberste Schublade heraus. Hier fand ich all das, was ich in ihrer Hamburger Wohnung vermisst hatte: die Fotoalben, die mit liebevoller Akribie Kindheit und Jugend von Ralph und mir dokumentierten. Darunter verborgen war ein kleiner Holzkasten mit unseren ersten Schuhen, eingeschlagen in ein Stück Stoff unser Taufkleidchen. Aus einer Plastikhülle quollen Zeichnungen, die mein Bruder und ich gemacht hatten – zum Muttertag, zu Geburtstagen, zu Weihnachten. Hier hatten meine Eltern unsere gemeinsame Vergangenheit aufbewahrt, in diese Wohnung hatten sie all die Dinge gebracht, die ihnen wichtig gewesen waren.

Ich starrte blicklos darauf. Wie in weiter Ferne spürte ich Trauer und Tränen, die Erlösung aus einer Starre, die seit jenem Tag im Mai nicht weichen wollte. Aber mir war der Weg dorthin verstellt – durch eine Wand aus den Bildern zweier verkohlter Leichen.

Ein Blick auf die Uhr zeigte mir, dass zweieinhalb Stunden vergangen waren, ohne dass ich auch nur einen einzigen der Umzugskartons, die im Flur an der Wand lehnten, zusammengebaut und gefüllt hätte. Ich hatte nichts von dem geschafft, was ich mir vorgenommen hatte. Eine Warnmeldung meines Computers ging mir durch den Kopf: *System ist überlastet und instabil.* Genauso fühlte ich mich. Während der Computer in solchen Fällen automatisch abschaltet, musste ich weiter funktionieren. Die Kartons würden sich nicht von selbst füllen.

Ralph und ich hatten ernsthaft darüber nachgedacht, die Wohnung zu behalten. Bis wir uns die Unsinnigkeit dieses Vorhabens eingestanden: Ohne die beiden würde die Wohnung auf Dauer ihre Bedeutung für uns verlieren. Ganz abgesehen davon, dass sich keiner von uns eine Ferienwohnung leisten konnte.

Mit hängenden Schultern ging ich in das kleine Gästezimmer und ließ mich dort kraftlos auf die Bettkante sinken. Ich fühlte mich zutiefst erschöpft und gleichzeitig wie unter Strom. Diese fatale Mischung ließ mich seit Wochen nicht zur Ruhe kommen. Wenn ich einschlief, dann nur, um kurz darauf wieder wie elektrisiert und mit Herzklopfen aufzuwachen. Ich, die ich immer problemlos hatte schlafen können, hatte plötzlich Angst davor. Im Wachzustand konnte ich immer noch versuchen, mich abzulenken, im Schlaf war ich den Bildern hilflos ausgeliefert.

Eine halbe Stunde vor meiner Verabredung ging ich endlich unter die Dusche und zog mich dann in Windeseile an.

Mit leichter Verspätung schloss ich schließlich die Wohnungstür hinter mir zu. Mein Fuß tat nach wie vor weh. Später würde ich ihn tatsächlich kühlen müssen, da er inzwischen leicht angeschwollen war und nur noch in einen klobig anmutenden Turnschuh passte. Darüber, dass dieses Schuhwerk nicht gerade ideal zu meinem leichten Baumwollkleid passte, sah ich gleichgültig hinweg. Es gab tatsächlich Schlimmeres.

Eine Viertelstunde zu spät machte ich mich im Gasthof Rote Wand auf die Suche nach Steffen Wolf. Ich war mir sicher, dass er bereits auf mich warten würde. Und richtig: Im Garten fand ich ihn – tief in Gedanken versunken.

»Wo sind Sie gerade?«, fragte ich.

Sein angestrengter Gesichtsausdruck verwandelte sich in einen freudigen, als er zu mir aufsah. »Weit weg bei einer Patientin, deren Fall ich auf dem Kongress mit einem Kollegen diskutiert habe.«

»Dann gehören Sie einer aussterbenden Art an«, sagte ich ohne jede Ironie, während ich mich ihm gegenübersetzte.

»Sie meinen, weil ich eine ärztliche Leistung erbringe, für die ich nicht bezahlt werde?«

Ich nickte. »Vielleicht wird man Sie eines Tages dafür heilig sprechen.«

»Das klingt nach schlechten Erfahrungen.« Er sah mich mit einem Blick an, als wolle er sich dafür entschuldigen.

»Keine Angst«, beruhigte ich ihn, »ich halte nichts von Sippenhaft.«

»Das heißt, ich habe eine Chance?«

Irritiert wich ich seinem Blick aus. In den vergangenen zwei Jahren hatte es durchaus Zeiten gegeben, in denen ich bei der Aussicht auf eine neue Liebesbeziehung Purzelbäume geschlagen hätte. Aber seit dem gewaltsamen Tod meiner Eltern war mein Fühlen in seiner Bandbreite sehr eingeschränkt. Neben Entsetzen, Wut und einem mir bis dahin völlig fremden Gefühl von Hilflosigkeit schien nichts mehr in mir einen Nährboden zu finden. Als ich noch darüber nachdachte, wie ich mein Nein möglichst freundlich verpacken könnte, kam ein Kellner an unseren Tisch, brachte die Speisekarten und enthob mich so einer Antwort.

Dankbar sah ich in die Karte, deren kulinarisches Angebot mir bis vor ein paar Wochen sicher das Wasser im Mund hätte zusammenlaufen lassen. Aber da hatte ich auch noch Hunger oder zumindest Appetit gehabt. Während Steffen Wolf sich für Schnitzel mit Bratkartoffeln entschied, bestellte ich mir einen gemischten Salat.

»So wird das nichts mit den üppigen Formen«, feixte er, nachdem der Kellner mit unserer Bestellung Richtung Küche verschwunden war.

»Ich will Ihnen ja auch keine Hoffnungen machen.« Es war eine Sache, mit ihm essen zu gehen, eine andere, daraus Komplikationen erstehen zu lassen, denen ich mich im Moment nicht gewachsen fühlte. Und er war einfach zu nett, ich wollte seine Gefühle nicht verletzen.

Wenn ihn meine Antwort enttäuscht hatte, so ließ er es sich nicht anmerken. Von seinem Gesicht wanderte mein Blick über sein hellblaues Baumwollhemd hinunter zu seinen Händen. Erstaunt bemerkte ich, dass er zu jenen Menschen gehörte, die bis ins Erwachsenenalter hinein ihre Fingernägel malträtieren.

»Eine dumme Angewohnheit«, teilte er mir zur Erklärung mit. Er hatte meinen Blick bemerkt.

»Genau wie Zigaretten«, sagte ich mit einem Schulterzucken und zündete mir eine an.

»Ist es ein Mann, der Sie so traurig macht?«

»Sie sind kein Liebhaber von sanften Überleitungen, nicht wahr?«

»Wenn ich Zeit habe, schon, aber ich reise morgen ab. Und bis dahin hätte ich gerne Ihre Telefonnummer.«

»Wozu?«

»Um Sie hin und wieder in Hamburg anzurufen.«

»Und wenn ich das nicht möchte?«, fragte ich so behutsam es eben ging.

»Sind Sie verheiratet?«, stellte er stirnrunzelnd die Gegenfrage, um gleich darauf mit jungenhaftem Charme fortzufahren: »Wenn ja, sagen Sie es lieber gleich. Ich bin nämlich kein sehr risikofreudiger Mensch, ich vermeide es lieber, mich unglücklich zu verlieben.«

Dass er sich auch unglücklich verlieben konnte, wenn ich ledig war, auf die Idee kam er offensichtlich nicht. Aber ich wollte die Diskussion zu diesem Thema möglichst schnell beenden. »Dann halten Sie Ihr Herz gut fest«, erwiderte ich deshalb mit einem entschuldigenden Lächeln.

Er sah mich enttäuscht an. »Wie schade.«

»Trotzdem guten Appetit!«

Unser Essen stand längst vor uns auf dem Tisch, und zumindest seines drohte kalt zu werden. Ich griff zur Gabel und begann, in meinem Salat herumzustochern. Für eine Weile konzentrierte er sich ausschließlich auf seinen Teller. Die Gedanken, die währenddessen hinter seiner Stirn arbeiteten, konnte ich nicht ergründen.

Steffen Wolf war vielleicht nicht risikofreudig, aber er war beharrlich, wie ich gleich darauf feststellen sollte. Von seiner Seite aus war das Thema nämlich noch nicht beendet. »Er hat Sie nicht verdient.«

Jetzt war ich es, die die Stirn runzelte.

»Er macht Sie nicht glücklich«, setzte er zu einer Erklärung an.

Unwillig schüttelte ich meinen Kopf. Da half nur eine Klarstellung! »Er *hat* mich nicht glücklich gemacht, deshalb haben wir uns vor zwei Jahren scheiden lassen. Das ändert jedoch nichts an der Tatsache, dass in meinem derzeitigen Leben kein Raum für einen Mann ist.«

»Uff«, sagte er erleichtert und griff sich symbolisch ans Herz. »Was für eine gute Nachricht.«

Es dauerte einen Moment, bis ich begriff, dass er entweder nur zur Hälfte zugehört hatte oder über eine sehr gute selektive Wahrnehmung verfügte. Erstaunt dachte ich über seine Bemerkung nach. Als eine gute Nachricht hatte ich meine Scheidung nie angesehen, eher als Fehlentscheidung.

»Können wir jetzt über etwas anderes reden?«, fragte ich ihn erschöpft.

»Natürlich.«

»Erzählen Sie mir etwas von sich.«

»Über mich gibt es nicht viel zu erzählen«, begann er. »Ich habe viel zu wenig Zeit, um etwas Nennenswertes zu erleben. Meine Praxis ist noch im Aufbau und beansprucht mich ziemlich stark. Der einzige Luxus, den ich mir gönne, besteht darin, an den Wochenenden zum Segelfliegen zu gehen.«

Ich hörte nur *fliegen* und schrak zusammen.

»Dort oben fühle ich mich wirklich lebendig.« Während sich in seinem Gesicht ein Strahlen breit machte, überzog eine Gänsehaut meine Arme.

Bis man abstürzt, schrie es in mir. Mein Gaumen war vollkommen trocken.

»Mein Gott, Sie sind ja ganz blass geworden. Ist Ihnen nicht gut?« Er griff nach meinen Händen. »Eiskalt«, stellte er fest. »Und ich rede die ganze Zeit. Sie müssen ja einen schrecklichen Eindruck von mir bekommen.«

Ich entzog ihm meine Hände und griff zitternd nach meinen Zigaretten.

»Trinken Sie lieber einen Schluck Wasser.« Er hielt mir auffordernd mein Glas vor die Nase.

Nachdem ich einen Schluck getrunken hatte, zündete ich mir trotz seiner Missbilligung eine Zigarette an. »Meine Eltern sind vor ein paar Wochen bei einem Flugzeugabsturz ums Leben gekommen.« Ich konnte weder daran denken noch darüber reden, ohne dass mein Magen sich verkrampfte und wie Feuer brannte.

Im ersten Moment schien er nicht begriffen zu haben, was ich gerade gesagt hatte, dann folgte ein mir gut vertrauter Unglaube, bis sich die Erkenntnis durchsetzte, dass er sich nicht verhört hatte. All das nahm ich bis ins kleinste Detail wahr. Auch sah ich, dass ihm mehrere Fragen durch den Kopf gingen, er jedoch nicht wagte, sie zu stellen. Ich kannte jede einzelne auswendig und beantwortete sie ungefragt mit tonloser Stimme.

»Es war eine kleine Propellermaschine. Meine Mutter hatte meinem Vater zu seinem sechzigsten Geburtstag einen Rundflug über die Alpen geschenkt. Es war in zweierlei Hinsicht ein besonderes Geschenk für ihn. Erstens war so ein Rundflug schon lange sein Traum gewesen. Zweitens hatte meine Mutter eine Heidenangst vorm Fliegen, sie hat sich nur ihm zuliebe überwunden. Am Morgen haben wir noch miteinander telefoniert. Mein Vater war ganz aufgekratzt, während meine Mutter vor lauter Aufregung kaum von der Toilette herunterkam. Für beide war es ihr erster und gleichzeitig letzter Flug.« Ich schluckte gegen den Kloß in meinem Hals an und fuhr leise fort: »An dem Tag muss in den Bergen wunderschönes Wetter gewesen sein. Es war einer dieser ganz besonderen Maitage, zum Weinen schön, wie meine Mutter sagte. Sie schwärmte mir davon vor und versprach, mir am Abend von ihren Erlebnissen zu berichten.«

Steffen Wolf sah mich mit einer Mischung aus Betroffenheit und Mitgefühl an.

»Sie waren noch nicht lange in der Luft, als der Motor ausfiel.« Ich atmete tief durch, da ich das Gefühl hatte, an dem Kloß in meinem Hals ersticken zu müssen. »Der Pilot hat eine Notlandung versucht, die jedoch misslang. Die Maschine ist in Flammen aufgegangen. Außer meinen Eltern und dem Piloten saß noch ein anderes Ehepaar darin. Alle sind umgekommen.« Mir war, als würde sich meine Stimme in Nichts auflösen.

Er griff behutsam nach meinen Händen und streichelte sie. Etwas von meinem Entsetzen fand ich in seinen Zügen wieder. »Das tut mir unendlich Leid«, sagte er leise.

Wie oft hatte ich diesen Satz in letzter Zeit gehört. Aber er war nur selten mit einem so tiefen Empfinden ausgesprochen worden. Es war nicht, was er sagte, sondern wie er es sagte.

»Vom Versagen des Motors bis zum Absturz hat es genau vier Minuten gedauert«, wiederholte ich, was man mir gesagt hatte. »Ein paar Tage danach habe ich mich hingesetzt und vier Minuten lang auf den Zeiger meiner Uhr gestarrt. Wenn man zum Zug muss, dann rast die Zeit, und ein paar Minuten sind gar nichts. Aber unter Todesangst muss jede Sekunde eine unerträgliche Qual sein. Nachts, wenn ich nicht schlafen kann, male ich mir die Szenen im Flugzeug aus, ich stelle mir meine Eltern vor und glaube, sie zu sehen – in dem Moment, als sie begriffen haben, dass es um ihr Leben geht. Ich frage mich, was ...«

»Hören Sie auf! Damit zermartern Sie sich.«

»Das weiß ich«, erwiderte ich matt. »Aber diese Bilder überfallen mich immer wieder. Manchmal denke ich, ich würde besser damit fertig, wenn sie von einer Sekunde auf die andere mit dem Flugzeug gegen einen Berg geprallt wären. Wenn der Tod ganz überraschend mitten in einem Satz, mitten in einem Lachen gekommen wäre und sie nicht hätten leiden müssen. Aber so?«

Sekundenlang sah er mich stumm an. »Ich würde Ihnen

gerne helfen, diese Bilder zu verscheuchen.« Der große Ernst, mit dem er es sagte, ließ diesen Satz einem Versprechen nahe kommen. Er hielt immer noch meine Hände in seinen.

»Darf ich Ihnen noch etwas bringen?«, hörte ich plötzlich die Stimme des Kellners neben mir.

Für eine Weile hatte ich alles um mich herum vergessen. Ich schüttelte den Kopf. »Nur die Rechnung bitte.«

»Wollen Sie nicht noch ein paar Minuten bleiben?«, fragte Steffen Wolf. »Ich mag Sie so gar nicht gehen lassen.«

»Das geht schon«, wehrte ich ab. »Ich muss in der Wohnung meiner Eltern noch so viel tun.«

»Kann ich Ihnen dabei helfen?«

Noch am Nachmittag hatte ich mir gewünscht, nicht allein diesen Berg bewältigen zu müssen. Mit Ralph zusammen – ja. Aber mit einem Fremden? »Nein. Danke.«

Nachdem wir gezahlt hatten, standen wir auf und gingen Richtung Ausgang. Mein Fuß schmerzte bei jedem Schritt, was sowohl in meinem Gang als auch in meiner Mimik zum Ausdruck gekommen sein musste.

»Das habe ich ja völlig vergessen«, sagte er aufgebracht. »Haben Sie den Knöchel heute Nachmittag gekühlt?«

Mein Kopfschütteln löste einen ganzen Schwall von Rügen aus, die in dem unmissverständlichen Befehl mündeten, ihn unverzüglich in sein Zimmer zu begleiten.

»Es ist im Gästehaus gleich gegenüber, dort werde ich Sie erst einmal mit Eiswürfeln versorgen.«

»Sie glauben tatsächlich, dass ich mit in Ihr Zimmer komme?«, fragte ich ungläubig.

»Stellen Sie sich einfach vor, es sei die Notaufnahme eines Krankenhauses.« Er griff nach meinem Ellenbogen und übernahm die Führung. »Dann ist Ihre ausufernde Phantasie wenigstens zu etwas Gutem nütze.«

»Meine ausufernde Phantasie, wie Sie es nennen, malt mir etwas ganz anderes aus«, sagte ich halb ernst, halb scherzend.

»Nur keine falschen Hoffnungen. Wie ich bereits sagte: Mir genügt Ihre Telefonnummer, fürs Erste jedenfalls.«

»Und wie lange währt so etwas wie das *Erste* bei Ihnen gewöhnlich?«

»Lange«, antwortete er gelassen. »Ich bin ein geduldiger Mensch.«

Und er hatte nicht gelogen. In der Hotelküche besorgte er sich eine Plastiktüte mit Eiswürfeln und lotste mich dann hinauf in sein Zimmer im zweiten Stock. Es war geräumig und trotz oder vielleicht gerade wegen seines uneinheitlichen Stils sehr gemütlich. Außer einem Bett, zwei Sesseln und einem kleinen Tisch gab es noch ein lang gestrecktes Sofa, zu dem er mich führte. Nachdem er mir drei kleine Kissen in den Rücken gestopft hatte, bedeckte er meinen Fuß mit dem Eiswürfelbeutel und Handtüchern. Die Kühlung kam einer kleinen Erlösung gleich.

Während er noch einmal hinunterging, um uns etwas zum Trinken zu holen, ließ ich mich in die Kissen zurücksinken. Dieser Tag hatte mich maßlos erschöpft. Eigentlich war es nur wenig, was ich getan hatte, aber es hatte ausgereicht, um im Zimmer eines mir fast fremden Mannes einzuschlafen. Als ich aufwachte, saß Steffen Wolf mir gegenüber auf seinem Bett und betrachtete mich.

»Wie lange sitzen Sie da schon?«

»Eine halbe Stunde«, sagte er, als sei es das Normalste von der Welt.

»Warum haben Sie mich nicht geweckt?«

»Es war schön, Sie einfach nur anzusehen.« Sein Gesichtsausdruck war unergründlich. »Erzählen Sie mir von Ihren Eltern.«

»Das wollen Sie nicht wirklich hören«, wehrte ich ab.

»Doch.« Sein Lächeln hatte etwas Liebevolles.

»Warum?«

»Erstens aus echtem Interesse.«

»Und zweitens?«, fragte ich, als er stockte.

»Vielleicht ist das der Weg zu Ihnen.«

»Ich habe Ihnen doch gesagt …«

»Es gibt auch *freundschaftliche* Wege«, unterbrach er mich.

»Sie gehören wirklich einer aussterbenden Art an«, sagte ich verwundert.

»Und Sie wiederholen sich«, entgegnete er leise. »Erzählen Sie mir etwas, was ich noch nicht weiß.«

2

Wie fasst man das Leben von zwei Menschen in ein paar Worte? Wie sollte ich Steffen Wolf, einem Menschen, der meinen Eltern nie begegnet war, erklären, wie sie gewesen waren? Da ich nicht wusste, wo ich anfangen sollte, griff ich das heraus, was mir so wichtig an ihnen gewesen war: ihre Redlichkeit und ihr unverbrüchlicher Anstand, ihre Unermüdlichkeit, mit der sie Ralph und mich in all unseren Plänen und Wünschen unterstützt hatten, auch wenn sie nicht immer alle hatten nachvollziehen können. »Mein Vater war Buchhalter in einer Elektroinstallationsfirma gewesen, meine Mutter Schneiderin. In ihrer Welt hatte ihnen niemand etwas vormachen können, von allem, was dahinter lag, wussten sie zu wenig, um uns darauf vorzubereiten. Aber sie haben uns etwas viel Wichtigeres als dieses Wissen mitgegeben, nämlich die Zuversicht, dass wir uns überall zurechtfinden würden. Ich weiß gar nicht so genau, wie ihnen das gelungen ist«, überlegte ich laut. »Eigentlich wirkten die beiden wie zwei richtige Stubenhocker und ziemlich zurückhaltend, wenn es darum ging, etwas Neues zu entdecken. Früher dachte ich immer, sie wären am glücklichsten zu Hause und wollten gar nicht weg. Ich weiß noch, wie oft ich gerade meiner Mutter vorgeworfen habe, sie sei engstirnig und habe einen begrenzten Horizont. Sie hat zu Hause gearbeitet«, sagte ich zu ihm, als wäre das die Erklärung für alles.

Er saß gegen das Kopfende seines Bettes gelehnt, hatte

seine Beine locker übereinander geschlagen und hörte mir zu, ohne mich zu unterbrechen.

»Wenn ich heute daran denke, was mein Bruder und ich beiden im Laufe unseres Lebens an den Kopf geworfen haben, dann schaudert es mich jetzt noch. An den Tagen, an denen wir es bei *spießig und klein kariert* bewenden ließen, hatten sie Glück. Dabei haben sie gearbeitet, was das Zeug hält, und jede Mark, die übrig war, für unsere Ausbildung gespart. Sie wollten uns beiden ein Studium ermöglichen. Aber ich hatte meinen eigenen Kopf. Ich wollte nicht studieren und bin stattdessen auf eine Hotelfachschule gegangen.«

»Und Ihr Bruder?«

»Der hat Betriebswirtschaft studiert.« Ich erinnerte mich noch sehr gut an die stolzen Gesichter meiner Eltern, als er ihnen sein Diplom zeigte. »Sie haben mich ihre Enttäuschung über meine Berufswahl nie spüren lassen.«

»Vielleicht waren sie gar nicht enttäuscht.«

»Sicher waren sie das. Sie haben sich jahrelang krumm gelegt, sind nicht verreist, haben sich kaum etwas gegönnt und mussten sich dafür noch Beschimpfungen anhören. Meine Mutter hat mir später einmal erzählt, warum sie nicht mit der Wahrheit herausgerückt sind. Wir sollten nicht in die übliche und weit verbreitete Dankbarkeit gedrängt werden, nach dem Motto: Wir tun das ja alles nur für euch. Dabei hatten sie es nur für uns getan, sie selbst waren mit dem zufrieden gewesen, was sie erreicht hatten.« Einen Augenblick lang schwieg ich und dachte nach. »Sie haben mich frei entscheiden lassen, obwohl meine Berufswahl zumindest einen ihrer Träume hat platzen lassen. Das einzig Gute daran war, dass sie mit dem Geld, das sie dadurch gespart hatten, den Grundstein für einen anderen Traum legen konnten, für ihre Ferienwohnung in Bayrischzell.« Ich schlang meine Arme um meinen Oberkörper, da mir plötzlich kalt war. »In einem

Jahr hätten sie die letzte Rate gezahlt, und in zwei Jahren wären sie in Rente gegangen und für immer hierher gezogen. Jetzt wird ein anderes Paar seinen Lebensabend in der Wohnung verbringen.«

»Ich kann Ihre Verzweiflung gut verstehen«, sagte Steffen Wolf leise.

Ich war froh, dass er es dabei bewenden ließ und mir keinen Vortrag darüber hielt, wie wichtig es sei, jetzt zu leben und nichts aufzuschieben. Das hatte ich schon zur Genüge zu hören bekommen. Ich fand ihren viel zu frühen Tod tragisch, wollte jedoch kein Lehrstück daraus gemacht haben, zumal meine Eltern für diese Wohnung gespart, aber nicht dafür gelebt hatten.

»Manchmal weiß ich gar nicht, auf wen ich wütender bin, auf das Schicksal oder auf mich. Sie haben mich so oft eingeladen, sie hier zu besuchen, aber mir war meist irgendetwas anderes wichtiger.«

»Machen Sie sich keine Vorwürfe.«

»Es geht nicht um Vorwürfe, es geht um versäumte Gelegenheiten. Die beiden waren so selbstverständlich da, dass ich mich in der falschen Gewissheit wog, das würde noch lange so bleiben. Sie liefen mir ja nicht davon. Sie hatten hier und da mal ein Zipperlein, waren aber ansonsten für ihr Alter rundum fit. Bestimmt hätten sie uralt werden können, wenn nicht dieser verdammte Motor ausgesetzt hätte.«

Während ich versuchte, die Gedanken zu ordnen, die sich in meinem Kopf überschlugen, spürte ich Steffen Wolfs Blick auf mir ruhen. Weder drängte er mich weiterzureden, noch fühlte er sich gezwungen, mein Schweigen zu überbrücken. Er war ein guter Zuhörer.

»Es bleibt so vieles ungesagt«, fuhr ich fort. »All die Dinge, für die nie der passende Moment da war …«

»Wie viel sie Ihnen bedeutet haben?«

»Ja. Sie hatten beide sehr viel Herz, in ihrer Nähe habe ich nie gefroren. Ich glaube, ihre Wärme und Fürsorge ist das, was ich am meisten vermisse … obwohl ich gerade gegen die Fürsorge am heftigsten protestiert habe, besonders gegen die meiner Mutter. Wenn es eine Zauberfee gäbe«, sagte ich aus tiefstem Herzen, »wünschte ich mir noch einmal eine Stunde mit meinen Eltern. Dann könnte ich mich von ihnen verabschieden.«

»Von meinem Vater habe ich mich auch nicht verabschieden können«, sagte er in die nachfolgende Stille hinein. »Er hat sich umgebracht.«

Die Worte klangen in mir nach. Mir fiel jedoch nichts ein, was ihn hätte trösten können. Ich wollte keine Fragen stellen, deren Antworten ich nicht ertragen konnte. Meine Belastungsgrenze für erschütternde Schicksale war längst erreicht. So sah ich ihn nur stumm an. Er hingegen schien gar nicht auf eine Reaktion gewartet zu haben. Mit einem in die Ferne gerichteten Blick sah er zum Fenster hinaus in die Dunkelheit.

Von draußen drangen plötzlich Stimmen zu uns hoch. Es war bereits weit nach Mitternacht, und die letzten Gäste machten sich auf den Heimweg. Auch für mich wurde es langsam Zeit, ich machte Anstalten, aufzustehen und zu gehen.

»Wenn Sie mögen, bleiben Sie einfach«, lud er mich ein. Er wandte seinen Blick vom Fenster ab, wirkte jedoch immer noch abwesend.

»Das geht doch nicht«, wehrte ich halbherzig ab. Die Vorstellung, mich todmüde, wie ich war, noch einmal aufrappeln zu müssen, hatte überhaupt nichts Verführerisches. Andererseits fand ich die Situation höchst ungewöhnlich, schließlich kannte ich diesen Mann kaum. Dann musste ich an die Igel denken, die er gezähmt hatte, und fühlte mich diesen kleinen Wesen auf seltsame Weise verbunden.

»Das Bett ist breit genug für zwei«, holte er mich aus meinen Gedanken zurück, »ich bin todmüde und neige auch im ausgeschlafenen Zustand nicht zu tätlichen Übergriffen. Also?«

»Also ... gut«, erwiderte ich zögernd, »wenn Sie mir ein T-Shirt leihen ...«

Ich hatte den Satz kaum ausgesprochen, als er bereits den Schrank geöffnet hatte, mir eines reichte und gleich darauf im Bad verschwand, von wo ich kurz darauf das Summen einer elektrischen Zahnbürste hörte. Als ich völlig erschöpft unter die Decke kroch, glitt ich augenblicklich in einen Zustand zwischen Wachen und Schlafen. Der Schlaf musste ziemlich schnell gesiegt haben, denn ich konnte mich am nächsten Morgen nicht daran erinnern, wann mein Bettgenosse sich neben mich gelegt hatte. Mitten in der Nacht weckte mich einer meiner Alpträume, und ich fand mich in den Armen von Steffen Wolf wieder, der mich fest umschlungen hielt. Es dauerte nur ein paar Minuten, bis ich wieder eingeschlafen war.

Als ich das nächste Mal aufwachte, war es heller Tag, und ich hörte wieder die Zahnbürste brummen. Schnell schlüpfte ich aus dem T-Shirt und in mein Kleid und fuhr mir mit den Händen durch die Haare. Mein Knöchel war über Nacht etwas abgeschwollen und tat weit weniger weh als noch am Abend zuvor. Einem ersten Impuls folgend, ging ich Richtung Tür, um dieser ungewöhnlichen Situation, die ich nicht einordnen konnte, zu entfliehen. Dann siegte jedoch mein Gewissen und signalisierte mir, wie unfair das wäre. So setzte ich mich auf die Bettkante und wartete, bis er geduscht und angezogen herauskam.

»Guten Morgen«, sagte er kurz darauf sichtlich erfreut.

Zum ersten Mal, seit ich ihm begegnet war, fügten sich seine Haare seinem Willen, und das auch nur, weil sie noch feucht waren. Mit ihm wehte ein frischer, angenehmer Duft aus dem Bad.

»Ich muss gehen.«

»Nicht, ohne noch schnell mit mir zu frühstücken.« Er hatte bereits die Türklinke in der Hand und erstickte meinen Protest im Keim. »Keine Widerrede!«

Ungeduscht, mit einem pelzigen Belag auf den Zähnen und in den Sachen vom Vortag fühlte ich mich wie nach einer durchzechten Nacht. Ich sehnte mich nach einer Dusche. Dieser Sehnsucht hier nachzugeben kam für mich jedoch nicht in Frage. Am liebsten hätte ich mich auf der Stelle nach Bayrischzell aufgemacht, aber er hatte es nicht verdient, dass ich ihn jetzt einfach stehen ließ und ging. Also folgte ich ihm hinüber zum Gasthof.

Trotz der frühen Morgenstunde war der Gastraum bereits gut besucht. Wir zogen es jedoch vor, im Freien zu frühstücken, deckten uns am Buffet mit Brötchen, Butter und Marmelade ein, bestellten uns Kaffee und Tee und suchten uns einen Platz im Schatten einer Kastanie. Die Luft war drückend an diesem Morgen, es würde ein heißer Tag werden.

Steffen Wolf schien das Ungewöhnliche unserer Situation entweder gar nicht zu realisieren oder zu ignorieren. Er ging mit einer Selbstverständlichkeit damit um, die mich überraschte.

»Machen Sie das öfter?« Ich hielt meine Kaffeetasse in beiden Händen und sah ihn darüber hinweg prüfend an.

»Was?«

»Aus Ihrem Hotelzimmer eine Notaufnahme.«

»Das kommt auf die Notfälle an«, erwiderte er mit einem Lächeln.

»Anatomisch gesehen?«

»In Ihrem ganz speziellen Fall wohl eher kardiologisch.« Der Ausdruck in seinen Augen verriet mir etwas über seine Verwundbarkeit. Es war eine Mischung aus Hoffnung und Vorsicht. »Und Sie? Machen Sie so etwas öfter?«

»Nein«, gab ich ehrlich zu. »Aber ich bin im Moment auch nicht ganz zurechnungsfähig.«

»Vielleicht ist das meine Chance.« Jetzt überwog die Hoffnung in seinem Blick.

»Ich habe im Augenblick keine Chancen zu vergeben.«

»Dann warte ich eben.« Bevor ich meine Abwehr definitiver zum Ausdruck bringen konnte, zeigte er auf drei Segelflugzeuge, die in der Ferne ihre Kreise an dem wolkenlosen Julihimmel zogen.

Unsere Blicke, die ihnen folgten, hätten unterschiedlicher nicht sein können. Meiner entsprach einer abgrundtiefen Abneigung, seiner einer nahezu überschwänglichen Begeisterung.

»Ich weiß, dass Sie das im Augenblick schwer nachvollziehen können, aber dort oben fällt alles von einem ab«, schwärmte er mit einem Glitzern in den Augen. »Gestern Vormittag bin ich auch geflogen, der Segelflugplatz von Geitau ist nur fünf Minuten von hier entfernt. Es ist wie ...« Er ließ den Satz unvollendet, als er meinen Blick bemerkte.

Ich hatte mir eine Zigarette angezündet und den Rauch tief inhaliert.

»Seit wann rauchen Sie?«

»Erst seit ein paar Jahren.« Ich hätte auch sagen können, seit meiner Scheidung, aber ich wollte nichts aufwühlen, was endlich zur Ruhe gekommen war.

»Wenn Sie wollen, dass ich Sie eines Tages küsse, dann fangen Sie lieber bald an, sich das abzugewöhnen.« Er sagte es in einem so selbstverständlichen Ton, als würde sein Warten in jedem Fall belohnt werden.

»Gehen Sie alles so strategisch an?«, fragte ich ihn irritiert.

»Vorausschauend. Deshalb weiß ich auch, dass Sie am Fuße Ihrer Zigarette aufstehen werden, um zu gehen.« Er rief einen Kellner zu sich und bat ihn um Zettel und Stift. Beides schob er mir dann über den Tisch zu.

»Ach ja, die Telefonnummer.« Angesichts seiner Beharrlichkeit konnte ich ein Lächeln nicht unterdrücken und schrieb ihm meine Nummer auf.

»Wie wär's, wenn wir uns zum Abschied duzen?«, fragte er. »Immerhin haben wir eine ganze Nacht zusammen verbracht.«

»Tschüss, Steffen«, sagte ich daraufhin im Aufstehen. »Und vielen Dank. Für alles.«

Er kam um den Tisch herum und nahm mich kurz in den Arm. »Auf Wiedersehen, Anna.«

Ich ging, ohne mich noch einmal umzusehen. Was ich mitnahm, war ein undefinierbares Gefühl. Bis tief in die Nacht hinein hatte ich ihm mein Herz ausgeschüttet und damit eine vermeintliche Nähe geschaffen, die, soweit es mich betraf, nicht der Realität entsprach. In diesem Moment, als ich mich von ihm entfernte, hätte ich nicht sagen können, ob ich ihn tatsächlich wiedersehen wollte. Und als ich in mein Auto stieg, drängten sich bereits andere Gedanken in den Vordergrund. Sie eilten mir kilometerweit voraus zu dem alten ausgebauten Bauernhaus mit den dunkelgrünen Fensterläden und den Geranienkästen, in dem sich die Wohnung meiner Eltern befand.

Von der fünfzehnminütigen Fahrt durch die Landschaft, die es meinen Eltern so sehr angetan hatte, nahm ich so gut wie nichts wahr. Genauso wenig wie am Tag zuvor, als es mich hinaus in die Wiesen gezogen hatte – nur fort von der Aufgabe, die mir über den Kopf zu wachsen drohte. Aber ich konnte nicht davonlaufen, ich hatte nur noch diesen einen

Tag. Am Montagmorgen würde noch genug zu regeln sein, und gegen Mittag musste ich zurück nach Hamburg fahren. Am Dienstag sollte ich bereits wieder am Hotelempfang stehen und mit einem freundlichen Lächeln die Gäste begrüßen.

Vielleicht war es der Zeitdruck, der mir half, vielleicht auch der Wunsch, diesen Ort so schnell wie möglich zu verlassen. Was auch immer es war – als am Montagmorgen der Makler zur Schlüsselübergabe kam, hatte ich fünf Umzugskartons in meinem Auto verstaut. Er versprach, alles Weitere für mich zu regeln. Ich war ihm dankbar, dass er ohne die zukünftigen Besitzer der Wohnung gekommen war. Sie in den Räumen meiner Eltern zu erleben hätte ich nicht ertragen. Obwohl ich dieses Mal keine Leere zurückließ, war es um keinen Deut leichter, die Tür für immer zu schließen. Als ich zum Auto ging, drehte ich mich noch einmal um. Für den Bruchteil einer Sekunde sah ich meine Eltern am Fenster stehen und mir zuwinken, so wie sie es getan hatten, wenn ich sie hier besucht hatte. Voller Sehnsucht ging ich ein paar Schritte auf das Haus zu. Das Bild ließ sich jedoch nicht festhalten, es verschwand wie eine Fata Morgana und ließ nur Verzweiflung zurück.

Meine Hände waren zu Fäusten geballt, in der rechten hatte der Autoschlüssel tiefe Kerben hinterlassen. Ich sah blicklos darauf und verlor mich in einer nicht enden wollenden Gedankenflut, bis eine Passantin mich fragte, ob sie mir helfen könne. Hätte ich sie gebeten, mir ein paar Tränen zu leihen, hätte sie mich wahrscheinlich für verrückt erklärt. So schüttelte ich nur meinen Kopf und ging zurück Richtung Auto. Während ich einstieg und den Motor anließ, versuchte ich, mich auf das zu konzentrieren, was vor mir lag.

Ich musste beim Steinmetz noch einen Grabstein aussuchen. Auch das hatte ich so lange wie möglich hinausgeschoben. Wäre es allein nach mir gegangen, wäre ich direkt auf die Autobahn gefahren. Aber es ging um meine Eltern. Sie hatten die Ordnung der Dinge geschätzt, sie hatte ihrer Welt einen Rahmen verliehen. Und in diese Ordnung gehörte auch ein Grabstein, nicht das schlichte Holzkreuz, das immer noch auf ihrer letzten Ruhestätte stand. Während ich durch die vielen Reihen mit Steinen ging, wurde mir klar, wonach ich suchte: Es musste ein natürlicher, unbehauener Stein sein, der ihre Liebe zur Natur widerspiegelte. Als ich ihn schließlich fand, war es eine Entscheidung von Sekunden. Später würde ich ihn in einem Brief an meinen Bruder als völlig unscheinbar und dennoch besonders beschreiben.

Nachdem ich mit dem Steinmetz die Beschriftung besprochen hatte, blieb mir nur noch ein Besuch auf dem Friedhof. Ich war froh, dass ich mich durchgesetzt und erreicht hatte, dass meine Eltern hier in Bayrischzell beigesetzt wurden. Viele ihrer Freunde in Hamburg hatten mich davon überzeugen wollen, dass einzig ein Hamburger Friedhof in Frage komme, da sie ihr ganzes Leben in dieser Stadt verbracht hatten. Aber ich hatte mich nicht beirren lassen. Meine Eltern hatten zwar nie darüber gesprochen, wo sie einmal *liegen* wollten, aber ich war mir ganz sicher gewesen, dass sie sich für Bayrischzell entschieden hätten. Hier hatten sie schließlich alt werden wollen.

Ich beeilte mich, um noch vor dem sich zusammenbrauenden Gewitter zum Grab zu kommen. Als ich vor dem Holzkreuz stand, das bald einem Stein weichen würde, überfielen mich wieder die Bilder ihrer verkohlten Leichen. Mein Hals wurde eng. Ich versuchte, mich in die Vorstellung von der Asche in den beiden Urnen zu retten, aber es wollte mir nicht gelingen. Schnell holte ich aus meiner Tasche einen kleinen, grauen Porzellanhund aus ihrer Sammlung und legte ihn direkt vor das Kreuz. Mit zusammengebissenen Zähnen ging ich zum Ausgang zurück. In diesem Moment brach das Gewitter mit voller Kraft los. Es sollte jedoch noch ein paar Wochen dauern, bis ich es der Natur gleichtat und meine Anspannung entlud.

Mir war schwindelig. Ich hatte an diesem Morgen noch nicht einmal einen Kaffee getrunken, geschweige denn etwas gegessen. Wenn ich die Fahrt nach Hamburg durchstehen wollte, musste ich vorher etwas in meinen Magen bekommen, andernfalls würde mein Kreislauf ganz schlappmachen. So legte ich auf dem Weg zur Autobahn einen kurzen Zwischenstopp in einem Café ein, aß auf die Schnelle ein belegtes Brötchen, trank einen Milchkaffee dazu und fragte mich, ob jemals etwas die große Lücke füllen würde, die meine Eltern hinterlassen hatten. Diese Lücke – sie fühlte sich an wie eine offene Wunde.

Um vierzehn Uhr saß ich endlich im Auto und machte mich auf den Heimweg, froh meinen immer noch schmerzenden Knöchel entlasten zu können. Knapp neunhundert Kilometer und neun Stunden später hielt ich in Hamburg vor dem Haus, in dem sich meine Wohnung befand. Ich hätte nicht sagen können, wie die Fahrt dorthin gewesen war. Es war allein glücklichen Umständen zu verdanken, dass ich trotz völliger Übermüdung und etlicher Regenschauer heil angekommen war.

In einer letzten Kraftanstrengung schleppte ich die Umzugskartons in den dritten Stock und stapelte sie im Flur meiner kleinen Einzimmer-Wohnung. Im Keller war längst kein Platz mehr. Dort standen bereits die Habseligkeiten meiner Eltern aus ihrer Mietwohnung. Zum Schluss holte ich meine Reisetasche hoch, ließ sie jedoch unausgepackt im Zimmer stehen. Mit einer Zigarette in der Hand hörte ich meinen Anrufbeantworter ab, auf dem fünf Nachrichten aufgelaufen waren. Die letzte stammte von Steffen, der sich erkundigen wollte, wie meine Fahrt gewesen war.

»Ich habe sie überlebt«, murmelte ich vor mich hin, als das Telefon klingelte. Kaum hatte ich mich mit meinem Namen gemeldet, hörte ich auch schon Steffens Stimme.

»Wie gut, dass du da bist, Anna, ich habe mir Sorgen gemacht.«

Seine Worte ließen blitzartig eine Erinnerung auftauchen. Mit fast den gleichen Worten hatte meine Mutter mich am Telefon begrüßt, wenn ich von einem Besuch bei ihnen in Bayrischzell nicht schnell genug wieder in Hamburg angekommen war. »Hallo, Steffen«, sagte ich leise.

»Wie war die Fahrt?«

»Okay.«

»Und dein Knöchel?«

»Ist schon viel besser.«

Einen Moment war es still in der Leitung. »Soll ich dich lieber morgen wieder anrufen? Du klingst so müde.«

»Ich habe morgen Frühdienst und muss um sechs Uhr im Hotel sein«, setzte ich zu einer Erklärung an.

»Dann geh jetzt ganz schnell schlafen ... ich denke an dich.«

»Ja ...« Das Gefühl eines Déjà-vu ließ mich nicht los. Ich dachte an die liebevolle Fürsorge meiner Eltern, die so selbstverständlich für mich gewesen war und die ich jetzt so schrecklich vermisste.

Kaum hatte ich aufgelegt, klappte ich mein Bettsofa auf, zog mich aus und schlüpfte unter die Decke. Während ich im Dunkeln an die Decke starrte, versuchte ich, mir Steffens Arme vorzustellen, die mich in der vorletzten Nacht so fest umschlungen hatten. Mit der Erinnerung daran wollte ich einschlafen. So erschöpft und überdreht, wie ich war, sollte der Schlaf jedoch noch fast zwei Stunden auf sich warten lassen. Völlig unausgeschlafen erschien ich am nächsten Tag im Hotel und quälte mich durch den Dienst.

Hatte ich eine Zeit lang noch gehofft, dass mit zunehmender Erschöpfung mein Schlaf wieder tiefer werden würde, so wurde ich in den kommenden Tagen und Wochen eines Besseren belehrt. Die Geister, die mich nachts mit Schreckensvisionen überfielen, kamen nicht zur Ruhe. In dem Maße, in dem meine Schlafstörungen zunahmen, wuchs auch meine Gereiztheit. Meine Reserven für Freundlichkeit schienen fast völlig erschöpft zu sein, in meiner Seele herrschte ein Notstand, der mich zu einer Furie werden ließ, die Wut und Hilflosigkeit in verbale Aggression umwandelte.

Als Erste bekamen es meine Freunde zu spüren. Kamen sie bei mir vorbei und boten mit einem Blick auf die Kisten im Flur an, mir beim Auspacken zu helfen, blaffte ich sie an, sie sollten sich gefälligst um ihre eigenen Kisten kümmern. Ratschläge, zum Arzt zu gehen und mir Hilfe zu holen, schmetterte ich wütend ab. Ich biss so sehr mit Worten um mich, dass sich schließlich selbst die Gutmütigsten und Verständnisvollsten unter meinen Freunden zurückzogen. Als ihre Besuche und Anrufe nach und nach ausblieben, nahm ich es zunächst gar nicht wahr. Schließlich gab es immer noch Steffen, der regelmäßig anrief und mich mit Worten umsorgte.

Von meinem Bruder Ralph einmal abgesehen, hielt er von allen noch am längsten durch. An dem Tag jedoch, an dem ich ihn durchs Telefon anschrie und aufforderte, *mit seinem verblödeten Gesäusel doch lieber seine Alzheimer-Patienten zu beglücken, die hätten es wenigstens am nächsten Tag wieder vergessen*, war es mit seiner Geduld vorbei. Er rief nicht wieder an.

Blieb nur noch Ralph, der sich angewöhnt hatte, mir zu schreiben, weil diese Art der Kommunikation angeblich Ruhe in sein hektisches, von Telefon und Computer beherrschtes Leben brachte. Auch er kam nicht ungeschoren davon. In meinen Briefen beschimpfte ich ihn als herzlosen Klotz, der nach dem Tod unserer Eltern zur Tagesordnung übergegangen sei. *Wie kannst du einfach so weitermachen wie bisher – als sei nichts geschehen?*

Zwei Wochen später kam seine Antwort: *Lass die beiden endlich gehen, Anna. Sie sind tot, du kannst sie nicht festhalten, auch wenn du es dir noch so sehr wünschst.* Kaum dass ich ihn gelesen hatte, zerriss ich den Brief in winzig kleine Fetzen.

Zwei Stunden später – ich stand längst am Hotelempfang – war ich immer noch wütend. Als ein Hotelgast auf seinem Rechnungsformular ein überschüssiges »r« in seinem Vornamen entdeckte und um eine korrigierte Version bat, rastete ich aus. Er solle doch froh über meinen Fehler sein, immerhin sei er so wenigstens einmal in seinem Leben ein *Herr* gewesen. So leicht werde er dem *Hermann* nie wieder entkommen. Als er vor Empörung zu schnaufen begann und mich lautstark aufforderte, sofort seinen Anweisungen zu folgen, war es um mich geschehen. Ich druckte ihm eine korrigierte Rechnung aus und übergab sie ihm mit einem süffisanten Lächeln. Es war aber weniger dieses Lächeln als der Nachsatz, der mich fast meinen Job gekostet hätte. Ich machte ihm ein Kompliment dafür, dass er sein Sakko ganz hervorragend auf seinen Geist abgestimmt habe. Beides sei ähnlich kleinkariert. Während sich meine Kollegin bei dem Versuch, ihr Lachen zu unterdrücken, fast verschluckte, erstarrte mein Chef, der gerade vorbeikam, zunächst in seiner Bewegung, um mich gleich darauf mit einem eisigen Blick zum Schweigen zu bringen. Nachdem er den Gast so gut es ging beschwichtigt hatte, verschwand er in seinem Büro und ließ mir kurz darauf von einem Mitarbeiter der Personalabteilung eine Abmahnung überreichen. Noch so ein Ausbruch, und ich könne mir meine Kündigung bei ihm abholen.

Nun gibt es sicher Menschen, die auch diese Drohung wenig beeindruckt hätte, mich ließ sie jedoch mit einem sehr unsanften Ruck aufwachen. Von einem Tag auf den anderen hatte ich kein Ventil mehr für meine Aggressivität und stand vor der Wahl, sie gegen mich selbst zu richten oder mir endlich Hilfe zu suchen. Zum Glück entschied ich mich für Letzteres, wandte mich an meine Frauenärztin und bekam von ihr die Adresse von Valerie Blumberg.

So betrat ich an einem trüben Septembermorgen, an dem ich Spätdienst hatte, ihre Praxis für ein Erstgespräch. Ein dezentes Schild an der Tür wies sie als psychologische Psychotherapeutin aus. Beladen mit allen möglichen Vorurteilen trat ich zögernd ein und wurde von einer fröhlichen Mittvierzigerin begrüßt, deren Augen vor Lebensfreude sprühten. Noch nie zuvor hatte ich ein Gesicht gesehen, das so sehr von den Augen beherrscht wurde, obwohl auch der Rest in Form einer nicht eben unauffälligen Nase und eines temperamentvoll geschwungenen Mundes bemerkenswert war. Ganz zu schweigen von ihrer pechschwarzen Lockenpracht, die aussah, als sei sie schwer zu bändigen. Ich hielt sie für die Sprechstundenhilfe und beglückwünschte Frau Blumberg im Geiste zu ihrem guten Geschmack.

»Gehen wir doch gleich hinein«, schlug sie vor, ging mir voraus in einen Raum, der in gedämpftes, warmes Licht getaucht war, und machte mir plötzlich gar nicht mehr den Eindruck einer Sprechstundenhilfe.

Ich blieb unschlüssig im Türrahmen stehen. »Sie sind es selbst?«

»Über eine Antwort auf diese höchst philosophische Frage müsste ich eine Weile nachdenken, aber ich glaube, deshalb sind Sie nicht hergekommen, oder?« Sie hatte es in einem Ton gesagt, als erteile sie mir gerade schulfrei.

Und in gewisser Weise fühlte ich mich auch befreit. Mein erstes Gespräch mit Valerie Blumberg verlief völlig anders, als ich es mir vorgestellt hatte. Weder bombardierte sie mich mit Fragen, noch hüllte sie sich in schwer lastendes Schweigen. Nachdem sie in einer Mischung aus Sachlichkeit und Einfühlsamkeit herausgefunden hatte, warum ich ihr gegenübersaß, erklärte sie mir ausführlich ihre Arbeitsweise, die katathym-imaginative Psychotherapie. Nach einer Entspannungsübung gebe sie mir ein bildhaftes Motiv vor, das sich verselbständige und andere Bilder auftauchen lasse. Sie habe die Erfahrung gemacht, dass man damit nicht nur zu unterbewussten Schichten, sondern auch zu Lösungsmöglichkeiten vordringe. Anfangs konnte ich mir nicht genau vorstellen, wie das funktionieren sollte, aber den wichtigsten Schritt hatte ich unbewusst bereits getan, indem ich ihr vertraute und mich darauf einließ.

Ein halbes Jahr lang besuchte ich Valerie Blumberg einmal in der Woche. Hatten in den vergangenen Monaten Wut und Aggressivität mein Verhalten bestimmt, so taten sich durch die Bilder, in die ich eintauchte, ziemlich bald Alternativen auf. Und in dem Maße, in dem sich meine Alpträume verflüchtigten, wuchs in mir eine heilsame Traurigkeit. Ganz alltägliche Bilder von meinen Eltern tauchten in meiner Erinnerung auf und ersetzten mehr und mehr die Phantasiebilder von ihren verkohlten Körpern. Das, was ich mir von der Zauberfee erhofft hatte, fand ich bei Valerie Blumberg: den Abschied von meinen Eltern.

In meinen Augen war sie ein Phänomen. Bis sie auf ihrem Stuhl Platz nahm, sprühte sie vor Temperament, kaum saß sie jedoch, war sie die Ruhe selbst. Es war, als würde sie einen Schalter umlegen. Diese Ruhe übertrug sich auf mich und wirkte oft noch lange in mir nach. Und nicht nur das, auch die Gedanken, die sie mir mit auf den Weg gab, halfen mir, die Zeit bis zu unserem nächsten Termin zu überbrücken. Sie beschrieb mir die Nahtod-Erfahrungen von Menschen, die Flugzeugabstürze und andere Katastrophen überlebt hatten. Aus einschlägigen Berichten ginge hervor, dass diese Menschen schlichtweg aus Zeitmangel keine Angst gehabt hätten, da ihr ganzes Leben im Zeitraffer an ihnen vorbeigezogen sei. Und sie schilderte mir ausführlich die Erzählungen Betroffener über den Weg durch einen Tunnel, an dessen Ende ein wunderschönes, warmes Licht auf sie wartete.

Das halbe Jahr meiner Therapie war eine intensive und zunächst einsame Zeit, da ich in den ersten Monaten nichts anderes tat als arbeiten, weinen und *Bilder erleben*. Der einzige Mensch, mit dem ich während dieser Zeit außerhalb des Hotels Kontakt hatte, war Ralph. Meine Briefe an ihn glichen einem Tagebuch, seine an mich purem Balsam.

Mein Entsetzen über den Flugzeugabsturz hatte sich ganz allmählich in Trauer über den Tod meiner Eltern gewandelt. Ich war zutiefst unglücklich, aber nicht mehr unausstehlich oder ungenießbar. Als ich mir sicher war, dass keine unkontrollierten Ausbrüche mehr drohten, rief ich nach und nach meine Freunde an und meldete mich zurück.

Und noch etwas tat ich: Eines Abends Anfang Februar wählte ich Steffens Nummer in Düsseldorf. Inzwischen war ich schon geübt im Entschuldigen, aber bei ihm fiel es mir besonders schwer, hatte ich doch in einer Weise zugeschlagen, die ein Verzeihen vielleicht unmöglich machte. Trotzdem wollte ich es versuchen.

Nachdem ich mir eine halbe Stunde lang meine Worte zurechtgelegt hatte, griff ich zum Hörer und rief ihn an. Ich hatte damit gerechnet, dass er sofort auflegen würde, wenn er meine Stimme hörte, ich hatte im Geist eine Auseinandersetzung mit ihm durchgespielt, aber ich hatte nicht damit gerechnet, dass er gar nicht zu Hause war. Nach dem zehnten Klingeln legte ich enttäuscht auf und zündete mir eine Zigarette an. Vielleicht, überlegte ich, ist er zu Hause und hat nur nicht abgenommen, weil er meine Nummer rechtzeitig auf dem Display erkannt hat. Verübeln konnte ich es ihm nicht. Immerhin waren seit unserem letzten Telefonat mehrere Monate ins Land gegangen. Ich würde ihm schreiben. Kaum hatte ich jedoch mein Briefpapier hervorgeholt, wurde ich durch das Klingeln des Telefons unterbrochen.

»Ich bin gerade erst nach Hause gekommen«, hörte ich Steffens Stimme am anderen Ende der Leitung. Er klang ein wenig außer Atem. »Du bist als Letzte auf meiner Anrufliste vermerkt.« Mit anderen Worten, sein Telefon registrierte die Nummern der Anrufer.

»Und da rufst du mich als Erste zurück?« Mein schlechtes Gewissen erreichte ein Rekordmaß.

»Ja.«

»Mit der aussterbenden Art hatte ich tatsächlich Recht«, sagte ich kleinlaut. »Du bist einfach zu gut für diese Welt.«

»Warum hast du mich angerufen?«, fragte er ruhig.

»Um mich zu entschuldigen. Ich habe sehr schlimme Dinge zu dir gesagt, die mir inzwischen wirklich Leid tun und für die es keine Rechtfertigung gibt. Deshalb könnte ich es auch verstehen, wenn du unseren Kontakt gar nicht wieder aufleben lassen willst.«

»Was willst *du*, Anna?«

»Wie bitte?«

»Willst *du* unseren Kontakt wieder aufleben lassen?«

Diese Frage traf mich vollkommen unvorbereitet. Ich hatte die ganze Zeit darüber nachgedacht, wie ich mich am besten bei ihm entschuldigen und wie seine Reaktion ausfallen könnte. Weiter hatte ich nicht gedacht. Ich wusste nur, dass er nach wie vor einen Platz in meinen Gedanken einnahm. »Ich denke, ja«, antwortete ich stockend.

»Du hast mich sehr verletzt.« Es klang wie eine Feststellung, nicht wie ein Vorwurf.

»Ich weiß ... ich ... es wird nicht wieder geschehen.« Ich schluckte. »Ich werde dir nicht wieder wehtun, Steffen, versprochen.«

Am anderen Ende der Leitung hörte ich ihn tief einatmen.

»Vielleicht könnten wir Freunde sein ...?«

»Und dann ...?«, stellte er leise die Gegenfrage.

»Das kann ich dir nicht beantworten«, sagte ich ehrlich. »Lass uns warten, bis es so weit ist.«

»Solange dieses Warten nur ein Umweg und keine Sackgasse ist ...«

»Steffen ...«

»Ich weiß«, beeilte er sich zu sagen, »es gibt keine Garantien.«

Dieses Gespräch war das erste von vielen, die in den nächsten Wochen folgen sollten. Indem wir zwei- bis dreimal in der Woche telefonierten, wurde Steffen zu einem festen Bestandteil in meinem Leben. Und umgekehrt. War er anfangs noch derjenige gewesen, der mehr zuhörte, so fanden wir nach und nach ein Gleichgewicht. Er erzählte von seiner Mutter, die ein schweres Leben gehabt und sehr unter dem Selbstmord seines Vaters gelitten habe. Ich erfuhr von seiner ungestillten Sehnsucht nach einem Bruder oder einer Schwester oder zumindest nach einer größeren Familie. Er erzählte von seiner Praxis und den Fällen, die ihn beschäftigten. Und immer wieder vom Segelfliegen, seinem leidenschaftlichen Hobby. Wenn ich ihn jedoch nach früheren Beziehungen fragte, dann tat er sie als unwichtig ab und wechselte das Thema. Ich nahm an, dass er meine früheren Beziehungen ähnlich einstufte, denn er fragte nie danach.

Irgendwann war es nur noch ein kleiner Schritt, bis wir uns hin und wieder an den Wochenenden trafen. Wir waren tatsächlich Freunde geworden. Auf dem Weg dorthin hatte Steffen ein paar Versuche unternommen, unser rein platonisches Verhältnis in ein erotisches zu verwandeln, ich hatte diese Versuche jedoch im Keim erstickt.

Er hatte alle Eigenschaften, die sich Mütter für die Männer ihrer Töchter wünschen: Er war zärtlich und liebevoll, ernsthaft, fürsorglich, warmherzig, hilfsbereit und sensibel. Immer wieder fragte ich mich, was es war, das mich zögern ließ, aus unserer Freundschaft mehr werden zu lassen. Bis ich mich eines Tages bewusst dabei ertappte, wie ich Steffen mit meinem Exmann verglich.

»Und?«, fragte mich eine Freundin, als ich ihr davon erzählte.

»Ich glaube, bei Steffen fehlt mir das Herzklopfen und das Knistern«, gestand ich ihr und mir ehrlich ein.

»Das bewertest du völlig über«, gab sie mir pragmatisch zu bedenken. »Freundschaft ist nicht die schlechteste Basis für eine Beziehung. An deiner Stelle würde ich ihm eine Chance geben. Bei deinem Ex hast du das Herzklopfen doch nur mit Tränen bezahlt.«

»Aber es war schön.«

»Was? Die Tränen?«

»Quatsch. Das Herzklopfen!«

»Vergiss ihn endlich!«

Als ich am darauf folgenden Wochenende neben Steffen im Auto saß und wir an der Alster entlangfuhren, fiel mir plötzlich auf, dass ich ständig in den seitlichen Rückspiegel sah. Auf mein derzeitiges Leben übertragen, war diese Erkenntnis wie ein Erwachen. Ich wollte nicht mehr zurück in die Vergangenheit sehen und dort verhaftet sein. Ich wollte versuchen, endlich wieder nach vorne zu schauen und etwas Neues zu wagen.

Kaum waren wir zurück in meiner Wohnung, küsste ich ihn so unvermittelt und ohne jede Vorwarnung, dass er für einen kurzen Moment in seiner Bewegung erstarrte – wie jemand, der sich überlegt, ob er im richtigen Film ist.

»Ich bin's – Anna«, flüsterte ich, während ich sein Hemd aufknöpfte.

»Kaum zu glauben«, sagte er, als er nach einer ganzen Weile wieder zu Atem kam.

»Kaum zu glauben«, wiederholte ich seine Worte eine kleine Ewigkeit später mit einem zufriedenen Lächeln und streckte mich auf ihm aus.

Von diesem zukunftsweisenden Frühlingstag an verbrachten wir jedes Wochenende, an dem ich frei hatte, miteinander. Unsere Beziehung war geprägt von einer Harmonie, wie ich sie bisher noch nicht kennen gelernt hatte. Es gab keine Auseinandersetzungen und keinen Streit. Die einzigen Momente, in denen Steffen mich mit einem Anflug von Unmut ansah, waren die, wenn ich mir eine Zigarette anzündete. Er mochte den Rauch nicht und erst recht nicht den Geschmack. So hielt ich mich ihm zuliebe an unseren gemeinsamen Wochenenden zurück. Ich bekam so viel Liebe von ihm, dass es mir noch nicht einmal schwer fiel.

»Als Ersatzdroge bist du durchaus tauglich«, feixte ich an einem verregneten Frühlingsnachmittag, den wir in seinem Bett verbrachten.

»Nur Ersatz?«, fragte er sofort wachsam. Er traute dem Frieden mit mir anscheinend immer noch nicht ganz.

Ich schüttelte mit Nachdruck meinen Kopf und küsste ihn. »Du bist völliges Neuland für mich.«

Er sah mich fragend an.

»Ich kenne keinen Mann, der so ist wie du, so ...«

»Ja?«

Es waren immer wieder dieselben Worte, die mir zu Steffen einfielen: »... so liebevoll, fürsorglich und verständnisvoll.«

»Weiter!« Er lächelte mich erleichtert an.

»Dann schnappst du über. Für heute reicht es.« Ich stand auf und sammelte Slip, Bluse und Rock vom Boden auf, um mich anzuziehen.

»Von deinen Komplimenten kann ich gar nicht genug bekommen«, meinte er mit einem für ihn ganz untypischen Anflug von Übermut.

»So unersättlich heute?« Ich lächelte ihn an, zog ostentativ den Reißverschluss meines Rocks hoch und entzog mich blitzschnell seiner Hand, die er nach mir ausgestreckt hatte. »Jetzt ist Schluss mit dem Lotterleben, Herr Doktor. Ich habe Hunger.«

»Och.« Enttäuscht ließ er sich in die Kissen zurücksinken.

Lachend ging ich in die Küche und schnitt ein paar Scheiben Brot ab, die ich mit Käse belegte. Keine zwei Minuten später stand er in Jeans und Sweatshirt neben mir und küsste mich in den Nacken.

»Manchmal werden Träume wahr«, murmelte er mir versonnen ins Haar.

»Meinst du etwa die Käsebrote?«

»Ich meine dich in meiner Küche.«

»Davon träumst du?«, fragte ich in gespieltem Entsetzen, während ich die Kaffeemaschine in Gang setzte.

»Ja«, antwortete er schlicht.

»Wovon noch?« Ich wandte mich zu ihm um.

Er trat einen Schritt zurück und lehnte sich gegen den Kühlschrank. »Manchmal träume ich davon, ganz weit wegzugehen, keine Verpflichtungen zu haben, frei zu sein.« Sein Blick schien diesem Traum in weite Fernen zu folgen.

Ganz kurz spürte ich einen Stich in meinem Herzen. »Auch frei von mir?«, fragte ich ihn irritiert.

»Um Gottes willen, nein!«, beeilte er sich zu sagen. »Ich bin ja froh, dass ich dich gefunden habe.« Von einer Sekunde auf die andere war der sehnsüchtige Ausdruck aus seinen Augen verschwunden und hatte einem freudigen Strahlen Platz gemacht. »War das eben ein Anfall von Eifersucht?«

»Ich bin nicht auf Träume eifersüchtig«, antwortete ich kategorisch, »ich habe selbst welche. Und sie kreisen ganz bestimmt nicht um deine Küche.«

»Dann vielleicht um meine Hand?«

»Nur keine falschen Hoffnungen!« Mürrisch biss ich in eines der Käsebrote.

»Hoffnung kann gar nicht falsch sein«, sagte er plötzlich ganz ernst. Sein Blick war auf eine Weise nach innen gerichtet, dass ich mich ausgeschlossen fühlte.

3

Was ich lange Zeit nicht für möglich gehalten hatte, trat ein: Zum ersten Todestag meiner Eltern zog es mich an ihr Grab, an den Ort, den ich eigentlich nie wieder hatte besuchen wollen. Die Trauer und die Erinnerungen hatten ihm jedoch seinen Schrecken genommen.

Steffen hatte darauf bestanden, mich nach Bayrischzell zu begleiten. So legten wir an diesem Tag, der dem Mai alle Ehre machte, gemeinsam einen Strauß Wiesenblumen auf ihr Grab. Auf dem Stein, den ich ausgesucht hatte, las ich ihre Namen: *Peter und Heide Laudien*. Durch meine Tränen hindurch sah ich den kleinen, grauen Porzellanhund, der links von dem Stein lag.

»Wenn ich überhaupt einen Sinn in ihrem Tod erkennen kann«, sagte ich leise, »dann den, dass keiner von beiden ohne den anderen zurückbleiben musste.« Dieses Leid war ihnen erspart geblieben.

»Das klingt nach einer glücklichen Ehe«, sagte Steffen mit einem sehnsüchtigen Ton in der Stimme.

»Ja, sie waren glücklich zusammen.« Nur hatten sie es anders ausgedrückt. Nach meiner Scheidung hatte ich sie einmal nach dem Geheimnis ihrer Ehe gefragt. Meine Mutter sagte: *Wir sind zufrieden*. Mein Vater: *Wir ziehen an einem Strang*. »Waren deine Eltern glücklich zusammen?« Ich wischte mir die Tränen aus dem Gesicht.

»Dazu hatten sie zu viele Sorgen.« Er atmete tief durch und straffte seine Schultern. Durch seine Hand, die meine immer noch hielt, lief ein leichtes Zittern. »Willst du mich heiraten, Anna?«

Ich riss meinen Blick von dem Grab zu meinen Füßen und sah ihn völlig überrascht an. »Das kommt so plötzlich, Steffen.«

»Im Film sagen das immer diejenigen, die ihr Nein in Watte packen wollen, um den anderen nicht zu verletzen.« Seine Stimme war erfüllt von Traurigkeit.

»Und im Leben sagen das die, die schon einmal verheiratet waren und vorsichtiger geworden sind«, entgegnete ich fest.

»Ist es nur das?«

»Reicht das nicht?«, fragte ich mit einem schiefen Lächeln.

In seinem Blick erkannte ich Unsicherheit gemischt mit aufkeimender Hoffnung. »Es reicht nicht für ein Nein.« Er umfing mein Gesicht mit seinen Händen. »Wenn du mich vor dem Aussterben retten willst, dann gib mir eine Chance.«

»Steffen, ich …«

»Nein«, stoppte er mich, »sag jetzt nichts, überlege es dir in Ruhe. Ich hatte schließlich auch Zeit, darüber nachzudenken.« Er griff nach meinen Händen. »Du würdest mich zu einem sehr glücklichen Menschen machen.«

Ich dachte geschlagene zwei Monate über Steffens Frage nach, ohne mich für ein Ja oder Nein entscheiden zu können. Immerhin hatte ich schon einmal vor dieser Frage gestanden. Damals hatte sie mir ein anderer gestellt, und ich hatte keine Sekunde darüber nachdenken müssen. Ich war hin- und hergerissen: Konnte ich dauerhaft mit einem ruhig dahin fließenden Bach zufrieden sein, nachdem ich einmal die belebende Kraft eines Wasserfalls gespürt hatte? Wenn ich ehrlich war, dann traute ich mich nicht, Ja zu sagen, wollte Steffen aber auch keinesfalls verlieren. Ich liebte ihn. Aber liebte ich ihn genug?

Da ich mir keinen Rat wusste, schrieb ich Ralph. Kaum hatte ich den Brief in den Kasten geworfen, schüttelte ich den Kopf über mich selbst. Was sollte er mir schon antworten? Ich musste entscheiden, ich ganz allein. Und wer sagte mir denn, dass der ruhige Bach nicht irgendwann in einem Wasserfall endete? Oder dass ein Wasserfall auf Dauer gar nicht auszuhalten war und man sich schließlich nach einem ruhigen Bach sehnte? Das konnte auch Ralph mir nicht beantworten. Wenn ich nein sagte, würde ich nie herausfinden, ob es stimmte, was manche Menschen behaupten – dass Beziehungen, die gemächlich beginnen, ein weit größeres Entwicklungspotenzial haben als jene, die von anfänglicher Euphorie getragen sind. Zumal ich an der euphorischen Version bereits einmal gescheitert war.

Auf den Tag genau ein Jahr, nachdem wir uns kennen gelernt hatten, entschloss ich mich, Steffen und mir eine Chance zu geben. Als ich es ihm schließlich sagte, strahlte er übers ganze Gesicht und steckte mich damit an. Die zweifelnde Stimme in meinem Inneren war verstummt, trotzdem bestand ich auf einer Probezeit.

»Lass uns erst einmal ausprobieren, ob wir überhaupt zusammen leben können.«

»Das wissen wir doch längst«, meinte er ungeduldig.

Ich ließ mich nicht beirren. »Wochenenden sind wie Ferien, die haben mit dem Alltag nichts zu tun.«

»Eine Wochenendbeziehung ist viel schwieriger als alles andere.«

»Steffen!«

»Okay«, lenkte er ein, »ich gebe mich geschlagen. Aber nicht bedingungslos.«

»In meinem Weltbild stellt der Sieger die Bedingungen«, sagte ich mit gespieltem Ernst.

»Plural? Reicht die Probezeit nicht?«

»Nein«, entschied ich kategorisch. »Ich möchte das Sagen haben, wenn wir unsere gemeinsame Wohnung einrichten.«

»Warum?«, fragte er irritiert. »Gefällt es dir bei mir nicht?«

»Hast du jemals mehr als zehn Minuten darüber nachgedacht, wie du es bei dir wohnlich machen könntest?«

»Nein, das ist mir auch nicht so wichtig.«

»Eben«, sagte ich trocken. Von Steffens liebevoller Ader war in seiner praktisch und funktional eingerichteten Wohnung nichts zu spüren. Atmosphäre schufen einzig und allein seine Unmengen von Büchern. »Deshalb werde ich das in die Hand nehmen, mir ist es nämlich wichtig.«

»Wenn du dafür in unserem neuen Zuhause keine Zigarette mehr in die Hand nimmst, bin ich einverstanden.«

Da es nicht gleich übermorgen sein würde und ich mir gerade erst eine angezündet hatte, willigte ich ein. »Wann lerne ich eigentlich mal deine Mutter kennen?«, wechselte ich schnell das Thema.

»Bald.«

Dieses *Bald* ließ sich jedoch Zeit. Es fiel auf einen drückend heißen Samstag im August. Thea Wolf, die mir fast schon wie ein Phantom vorgekommen war, hatte uns zum Tee eingeladen. Den wenigen Beschreibungen nach zu urteilen, die ich Steffen hatte entlocken können, war sie eine sehr empfindsame Frau, deren bisheriger Lebensweg mit vielen Enttäuschungen gepflastert war. Zum Glück habe sie sich aber nicht eingeigelt, dafür hätten schon ihre zahlreichen Freundinnen gesorgt.

Golzheim, das Viertel, in dem sie wohnte, kannte ich noch nicht, den Häusern nach zu urteilen, musste es sich jedoch um eines der besseren handeln. Wir hielten vor einem lang gestreckten Flachdach-Bungalow, der zurückgezogen auf einem nicht eben kleinen Grundstück mit riesigen alten Bäumen stand. Sämtliche Fenster waren vergittert, wie ich mit Unbehagen feststellte.

»Hier bist du aufgewachsen?«, fragte ich Steffen.

»Ja«, antwortete er knapp.

Nach einem kurzen Warn-Klingeln schloss er die Tür auf und rief im Hineingehen nach seiner Mutter. Von irgendwoher aus den Tiefen des Hauses war eine Frauenstimme zu hören, der Steffen ohne Zögern folgte. Ich blieb im Flur stehen und warf aus gebührlicher Entfernung einen Blick in die angrenzenden Räume, deren Türen offen standen.

Bei einer Vierundsechzigjährigen war ich darauf gefasst gewesen, jede freie Fläche mit diesem und jenem voll gestellt vorzufinden. Meine Eltern hatten Nippes geliebt, dementsprechend hatte es bei ihnen ausgesehen. Bei Thea Wolf herrschte übersichtliche Zurückhaltung. Die Möbelstücke waren ausnahmslos antik, die Teppiche kamen von sehr weit her und waren ebenso wie sämtliche Bezugsstoffe in dunklen Tönen gehalten. Hier hatte augenscheinlich niemand den Versuch unternommen, den Räumen ein wenig von dem Licht zurückzugeben, das die Bäume ihnen stahlen. Oder sie zumindest ein wenig zeitgemäßer zu gestalten.

Die dicken Teppiche schluckten jedes Geräusch, deshalb hatte ich sie nicht kommen hören. Plötzlich stand sie mit Steffen im Schlepptau hinter mir. Durch den Turban, den sie sich aus einem Frotteehandtuch um den Kopf geschlungen hatte und der einen ungewöhnlichen Kontrast zu ihrem eleganten, eisgrauen Leinenkostüm bildete, überragte sie mich um Kopfeslänge. In *ungekröntem* Zustand mussten wir ungefähr gleich groß sein. Blitzschnell nahm ich ihre Erscheinung war: zierlich, aufrechte Haltung, sehr gepflegt, perfektes Make-up und ein für ihr Alter ungewöhnlich faltenfreies Gesicht. Hätte ich Thea Wolf mit einem einzigen Wort beschreiben sollen, so hätte ich mich für *dezent* entschieden.

Die spätsommerliche Hitze, die sich auch im Inneren des Hauses breit gemacht hatte, schien ihr nichts auszumachen. Im Gegensatz zu mir, die ich froh über mein luftiges Sommerkleid war.

Sie griff nach meinen Händen, drückte sie fast unmerklich und hieß mich mit brechender Stimme willkommen. »Sie müssen mich noch für einen Augenblick entschuldigen, mein Kind, aber ich hatte gerade ein Malheur mit der Dusche und muss meine Haare wieder trocknen.« Dieses *Malheur* schien sie gänzlich aus der Fassung gebracht zu haben. Sie kämpfte mit den Tränen.

Kaum war sie verschwunden, erklärte Steffen mir, was passiert war. Sie hatte unter dem Wasserhahn der Badewanne ein paar Strümpfe auswaschen wollen, dabei jedoch vergessen, dass der Hebel für die Dusche noch umgelegt war. Kurz und gut: Sie hatte sich über die Wanne gebeugt und sich dabei unfreiwillig die Haare gewaschen.

»O Gott, die Arme«, sagte ich mit einem unterdrückten Lachen.

»Das ist wirklich nicht komisch, Anna«, wies Steffen mich zurecht. »Sie hat einen gehörigen Schreck bekommen.«

»Aber es sind doch nur Haare.«

»In dreißig Jahren sprechen wir uns wieder.«

Dann sind es immer noch nur Haare, konterte ich im Stillen und wandte mich ab, damit Steffen meinen amüsierten Gesichtsausdruck nicht sah. Sein bierernster Blick ließ darauf schließen, dass in diesem Augenblick Welten aufeinander prallten.

Die halbe Stunde, die sie brauchte, um ihre Haare zu trocknen, nutzten Steffen und ich, um im Wohnzimmer den Tisch zu decken. Thea Wolf hatte in der Küche bereits alles vorbereitet, so dass wir es nur noch hineintragen mussten. Als wir uns in zwei gegenüberstehenden Sesseln niederließen, sah ich Steffen zum ersten Mal an seinen Nägeln kauen. Bis dahin hatte ich mich immer gefragt, wann er sich überhaupt daran zu schaffen machte, da ich ihn noch nie dabei hatte beobachten können. Ich hatte ihn aber auch noch nie so angespannt erlebt.

»Wer fünf Minuten, bevor die zukünftige Schwiegertochter ihren Antrittsbesuch macht, noch Strümpfe wäscht«, sagte ich mit einem amüsierten Lächeln, »ist entweder total entspannt oder aber ein wenig überspannt. Beides finde ich sympathisch.«

Er sah nur kurz zu mir, um seinen Blick gleich darauf wieder auf die Zimmertür zu richten.

So einfach war er offensichtlich nicht zu beruhigen. Also gut: »Und wenn ich mir Mühe gebe, wird sie mich vielleicht auch sympathisch finden.«

»Das ist es nicht«, sagte er bedrückt.

»Was ist es dann?«

»Sie hat sich so sehr auf diesen Nachmittag gefreut, und dann das.«

»Jetzt mach doch kein Drama daraus«, sagte ich eine Spur ungehalten. Steffen neigte doch auch sonst nicht zu Übertreibungen.

»Du kannst das nicht verstehen.«

Gerade wollte ich ihm sagen, dass ich tatsächlich nicht verstand, was so Schlimmes geschehen war, als seine Mutter ohne Turban zurückkam. Sie hatte modisch gestufte, kinnlange Haare, von denen jedes einzelne an seinem Platz lag. Für dieses Werk hätte ich mehr als eine halbe Stunde gebraucht, dachte ich anerkennend. Ihre Haarfarbe glich Steffens bis in die kleinste Nuance. Die hatte er also von ihr – außer sie hatte mit einer Farbtube korrigierend in die Schöpfung eingegriffen.

Sie ließ sich mit einem Seufzer in einen Sessel sinken und

holte gleich darauf tief Luft. Es war, als müsse sie ihren außer Kontrolle geratenen Atem regulieren und ihre Fassung zurückerobern. Während Steffen das Einschenken und Kuchenausteilen übernahm, ruhte der Blick ihrer graublauen Augen mit sehr viel Wohlwollen auf mir.

Ich erinnerte mich noch genau an den Tag, an dem ich zum ersten Mal meiner Ex-Schwiegermutter gegenübergesessen hatte. Erst hatte sie mich kritisch beäugt, um mich dann mit so vielen Fragen zu bombardieren, dass mir ganz schwindelig geworden war. Offensichtlich neigte ich nicht nur bei meinen Männern zu Extremen, sondern auch bei deren Müttern.

»Ich freue mich, Sie kennen zu lernen, Anna«, eröffnete sie das Gespräch. »Endlich, möchte ich fast sagen.« Der vorwurfsvolle Unterton galt nicht mir, sondern Steffen, wie an ihrem Blick unschwer zu erkennen war.

Gespannt sah ich zwischen beiden hin und her.

»Leider ist mein Sohn nicht gerade mitteilsam, deshalb war ich sehr überrascht, als er mir plötzlich eröffnete, dass er heiraten will.«

»Ich war genauso überrascht«, sagte ich mit einem leicht irritierten Lächeln in Steffens Richtung.

»Wir haben das doch besprochen, Mutter.« Er rutschte unruhig in seinem Sessel hin und her.

»Was habt ihr besprochen?«, fragte ich neugierig.

»Ich wollte erst ganz sicher sein, bevor ich meiner Mutter von dir erzähle«, klärte er mich auf. »Sie …«

»Viel wichtiger ist, dass ihr euch sicher seid«, unterbrach sie ihren Sohn mahnend. »Ein gemeinsames Leben ist eine große Umstellung. Das will gut überlegt sein.« Merkwürdigerweise hielt sie ihren Blick ausschließlich auf mich gerichtet.

»Unbedingt«, erwiderte ich schmunzelnd, um wieder ein bisschen Leichtigkeit ins Gespräch zu bringen.

»Keine Sorge, Mutter.«

»Ich weiß, wovon ich rede«, begehrte Thea Wolf auf, die offensichtlich keinen der ihr zugespielten Bälle annehmen wollte – weder den humorvollen noch den besänftigenden.

»Steffen und ich sind ja keine Teenager mehr.«

»Das hat mit dem Alter nichts zu tun, sondern mit den Umständen.« So leicht waren ihre Bedenken nicht aus der Welt zu schaffen.

»Bei zwei Singles sind die nicht wirklich schwierig«, sagte ich, immer noch lächelnd. »Und ich fühle mich auch noch flexibel genug, um mit einem Ortswechsel fertig zu werden.« Den ironischen Unterton konnte ich mir nicht verkneifen.

Was ihr als Entgegnung auf der Zunge lag, sollten wir nicht erfahren, da in diesem Moment das Telefon klingelte. Mit gemessenen Schritten ging Thea Wolf zu einem kleinen Tisch vor dem Fenster und hob den Hörer ab. Einer Frau namens Marlene versprach sie, am Abend zurückzurufen, da sie gerade Besuch habe. »Du glaubst nicht, was mir heute passiert ist«, hörte ich sie zum Abschied in leicht dramatischem Ton ins Telefon sagen.

Fragend sah ich Steffen an, der mir nur leise »Die Dusche!« zuflüsterte.

Während ich ihn noch ungläubig anstarrte, setzte sie sich mit einem Seufzer wieder zu uns. »Manchmal frage ich mich, ob ich das Unglück anziehe.«

Ich gab mir alle Mühe, ernst zu bleiben. Wenn sie keine anderen Sorgen hatte als diesen kleinen Zwischenfall im Bad, dann war sie zu beneiden.

Steffen schien das anders zu sehen, er machte sich laut Gedanken darüber, wie sich eine Wiederholung verhindern ließe. Dass er nicht gleich losfuhr und sich bei einem Installateur mit Prospekten für Sicherheitsarmaturen eindeckte, war wahrscheinlich nur der Tatsache zu verdanken, dass am

Samstagnachmittag alle in Frage kommenden Geschäfte geschlossen waren. Ich erkannte ihn nicht wieder. Oder vielleicht sollte ich besser sagen, dass seine Fürsorge, die ich selbst so sehr an ihm schätzte, bei seiner Mutter olympische Rekorde brach.

Als wir endlich wieder im Auto saßen, ließ ich einen Stoßseufzer los und zündete mir eine Zigarette an.

»Sie hat es nicht leicht gehabt in ihrem Leben«, sagte er entschuldigend. »Lass dich von der schönen Fassade, hinter der sie lebt, nicht täuschen.«

Um die Schwermut, in die er gefallen war, nicht noch zu vertiefen, schluckte ich den Widerspruch, der mir auf der Zunge lag, hinunter. Die Fassade, hinter der seine Mutter lebte, fand ich düster, aber ganz bestimmt nicht schön. Es gab dort nichts Lichtes, nichts Fröhliches.

»Wieso steht eigentlich nirgends ein Photo von deinem Vater?«, durchbrach ich das Schweigen.

»Sie erträgt den Anblick nicht.«

»Oh.« Von Steffen wusste ich, dass der Selbstmord seines Vaters zehn Jahre zurücklag. Spontan dachte ich, dass diese Zeit normalerweise ausreichen sollte, um darüber hinwegzukommen. Doch dann fragte ich mich, ob es überhaupt ein solches Zeitmaß für Trauer gibt, war ich doch selbst ein gutes Beispiel dafür, wie schwierig es sein konnte, einen Tod zu verarbeiten.

Ich will nicht sagen, dass Thea nun übergangslos vom Phantom zum Tabu avancierte, aber nach diesem Nachmittag sprachen wir kaum über sie. Immerhin hatten wir den Kopf voller Pläne, die sich ausnahmslos um unser gemeinsames Leben drehten, das – bedingt durch Steffens Praxis – in Düsseldorf stattfinden würde. Nachdem ich mich einmal dazu entschlossen hatte, konnte ich es kaum abwarten. Ich war gespannt auf das Neue, das mit jedem Umzug verbunden ist. Und ich freute mich darauf, jeden Morgen neben Steffen aufzuwachen.

Diese Vorfreude ließ ich mir auch von Ralph nicht verderben, der mir in der ihm eigenen pragmatischen Kürze die Frage aus meinem letzten Brief beantwortet hatte: *Wenn Du so lange nachdenken musst, Anna, dann lass die Finger davon.*

»Zu spät«, sagte ich leise vor mich hin, faltete den Brief zusammen und schob ihn zurück in den Umschlag.

Die nächsten Wochenenden verbrachten wir damit, eine gemeinsame Wohnung zu suchen. Dabei zeigte sich sehr schnell, wie weit eine Wochenendbeziehung vom Alltag und den unumgänglichen Kompromissen entfernt ist. Es ist etwas anderes, sich gegenseitig in der jeweils eigenen Welt zu besuchen, als sich gemeinsam in dieser Welt einzurichten. Was mir bis dahin nicht aufgefallen war, kam jetzt zum Tragen: Steffens ausgeprägtes Ruhebedürfnis und seine Lärmempfindlichkeit. Er wollte keine Wohnung mitten in der Stadt, dort lag bereits seine Praxis, was ihm vollkommen reichte. Und ich wollte nichts anderes als mitten hinein.

Ich glaube, letztlich willigte er nur ein, in der Stadt eine Wohnung zu suchen, weil er Angst hatte, ich würde es mir sonst noch einmal überlegen. Aber das wurde mir erst sehr viel später klar. Zu jenem Zeitpunkt nahm ich an, ich hätte ihn überzeugt.

Bis weit in den Herbst hinein sahen wir uns mögliche Objekte an, Ende Oktober wurden wir endlich fündig. Wir entschieden uns für ein kleines Reihenhaus mit vier Zimmern, einem winzigen Vorgarten und einem nur unwesentlich größeren Garten zur Rückseite im Stadtteil Gerresheim. Nach all den scheußlichen und überteuerten Wohnungen, die man uns angeboten hatte, ging für mich in diesen Räumen die Sonne auf. Die dunkelroten Backsteinklinker umschlossen große Fenster, die viel Licht spendeten. Im Erdgeschoss lag altes Parkett, das bei jedem Schritt knarzte, und die kleine, geschützte Terrasse nach hinten hinaus würde im Sommer unser fünftes Zimmer sein. Was bisherige Interessenten nach Aussage des Maklers abgeschreckt hatte, störte uns überhaupt nicht: das lindgrüne Bad aus den siebziger Jahren. Ich brauchte kein weißes Hochglanzbad zu meinem Glück. Viel wichtiger war mir, in einem Stadtteil zu wohnen, der lebendig war. Ruhige Zurückgezogenheit lag mir nicht.

Zum ersten Februar würden wir einziehen können. So hatte ich genug Zeit, meine Wohnung und meinen Job in Hamburg zu kündigen und mich in Düsseldorf auf Jobsuche zu machen. Da Steffen bereits in unserer bisherigen Beziehung unter meinem Schichtdienst gelitten hatte, beschloss ich, mich zu neuen Ufern aufzumachen. Im Hotelgewerbe eine geregelte Arbeitszeit zu erwarten war illusorisch. So blieb mir nur ein Umsatteln. Kaum jemand wollte sich jedoch darauf einlassen, mich wie eine vollwertige Kraft zu bezahlen und auf meine Flexibilität und meinen Einsatzwillen zu bauen, wenn es darum ging, mich in eine ganz neue Materie einzuarbeiten. Ich dagegen war noch nicht zu einer Gehaltseinbuße bereit.

Anfang Januar hatte ich lediglich ein Angebot von einer Zeitarbeitsfirma, die mich an wechselnden Orten als Sekretärin einsetzen wollte. Sollte sich bis zu meinem Umzug nichts anderes ergeben, würde ich übergangsweise in diesen sauren Apfel beißen müssen. Ich war daran gewöhnt, mein eigenes Geld zu verdienen, und wollte unser gemeinsames Leben nicht gleich mit vorhersehbarer Unzufriedenheit beginnen.

Als ich zwei Wochen später den Vertrag mangels einer Alternative unterschreiben wollte, wendete sich unversehens das Blatt, und ich sah plötzlich einen verheißungsvollen Schimmer an meinem beruflichen Horizont. Schon vor zwei Monaten hatte ich auf die Anzeige einer Hausverwaltungsfirma geantwortet, jedoch bislang keine Antwort erhalten. Wie sich herausstellte, hatte es etwas länger gedauert, die Bewerber der ersten Wahl auszusortieren. Jetzt war die zweite Wahl an der Reihe, zu der ich zählte. Ich hielt mich nicht lange mit verletzter Eitelkeit auf, sondern legte mich ins Zeug, um meinen hoffentlich zukünftigen Chef von meinen Qualitäten zu überzeugen.

Jobst Kahl, den ich auf Mitte fünfzig schätzte, war nicht gerade mit Humor gesegnet. Und schon gar nicht mit erwähnenswert vielen Haaren, wodurch er seinem Namen – sicher zu seinem Leidwesen – alle Ehre machte. Die wenigen Strähnen, die ihm geblieben waren, hatte er so lang wachsen lassen, dass sie von einem Ohr bis zum anderen die kahlen Stellen auf seinem Kopf bedeckten, diesen dadurch jedoch eine Betonung verlieh, die er unzweifelhaft hatte vermeiden wollen. Dies und ein nervöses Zucken im linken Auge vergaß man jedoch, sobald er den Mund aufmachte. Er sprach mit einem so ausgeprägten Engagement über die Häuser und Wohnungen, die er unter seine Fittiche genommen hatte, als seien es allesamt seine Kinder, denen man mit Liebe, vor allem aber mit der nötigen Strenge zu begegnen habe.

Während unseres Gesprächs ließ mich das Gefühl nicht los, ich stünde als Pädagogin und nicht als Sachbearbeiterin auf dem Prüfstand. Da ich keinerlei Erfahrungen vorzuweisen hatte, schilderte er mir diverse Situationen und fragte mich nach Lösungsansätzen. Hatte ich mir bisher vorgestellt, die Arbeit einer Hausverwaltung bestünde hauptsächlich darin, Nebenkostenabrechnungen zu erstellen und Reparaturen zu organisieren, so wurde ich von Jobst Kahl eines Besseren belehrt. Es gehe um Menschenführung in ihrer reinsten Form. Während ich dabei automatisch an Motivation dachte, hielt er mir einen Vortrag über Deeskalation.

Bis dahin hatte ich nicht mitreden können, doch plötzlich war ich in meinem Element. Wer einmal am Empfang eines Hotels gearbeitet hat, weiß, was Deeskalation oder Entschärfung bedeutet. Bis auf meine derben Ausrutscher nach dem Tod meiner Eltern war mir das auch stets gut gelungen.

»Was würden Sie machen, wenn eine Partei in einem Mehrfamilienhaus plötzlich im Treppenhausbereich der eigenen Wohnung Kunstrasen verlegt?«, fragte Jobst Kahl mich gespannt.

»Ist so etwas schon einmal vorgekommen?«

»Erst kürzlich.«

Zum Glück hatte ich im rechten Moment einen Geistesblitz: »Ich würde diese Partei zu ihrer Entscheidung beglückwünschen und ihr ausführlich schildern, dass sie ihrer Zeit weit voraus sei. Die Stadtväter hätten gerade erst beschlossen, den sozialen Wohnungsbau entsprechend auszustatten – quasi als grüne Oase inmitten sozialen Elends. Was glauben Sie, wie schnell so ein Wohnungseigentümer den Kunstrasen wieder entfernt.« So gespannt wie er auf meine Antwort gewesen war, war nun ich auf seine Reaktion.

Außer dem Augenzucken, an das ich mich bereits gewöhnt hatte, kam jedoch nichts. Er sah mich mit einem ungläubigen Gesichtsausdruck an.

»Was hätten Sie gemacht?«, fragte ich leicht verunsichert.

»Ich hätte die Partei auf die entsprechende Vorschrift verwiesen, die eine solche Belegung strikt untersagt.«

»Oder so«, sagte ich enttäuscht und auch ein wenig überrascht. Im Hotel hatte ich die Erfahrung gemacht, dass der Verweis auf Vorschriften nur dann wirklich Eindruck macht, wenn er aus dem Mund eines Polizisten oder Anwalts kommt. Die Kunden der Hausverwaltung Kahl mussten vergleichsweise zahm sein, wenn sie durch das Herunterbeten von Paragraphen zu beeindrucken waren.

Ganz so zahm, wie ich annahm, schienen jedoch nicht alle zu sein, wie sich gleich darauf herausstellte.

»Wir haben da ein Haus in der Verwaltung, mit dem es immer wieder Schwierigkeiten gibt«, wand Jobst Kahl sich in sichtlichem Unbehagen. »Es kommt einfach keine Ruhe hinein. Wenn Sie es während Ihrer dreimonatigen Probezeit schaffen, dass ich nicht jede Woche einen Beschwerdebrief auf den Tisch bekomme, dann haben Sie den Job, Frau Laudien.« Seinem beredten Gesichtsausdruck nach zu urteilen, beherbergte dieses Haus entweder ein gut gehendes Bordell oder aber eine Ansammlung von überzeugten Besserwissern jenseits der siebzig. Vielleicht sogar beides.

Am liebsten hätte ich ihn nach Details gefragt, entschied mich dann jedoch dagegen. Ich wollte diesen Job. Und wer weiß, möglicherweise wäre es ihm gelungen, ihn mir auszureden. Hätte ich immer vorher gewusst, wer im nächsten Moment zu mir an den Hotelempfang kommen würde, hätte ich so manches Mal rechtzeitig Reißaus genommen.

Wäre es nach Jobst Kahl gegangen, hätte ich bereits am nächsten Tag bei ihm anfangen können, doch ich vertröstete ihn bis zum fünfzehnten Februar. Mein Umzug war zwar schon für die kommende Woche geplant, aber ich wollte mir Zeit fürs Einrichten und Möbelrücken nehmen. Steffen würde die Praxis für zwei Tage schließen, was einer kleinen Revolution gleichkam. In dem Dreivierteljahr, das wir jetzt zusammen waren, hatte er es nur einmal geschafft, mit mir in Urlaub zu fahren. Immer gab es gerade einen ganz besonders schweren Fall, der ihn brauchte.

Aber diese eine Woche hatte ich ihm abgetrotzt und ihm *mein* Paris gezeigt, wo ich drei Jahre lang in einem Hotel am Montmartre gearbeitet hatte. Zwei Tage dauerte es, bis Steffen endlich abschaltete und wir einige unserer schönsten Stunden verbrachten. Für kurze Zeit löste er sich von seinen festen Gewohnheiten. Wie jemand, der in die freie Natur kommt und Strümpfe und Schuhe auszieht, bestellte er sich plötzlich den in großen Tassen servierten Milchkaffee, anstatt auf seinem Tee zu bestehen. Es waren unbeschwerte Tage.

Mit meinem Versprechen, das Rauchen aufzugeben, ließ ich mir bis zum Tag des Umzugs Zeit. Je näher dieser Tag rückte, desto häufiger überlegte ich mir, trotz meines Versprechens heimlich weiterzurauchen. Es gab schließlich nicht nur unsere Wohnung, sondern auch noch mein Auto und mein Büro, wo ich meiner Sucht nach Belieben weiterfrönen konnte. Doch plötzlich stand dieses Wort im Raum: Sucht. Ich, die ich nicht einmal von dem Mann, den ich heiraten würde, finanziell abhängig sein wollte, hatte es in einem sich über fast drei Jahre hinziehenden, schleichenden Prozess zugelassen, für mein Wohlbefinden Zigaretten zu brauchen. Was Steffens überaus drastischer Beschreibung meines Lungenzustands nicht gelungen war, gelang nun meiner Aversion gegenüber einer nicht steuerbaren Abhängigkeit. Ich beschloss, mit dem Rauchen aufzuhören. Zum Glück ahnte ich nicht, was damit auf mich zukommen würde.

Meine letzte Zigarette rauchte ich, während ich vor unserem neuen Zuhause im Auto saß, dem Schneetreiben zusah und auf Steffen mit den Schlüsseln und den Umzugswagen mit meinem Hausstand wartete. Ich genoss jeden einzelnen Zug, drückte den Rest dann jedoch ganz bewusst im Aschenbecher aus. Wenn ich wegen einer gescheiterten Ehe damit angefangen hatte, dann konnte ich auch wegen einer zukunftsträchtigen wieder damit aufhören.

Steffen hatte sich verspätet und kam erst eine halbe Stunde vor meinem Umzugswagen. Er selbst hatte seinen freien Mittwochnachmittag genutzt und war schon am Vortag eingezogen. Abgehetzt lief er auf mich zu und schloss mich in seine Arme. Die Schneeflocken schmolzen in unseren Gesichtern.

»Wie gut, dass du heil angekommen bist!«

Nachdem ich ihn geküsst hatte, griff ich nach seiner Hand und zog ihn hinter mir her. »Komm! Lass uns reingehen. Ich erfriere hier draußen.«

Kurz vor der Tür hielt er an. »Warte!« Ehe ich mich versah, hatte er mich hochgehoben, um mich über die Schwelle zu tragen.

»Steffen, das bringt Unglück«, protestierte ich lautstark.

»Nie im Leben«, lachte er froh, »du kannst mir gar kein Unglück bringen.«

Und das aus dem Mund meines übervorsichtigen Steffen. Seine Freude sprang auf mich über und trug mich auf einer Woge mitten hinein in mein neues Leben. Ich schüttelte den Schnee von meinem Mantel und wollte mich gerade auf Erkundungstour durchs Haus machen, als Steffen mich gegen hoch gestapelte Umzugskartons drückte und mit einer selbstvergessenen Leidenschaft küsste.

»Ich denke, du neigst nicht zu tätlichen Übergriffen«, sagte ich außer Atem, während er mir den Mantel aufknöpfte und sich am Reißverschluss meiner Jeans zu schaffen machte.

»Wenn es dir nicht gefällt, höre ich sofort auf.« Er hielt mitten in seiner Bewegung inne und sah mich mit glänzenden Augen an.

»Wer redet davon, dass es mir nicht gefällt?« Ich ließ meinen Mantel zu Boden sinken.

Zum Glück versperrten die Umzugskartons möglichen Passanten auf der Straße die Sicht in unser neues Heim. Sonst hätten wir wahrscheinlich sofort eine Anzeige wegen unzüchtigen Gebarens erhalten.

Wir waren gerade wieder in unsere Hosen geschlüpft, als

es an der Tür klingelte und wir mit leicht erhitzten Gesichtern öffneten. Während sich nach und nach noch mehr Kartons im Haus stapelten, dachte ich über diesen überaus viel versprechenden Start mit meinem zukünftigen Mann nach.

Als die Möbelpacker alles ausgeladen hatten, brauchte ich sehr viel Phantasie, um mir vorzustellen, dass unser neues Zuhause einmal wohnlich aussehen würde. Zwischen unzähligen Umzugskartons standen die Möbel aus unseren ehemaligen Wohnungen, die unterschiedlicher nicht hätten sein können. Steffens glichen eher nichts sagenden Büromöbeln, während meine – bis auf das Bettsofa – von Trödelmärkten stammten. Selbst ein Innenarchitekt hätte sich hier ratlos die Haare gerauft, hätte man ihn gebeten, diese beiden Stilrichtungen so zu kombinieren, dass man sich wohl fühlte.

»Steffen?«

Sein »Hier unten« kam aus dem Keller.

Ich lief hinunter und fand ihn dabei, die Kartons mit der Hinterlassenschaft meiner Eltern aufeinander zu stapeln.

»Dass Gegensätze sich anziehen«, sagte ich fest, »trifft auf uns ja durchaus zu, aber nicht auf unsere Möbel.«

»Besser so als umgekehrt.«

»Was hältst du davon, wenn jeder von uns seine alten Möbel nimmt und sich damit ein eigenes Zimmer einrichtet, wir von dir Bett und Schrank fürs Schlafzimmer nehmen und ich uns das Wohnzimmer gestalte?«

»Mir ist alles recht.«

»So ein Freifahrtschein birgt Risiken«, warnte ich ihn mit einem spitzbübischen Lächeln.

»Nicht in deiner Hand.«

»Wart's ab.« Am nächsten Tag würde ich mich auf die Suche machen.

Bis weit in den Abend hinein verteilten wir die Möbel auf unsere beiden Zimmer und das Schlafzimmer. Steffen hatte sich für das Zimmer im ersten Stock entschieden, ich mich für das neben dem Wohnzimmer. Kurz vor Mitternacht ließen wir uns völlig verschwitzt und erschöpft auf mein Bettsofa sinken.

»Fast hätte ich es vergessen.« Ich sprang auf und holte aus dem Kühlschrank eine halbe Flasche Champagner, die ich extra für unseren Einzug in Hamburg gekauft hatte. Der einzige Karton mit Geschirr, an den ich herankam, gehörte Steffen. Gläser fand ich darin allerdings keine, sondern nur Teebecher. Was soll's, dachte ich und schenkte zwei der Becher halb voll.

Zurück im Zimmer reichte ich Steffen einen Becher und setzte mich ihm gegenüber aufs Sofa. Uns zuprostend verschränkten wir unsere angewinkelten Beine ineinander. Es war ein seliger Moment, in dem wir uns sehr nahe waren. Die plötzliche Panik, die mich kurz vor meiner Abfahrt in Hamburg überfallen hatte und die die Frage betraf, ob ich die richtige Entscheidung getroffen hatte, war wie weggeblasen. Ich strich durch Steffens widerspenstige Haare. »Es war eine gute Idee.«

»Was?«

»Mich zu fragen, ob ich dich heirate.«

»Etwas Schöneres hättest du mir nicht sagen können.« Der Blick, den er mir schenkte, war so durch und durch froh, dass mir das Herz ganz leicht wurde. Unser Start hätte besser nicht sein können.

Getragen von diesem Gefühl ging ich mit Enthusiasmus ans Werk und schaffte es, dass unser Wohnzimmer nach zehn Tagen meinen Vorstellungen entsprach. Zu einem mit grobem grauen Stoff bezogenen Sofa hatte ich auf einem Trödelmarkt eine alte Holztruhe und zwei noch ältere, dunkelgrüne Ledersessel mit Messingnieten gekauft. Der Esstisch war aus Metall und wurde umringt von vier Holzstühlen, von denen keiner dem anderen glich. Auf einem kleinen, gelbgrau karierten Nierentisch schließlich fand mein CD-Player seinen Platz. Um ein Bücherregal hatte ich mich nicht kümmern müssen, da unsere Vorgänger im Wohnzimmer eines eingebaut hatten.

An dem Abend, als alles fertig war, zündete ich vier große Windlichter an, die den Raum in warmes Licht tauchten, und sah Steffen voller Aufregung entgegen, als er aus der Praxis kam. »Und?«

Irritiert begegnete er meinem Blick.

»Wie findest du es?«

»Oh.« Endlich hatte er begriffen, was ich meinte. Es war, als würde er erst jetzt seine Umgebung wirklich wahrnehmen. »Schön.« Aus seinem Mund klang es wie der Kommentar eines zerstreuten Professors.

»Es fehlen noch Bilder, aber mit denen wollte ich mir Zeit lassen«, sprudelte ich weiter, merkte jedoch, dass ich ihn mit meiner Begeisterung nicht wirklich anstecken konnte, und hielt inne.

»Sei nicht enttäuscht«, sagte er zerknirscht.

»Um mich zu enttäuschen, braucht es mehr als einen Mann, dem die Wohnungseinrichtung nicht so viel bedeutet wie mir«, versuchte ich, ihn wieder aufzuheitern. Ich ging zum CD-Player und schob eine CD von Elton John ein.

»Anna, bitte nicht, ich hatte einen harten Tag.«

»Ja, gerade dann! Bei Musik entspannt man sich doch.«

»Man vielleicht, ich aber nicht«, sagte er mit einem Stirnrunzeln.

»Du hast es vielleicht nur noch nicht versucht«, beharrte ich, »wie sollst du auch ohne Musikanlage?«

»Ich habe keine, weil ich es versucht habe.«

»Oh«, sagte ich erstaunt, während mir klar wurde, wie wenig wir immer noch voneinander wussten. »Warum hast du dann nie etwas gesagt, wenn du mich in Hamburg besucht hast?«

»Wenn ich nicht den ganzen Tag gearbeitet habe, geht es ja auch«, gestand er unglücklich ein.

Ich griff nach der Fernbedienung des CD-Players und drückte auf Stopp, schließlich wollte ich ihn mit meiner Musik nicht quälen. Wir würden schon noch einen Kompromiss finden. Dieser kleine Wermutstropfen in einem ganzen See voller Zufriedenheit würde mich nicht schrecken.

Viel gewichtiger war da schon mein Zigarettenentzug. Ich hatte nicht erwartet, dass es mir so schwer fallen würde, auf Nikotin zu verzichten. Steffen riet mir zu joggen, dadurch würden ähnliche Stoffwechselvorgänge ausgelöst wie durchs Rauchen, aber diese Maßnahme erschien mir zu drastisch. Zumal für mich, die ich durch und durch unsportlich bin. In der Schule hatte ich dermaßen ununterbrochen meine Regel vorgeschützt, um nicht am Sportunterricht teilnehmen zu müssen, dass meine Lehrerin meine Mutter anrief und ihr riet, bei mir einmal einen Hormonstatus machen zu lassen.

Das Einzige, was mir von Anfang an half, die Lücke zu füllen, die die Zigaretten hinterlassen hatten, war Essen. Und da ich noch nie dick gewesen war, ging ich davon aus, dass dies auf ewig so bleiben würde. Selbst wenn ich ein oder zwei Kilo zunähme, wäre das immer noch besser, als nervös und launisch zu sein. Denn genau das drohte ich zu werden, wie Steffen mir mit einem mitfühlenden Lächeln bestätigte.

An dem Sonntag, bevor ich meinen neuen Job antreten sollte, luden wir Steffens Mutter zur Hausbesichtigung ein. Seit dem Nachmittag im August hatte ich sie nicht mehr gesehen. Ich freute mich auf ihren Besuch und hoffte nur, Steffen würde sie nicht wieder in einen Kokon aus übertriebener Fürsorge einspinnen.

Sie erschien bei uns in einem überaus gelungenen Aufzug.

Zu einem perfekt sitzenden, sehr femininen Wollkostüm trug sie einen passenden Hut in Form eines Turbans. Was ich jedoch zunächst als guten Sinn für Humor einstufte, stellte sich ziemlich schnell als reiner Zufall heraus.

»Wieder die Dusche?«, fragte ich sie mit einem Augenzwinkern zur Begrüßung.

»Die Dusche?« Ganz offensichtlich wusste sie nicht, worauf ich anspielte.

Steffen wusste es dagegen sofort. »Anna, bitte!«, raunte er mir leise zu. Und zu seiner Mutter gewandt: »Wie schön, dass du es geschafft hast.«

Was ist daran zu schaffen?, fragte ich mich. Sie war weder bettlägerig noch invalide. Bei seiner Mutter übertrieb Steffen es wirklich mit seiner Fürsorge. Aber das würde ich mit ihm besprechen, wenn wir allein waren.

Mit ihrer dezenten Art gewann sie von Minute zu Minute mehr meine Sympathie. Anstatt jeden Raum zu durchleuchten und Verbesserungsvorschläge zu machen, wie ich es von meiner Ex-Schwiegermutter kannte, folgte sie uns durch die Zimmer und kommentierte, was sie sah, mit einem schlichten »schön« oder »interessant«.

»Sie tun meinem Sohn gut, Anna«, sagte sie, als wir bei Kaffee, Tee und Kuchen zusammensaßen. »Er ist aufgelebt, seit er mit Ihnen zusammen ist.«

Ich bedankte mich mit einem Lächeln.

»Wollen wir nur hoffen, dass es so bleibt«, meinte sie liebevoll besorgt.

»Da bin ich ganz zuversichtlich«, hielt ich aufgekratzt dagegen.

»Recht so, Kind, Zuversicht ist schließlich das Privileg der Jugend.«

»Finden Sie?«, fragte ich überrascht. »Ich habe sie nie für ein Privileg gehalten, eher für eine Sichtweise.«

»Auch daraus spricht Ihre Jugend.«

»Ich denke, das …«

Steffen erstickte meinen Widerspruch jedoch im Keim, indem er einfach das Thema wechselte und seiner Mutter von meinen beruflichen Plänen erzählte. »Anna fängt übrigens am fünfzehnten in einer Hausverwaltung an.«

»Ich dachte, Sie kommen aus dem Hotelfach.«

»Stimmt, aber der dort übliche Schichtdienst ist nicht gerade beziehungsfreundlich.«

»Geht denn das so einfach in dieser Hausverwaltung … so ganz ohne Ausbildung?«, fragte sie skeptisch.

»Auch da bin ich ganz zuversichtlich«, wiederholte ich mich mit einem schelmischen Grinsen.

Sekundenlang starrte sie mich an. Ich war mir sicher, dass sie sich fragte, ob ich sie auf den Arm nahm. Dann schüttelte sie fast unmerklich den Kopf. »Dass Sie sich beruflich unabhängig machen, ist sehr klug von Ihnen, mein Kind. Ich wünschte, mir wäre das auch gelungen.« Ihre Stimme wurde immer leiser. »Aber mit einem Kind geht das nicht.«

Da gab es zwar durchaus andere Meinungen, aber ich war versucht zu glauben, dass diese in Theas Generation nicht so weit verbreitet waren. Außerdem: Was wusste ich schon über sie?

Steffens Erzählungen beschränkten sich darauf, dass sie es nicht leicht gehabt habe.

»Überlegen Sie es sich gut«, riet sie mir matt.

Ich war mit meinen Gedanken abgeschweift, so dass ich nicht gleich begriff, was ich mir überlegen sollte.

Bevor bei mir der Groschen fiel und ich etwas erwidern konnte, fuhr sie fort. »Zum Glück gibt es ja heute Mittel und Wege, eine Schwangerschaft zu verhindern.«

»Die gab es zu Ihrer Zeit auch schon«, sagte ich spontan, während mir schlagartig klar wurde, was sie da gerade seelenruhig von sich gegeben hatte und in welcher Weise ich mich zu einem Kommentar hatte hinreißen lassen. Ich sah zu Steffen, der Thea Tee nachschenkte und noch nicht einmal mit der Wimper zuckte. Ich hoffte, dass er mit seinen Gedanken weit weg bei einem Patienten war. Das wäre zumindest nichts Außergewöhnliches gewesen.

»Steffen war so ein hinreißendes Kind. Sie hätten ihn sehen sollen, Anna. Sie hätten sich auf der Stelle in ihn verliebt. Wenn Sie das nächste Mal kommen, zeige ich Ihnen ein paar Fotos von ihm.« Sie lächelte ihren Sohn wehmütig an.

In Gedanken war ich immer noch mit dem beschäftigt, was sie in Anwesenheit ihres Sohnes über Schwangerschaftsverhütung gesagt hatte. Wahrscheinlich handelt es sich um ein Missverständnis, überlegte ich und dachte an einen Artikel, den ich erst kürzlich gelesen hatte. Darin ging es um Denkmuster und darum, dass Menschen mit gleichen oder ähnlichen Strukturen sich auf Anhieb verstehen, was man von denen mit unterschiedlichen nicht behaupten kann. Ich würde mir einfach ein bisschen mehr Mühe mit ihr geben müssen. Immerhin hatte ich vor, ihren Sohn zu heiraten.

4

Vier Tage später stieg ich morgens um halb neun in mein Auto und fuhr zu meinem neuen Arbeitsplatz. Steffen war bereits um sieben Uhr aus dem Haus gegangen, da er sehr früh mit seiner Sprechstunde anfing. Ich war aufgeregter, als ich es mir zunächst eingestehen wollte. Es ist doch nur ein Job, versuchte ich, mich selbst zu beruhigen, aber es wollte mir nicht gelingen. Vor ein paar Tagen war ich noch sehr viel mutiger gewesen. Ich hörte mich noch Thea von meiner Zuversicht erzählen. In diesem Moment, in dem ich mir nichts sehnlicher wünschte als eine Zigarette, war plötzlich nichts mehr davon übrig. Fast war ich schon so weit, am nächsten Automaten Halt zu machen und alle Vorsätze über den Haufen zu werfen. Stattdessen deckte ich mich in einer Bäckerei mit einer Tüte voller stark gezuckerter »Ersatzdrogen« ein.

Als ich in dem modernen Bürohaus den Aufzug betrat und schließlich im dritten Stock gegenüber der Eingangstür der Hausverwaltung Kahl wieder ausstieg, holte ich einmal tief Luft und klingelte.

Pia Finke, Jobst Kahls Sekretärin, die ich bereits von meinem Vorstellungsgespräch kannte, öffnete mir. Sie war ungefähr Mitte zwanzig und wie bei unserer ersten Begegnung von Kopf bis Fuß in Schwarz gekleidet. Selbst vor ihren streichholzkurzen Haaren, die in zahllosen Wirbeln von ihrem Kopf abstanden und sie ein wenig wie ein gerupftes Huhn aussehen ließen, hatte die Vorliebe für diese Farbe nicht Halt gemacht. Geschweige denn vor ihrer Brille, deren rechteckiger, dicker Rahmen einen starken Kontrast zu ihren vergnügt dreinblickenden Augen bildete. Deren Farbe wiederum war undefinierbar – im Gegensatz zu ihren Lippen, die zartrosa schimmerten und zu den schönsten zählten, die ich je gesehen hatte.

»Herzlich willkommen, Frau Laudien!« Sie begegnete mir mit so viel Herzlichkeit, dass mir ganz warm ums Herz wurde.

»Danke«, sagte ich erleichtert.

»Kommen Sie mit, ich zeige Ihnen die Garderobe.«

Dort angekommen, zog ich meinen Mantel aus und hängte ihn über den Bügel.

»Wow«, sagte sie, während sie mich von Kopf bis Fuß musterte. »Sie sind die einzige Frau, die ich kenne, der ein figurbetontes Wollkleid wirklich steht. Haben Sie die Wolle passend zu Ihren Augen einfärben lassen?«

»Umgekehrt«, antwortete ich verschmitzt, »die Augen passend zur Wolle.«

Sekundenlang sah ich es hinter ihrer Stirn arbeiten, dann hielt sie anerkennend ihren Daumen in die Höhe. »Guter Humor!« Sie machte auf dem Absatz kehrt und bedeutete mir, ihr zu folgen. »Der Chef ist leider nicht da«, informierte sie mich, »er wird erst am späten Vormittag von einem Termin zurückkommen. Deshalb übernehme ich kurz die Vorstellung.«

Ich folgte ihr in ein Zimmer am Ende des Gangs, wo sich zwei Männer, die ich auf Anfang dreißig schätzte, an zwei Schreibtischen gegenübersaßen.

»Das ist Anna Laudien.« Sie sagte es in einem Ton, als handele es sich bei mir um eine lang ersehnte Rettung. Es hätte noch gefehlt, dass sie vor Erleichterung seufzte. War das Haus, das ich zu betreuen hatte, tatsächlich so schlimm? Bei dem Gedanken wurde mir ganz mulmig.

»Matthias Patt«, stellte sich der Linke von beiden vor und nickte mir aufmunternd zu.

»Rüdiger Patron.« Das kam von rechts mit einer unerwartet tiefen Stimme.

»Kurz: Pat und Patachon«, resümierte Pia Finke mit einem Schmunzeln.

Ich konnte gerade noch ein »Freut mich …« loswerden, als sie schon auf dem Absatz kehrtmachte und auf das angrenzende Zimmer zustürmte.

»Viel Glück«, riefen mir beide wie aus einem Mund hinterher.

»So, Frau Laudien, das ist Birte Kofler. Mit ihr werden Sie sich ein Zimmer teilen.« Und zu meiner neuen Kollegin gewandt: »Der Chef setzt große Hoffnungen in Frau Laudien. Wir wollen sie doch alle nach Kräften unterstützen, nicht wahr?« Blitzschnell war ihre Herzlichkeit einem warnenden Unterton gewichen. »Ich lasse Sie jetzt allein.« Während sie Birte Kofler den Rücken zudrehte, zwinkerte sie mir verschwörerisch zu.

»Hallo«, sagte ich freundlich zu meinem Gegenüber, ging zu meinem Schreibtisch und verstaute meine Handtasche und die Kuchentüte unter dem Tisch.

»Guten Tag.« Die Art, in der sie diese beiden Worte aus ihrem Mund quetschte, war weit davon entfernt, noch als freundlich durchzugehen. Eher erinnerte sie mich an eine ernst zu nehmende Kriegserklärung.

Kaum hatte ich auf meinem Schreibtischstuhl Platz genommen, begann sie, mit einem dicken Stapel Papiere in der Hand geschäftig zwischen ihrem Schreibtisch und einem Aktenschrank hin- und herzulaufen, nicht ohne mich mit diversen Seitenblicken skeptisch zu beäugen. Um zu erkennen, dass sie die Ablage machte, reichte meine bisherige Berufserfahrung.

Meine Blicke folgten ihr mit zunehmendem Staunen. Dies jedoch nicht etwa wegen der beachtlichen Geschwindigkeit, mit der sie ihre Arbeit erledigte, sondern wegen ihrer wenig schmeichelhaften Erscheinung, die auch noch den leisesten Hauch von Natürlichkeit unter dickem Make-up, blond gefärbten Haaren und Unmengen von Schmuck vergraben hatte. Außerdem hatte sie sich in einer Weise gekleidet, die mich unweigerlich an eine Verkleidung denken ließ, deren Motto jedoch nicht klar auszumachen war.

War sie optisch schon schwer verdaulich, so rangierte sie mit ihrer unangenehm lauten Stimme in der Nähe eines Darmverschlusses. Die Anrufer, die sie immer wieder in ihrer Arbeit unterbrachen, sind hoffentlich allesamt schwerhörig, dachte ich mitfühlend. Leisere Töne schlug sie erst an, als sie mich während ihrer Frühstückspause mit einem um Unschuld bemühten Augenaufschlag in die »Bürointerna« einweihte, wie sie es nannte. In meinen Augen war es nichts weiter als Klatsch.

Meine Hoffnung, sie dadurch bremsen zu können, dass ich nicht darauf einging, erfüllte sich nicht. Wollte ich sie jedoch nicht gleich mit ein paar klaren Worten vor den Kopf stoßen, blieb mir nur, meine Ohren auf Durchzug zu schalten, was ich schließlich auch tat. Während sie unablässig weiterredete, nahm ich unser gemeinsames Zimmer mit seinen hellgrauen Büromöbeln auf dunkelgrauem Filzteppichboden näher in Augenschein. Wer auch immer dafür verantwortlich war, hatte erfolgreich versucht, eine freundliche Atmosphäre mit Sparsamkeit zu verbinden. Und dann fiel mein Blick auf die Fensterbank, die – wenn mich nicht alles täuschte – in Mein und Dein eingeteilt war: Auf Birte Koflers Hälfte drängten sich dicht an dicht fünf Grünpflanzen, während von der zweifellos millimetergenau errechneten Mitte aus in meine Richtung gähnende Leere herrschte.

Ich konnte meinen Blick kaum von diesem Anblick losreißen, als ich wegen der plötzlich hereingebrochenen Stille aufhorchte. »Wie bitte?«

»Wella oder L'Oréal?«, wiederholte sie ihre Frage.

Mit meinem Gesichtsausdruck hätte ich sicher keinen Intelligenztest bestanden.

»Welches Haarfärbemittel benutzen Sie?«, fragte sie ungeduldig.

»Gar keines.«

Ihrer säuerlichen Miene nach zu urteilen, war das eindeutig die falsche Antwort gewesen. »Echt blond?« Abfälliger hatte ich diese Frage noch nie jemanden stellen hören.

»Ja.«

Daraufhin warf sie mir noch einen abschätzigen Blick zu und dokumentierte mit wieder aufkeimender emsiger Geschäftigkeit, dass sie mit sofortiger Wirkung jegliches Interesse an mir verloren hatte.

Wenn ich Jobst Kahl, der mich kurz darauf zu sich rief, Glauben schenken durfte, war sie ein absoluter Profi.

»Worin?«, rutschte es mir heraus.

Er runzelte irritiert seine Stirn. »In ihrem Job natürlich. Es gibt keinen Paragraphen, den sie nicht kennt.«

Und offenbar auch kein Geheimnis, fügte ich im Geiste hinzu.

»Deshalb habe ich auch dafür gesorgt, dass Sie bei ihr im Zimmer sitzen. Von Frau Kofler können Sie jede Menge lernen. Und wenn's mal Probleme gibt, hilft sie gerne. Mit ihr kann man Pferde stehlen«, meinte er beschwörend.

Aber sie gehört zu der Sorte, die einen hinterher verrät, führte ich den Satz im Stillen fort. Immerhin wusste ich über Jobst Kahl bereits, dass er zweiwöchentlich Kunde bei einer einschlägig versierten Dame war. »Hm«, gab ich deshalb nur vage von mir.

»Und nun zu *Ihrem* Haus, Frau Laudien«, fuhr er engagiert fort. »Es handelt sich um vier Eigentumswohnungen. Bewohnt werden sie von einem alten Professor, einer nicht sehr viel jüngeren Pensionärin, einer Studentin und einem Psychologen, der die Wohnung unten links gekauft hat und gerade erst eingezogen ist.«

»Wie kann sich eine Studentin eine Eigentumswohnung leisten?«, fragte ich überrascht.

»Ääh …«, druckste er herum, »die Wohnung gehört mir, ich habe sie an die Studentin vermietet.« Dieses Geständnis schien ihm peinlich zu sein, er wich meinem Blick aus und schichtete ein paar Unterlagen von links nach rechts.

Ob er sich schämte, weil er wohlhabender war als andere? Das ehrte ihn, war bei mir jedoch völlig überflüssig, da ich selten neidisch bin.

»Bevor ich Ihnen lang und breit erkläre, was da los ist, lesen Sie sich am besten den ganzen Schriftwechsel durch.« Von einem der Stapel nahm er einen Ordner, der kurz davor war auseinander zu bersten, und reichte ihn mir. »Mit dem neuen Eigentümer sind noch die Formalitäten wegen der Hausgelder zu besprechen, das kann Ihnen Frau Kofler erklären.«

»Hat sie sich bisher um das Haus gekümmert?«, fragte ich im Hinausgehen.

»Ja.«

»Aha.« Eine klassische Zwickmühle nannte man das. Erledigte ich meine Aufgabe zu seiner Zufriedenheit, bedeutete das gleichzeitig, dass mir gelingen würde, was Birte Kofler nicht gelungen war. Blieb zu hoffen, dass Jobst Kahl sich zu gegebener Zeit in seiner Entscheidung, mich über die Probezeit hinaus zu beschäftigen, nur von meinen Leistungen beeinflussen ließ und nicht von intriganten Einflüsterungen.

Hätte mir in diesem Moment jemand ein übersteigertes Selbstvertrauen unterstellt, weil ich davon ausging, dass ich die Sache mit dem Haus schon in den Griff bekommen würde, hätte ich ihm von meinen Eltern erzählt, von ihrer unumstößlichen Zuversicht in allen Lebenslagen, die sie zu einem guten Teil an mich weitergegeben hatten.

Diese Zuversicht schwand auch dann nicht, als ich mich in den umfangreichen Schriftverkehr einlas. Beschwerden in jeglicher Form kannte ich vom Hotel zur Genüge. Es gab Gäste mit den abstrusesten Ansprüchen und skurrilsten Begründungen, warum sie auf der Erfüllung dieser Ansprüche bestanden. Aber was ich in diesen Briefen zu lesen bekam, die im vergangenen Jahr hin- und hergeschickt worden waren, übertraf selbst meine Vorstellungskraft. Und das nicht wegen ihrer Außergewöhnlichkeit, sondern wegen ihrer Banalität.

In Frühjahr ging es um die Frage, ob ein Magnolienbaum wirklich die richtige Bepflanzung für den Vorgarten sei, da er die Blütenblätter anfallartig abwerfe. Zum Sommer hin war es die gar zu ausgeprägte bäuerliche Anmutung der Dahlien, die mit einer bevorzugten großstädtischen Wohngegend nicht zu vereinbaren sei. Ein anderes Mal hatten die Geranien auf dem Nachbarbalkon ein so blendendes Rot, dass die Beschwerdeführerin nach eigenem Bekunden gezwungen war, auf ihrem Balkon eine Sonnenbrille zu tragen. Im Herbst sollten alle Dachschindeln auf ihre Sturmfestigkeit hin überprüft werden. Übertroffen wurde dieser Brief von einer genauen Aufstellung des Höhenabstands der Stufen der Außentreppe, der in einem Fall um zwei Millimeter von der Norm abwich und somit ein nicht kalkulierbares Sturzrisiko darstelle. Und das war nur eine Auswahl der Briefe, bis zum Winter war ich noch gar nicht vorgedrungen.

Dieses Haus, das Jobst Kahl Kopfzerbrechen machte, beherbergte also weder ein Bordell noch berufene Besserwisser, sondern eine unglaublich einfallsreiche Korinthenkackerin namens Therese Behrendt. Die achtundsechzigjährige Witwe war die Absenderin sämtlicher Beschwerdebriefe. Von den anderen Eigentümern gab es höchstens kurze Notizen, dass sie zu dieser oder jener Eigentümerversammlung aus Termingründen nicht erscheinen könnten.

Birte Kofler war mir zwar alles andere als sympathisch, aber gerechterweise musste ich ihr zugestehen, dass diesem Haus mit Paragraphen nicht beizukommen war. Ich hatte überhaupt keine Ahnung von der Materie, aber mein gesunder Menschenverstand sagte mir, dass es für diese und ähnliche Fälle gar keine Paragraphen gibt.

»Der Chef ist ein unverbesserlicher Optimist«, sagte sie mit einem Schnauben in meine Gedanken hinein.

»Weil er mich eingestellt hat?«

Sie sah mich irritiert an. An offene Visiere schien sie nicht gewöhnt zu sein. Aber da ich ihr nun schon einmal den Weg geebnet hatte, beschritt sie ihn auch. »Sie sind doch völlig unerfahren auf diesem Gebiet. Und da gibt er Ihnen gleich unser schwierigstes Objekt. Das kann doch nur schief gehen. Damit Sie mich nicht falsch verstehen, Frau Laudien, ich habe nichts gegen Sie persönlich …«

»Nur etwas gegen echte Blondinen, ich weiß.«

»Werden Sie nicht komisch«, sagte sie beleidigt, um gleich darauf ihren Satz zu vollenden. »An der alten Behrendt werden Sie sich die Zähne ausbeißen, diese alte Jungfer ist falsch bis unter die Zehennägel. Sagen Sie später nicht, ich hätte Sie nicht gewarnt.«

Nun hätte ich unser Arbeitsklima sicher dadurch verbessern können, dass ich mich ihr untergeordnet und sie um Rat gefragt hätte. Darauf wartete sie schließlich nur. Aber das brachte ich beim besten Willen nicht über mich. Sie war nicht der Typ, der Hilfestellung gibt, ohne gleichzeitig zu triumphieren. Irgendwie musste ich es alleine schaffen.

Kurz vor sechs rief Jobst Kahl mich noch einmal zu sich, um mich nach meinem ersten Eindruck zu fragen.

»Ich habe noch nicht alles gelesen, aber wie es scheint, ist Therese Behrendt die Hauptakteurin.«

Er nickte betrübt.

»Ich denke, die nächsten Tage werde ich noch für die Unterlagen benötigen und dann nächste Woche einen Termin mit der Dame vereinbaren.«

»Ob das hilft?« Er wiegte sorgenvoll seinen Kopf hin und her. »Sie zeigt sich in solchen Gesprächen sehr kooperativ, kaum kehrt man ihr jedoch den Rücken zu, flattert einem schon wieder so ein Brief auf den Tisch.«

»Lassen Sie es mich auf meine Art versuchen, ja …« Ich schenkte ihm ein aufmunterndes Lächeln. »Was ist eigentlich aus dem Kunstrasen geworden?«

»Der ist weg.«

»Den Paragraphen gewichen?«

»Nein, eher der Angst vor einem unerwünschten Statussymbol.« Zum ersten Mal sah ich Jobst Kahl vorsichtig lächeln. »Aber dass Sie mir deshalb nicht übermütig werden, Frau Laudien.«

»Nicht übermütig, nur motiviert«, versuchte ich, ihn zu beruhigen.

Zwar hatte er mich wegen meiner unkonventionellen Herangehensweise eingestellt, aber geheuer war sie ihm deshalb noch lange nicht. »So … na ja …«, brummelte er, als ich aufstand. »Wir werden sehen.«

Mit diesem mehrdeutigen Satz endete mein erster Arbeitstag, und ich verließ das Büro mit unzähligen neuen Eindrücken, nicht ohne vorher noch bei Pia Finke vorbeizuschauen und mich von ihr zu verabschieden.

»War's schlimm?«, fragte sie.

Mir war augenblicklich klar, dass sie auf Birte Kofler anspielte. »Es war ganz sicher nicht der Beginn einer wunderbaren Freundschaft«, antwortete ich in dem Versuch, es mit Humor zu nehmen.

»Wenn Sie einen Rat wollen: Lassen Sie sich nicht von ihr reizen.«

»Ich werde mir Mühe geben.«

»Und falls Sie zum *Wer-Wo-Was* in Düsseldorf Fragen haben, dann kommen Sie zu mir. Ich kenne den besten Türken, weiß, wo es die günstigsten Schuhe gibt und die …«

»… die schwärzesten Klamotten«, setzte ich ihre Aufzählung mit unbewegter Miene fort.

»Auch das«, sagte sie mit einem verständnisinnigen Grinsen, das aussah, als stünde zumindest unser Anfang unter einem guten Stern. »Aber den Laden lassen Sie am besten links liegen. Schwarz ist keine Farbe für Sie.«

»Ich weiß.«

»Bei Ihnen sind es eindeutig die Augen.« Sie betrachtete eingehend mein Gesicht.

Ich sah sie verständnislos an.

»Das Besondere. Meine Großmutter sagt, jeder Mensch habe in seinem Gesicht etwas ganz Besonderes, das er hervorheben müsse. Bei Ihnen sind es die Augen. Bei mir …«

»Nein!«, unterbrach ich sie. »Lassen Sie mich raten. Bei Ihnen ist es der Mund.« Mein Blick fixierte ihre wunderschönen Lippen, die immer noch zartrosa glänzten.

»Genau.« Sie strahlte mich an.

»Kluge Frau, Ihre Großmutter. Was ist ihre Besonderheit?«

»Sie hat die hübschesten Ohren der ganzen Familie.«

»Und wie hebt man die hervor?«

»Durch den passenden Haarschnitt natürlich. Apropos: Einer meiner Onkels hat in Gerresheim einen Frisörsalon. Leider hat er kein Farbgespür, aber Sie haben ja von Natur aus eine prima Farbe. Dafür kann er schneiden, dass ihm seine Kunden die Füße küssen.«

Sprachlos starrte ich sie an und versuchte dabei, nicht auf ihre Haare zu sehen. Falls er für ihren Haarschnitt verantwortlich war, dann …

»Oh, bei meinen Wirbeln könnte selbst ein Starfrisör nichts ausrichten. Denen könne man nur mit Humor begegnen, meint mein Onkel.«

»Was er offensichtlich getan hat.«

Ihr herzerfrischendes Lachen war ansteckend. »Ich heiße übrigens Anna«, sagte ich, immer noch lachend.

»Und ich Pia.« Sie streckte mir ihre Hand entgegen.

»Okay, Pia, dann fange ich mal bei dem besten Türken an. Wo finde ich den?«

Nachdem sie mir in drei Sätzen erklärt hatte, wo er sein Geschäft hatte, ging ich auf dem Heimweg dort vorbei und kaufte Gemüse, Kartoffeln und Fladenbrot. Zu Hause begann ich sofort mit den Vorbereitungen für eine deftige Gemüsesuppe. Ich hatte gerade erst begonnen, das Gemüse klein zu schneiden, als das Telefon klingelte. Es war Thea. Dieses Mal war sie Steffen, der sie jeden Abend nach dem Essen anrief, zuvorgekommen.

»Guten Abend, Anna.« Ihre Stimme klang hektisch.

»Hallo, Frau Wolf.« Ich klemmte den Hörer zwischen Kinn und Schulter und schnitt weiter Karotten klein. »Wie geht's Ihnen?«

»Fragen Sie lieber nicht. Ist Steffen da?«

»Er kommt erst in einer halben Stunde. Kann ich ihm etwas ausrichten?«

»Er soll mich anrufen, ja?«

»Werde ich ihm sagen«, versprach ich.

»Danke.« Schon hatte sie aufgelegt.

Eine Dreiviertelstunde später kam Steffen in die Küche, in der Hand einen Strauß bunter Tulpen.

»Für mich?«, fragte ich voller Freude.

Er nickte und schielte in den Topf.

»Ist gleich so weit«, beantwortete ich seine stumme Frage. »Wie wär's vorher noch schnell mit einem Kuss?«

»Keinerlei Einwände«. Er zog mich an sich. »Hm, seit du nicht mehr rauchst, schmeckst du eindeutig besser.«

»Ich schmecke nicht nur besser, mir schmeckt's auch besser«, raunte ich ihm zwischen zwei Küssen ins Ohr.

»Und ein bisschen griffiger bist du auch geworden.« Er legte beide Hände auf meinen Po.

»Vorübergehende Randerscheinung«, tat ich die paar Pfund, die ich zugenommen hatte, mit einem Schulterzucken ab.

Er strich zärtlich über meinen Busen. »Noch so eine nette Randerscheinung.«

An den Kühlschrank gelehnt, sah ich dabei zu, wie Steffen den Herd ausschaltete und den Topf mit der Suppe von der heißen Platte zog.

»He, die ist noch nicht so weit«, protestierte ich.

»Ich aber.« Damit zog er mich Richtung Schlafzimmer, wo ich für die nächste Viertelstunde alles um mich herum vergaß.

Als wir uns schließlich beim Essen gegenübersaßen, tauschten wir unsere jeweiligen Erlebnisse des Tages aus. Wenn ich hörte, mit was für Schicksalen Steffen wieder konfrontiert worden war, verblasste eine Birte Kofler zur Bedeutungslosigkeit.

»Ach«, fiel es mir plötzlich wieder ein, »deine Mutter hat übrigens angerufen, du möchtest sie zurückrufen.«

»Wann war das?«, fragte er alarmiert.

»Vor eineinhalb Stunden etwa.«

»Und das sagst du mir erst jetzt?« Er war bereits auf dem Weg zum Telefon.

»Sie hat nicht gesagt, dass es dringend ist«, verteidigte ich mich.

»Sie hatte heute ihr Auto zur Inspektion in der Werkstatt.«

»Und?«

»So etwas regt sie sehr auf.«

»Wird die Inspektion von Marsmännchen gemacht?«, fragte ich übermütig.

»Anna, bleib bitte ernst.« Einen so vorwurfsvollen Ton kannte ich von ihm gar nicht.

»Du übertreibst einfach bei deiner Mutter«, hielt ich ihm entgegen. »Ich kann es ja verstehen, du hast den ganzen Tag mit hilfsbedürftigen alten Menschen zu tun, da ist es schwer, abends abzuschalten. Aber deine Mutter scheint mir ganz gut beieinander zu sein.«

»Das täuscht.«

Gerade wollte ich entgegnen, dass sie dann eine Meisterin übermenschlicher Selbstbeherrschung sein müsste, als er sie bereits in der Leitung hatte.

»Hallo, Mutter.«

Das war so ziemlich das Einzige, was er für die nächsten drei Minuten von sich gab, von diversen *Hms* und *Ahas* einmal abgesehen. Als ich ihn schließlich zum dritten Mal sagen hörte, sie solle sich nicht aufregen, er werde sich darum kümmern, stapelte ich Teller und Suppenschüssel aufeinander und beschäftigte mich in der Küche mit der Spülmaschine. Jedenfalls motorisch, gedanklich war ich nach wie vor im Wohnzimmer, wo ich Steffen in einem Ton sprechen hörte, den er nur bei seiner Mutter anschlug. Er war eine Mischung aus väterlicher Fürsorge und einem fast ängstlichen Bemühtsein.

Als ich ins Wohnzimmer zurückkehrte, saß er auf dem Sofa mit dem aufgeschlagenen Telefonbuch auf den Knien.

»Suchst du die Nummer vom Katastrophenschutz?«, fragte ich in einem sanft-ironischen Ton.

Der Blick, den er mir zuwarf, bevor er das dicke Buch weiter durchsuchte, hätte fast ausgereicht, um mich zu stoppen.

»Also doch Marsmännchen.« Ich sah ihn herausfordernd an.

Langsam wurde er wütend. »Nachdem sie ihr Auto abgeholt hat, ist sie noch schnell in die Stadt gefahren. Als sie das Parkhaus bezahlen wollte, hat sie festgestellt, dass ihr Portemonnaie nicht mehr in der Handtasche war. Sie hat aber kurz vorher noch in einem Geschäft eingekauft. Kurzum: Es wurde gestohlen, mit ihm sämtliche Papiere und Karten und dazu noch zweitausend Mark Bargeld.« All das schleuderte er mir zutiefst vorwurfsvoll entgegen.

»Wieso hatte sie so viel Geld bei sich?«

»Damit fühlt sie sich sicherer.«

Wie unterschiedlich die Menschen doch sind, dachte ich. Meinen Eltern war es gerade umgekehrt gegangen. »Und was kannst du da tun?«, fragte ich, jetzt wieder ganz ernst.

»Die Karten sperren lassen, was ich gerade eben tun wollte, als du nichts Besseres zu tun hattest, als dich lustig zu machen. Das Auto im Parkhaus auslösen, das Fundbüro anrufen und fragen, ob das Portemonnaie eventuell gefunden wurde. Wenn nicht, mit ihr zur Polizei gehen und Anzeige erstatten ...«

»Alles heute Abend?«

»Natürlich nicht. Geh ruhig schon ins Bett, ich komme später nach«, sagte er abwesend.

Da ich um zehn Uhr abends nur dann ins Bett gehe, wenn

ich krank bin, verkrümelte ich mich derweil in mein Zimmer, setzte mir die kleinen Kopfhörer meines MP3-Players auf und tauchte ein in die Musik von Herbert Grönemeyer. Als ich eine Stunde später Steffen gute Nacht sagen wollte, telefonierte er immer noch. An seinem Tonfall war unschwer zu erkennen, mit wem.

»Mach dir keine Sorgen«, war das Letzte, was ich hörte, bevor ich die Treppe zum Schlafzimmer hinaufging.

Warum sollte sie sich eigentlich keine Sorgen machen? Immerhin mutierte ihr Sohn gerade zum Übervater. Ich putzte mir entnervt die Zähne und schrubbte dabei so fest, dass mein Zahnfleisch anfing zu bluten.

Irgendwann in dieser Nacht schlang Steffen seine Arme um mich und hielt mich fest. »Tut mir Leid«, flüsterte er.

»Mir auch.« Ich strich über seine Hand und schlief sofort wieder ein.

Am nächsten Morgen erwähnten wir das Thema nicht mehr. Unsere kleine Unstimmigkeit hatte aber dazu geführt, dass Steffen seine Fürsorge auf ein Normalmaß reduzierte und nicht mehr jeden Abend mit seiner Mutter telefonierte. Jedenfalls nahm ich das an.

An diesem Wochenende musste Steffen in seiner Praxis Papierkram aufarbeiten. Während er fort war, legte ich mir einen Schlachtplan für mein erstes Gespräch mit Therese Behrendt zurecht, die ich am Montag besuchen würde.

Sie war am Telefon ausgesprochen entgegenkommend und freundlich gewesen. Aber davon ließ ich mich nicht täuschen. In ihren Briefen schlug sie denselben Ton an. Der änderte jedoch nichts an den Inhalten.

Als ich am Montag ein paar Minuten vor der verabredeten Zeit vor dem Haus stand, sah ich mich ein wenig um. Es war ein sehr gepflegtes Apartmenthaus auf einer Anhöhe am Rande des Grafenberger Waldes. Nach außen wirkte es ganz friedlich, was es mehrheitlich auch war, wäre da nicht »die alte Behrendt« gewesen, wie Birte Kofler sie respektlos nannte.

»Interessieren Sie sich für die Wohnung?«, sprach mich eine Frau von der Seite an. An der Leine hielt sie einen aufgeregt kläffenden Zwergpinscher.

»Warum?«, antwortete ich, was sie als ja interpretierte.

»Die ist längst verkauft.«

»Ach …«

»Seien Sie froh, dass dieser Kelch an Ihnen vorübergegangen ist«, meinte sie abschätzig.

»Es ist doch aber ein schönes Haus.«

»Schönes Haus ist das«, schnaubte sie verächtlich, während ihr Hund weiterkläffte.

Hatte Frau Behrendt auch die Nachbarschaft mit ihren Briefen traktiert?

»Die Japaner haben jede Woche Karaoke-Abende veranstaltet. Na ja, die sind ja jetzt zum Glück draußen. Aber die Kleine, die wechselt ihre Männer wie die Unterhosen. Als wäre unsereins blind. Eine Schande ist das!«

»Und Frau Behrendt?«, fragte ich erstaunt.

»Die hält die Stellung, genauso wie der Professor. Was bleibt den beiden auch anderes übrig?«

»Ich glaube, ich gehe trotzdem hinein«, sagte ich mit entschlossener Miene. »Frau …?«

»Mein Name tut nichts zur Sache.« Damit machte sie auf dem Absatz kehrt, wobei der Pinscher sich fast überschlug und vor Schreck aufhörte zu bellen.

Gerade wollte ich Frau Behrendts Klingelknopf drücken, als ein sehr elegant gekleideter Mann mittleren Alters aus dem Haus kam. Meinem freundlichen *Guten Tag* begegnete er mit einem unverständlichen Murmeln und einem ausweichenden Blick. Dass er mir gerade noch die Tür aufhielt, schien das höchste der Gefühle zu sein. Ich sah ihm kopfschüttelnd nach.

Im ersten Stock angekommen, hatte ich ihn bereits vergessen. Als Therese Behrendt öffnete, stand ich einer Frau in einem altmodischen Tweed-Kostüm gegenüber, bei der mir spontan der Begriff der *englischen Rose* einfiel. Aus ihrem elfenbeinfarben gepuderten, faltigen Gesicht mit den rosigen Wangen lächelte mir ein rosafarbener Mund entgegen. Ihre wässrig-blauen Augen waren zu einem Drittel hinter herunterhängenden Lidern verborgen, blitzten mir jedoch munter entgegen. Umrandet war ihr Gesicht von weißen, dauergewellten Haaren.

»Frau Laudien?«

»Ja.«

»Kommen Sie doch herein, ich freue mich über Ihren Besuch.«

Mit der *englischen Rose* hatte ich gar nicht so falsch gelegen. Flur und Wohnzimmer waren altenglisch eingerichtet. Wir setzten uns um ein winziges Tischchen, auf dem ebensolche Tassen standen.

»Kaffee?«

»Gerne.«

Sie schenkte uns aus einer silbernen Kanne ein, die jedem Antiquitätengeschäft zur Ehre gereicht hätte.

»Was führt Sie hierher?«, fragte sie mit einem Blick, der unschuldiger nicht hätte sein können.

»Ihre Briefe, Frau Behrendt.«

»Ach, die Briefe«, sagte sie nachdenklich.

Ich hatte gehofft, sie würde von sich aus eine Erklärung dazu abgeben, aber so einfach würde sie es mir wohl nicht machen. »Das sind ja eine ganze Menge Beschwerden«, begann ich, um sogleich von ihr unterbrochen zu werden.

»Anregungen.«

»Also gut, Anregungen.«

»Auf meinen letzten Brief hin habe ich noch gar keine Nachricht erhalten, wann die nächste Eigentümerversammlung sein wird.«

»Ich habe erst letzte Woche bei der Hausverwaltung Kahl angefangen und muss mich noch in die Akte einarbeiten.«

»Dann kommt diese Person nicht mehr?« Ihr Blick hing an meinen Lippen, so als könne sie meine Antwort kaum abwarten.

»Sie meinen Frau Kofler?«

Ein ungeduldiges Nicken.

»Nein, sie kommt nicht mehr.«

Mit einem erleichterten Seufzer ließ sie sich kurz gegen die Stuhllehne sinken, um gleich darauf wieder eine kerzengerade Haltung einzunehmen.

Eine Verschwörung gegen meine reizende Kollegin erschien mir zwar sehr verführerisch, aber mein Job war mir wichtiger. Und den behielt ich nur, wenn ich ihn hier gut machte. »Ich habe eine Frage, Frau Behrendt.«

»Fragen Sie, was immer Sie wollen.« Sie war plötzlich ganz aufgekratzt.

»Sie wohnen doch jetzt schon seit fünfzehn Jahren in diesem Haus. Ungefähr so lange steht auch der Magnolienbaum im Vorgarten. Früher haben Sie sich nie beschwert.«

»Anregungen gemacht«, korrigierte sie mich.

»Okay, vierzehn Jahre lang haben Sie keine Anregungen gemacht. Was hat Sie vor einem Jahr bewogen, damit zu beginnen?«

»Kluge Frage.«

Das würde ich als Antwort nicht akzeptieren. Während ich sie gelassen ansah, beschlich mich eine Ahnung, dass Therese Behrendt im Katz-und-Maus-Spiel nicht ungeübt war.

»Die hat die andere nicht gestellt.«

»Gibt es denn eine Antwort auf diese Frage?«

»Natürlich.«

Ich zog meine Augenbrauen in die Höhe.

»Ich habe so lange gebraucht, um darüber nachzudenken.«

»Vierzehn Jahre?«

»Ob Sie's glauben oder nicht.«

Jetzt konnte ich mein Lachen nicht mehr unterdrücken. Anstatt beleidigt zu sein, stimmte sie ein.

»Ich fürchte, Sie sagen mir nicht die Wahrheit.«

»Finden Sie sie heraus«, erwiderte sie mit einem spitzbübischen Lächeln.

»Das werde ich wohl müssen.«

Plötzlich war sie verunsichert. »Wem schadet es denn, wenn wir einfach so weitermachen wie bisher?«

»Mir«, bekannte ich offen. »Meine Festanstellung über die Probezeit hinaus hängt davon ab, ob ich dieses Haus zur Zufriedenheit verwalte.«

»Ich bin schon jetzt mit Ihnen zufrieden, Frau Laudien. Und ich kann die anderen in der nächsten Eigentümerversammlung sicher auch von Ihren Qualitäten überzeugen.«

»Es geht um die Briefe, Frau Behrendt. Nur wenn die ausbleiben …«

»Ich könnte zu diesen E-Mails übergehen«, unterbrach sie mich aufgeregt. Das Wort musste sich in ihrem Mund wie ein Fremdkörper angefühlt haben. Sie schien froh zu sein, als es heraus war.

»Sie haben einen Computer?«, fragte ich ungläubig.

»Noch nicht, aber ich könnte mir einen anschaffen, wenn Ihnen das lieber ist.«

»Am liebsten wäre es mir, wenn Sie bis Mitte Mai pausierten und auf weitere Anregungen verzichteten.«

»So lange?«

Ich nickte. »So lange.«

»Ich werde darüber nachdenken«, sagte sie würdevoll.

Wenn sie diesem Denkprozess auch vierzehn Jahre widmete, dann hatte ich durchaus Chancen in meinem neuen Job. Mit diesem beschwingten Gefühl verließ ich sie und wünschte ihr noch einen schönen Tag.

Am Abend erzählte ich Steffen von ihr. »Als Kundin einer Hausverwaltung ist sie zwar eine Nervensäge, aber deinen Praxisalltag würde sie sicher erhellen.«

Er wirkte niedergeschlagen und abwesend, so dass gar kein richtiges Gespräch zustande kam. Ich hätte ihm so gerne ausführlich von meinem Treffen mit der *englischen Rose* erzählt, spürte jedoch, dass er an diesem Abend kein Ohr dafür hatte. Irgendetwas schien ihn intensiv zu beschäftigen. Als er sich schließlich noch nervös an seinen Fingernägeln zu schaffen machte, hielt ich es nicht mehr aus.

»Steffen, was ist los?«

»Nichts.«

Ich setzte mich neben ihn aufs Sofa und nahm seine Hand in meine.

»Definiere *nichts*«, sagte ich zärtlich und küsste seine Hand.

Er legte seinen Kopf zurück und schloss die Augen. »Es ist alles ein bisschen viel im Moment.«

»Das mit deiner Mutter hat dich aufgeregt, gib's zu.«

»Ja.«

»Hast du alles für sie regeln können?«

»Hm. Das Portemonnaie wurde zum Glück in einem Hinterhof gefunden. Es fehlte nur das Bargeld.«

»Dann ist es ja gut.«

»Anna, ich kann sie nicht von einem Tag auf den anderen im Stich lassen.«

»Wer redet denn davon?«

»Ich merke doch, wie sehr es dich nervt, wenn ich mich um sie kümmere.«

»Es nervt mich nicht, dass du dich um sie kümmerst. Ich finde es nur übertrieben, wenn du sie so verhätschelst. Mehr nicht.«

»In den letzten Tagen habe ich es versucht, aber tagsüber ist es so hektisch bei mir ...«

Ich wusste sofort, was er sagen wollte. Er hatte die täglichen Anrufe also von der Praxis aus gemacht. Plötzlich kam ich mir vor wie die böse Schwiegertochter, die einen Keil zwischen Mutter und Sohn treibt.

»Steffen, dies ist dein Zuhause genauso wie meines. Ruf deine Mutter an, wann immer dir danach ist.«

Er sah mich mit einer Mischung aus Erleichterung und Liebe an. »Es wird alles gut, nicht wahr?«

»Es ist alles gut«, antwortete ich voller Überzeugung.

5

Hast du ihn schon kennen gelernt?«, fragte Pia mich zwei Tage später, als ich morgens ins Büro kam.

»Wen?«

»Rupert Wellensiek.«

Irgendwo hatte ich diesen Namen schon einmal gehört. Oder gelesen?

»Das ist der Neue in *deinem* Haus«, half sie mir auf die Sprünge.

»Ach, den meinst du. Nein, noch nicht. Telefonisch habe ich ihn nicht erreichen können, und auf meinen Brief hat er noch nicht geantwortet. Warum fragst du?«

»Rein persönliches Interesse«, verriet sie mir. An diesem Tag hatte sie blutroten Lippenstift aufgelegt, wie ich fasziniert feststellte.

»Kennst du ihn?«

»Er ist mein Lieblingscousin.«

»Wie viele hast du?«

»Neun«, erwiderte sie stolz. »Und sechs Cousinen. Und du?«

»Meine Eltern waren Einzelkinder.«

»Das tut mir Leid«, sagte sie mit ehrlichem Bedauern. Ihr Blick signalisierte mir, dass ich etwas ganz Elementares verpasst hatte. »Hast du wenigstens Geschwister?«

»Einen Bruder«, antwortete ich lachend, als ich ihren zutiefst betrübten Gesichtsausdruck sah.

»Wenigstens etwas! Die Familie ist das Wichtigste.« Sie

sagte es mit einem so großen Ernst, dass ich ihr ohne den leisesten Zweifel glaubte.

Als wir mittags unser Gespräch bei einer Pizza zwei Häuser weiter fortsetzten, fragte ich sie nach ihren Geschwistern.

»Ich habe drei ältere Brüder. Rupert hat mich immer vor ihnen beschützt, deshalb wollte ich ihn als kleines Mädchen unbedingt heiraten«, erzählte sie aufgekratzt zwischen zwei Bissen.

»Und als großes Mädchen?«

»Jetzt ist er mein bester Freund. Ich bin sicher, du wirst ihn mögen. Ihr würdet übrigens gut zusammenpassen, du bist absolut sein Typ.«

»Halt! Stopp, Pia! Bevor du dich hier weiter in völlig utopischen Phantasien verlierst: Ich werde bald heiraten.«

»Wie schade«, sagte sie aus tiefstem Herzen und ließ einen enttäuschten Seufzer hören.

»Das sehen Steffen und ich ein wenig anders«, hielt ich mit bierernster Miene dagegen, die ich jedoch nicht lange durchhielt, da mich das Lachen in der Kehle kitzelte.

»Er ist irrsinnig intelligent, sehr männlich, aber gleichzeitig unglaublich einfühlsam, sieht wahnsinnig gut aus, er hat richtig guten Humor, ist sehr zärtlich …« Die Worte sprudelten nur so aus ihr heraus.

»Pia …«

»Nein, warte! Ich bin noch nicht fertig: Er macht die tollsten Fotos …«

Hatte Jobst Kahl nicht gesagt, er sei Psychologe?

»… und er bildet sich auf all das überhaupt nichts ein. So«, schnaufte sie, »jetzt bist du dran.«

»Hat dein Superman wenigstens eine klitzekleine Schwäche?«, fragte ich lachend.

»Er hat einen ausgeprägten Dickkopf … manchmal, und hin und wieder ist er spöttisch …«

»Und?«

»Na ja«, zögerte sie. Sie schien in meinem Gesicht nach Anzeichen dafür zu suchen, dass ich verkraften konnte, was nun folgte. »Er kann verdammt ehrlich sein.«

»Du meinst beleidigend.«

»Ich meine: ehrlich. Du wirst ihn ja kennen lernen. Dann weißt du, was ich meine.« Mit ungebrochenem Appetit vertilgte sie das letzte Stück ihrer Pizza. »Und was ist mit diesem Steffen?«, fragte sie neugierig. »Warum willst du ihn unbedingt heiraten?«

Pia hatte eine so herzerfrischende Art, dass ich das Gefühl hatte, sie schon ewig zu kennen. Deshalb fand ich es auch überhaupt nicht ungewöhnlich, dass sie mir so persönliche Fragen stellte. »Das *unbedingt* ist auf deinem Mist gewachsen«, wies ich sie mit einem Schmunzeln zurecht, »und heiraten will ich ihn, weil ...« Für einen Moment war ich ins Stocken geraten.

»Du musst darüber nachdenken?«, fragte sie entsetzt.

»Quatsch«, erwiderte ich empört. »Ich habe nur gerade überlegt, wie ich es am besten ausdrücke.«

»Gibt es für die einzig wahre Liebe noch mehr Ausdrücke?«

»Du bist ja eine heillose Romantikerin«, stellte ich überrascht fest. »Und das in deiner Generation?«

»Ich bin gerade mal sieben Jahre jünger als du, da redet man nicht von Generationen.«

»Woher weißt du, wie alt ich bin? Vom Chef?« Ich hatte es ihr nicht gesagt.

»Für den Chef ist es ja fast schon Geheimnisverrat, seinen eigenen Namen zu nennen. Aus dem würde ich dein Alter nie herausbekommen. Nein, ich weiß es aus deiner Personalakte. Ich habe mal kurz einen Blick hineingeworfen.«

»Warum?«

»Ich finde dich nett, und ich dachte, du könntest …«

»… zu Rupert Wellensiek passen?«

Sie nickte.

»Was sagt dein Cousin dazu, dass du eine Schnüfflerin bist und dich für ihn als Kupplerin betätigst?«

»Er sieht die Dinge sehr differenziert«, antwortete sie grinsend.

»Was heißt das in diesem Fall?«

»Er verzeiht mir, da ich es aus edlen Motiven tue.«

»Das heißt, er ist auch noch tolerant?«, fragte ich in gespieltem Erstaunen. »Wieso ist so jemand noch zu haben?«

»Weil er wählerisch ist.« Ihr Tonfall ließ darauf schließen, dass dies nicht der erste Versuch war, ihn zu verkuppeln. Mit der Zunge entfernte sie einen kleinen Krümelrest von ihrer Oberlippe.

Ich gab der Kellnerin ein Zeichen, uns die Rechnung zu bringen. »Dann kannst du die Partnersuche doch getrost ihm überlassen. Jemand, der wählerisch ist, hat genaue Vorstellungen von dem, was er sucht.«

»Aber da liegt doch der Hund begraben: Er sucht einfach nicht. Dabei finde ich, dass es mit neununddreißig langsam Zeit wird. Aber seine Ex hat wirklich ganze Arbeit geleistet. Seit sie ihn hat sitzen lassen, scheut er Frauen wie der Teufel das Weihwasser.«

»Er ist geschieden?«, fragte ich, während ich mein Portemonnaie aus meiner Tasche kramte.

»Wie du«, antwortete sie, ohne mit einer Wimper zu zucken.

»Du schämst dich nicht mal für deine Schnüffelei«, stellte ich trocken fest.

»Wer erst schnüffelt und sich dann schämt, ist meiner Meinung nach ein Heuchler.«

»Auch wieder wahr«, sagte ich, als wir hintereinander die Pizzeria verließen.

Die eine Stunde mit Pia hatte mich so erfrischt, dass ich mich gewappnet fühlte, den Nachmittag mit meiner reizenden Kollegin durchzustehen.

Da ich mich trotz meiner überzähligen Pfunde immer noch standhaft weigerte, einkaufen zu gehen und den Sprung in die nächste Konfektionsgröße zu wagen, öffnete ich, kaum dass ich wieder auf meinem Bürostuhl saß, in einem unbeobachteten Moment meinen Hosenknopf. Zumindest hatte ich mich unbeobachtet gefühlt, was sich sogleich als Irrtum herausstellte.

»Kummerspeck?«, fragte sie hinterhältig. »Verstehen könnte ich es ja.«

»Reine Entzugsfolge«, gab ich ihr ehrlich zur Antwort. Ich sah kurz von meinem Buch auf. Jobst Kahl hatte mir Berge von Fachliteratur auf meinen Schreibtisch gelegt, um mich in die Geheimnisse einer Hausverwaltung einzuweihen.

»Zigaretten?«

»Hm.« Ich wandte mich wieder den Einzelheiten einer Nebenkostenabrechnung zu.

»Seit wann?«

»Knapp vier Wochen.«

»Erst?«, quietschte sie voll diebischem Vergnügen. »Sie Ärmste. Da haben Sie ja noch lange nicht das Ende der Fahnenstange erreicht. Erst kürzlich habe ich gelesen, dass das Gewicht mit Zigaretten künstlich niedrig gehalten wird. Sehr niedrig.« Das *sehr* schien ihr wie Schlagsahne auf der Zunge zu zergehen.

»Täusche ich mich, oder sind auch Ihre Beweggründe, mir das mitzuteilen, niedrige?« Ich sah sie mit unbewegter Miene an.

»Sie leiden ja unter Verfolgungswahn.«

»Wenn Sie damit sagen wollen, dass ich kompromisslos das Ziel verfolge zu sagen, was ich denke, dann haben Sie völlig Recht.«

Für einen Augenblick war sie sprachlos. Dann holte sie Luft und versuchte, den nächsten Schlag zu landen, was ihr auch gelang. »Vielleicht sollten Sie Ihre Energie doch besser ein wenig mehr in den Dienst der Firma stellen. Heute ist schon wieder ein Brief von der alten Behrendt gekommen.«

»Und wo ist der?«

»Auf Ihrem Schreibtisch natürlich«, antwortete sie zuckersüß.

Sie hatte mir morgens meine Post mit den Worten *nur Fachzeitschriften* hingelegt. Aus diesem Stapel zog ich jetzt Therese Behrendts Brief. »Nur Fachzeitschriften, was?«, fragte ich sie wütend.

»Da müssen Sie mich missverstanden haben, Frau Laudien.« Sie kostete ihren fragwürdigen Triumph schamlos aus.

»Frau Kofler, ich habe Sie vom ersten Tag an verstanden. Lassen Sie Ihre Maske doch einfach fallen, im Gegensatz zu Ihrem Make-up ist sie sowieso mehr als transparent.« Damit wandte ich mich von ihr ab und begann den Brief zu lesen.

»Noch so ein paar Briefe, und Ihre Tage hier sind gezählt.« Sie war mindestens ebenso wütend wie ich, die ich in Therese Behrendts Brief immer noch nicht weiter vorgedrungen war als bis zur Anrede.

»Sie sind doch auch noch hier«, sagte ich, ohne von dem Brief aufzusehen, dessen erste Zeile ich nun zum dritten Mal zu lesen begann.

»Der Chef weiß meine Qualitäten eben zu schätzen, bei Ihnen wird er sich schwer tun, überhaupt welche zu finden.«

Jetzt sah ich doch hoch und ihr direkt in die Augen. »Wenn Sie darauf hoffen, dass die Klügere nachgibt, dann muss ich Sie enttäuschen. Ich halte es mit dem vorausschauenden

Menschen, der einmal gesagt hat, das führe ausschließlich zur Diktatur der Dummen. Und jetzt lassen Sie mich endlich den Brief lesen!«

»Sie werden noch an mich denken«, schimpfte sie ungehalten, bevor sie für die nächsten zehn Minuten unser Zimmer verließ.

Ich konnte in diesem Moment allerdings an nichts anderes denken als an den Brief der *englischen Rose*, die mir eben in den Rücken gefallen war. Hätte von ihrem Stillhalten nicht so viel für mich abgehangen, hätte ich lauthals losgelacht. Sie litt vielleicht unter einem Mangel an Fairness, aber ganz bestimmt nicht unter einem Mangel an Phantasie. In ihrem Schreiben ging es um den Belag der Balkonbrüstung, den sie als wenig *griffig* schilderte. Sollte jemals eine Katze zu ihr zu Besuch kommen und auf eben diese Brüstung springen, was diese Tiere mit Vorliebe täten, würde sie dort eventuell keinen Halt finden und in die Tiefe stürzen. Zum Schluss bat sie, darüber in einer Eigentümerversammlung abzustimmen, da das Problem sicherlich auch für die anderen drei Wohnungen gelte. Wir sollten schnellstmöglich einen Termin anberaumen.

Ich raufte mir die Haare und sehnte mich nach einer Zigarette. »Also gut, Frau Behrendt, Sie wollen es nicht anders.« Ein paar Sekunden später stand ich Pia gegenüber und sah sie Hilfe suchend an. »Hat in deiner Familie irgendjemand eine Katze?«

»Wir haben alles«, sagte sie stolz, »Hunde, Katzen, Hühner, Hamster, Vögel, Schildkröten ...«

»Ich brauche nur eine Katze«, unterbrach ich sie, da ich mir sicher war, dass sich diese Aufzählung endlos fortsetzen ließ.

»Was für eine? Eine schmusige, eine unberechenbare, eine ...«

»Eine, die gerne auf Balkonbrüstungen springt.«

»Das tun alle Katzen gern.«

»Pia, bitte!«

»Also gut. Am besten nimmst du Minka. Die gehört meiner jüngsten Cousine.«

»Könnte ich mir die in den nächsten Tagen einmal ausleihen?«

»Willst du Frau Behrendt besuchen?«, fragte sie mit einem frechen Grinsen.

»Du hast den Brief gelesen …«

Sie nickte.

»… und mir nichts davon gesagt«, wetterte ich vorwurfsvoll.

»Ich wollte dir die Mittagspause nicht verderben. Deine Hose ist übrigens offen.«

»Ich weiß«, sagte ich unwirsch, um gleich darauf in Rage zu geraten. »Alle reden immer nur davon, was Zigaretten deinem Körper antun. Aber was der Verzicht darauf anrichtet, darüber klärt dich keiner auf. Außer natürlich Birte Kofler.«

»Dafür kennt sie aber nicht den absolut tollsten Hosenladen von ganz NRW. Kauf dir einfach eine neue Hose, dann merkst du die paar Pfunde gar nicht mehr. Wir gehen mittags mal zusammen hin. Bei deinem Gehalt musst du ja nicht wirklich sparen.«

»Pia, hast du eigentlich schon einmal etwas von Datenschutz gehört?«

»Klar«, antwortete sie unerschütterlich, »deshalb werde ich deine Daten auch wie meinen Augapfel hüten. Und zu deiner Beruhigung: Die Verwaltung der Personalakten fällt in mein Aufgabengebiet.«

»Da bin ich jetzt aber wirklich beruhigt«, erwiderte ich mit leisem Spott. Ich sah sie kopfschüttelnd an. »Wie kommt es nur, dass ich mit dir ständig vom Thema abkomme?«

»Weil ich eine so anregende Gesprächspartnerin bin.«

»Mangelndes Selbstbewusstsein war noch nie dein Problem, oder?«

»Ich hatte nie die Chance dazu. Als Nesthäkchen wirst du unweigerlich vergöttert.«

Jetzt konnte ich mit dem Lachen nicht mehr an mich halten.

»Es steht dir übrigens, wenn du lachst. Ich bin mir sicher, du könntest ihm gefährlich werden.«

»Fang nicht schon wieder mit diesem Rupert an«, sagte ich drohend.

»Wirklich jammerschade, dass du einen anderen heiraten willst.«

»Themenwechsel!«

»Ist ja gut …«

»Zurück zu Minka.«

»Sag mir einfach, wann du sie brauchst, dann bringe ich sie mit.«

Zurück in meinem Zimmer, rief ich Frau Behrendt an und verabredete mich mit ihr für den kommenden Montag. Nach eigenem Bekunden erwartete sie meinen Besuch voller Vorfreude. Dass ich in Begleitung kommen würde, hätte dieses Gefühl sicher getrübt, deshalb ließ ich es unerwähnt.

Nach diesem Tag war ich so aufgekratzt, dass ich Steffen überredete, mit mir nach dem Essen noch etwas trinken zu gehen. Eigentlich blieb er während der Woche abends lieber zu Hause, da er sehr früh aufstand und sich den Tag über völlig verausgabte. Als ich ihm jedoch vorhielt, dass wir beide zu jung seien für ein derart zurückgezogenes Leben, willigte er ein und ging mit mir zwei Straßen weiter in eine Kneipe.

Bei dieser Gelegenheit fragte ich ihn vorsichtig nach seinen Freunden. Während unserer Wochenendbeziehung war es mir nicht aufgefallen, doch nach den ersten Wochen unseres gemeinsamen Lebens wurde mir mit jedem Tag bewusster, dass unser Telefon fast ausschließlich für mich läutete.

»Meine Studienfreunde sind in alle Winde verstreut, es ist kein Einziger hier in Düsseldorf geblieben. Und seit ich mich niedergelassen habe, ist sowieso kaum noch Zeit.«

»Das muss anders werden«, beschloss ich und erzählte ihm von meinem Plan, in unserem Haus ein Einweihungsfest zu veranstalten.

Er sah mich wenig begeistert und sehr skeptisch an, erhob jedoch keinen Einwand.

»Steffen, du wirst kaum Arbeit damit haben. Du musst dir nur einmal die Mühe machen und mit mir dein Adressbuch durchgehen. Alles Weitere organisiere ich, versprochen.«

»Und wann soll dieses Fest stattfinden?«

»An dem Wochenende nach Ostern. Bis dahin bleibt genug Zeit für die Einladungen, außerdem ist es vielleicht warm genug, um im Garten zu feiern.«

Er strich sich müde die Haare aus dem Gesicht und schloss die Augen. »Wenn du deine Freunde vermisst, dann könntest du doch hin und wieder an einem Wochenende nach Hamburg fahren oder sie einzeln hierher einladen.«

»Steffen?«

Er sah mich erschöpft an. »Ich habe den ganzen Tag so viel Trubel in der Praxis …«

»Aber so ein Fest ist schöner Trubel.« So schnell konnte ich nicht aufgeben. »Lass es uns wenigstens ausprobieren. Wenn es dir nicht gefällt, machen wir nie wieder eines.« Ich war mir sicher, es würde ihm gefallen.

»So kenne ich dich gar nicht.«

»Wie?«

»So unternehmungslustig.«

Das stimmte. Der Tod meiner Eltern hatte mich auch in dieser Hinsicht lange Zeit aus der Bahn geworfen. Die Trauer um sie begleitete mich immer noch, aber sie war ruhiger geworden und bestimmte nicht mehr mein gesamtes Fühlen und Denken. Es war, als kehrte ich langsam ins Leben zurück. Was für mich wie eine Rückkehr war, schien für Steffen jedoch eher Neuland zu sein. Bevor er es sich aus Angst vor unbekannten Gewässern anders überlegte und einen Rückzieher machte, ließ ich mir am Wochenende von ihm einige Adressen geben. Ich hätte ein unsensibler Klotz sein müssen, um sein Widerstreben nicht zu spüren, aber ich war überzeugt, dass es nur eines Impulses bedurfte, um Steffen hinterm Ofen hervorzulocken. Seinen mageren Erzählungen zufolge war sein zurückgezogenes Leben auch in früheren Beziehungen ein Thema gewesen, einmal hatte es sogar zur Trennung geführt. »Mach dir nur keine falschen Hoffnungen, so schnell gebe ich nicht auf.«

»Beziehungsarbeit?«, fragte er mich mit einem müden Lächeln.

»Genau das.«

»Und du bist dir sicher, dass es kein wilder Aktionismus ist, um dich von deinen Gedanken ans Rauchen abzulenken?«

»Ganz sicher.«

»Na dann ...«

Damit war die Diskussion beendet, und ich nahm mir vor, das Fest erst dann wieder zu erwähnen, wenn ich mit so konkreten Informationen wie der Anzahl der Zusagen aufwarten konnte. Noch am selben Abend entwarf ich bei der Musik von Orange Blue und Kerzenlicht die Einladung und begann eine Liste der wichtigsten Vorbereitungen. Als ich mich weit nach Mitternacht an Steffen kuschelte, der bereits fest schlief, tat ich es voller Vorfreude.

Dieses Gefühl begleitete mich in den nächsten Tag und ließ mich ganz gelassen die kühl abweisende Miene von Birte

Kofler ertragen. Übers Wochenende hatte sie sich allem Anschein nach entschieden, mich mit Missachtung zu strafen – nicht ahnend, dass sie mir damit einen wirklichen Gefallen erwies. Selbst als Pia in der Mittagspause Minka bei ihrer Cousine abholte und mir in ihrem Reisekorb brachte, enthielt sie sich eines Kommentars, was ich als wahre Leistung wertete. Wenn ich sie richtig einschätzte, platzte sie nämlich vor Neugier.

Ich war so gespannt auf das Gesicht, das Therese Behrendt machen würde, dass ich vor der verabredeten Zeit an ihrer Tür klingelte. Mit einem Blick hatte sie den Katzenkorb in meiner Hand identifiziert und beäugte mich jetzt wie ein Schachspieler, der erkannt hat, dass er kurz davor ist, schachmatt gesetzt zu werden.

»Kommen Sie doch herein, Frau Laudien.«

»Darf ich Ihnen Minka vorstellen, Frau Behrendt?« Ich stellte den Katzenkorb in die Mitte des Wohnzimmers und lächelte sie unbefangen an. »Sie liebt Balkonbrüstungen über alles, deshalb ist sie die ideale Testkatze.«

»Aber vorhin hat es so stark geregnet, es ist alles noch ganz nass.« Sie trat unschlüssig von einem Fuß auf den anderen.

»Je glitschiger, desto besser.« Ich holte Minka vorsichtig heraus, öffnete die Balkontür und ließ sie hinaus.

Frau Behrendt und ich blieben nebeneinander an der Tür stehen und beobachteten, wie die Katze erst ausgiebig den Boden der Terrasse beschnupperte, um dann mit einem Satz auf die Brüstung zu springen, wo sie sich in aller Seelenruhe setzte und das Geschehen unter und über ihr beobachtete.

»Ich glaube, der Belag hat diesen Test bestanden«, sagte ich zufrieden.

Sie setzte sich niedergeschlagen an den kleinen Tisch, wohin ich ihr folgte. »Sie glauben, ich bin eine einsame, alte Frau, die sich auf diese Weise unterhalten will, ist es nicht so?«

»Nein, so ist es ganz und gar nicht. Sie sind sicher nicht mehr die Jüngste, aber Sie machen mir keinen einsamen Eindruck. Ich bin mir zwar im Klaren darüber, dass Sie mit Ihren Briefen etwas erreichen wollen, ich weiß nur nicht, was. Wollen Sie es mir nicht sagen? Vielleicht könnte ich Ihnen dann viel effektiver helfen.«

Sie sah mich eine ganze Weile nachdenklich an. Ihrem Mienenspiel nach zu urteilen, war sie nahe daran, mit der Wahrheit herauszurücken, entschied sich dann jedoch dagegen. »Mir geht es um den einwandfreien Zustand meiner Wohnung und des Hauses.«

»Das heißt, es werden weitere Briefe kommen?«

»Wenn es etwas anzuregen gibt …«

»Auch auf die Gefahr hin, dass ich meinen Job verliere und Sie wieder von Frau Kofler betreut werden?«

Sie zuckte merklich zusammen, sagte dann jedoch mit fester Stimme: »Ja.« Meinem forschenden Blick hielt sie allerdings nicht stand, sondern wandte sich ab. »Sie sind doch noch so jung, Frau Laudien …«

Was auch immer das in diesem Zusammenhang heißt, fügte ich in Gedanken hinzu, holte Minka vom Balkon, die sich dort wohl zu fühlen schien, und lächelte Frau Behrendt zum Abschied zu. »Falls Sie es sich anders überlegen, rufen Sie mich an.«

»Das sagen die Kommissare im Film auch immer.«

»Ein freiwilliges Geständnis bringt mildernde Umstände«, klärte ich sie lachend auf.

»Ich werde es mir überlegen.«

So, wie sie da stand, hätte ich sie am liebsten in den Arm genommen und getröstet. Aber dann erinnerte ich mich an meinen ersten Eindruck mit dem Katz-und-Maus-Spiel und nahm lieber Abstand von solchen Anwandlungen. Ich war schon fast an der Treppe, als ich auf dem Absatz kehrt machte und Frau Behrendt gerade noch erwischte, bevor sie die Tür schloss. »Ach, eine Frage habe ich noch.«

»Wie Inspektor Columbo, bei dem kommen die schlimmsten Fragen auch immer dann, wenn man schon gar nicht mehr damit rechnet.« Sie hatte sich erstaunlich schnell erholt und machte mir gar keinen schwachen Eindruck mehr. »Fragen Sie.«

Da wir im Treppenhaus standen, senkte ich meine Stimme. »Als ich Sie das erste Mal besuchte, erzählte mir eine Nachbarin von Karaoke-Abenden und häufig wechselndem Herrenbesuch hier im Haus. Hat die Dame übertrieben?«

»Sie meinen die mit dem Pinscher?«

»Ja.«

»Die ist keine Dame, sondern ein Klatschweib.«

»Ist was dran an dem Klatsch?«

»Wenn nicht, hätte ich gesagt, sie sei eine Lügnerin.«

»Und das alles stört Sie nicht?«

»Zugegeben, der Gesang war gewöhnungsbedürftig, aber die Familie ist ja inzwischen ausgezogen. Und unser neuer Mitbewohner hat einen guten Musikgeschmack. Was nun diese Herrenbesuche betrifft… also es gibt Dinge, Frau Laudien, über die spricht man einfach nicht. Das gehört sich nicht, wenn Sie wissen, was ich meine.«

»Und der Professor?«

»Ist ein feiner Mensch, der würde diese Sache auch nie erwähnen.«

Langsam wurde Minka in ihrem Korb unruhig, was sie durch lautstarken Bewegungsdrang deutlich machte. Ich musste sie endlich zu Pia zurückbringen. »Danke, Frau Behrendt.«

»Wofür?«

»Für Ihre Offenheit.« Denn dieses Mal war sie offen gewesen, das spürte ich.

Wir gingen in dem Bewusstsein auseinander, dass wir uns bald wiedersehen würden.

Als ich auf dem Weg zur Haustür aus Rupert Wellensieks Wohnung Musik dringen hörte, beschloss ich, dass Minka sich noch ein paar Minuten länger würde gedulden müssen, und klingelte kurzerhand. Während ich wartete, dass er mir die Tür öffnete, erkannte ich die Klänge des Nouveau Flamenco von Ottmar Liebert. Er hatte die Musik so laut aufgedreht, dass er die Klingel offenbar nicht hörte. Ich wartete das Ende des Stücks ab und klingelte erneut. Dieses Mal mit Erfolg, denn kurz darauf wurde die Tür geöffnet.

»Hallo. Sie haben Glück, dass ich die Klingel gehört habe.«

»Sind Sie Rupert Wellensiek?«

»Ja.«

Ich starrte ihn an, verwünschte Pia im Stillen und hoffte inständig, dass mein Gesichtsausdruck nicht meine Entrüstung preisgab.

»Haben Sie noch nie einen gut aussehenden Mann gesehen?«, fragte er mich spöttisch.

»Ich habe schon viel zu viele gesehen, deshalb bin ich in dieser Hinsicht immun«, antwortete ich süffisant. Mein aufgeregt klopfendes Herz trieb mir die Röte ins Gesicht. Pia hatte nicht übertrieben: Er sah tatsächlich phantastisch aus mit seinen kurzen, gewellten Haaren, den grauen Augen hinter einer kleinen Hornbrille, die wiederum auf einer Nase saß, die mindestens einmal gebrochen war. Und der spöttische Zug um seinen Mund war auch nicht gerade unattraktiv. Genauso wenig wie die ungeheure Vitalität, die dieser Mann ausstrahlte. Bevor ich diesen Gedanken zensieren konnte, fragte ich mich, ob er mich ebenfalls attraktiv fand. Als ich gerade versuchte, mich mit seinen Augen zu sehen, rief ich mich im Stillen ganz entschieden zur Ordnung.

»Das mit der Immunität ist eine reine Wunschvorstellung, glauben Sie mir«, sagte er mit unergründlichem Blick. »Ich kenne mich da aus.«

»So, tun Sie das. Vielleicht kennen Sie sich dann ja auch mit den Gepflogenheiten im Geschäftsleben aus.«

»Nur weiter so, ich mag Rätsel.« Hinter seinen Brillengläsern stoben amüsierte Funken.

»Ich habe Sie vor einer Woche angeschrieben und um Rückruf gebeten.«

»In welcher Sache?«

»In Sachen Hausverwaltung.«

»Ach«, sagte er überrascht, »dann sind Sie Frau Laudien.«

»Ja.«

»Dann hat Pia ja ausnahmsweise mal nicht übertrieben.«

»Womit?«, fragte ich schroff.

»Mit der Beschreibung Ihrer äußeren Vorzüge. Sie müssen wissen, meine Cousine hat es sich zur Lebensaufgabe gemacht, mich zu verkuppeln.« Es schien ihm kein bisschen peinlich zu sein, er sah mich völlig gelassen an.

»Ich weiß«, erwiderte ich knapp.

»Dann wissen Sie ja sicher auch, dass ich nicht daran interessiert bin.«

Ich schnappte nach Luft. »Glauben Sie etwa, ich? Ich heirate demnächst.«

»Das eine schließt das andere nicht aus«, hielt er ungerührt dagegen.

»Bei mir schon!«

»Nachdem wir das geklärt haben, können wir ja nun zum Geschäftlichen kommen.« Er griff sich mit einer Geste übertriebener Erleichterung ans Herz. »Allerdings nur, falls Ihre

Begleitung noch so viel Geduld hat«, sagte er mit Blick auf Minka, die in ihrem Reisekorb randalierte.

»Hat sie nicht«, erwiderte ich entschlossen. »Am besten rufen Sie mich an, und dann machen wir einen Termin aus.«

»Okay.«

»Also dann …« Ich nahm den Korb, machte auf dem Absatz kehrt und ging Richtung Haustür.

»Auf Wiedersehen, Frau Laudien«, hörte ich ihn in meinem Rücken sagen.

»Auf Wiedersehen, Herr Wellensiek.«

»Na warte, Pia!«, wetterte ich leise vor mich hin, nachdem die Tür hinter mir ins Schloss gefallen war. »Du kannst was erleben.« Ich verstaute die Katze im Auto und schaffte es, trotz des starken Verkehrs in zehn Minuten zurück im Büro zu sein.

Mit Zornesröte im Gesicht stellte ich mich vor Pia in Position. »Bei der ausführlichen Schwärmerei über deinen Lieblingscousin hast du nur eine klitzekleine Kleinigkeit ausgelassen«, schimpfte ich ungehalten. »Ich kam mir vor wie eine dumme Gans, als ich ihn angestarrt habe.«

»Hättest du ihn weniger angestarrt, wenn du es gewusst hättest?«

»Ja!«

»Er sitzt im Rollstuhl, na und?«

»Na und?«

»Er ist trotzdem noch ein ganzer Mann – falls du dich deshalb so echauffierst.«

»Pia, mich interessiert nicht, was sich unterhalb der Gürtellinie deines Cousins abspielt!«

»Sollte es aber, schließlich spielt Sex eine nicht unwesentliche Rolle in einer Beziehung. Das wissen selbst Romantiker.« Ihr war es tatsächlich ernst mit dem, was sie sagte.

Ich sah sie sprachlos an.

»Gib es zu, du findest ihn gut.«

»Pia, ich bin nicht interessiert!!«

»Wen willst du davon überzeugen – mich oder dich?«

Kopfschüttelnd stellte ich den Katzenkorb auf ihren Schreibtisch und ging ohne ein weiteres Wort in mein Büro. Dort ließ ich mich mit einem genervten Seufzer in meinen Stuhl sinken. Was für ein Tag, dachte ich erschöpft. Mein Blick streifte kurz Birte Kofler, die sich an diesem Tag als eine Art Tiger-Lilly verkleidet zu haben schien, um schließlich in die Ferne zu gleiten. Während ich Rupert Wellensiek aus meinen Gedanken verbannte, ließ ich das Gespräch mit der *englischen Rose* noch einmal Revue passieren. Sie hatte bestätigt, was mir die Klatschbase auf der Straße hinterbracht hatte. Und so überlegte ich, ob ich Jobst Kahl über die Profession seiner Mieterin aufklären sollte. Es war ein zweischneidiges Schwert: Tat ich es, musste das die Probleme, die von dem Haus ausgingen, in seinen Augen nur vergrößern. Tat ich es nicht, und er fand es selbst heraus …

»Probleme?«, fragte Birte Kofler in meine Gedanken hinein.

Warum sollte ich es nicht versuchen? »Wissen Sie Näheres über die Studentin, die Mieterin von unserem Chef?«

»Der Chef hat es nicht gerne, wenn man die Nase in seine Verhältnisse steckt. Lassen Sie die Finger davon.«

»Alles klar, danke.« Wieso hatte ich mir gerade von ihr Hilfe erwartet? Ich ging den Flur entlang und klopfte an Jobst Kahls Tür. Als ich auf sein Ja hin eintrat, entstand wegen des geöffneten Fensters in seinem Büro ein so starker Durchzug, dass seine langen Haarsträhnen zur falschen Seite flogen und er hektisch versuchte, sie wieder an ihren Platz zu befördern. Ich lenkte meinen Blick dezent auf seinen Schreibtisch.

»Was gibt's, Frau Laudien?«

»Ich war heute bei Frau Behrendt und habe mit ihr über ihren letzten Brief gesprochen.«

»Und?«, fragte er erwartungsvoll.

»Leider noch keine Entwarnung. Allerdings habe ich bei der Gelegenheit etwas über Ihre Mieterin herausgefunden, was Sie vielleicht wissen sollten.«

»Haben Sie die Akte nicht gelesen? Meine Mieterin macht keinerlei Probleme.« Er runzelte abweisend die Stirn, während sein Auge aufgeregt zuckte.

»Aber vielleicht könnten eines Tages Probleme entstehen.«

»Haben Sie mit der gegenwärtigen Situation des Hauses nicht genug zu tun?«

»Schon, aber …«

»Das will ich doch meinen. Wenn Sie Ergebnisse vorzuweisen haben, reden wir weiter.« Damit nahm er sich eine Akte vor und bedeutete mir, dass das Gespräch beendet war.

Ich schloss die Tür hinter mir und lehnte mich im Flur gegen die Wand. Jemand wie Jobst Kahl, dem jedes seiner Objekte so sehr am Herzen lag, hatte für mein Empfinden völlig untypisch reagiert. Ich ließ mir jedes einzelne Wort unseres Gespräches noch einmal durch den Kopf gehen. Und dann fiel es mir wie Schuppen von den Augen. Mein Chef musste einer der Herren sein, die die Studentin besuchten. Alle zwei Wochen. Und nicht nur das hatte Birte Kofler mir gesagt: *Der Chef hat es nicht gerne, wenn man die Nase in seine Verhältnisse steckt.* Und weil ich es nicht verstanden hatte, war ich mitten hinein in den dicksten Fettnapf gestampft.

Voller Wut ging ich in unser Zimmer. »Das Drama mit Menschen wie Ihnen ist, dass man nie weiß, wann sie die Wahrheit sagen.«

Sie sah noch nicht einmal von ihren Unterlagen auf. »Bei Ihnen weiß man es dagegen sofort – wie langweilig.« Mit einem zufriedenen Lächeln tippte sie Zahlenkolonnen in ihren Taschenrechner.

Meine Entgegnung blieb mir im Hals stecken, da plötzlich Jobst Kahl im Türrahmen stand.

»Frau Kofler, ich möchte Sie bitten, Frau Laudien ein wenig mehr in Ihre Aufgaben einzubinden. Sie kann Ihnen sicher hier und da zur Hand gehen. Mit Frau Behrendt allein ist sie nicht ausgelastet.« Mit einem bekräftigenden Nicken verließ er den Raum.

»Ich hatte Sie gewarnt«, kam prompt der Kommentar meines Gegenübers. »Dann will ich mal sehen, was ich für Sie habe.« Konzentriert ging sie ein paar Hefter durch und zog einen aus dem Haufen heraus. »Dieses Objekt haben wir gerade erst hereinbekommen. Die Nebenkostenabrechnung hätte längst gemacht werden müssen. Versuchen Sie es, wenn Sie etwas nicht wissen, fragen Sie mich.« Ihr Ton hatte von Genugtuung zu Geschäftsmäßigkeit gewechselt, womit ich sehr viel besser zurechtkam.

Trotzdem hielt ich mich bei den Fragen lieber an die Bücher auf meinem Tisch. Da wusste ich wenigstens, was von den Antworten zu halten war. Nachdem meine erste Wut verraucht war, spürte ich einen zarten Anflug von Begeisterung über diese neue Aufgabe. Letztlich hatte Jobst Kahl Recht, mit Frau Behrendt allein war ich nicht ausgelastet. Ich würde mein zusätzliches Wirkungsfeld als Chance sehen und nicht als Racheakt.

Als ich abends mit Steffen über diesen Tag sprach, ihm Wort für Wort meine diversen Unterhaltungen wiederholte – bis auf die mit Rupert Wellensiek – und ihn um Rat fragte, schlug er mir vor, meinen Job in der Hausverwaltung Kahl zu kündigen. »Du brauchst nicht zu arbeiten, ich verdiene genug für uns beide.«

»Aber ich will arbeiten. Und kündigen ist für mich momentan keine Alternative. Ich überlege doch nur, wie ich die Situation entschärfen kann.«

»Indem du deinen Mund hältst.« Seinem Tonfall nach zu urteilen, gab es keine Alternative.

»Das ist nicht dein Ernst, oder?«

»Doch, ist es«, antwortete er ruhig. »Du wirst deine Kollegin nicht ändern. Und mit dem, was du sagst, heizt du die Situation nur weiter an.«

»Ich bin nur ehrlich.« Und dabei sicher auch verletzend, gestand ich mir im Stillen ein.

»Aber um welchen Preis?«

»Geht es denn dabei um einen Preis?«, fragte ich aufbrausend.

»Das finde ich schon. Du kommst abends genervt aus dem Büro und ...«

»Und du?«

»Ich bin erschöpft, aber nicht genervt. Das ist ein Unterschied.«

»Vielen Dank für die Erklärung«, sagte ich erbost. »Ich habe gar nicht den Anspruch, dass es immer glatt läuft und ich nicht genervt bin. So etwas halte ich schon mal eine Weile durch. Im Hotel war es doch auch kein Zuckerschlecken. Aber wenn ich eine Situation ändern kann, dann will ich es wenigstens versuchen.«

»Wenn du etwas ändern willst, dann sieh dich vor, was du zu ihr sagst«, beharrte er auf seinem Standpunkt. »Lass dich nicht provozieren und überlege dir, wie viel du selbst zu dieser Entwicklung beigetragen hast.«

»Ich habe mir meine Haare nicht gefärbt, das ist alles«, entgegnete ich trocken und sah ein, dass wir so nicht weiterkamen.

Steffen schien es ähnlich zu gehen, denn er wechselte abrupt das Thema. »Ich wüsste da eine häusliche Situation, die du entschärfen könntest«, sagte er mit einem verräterischen Glanz in den Augen.

»Indem ich den Mund halte?«, hielt ich ihm entgegen. So schnell konnte ich nicht umschalten.

Seine Enttäuschung stand ihm ins Gesicht geschrieben.

»Tut mir Leid, Steffen.« Ich ging zu ihm hinüber und küsste ihn. Seine Stimmung war jedoch in den Keller gerutscht, das spürte ich an der halbherzigen Art, mit der er meinen Kuss erwiderte.

Keine zehn Minuten später schien er unsere Auseinandersetzung vergessen zu haben. Er erzählte mir von den Erlebnissen seines Tages. Da ging es nicht um Kleinkriege, sondern um aussichtslose Kämpfe, die er gegen Krankheiten führte, die sich noch längst nicht besiegen ließen. Wenn es um seine Patienten ging, sprach er nie von Fällen, sondern immer von Menschen, von persönlichen Schicksalen, die ihn berührten.

Ich sah ihn an, sah seinen konzentrierten, ernsten Gesichtsausdruck und wusste, warum ich ihn liebte. Steffen war ein Menschenfreund, und er wurde sich dabei nie untreu. Was war dagegen die Leichtigkeit, die mir hin und wieder an ihm fehlte? Schließlich brachte ich sie in unsere Beziehung ein. Und wer sagte, dass alles im Doppelpack vorhanden sein musste?

»Was machst du da?«, fragte er mich später, als ich zu ihm unter die Decke kroch.

»Entschärfen«, flüsterte ich, froh, dass sich seine Stimmung wieder gehoben hatte.

6

In den darauf folgenden Tagen versuchte ich, mir Steffens Rat zu Herzen zu nehmen und meinen Anteil am Kofler-Laudien-Zwist zu beleuchten. Als hätte sie zu Hause eine ähnliche Unterhaltung geführt, benahm meine Kollegin sich überraschend zahm. So kam es zunächst zu keinen weiteren Zusammenstößen, die ich hätte beleuchten können. Es wäre allerdings übertrieben gewesen, von einer einträchtigen Arbeitsatmosphäre zu sprechen. Eher fühlte es sich an wie ein Waffenstillstand, der jederzeit platzen konnte.

Als ich ihr am Freitag meine Nebenkostenabrechnung auf den Tisch legte, prüfte sie sie akribisch, um die Sache schließlich mit einem knappen »In Ordnung« abzuschließen. Da mir die Tüftelei Spaß gemacht hatte, bat ich sie gleich um Nachschub.

»Sie müssen sich erst mal wieder um die alte Behrendt kümmern.«

»O nein!« Sie hatte also wieder geschrieben.

»Die Postmappe liegt noch beim Chef.«

Einem ersten Impuls folgend, wäre ich am liebsten gleich losgelaufen, um den Brief so schnell wie möglich in die Finger zu bekommen. Ich hielt es jedoch für ratsamer, Jobst Kahl noch eine Weile aus dem Weg zu gehen.

Als ich das Schreiben eine halbe Stunde später endlich in den Händen hielt, traute ich meinen Augen nicht. Therese Behrendt schlug vor, in sämtlichen Räumen des Hauses Sprinkleranlagen zu installieren, um einem möglichen Brandrisiko vorzubeugen. Um ihrer »Anregung« Gewicht zu verleihen, hatte sie Zeitungsausschnitte beigefügt, die von implodierten Fernsehgeräten, Schwelbränden an Computerkabeln und in Flammen aufgegangenen Weihnachtsbäumen berichteten. In allen Fällen waren riesige Sachschäden entstanden, und einmal war ein Hausbewohner an Rauchvergiftung gestorben. Natürlich bat sie zum Schluss ihres Briefes noch um Bekanntgabe eines Termins für eine Eigentümerversammlung, da sie selbst nur dann umfassend geschützt sei, wenn diese Vorrichtungen auch in den anderen Wohnungen installiert würden.

»Sie hat Sie ausgetrickst«, sagte Birte Kofler in einem Tonfall, den ich nicht genau einordnen konnte. Er lag irgendwo in dem großen, weiten Feld zwischen Schadenfreude und Bedauern. »Eine Katze tut's da nicht mehr.«

»Für eine Feuerwehrübung oder die Demonstration einer Überschwemmung durch Sprinkleranlagen wird wohl niemand die Kosten übernehmen«, sagte ich mehr zu mir selbst.

»Versuchen Sie es doch mal mit Einschüchterung, darin sind Sie doch ganz geübt.«

So viel zum Waffenstillstand, dachte ich entnervt. »Kein Wunder, dass Ehrlichkeit Sie einschüchtert. Sie verträgt sich nicht mit intrigantem Gerede.«

»Und Sie, Frau Laudien«, fauchte sie, »sind und bleiben eine hochnäsige Hamburger Zicke.«

Bevor ich etwas erwidern konnte, war sie aus dem Zimmer gestürmt. Steffen hatte Recht, eine von uns beiden musste damit aufhören. Fragte sich nur, warum ich das unbedingt sein sollte. Ich kochte mindestens genauso vor Wut wie sie, was sich allerdings mehr und mehr legte, als mir bewusst wurde, dass Nachgeben nicht unbedingt Aufgeben heißt.

Und noch etwas wurde mir klar, als ich über ihre Worte nachdachte. Ich hatte sie offensichtlich an einer empfindlichen Stelle getroffen. Von ihrem Machtstreben hatte ich zwar auf Minderwertigkeitskomplexe geschlossen, war durch ihre Lautstärke aber immer wieder davon abgelenkt worden. Ich würde in Zukunft etwas vorsichtiger sein mit dem, was ich sagte. Immer vorausgesetzt natürlich, dass auch sie sich im Zaum hielt.

Als wir an diesem Freitag – wie üblich um vierzehn Uhr – das Büro verließen, brummten wir uns gegenseitig ein Tschüss zu und gingen jede unseres Weges. Meiner führte mich allerdings nicht direkt nach Hause. Nachdem ich sämtliche Zutaten für ein indisches Curry gekauft hatte, das ich an diesem Abend kochen wollte, fuhr ich zu Rupert Wellensiek. Zwei Tage nach unserer Begegnung an seiner Wohnungstür hatte er mich angerufen und für diesen Tag um fünfzehn Uhr einen Termin vereinbart.

Mit den notwendigen Unterlagen unter dem Arm blickte ich ihm geschäftsmäßig entgegen, als er mir die Tür öffnete.

»Hallo, Frau Laudien«, begrüßte er mich aufgeräumt. Er sah einfach unverschämt gut aus in seinem dunkelblauen Rollkragenpullover zu einer farblich darauf abgestimmten Jeans. Seine Füße steckten in braunen Wildlederschuhen.

»Guten Tag, Herr Wellensiek«, erwiderte ich förmlich.

Anstatt seinen Rollstuhl zu wenden und mir in die Wohnung vorauszufahren, blickte er mich an, als hätte ich etwas ganz Entscheidendes vergessen zu tun.

»Soll ich mir die Füße abputzen?«, fragte ich ironisch. »Oder mir vielleicht die Schuhe ausziehen, bevor ich Ihre heiligen Hallen betrete?«

»Legen Sie Ihr Pokerface ab, dann dürfen Sie hinein.«

»Was soll ich?«

»Wir haben doch beim letzten Mal geklärt, dass wir nichts voneinander wollen. Wozu also dieser Schutzpanzer? Pia sagte, dass Sie entzückend aussehen, wenn Sie lachen. Wollen

Sie mir dieses Vergnügen etwa vorenthalten?« Er sprühte vor Vitalität.

Er hatte kaum ausgeredet, als sich meine Gesichtszüge von einer Sekunde auf die andere entspannten.

»Na bitte, geht doch«, stimmte er in mein Lachen ein, wendete den Rollstuhl und bedeutete mir, ihm zu folgen.

»Gibt es irgendetwas, das Pia Ihnen nicht erzählt?«

»Eine Menge. Inzwischen schweigt sie zum Beispiel beharrlich, wenn es darum geht, wie und wo sie ihren Traumprinzen sucht.«

»Wenn sie ihn gefunden hat, werden Sie es ganz bestimmt als Erster erfahren.«

»Ich hoffe, das wird nie geschehen.«

»Sie wollen es nicht wissen?«, fragte ich erstaunt.

»Ich will nicht, dass sie einen Traumprinzen findet. Oder könnten Sie sich vorstellen, mit Richard Gere glücklich zu werden?«

»Kann ich«, erwiderte ich im Brustton der Überzeugung.

»Dann sind Sie auch eine dieser unverbesserlichen Romantikerinnen?«, fragte er schmunzelnd.

»Ich zähle mich eher zu den Romantikerinnen, die von der Realität eingeholt wurden. Bei *Pretty Woman* bin ich trotzdem jedes Mal dahingeschmolzen.«

»Wie oft?«

»Das mit der Realität war einmal, den Film habe ich zweimal gesehen.« Ich musste ihn nur anschauen, um zu wissen, dass es ihm ähnlich ergangen war. Aber ich wollte es genau wissen: »Und was ist mit Ihnen?«

»Einmal und einmal.« Sein amüsiertes Lachen schloss uns beide ein.

Bis zu diesem Moment hatte ich meine Umgebung gar nicht wahrgenommen, was ich jetzt mit großen, staunenden Augen nachholte. »Wow.« Überall an den Wänden hingen großformatige Schwarz-Weiß-Fotos der unterschiedlichsten Menschen. Alle waren sie mitten in einer Bewegung eingefangen worden, während der Hintergrund verschwommen blieb.

»Gefallen sie Ihnen?«

»Ja.« Man konnte sich diese Fotos nicht ansehen, ohne in ihren Bann gezogen zu werden. »Haben Sie die gemacht?«

Er nickte.

Ich dachte kurz darüber nach, was es bedeutete, dass ein Mann mit seiner Vitalität, der an den Rollstuhl gefesselt ist, gerade Bewegung als Thema gewählt hatte. »Kennen Sie all diese Menschen?«

»Nein, aber ich habe ihnen Namen gegeben und mir Lebensgeschichten für sie ausgedacht.«

»Warum?«

»Weil es in meinem Leben eine Zeit gab, in der ich versucht habe, mich von meinem eigenen Lebensweg abzulenken.«

»Hat es geholfen?«

»Einige von ihnen haben mir gezeigt, dass ich nicht der Einzige bin, der leidet …«

»Und die anderen?«

»Die haben mir beigebracht, ihnen ihr Glück zu gönnen.«

»Was ist mit ihm?« Ich zeigte auf einen Mann, der im Gehen über seine Schulter zurücksah, hin- und hergerissen zwischen der Entscheidung, weiterzugehen oder umzukehren.

»Das ist Henry. Er ist auf dem Heimweg. In seiner Firma steht er unter sehr starkem Erfolgsdruck. Am nächsten Tag soll er seinem Chef ein neues Konzept vorstellen, an dem er eigentlich noch mindestens drei Stunden arbeiten müsste. Zu Hause sitzt jedoch seine Frau und wartet auf ihn. Sie hat Karten für den chinesischen Zirkus besorgt und ihm versichert, sie würde ihn endgültig verlassen, wenn er auch dieses Vergnügen wieder der Firma unterordnete.«

»Klassische Zwickmühle«, fasste ich die Geschichte zusammen. »Wie entscheidet er sich?«

»Erst geht er mit ihr in den Zirkus und dann noch einmal ins Büro.«

»Keine schlechte Lösung.«

»Aber wo bleibt er dabei?« Er sah mich interessiert an.

»Er behält seinen Job und seine Frau«, antwortete ich zögernd.

»Und verliert dabei sich selbst.«

Ich sah ihn forschend an. »Während Sie …«

»Richtig. Während ich nur einen Teil meiner Bewegungsfähigkeit verloren habe.«

»*Nur* ist gut«, sagte ich leise.

»Es hätte alles noch sehr viel schlimmer kommen können. Ich habe nicht nur hilfreiche Geister an meinen Wänden hängen, sondern zähle mich auch zu jenen glücklichen Menschen, die von einer funktionierenden Familie und einem ebensolchen Freundeskreis aufgefangen wurden. Deren Fürsorge hat mich durch manchen Abgrund begleitet.« Er wendete seinen Rollstuhl und fuhr zu einem vor dem Fenster stehenden Tisch, auf dem sich Unmengen von Unterlagen stapelten. Er schob die einzelnen Haufen kurzerhand zusammen und bot mir vor der nun frei gewordenen Stelle einen Platz an. »Und jetzt kehren wir den Abgründen den Rücken und beschäftigen uns mit dem, was Sie hierher geführt hat.«

»Finden bei Ihnen alle Themenwechsel so kategorisch statt?«, fragte ich irritiert. Mir fiel es schwer, so schnell umzuschalten.

»Manchmal«, erwiderte er mit undurchdringlicher Miene.

»Aber ich musste mein Pokerface draußen lassen«, sagte ich ironisch. »Schämen Sie sich gar nicht, Ihren Heimvorteil auf diese Weise auszunutzen?«

»Nein.«

»Dachte ich mir.« Ich legte meinen Ordner auf den Tisch und begann mit der Arbeit, für die Jobst Kahl mich bezahlte.

Nicht ganz eine halbe Stunde später begleitete er mich zur Tür.

»Auf Wiedersehen, Herr Wellensiek.«

»Hat Ihnen schon einmal jemand gesagt, dass selbst dieser Anflug von Verstimmung bei Ihnen noch charmant wirkt?« Mein Anblick schien ihm ein diebisches Vergnügen zu bereiten.

»Ja!«

»Dann bin ich beruhigt.«

Ich konnte nicht anders, ich musste lachen. Verwundert über meine eigene Reaktion lief ich mit einem Kopfschütteln die Treppe hinunter und ließ die Tür hinter mir ins Schloss fallen. So beschwingt und lebendig hatte ich mich lange nicht mehr gefühlt. Auf dem Heimweg drehte ich das Radio laut auf und hüllte mich mit Musik ein.

Zu Hause angekommen, stellte ich überrascht fest, dass Steffen bereits daheim war. Freudig folgte ich seiner Stimme ins Wohnzimmer, wo ich mitten in eine Art Lazarettszene platzte.

Thea Wolf lag mit geschlossenen Augen und einer Kompresse auf dem Kopf auf unserem Sofa, während Steffen ihre Hand hielt. Ihr Rock und ihre Bluse waren vollständig zerknittert, ihre Haare zerzaust.

»Ist etwas passiert?«

»Mutters Fernsehgerät ist implodiert.«

»Das ist ein Witz, oder?«, fragte ich in Erinnerung an die Zeitungsausschnitte von Therese Behrendt. Als hätte sich die *englische Rose* mit meiner zukünftigen Schwiegermutter verbündet, nur um ihren Anregungen Nachdruck zu verleihen.

»Nein.« Steffens Stimme klang gereizt.

Thea blieb liegen, ohne sich zu rühren oder die Augen zu öffnen.

»Ist Ihnen etwas passiert, Frau Wolf?«

Sie hielt mit einer Hand die Kompresse fest und hob ihren Kopf. »Das halbe Haus ist abgebrannt.«

Wie hatte ich nur an einen Scherz glauben können? Bei ihren Worten fuhr mir der Schreck in alle Glieder. Plötzlich hatte ich die Phantasiebilder von den verkohlten Leichen meiner Eltern wieder vor Augen. »O Gott.« Ich ließ meinen Blick hektisch über ihren Körper gleiten, es waren jedoch keinerlei Verbände zu sehen.

Steffen hatte meinen Blick richtig gedeutet. »Sie war zum Glück nicht im Haus, als es passierte. Nachbarn haben die Feuerwehr gerufen.«

»Als ich aus der Stadt kam und von weitem die dunklen Rauchschwaden sah, wusste ich sofort, dass es sich nur um mein Haus handeln konnte.« Ihrer Stimme nach zu urteilen, hatte sie viel geweint an diesem Tag. »Mir passieren doch nur solche Sachen«, sagte Thea am Boden zerstört.

»Hausbrände?«, fragte ich alarmiert.

»Nicht jetzt«, wehrte Steffen ab und drückte seine Mutter sanft zurück in eine liegende Position. Zu ihr gewandt: »Wird schon alles wieder gut, Mutter.«

»Das sagst du immer.«

Ich stand daneben, sah zwischen beiden hin und her und verstand überhaupt nichts.

»Hier bei uns bist du gut aufgehoben, da kannst du dich von dem Schock erholen. Und ich kümmere mich um alles Weitere mit dem Haus.« Er drückte ihre Hand.

»Kannst du das denn, Junge? Du hast doch selbst so viel zu tun.« Ihre Stimme war nur noch ein Flüstern.

»Mach dir keine Sorgen, das schaffe ich schon.« Er erhob

sich vom Sofa, kam auf mich zu und zog mich mit hinaus durch den Flur und in die Küche. »Ich habe meiner Mutter gesagt, dass sie bei uns wohnen kann, bis ihr Haus wieder bezugsfertig ist. Kann ich dir das zumuten?«, fragte er mich mit einem bangen Gesichtsausdruck.

»Natürlich«, erwiderte ich spontan. »Was für eine Frage!« Ich ging auf ihn zu und schlang meine Arme um ihn. »Das schaffen wir schon.«

Er ließ seinen Kopf gegen meinen sinken. »Manchmal ...«

»Ja?«, fragte ich, als er nicht weitersprach.

»Ach nichts.« Er schüttelte seinen Kopf, riss sich sichtlich zusammen und atmete tief durch. »Lass uns überlegen, wo wir sie unterbringen.«

Die Wahl fiel uns nicht schwer. Thea würde mein Zimmer bekommen, da Steffens direkt neben unserem Schlafzimmer im ersten Stock lag und wir diesen Bereich ganz ungestört für uns behalten wollten.

Zwei Stunden dauerte es, bis wir Steffens Mutter so weit beruhigt hatten, dass ihre Tränen versiegten. Wir saßen links und rechts neben ihr auf dem Bettsofa.

»So etwas darfst du nie wieder tun, Mutter.« Er streichelte ihre Hand, die in seiner lag.

Ich horchte auf. Was hatte sie denn getan?

»Ach, Junge, ich kann dir doch nicht immer zur Last fallen. Du tust schon genug für mich.« Die Stimme versagte ihr.

»Das ist doch selbstverständlich.«

»Nein, das ist es nicht. Du hast etwas Besseres verdient als eine Mutter, die vom Schicksal immer wieder so hart gestraft wird.«

»Schlaf jetzt«, wehrte er ab. »Und mach dir nicht so viele Gedanken, ich kümmere mich um alles.«

»Wenn sich die Gedanken nur auch so verziehen würden wie die Rauchwolken ...«

»Das werden sie.« Steffen zog mich mit sich hinaus und schloss die Tür. Er war spürbar angespannt.

Ich folgte ihm in die Küche, wo er sich ein Glas Wasser eingoss. »Was soll sie nicht wieder tun?«, fragte ich ihn. Für den Bruchteil einer Sekunde hatte ich Thea mit Streichhölzern in der Hand in ihrem Wohnzimmer gesehen, dieses Bild jedoch genauso schnell verscheucht.

Er setzte sich auf einen der Barhocker vor dem Küchentresen, stützte die Ellenbogen auf und verbarg sein Gesicht in den Händen. »Der Brand war bereits am Mittwoch«, antwortete er erschöpft.

»Und wo hat sie in der Zwischenzeit gewohnt?«

»Bei einer ihrer Freundinnen.«

»Ohne dir etwas zu sagen?«, platzte ich völlig überrascht heraus. Immerhin telefonierten die beiden jeden Tag miteinander.

»Sie wollte mich nicht beunruhigen.« Er sah auf und legte den Kopf in den Nacken. »Ich weiß, was du sagen willst, aber du kannst meine Mutter nicht mit deinen Maßstäben messen.«

Das habe ich auch gar nicht vorgehabt, wollte ich entgegnen, entschied mich jedoch dagegen, als ich seinen zutiefst traurigen Gesichtsausdruck sah.

»Ihre Freundin rief mich heute Nachmittag in der Praxis an, da meine Mutter einen Nervenzusammenbruch erlitten hatte. Wie sie mir sagte, war sie zum Haus gefahren, um sich ein paar Sachen zu holen, hatte sich jedoch nicht überwinden können hineinzugehen. Der Schock war einfach zu groß. Sie tut mir unendlich Leid.« Er wandte sich ab, um sich über die Augen zu wischen.

»Aber mit solch einem Verhalten beunruhigt sie dich doch viel mehr«, gab ich behutsam das Offensichtliche zu bedenken.

»Das kann ich ihr nicht beibringen. Sie will mich immer schonen.«

Und erreicht genau das Gegenteil, fügte ich in Gedanken hinzu. »Lass uns schlafen gehen, Steffen.« Ich trat hinter ihn, legte meine Arme um seinen Bauch und meine Wange an seinen Rücken.

»Gut, dass du hier bist«, sagte er mit einem tiefen Seufzer, während er sich zu mir umdrehte und meine Umarmung erwiderte.

Nachdem Steffen noch einmal bei seiner Mutter ins Zimmer geschaut hatte, löschten wir die Lichter im Haus.

Am nächsten Tag fuhr Steffen zu seinem Elternhaus, um sich den Schaden anzusehen. Als er zurückkam, machte seine Mutter gerade einen Mittagsschlaf. Ich war froh, dass sie schlief, denn es war mir wie eine Ewigkeit vorgekommen, bis sie Ruhe gefunden hatte. Immer und immer wieder hatte sie mir ihr Entsetzen beschrieben, als sie tatenlos hatte mit ansehen müssen, wie sich ein Teil ihres Zuhauses in Schutt und Asche verwandelte.

Als Steffen, beladen mit Tüten und Koffern, zurückkam, bedeutete ich ihm, leise zu sprechen, um sie nicht aufzuwecken. Wir schlossen die Wohnzimmertür hinter uns.

»Verheerend«, stöhnte er und ließ sich mit einem unglücklichen Seufzer aufs Sofa sinken. Seine ohnehin schon blasse Gesichtsfarbe hatte einen fahlen Ton angenommen. »Du kannst dir nicht vorstellen, was Feuer anrichten kann.«

Ich unterließ es, ihn daran zu erinnern, dass meine Eltern im Flugzeugwrack verbrannt waren und mich meine ausgeprägte Vorstellungskraft zu Valerie Blumberg geführt hatte.

Er bedeckte sein Gesicht mit den Händen, um sich schließlich müde durch die Haare zu fahren. »Das Wohnzimmer ist komplett zerstört, den übrigen Räumen haben Rauch und Löschwasser teilweise heftig zugesetzt. Es wird dauern, bis sie dort wieder einziehen kann. Ich habe alle Wertsachen aus ihrem Safe geholt, ihre Dokumentenordner zusammengesucht und erst einmal das Nötigste an Kleidung. Das Meiste musste in die Reinigung.«

»Kann ich dir irgendwie helfen?«

»Das ist lieb, aber mit Feuerwehr und Versicherung muss ich schon selbst sprechen.« Er klang unendlich müde. »Und vor allem mit einem Architekten.«

Ich konnte ihm ansehen, dass sich all das wie ein Berg vor ihm auftürmte. Neben seinem normalen Praxispensum würde es kaum zu bewerkstelligen sein.

»Du kannst dich ein bisschen um meine Mutter kümmern. Sie hat jetzt jeden nur erdenklichen Zuspruch nötig.«

»Und du? Brauchst du keinen Zuspruch?«, fragte ich behutsam.

»Solange du in meiner Nähe bist, schaffe ich alles.« Er sah mich mit einer Mischung aus Verzweiflung und Liebe an.

Gerade hatte ich mich zu ihm aufs Sofa gekuschelt und begonnen, ihn mit all der Zärtlichkeit zu küssen, die sein Blick in mir ausgelöst hatte, als Thea die Tür öffnete und im Rahmen stehen blieb.

»Verzeihung, ich wollte euch nicht stören …«

Es war anrührend, wie sie da so verloren stand und nicht vor und zurück wusste. »Kommen Sie herein, Frau Wolf«, forderte ich sie mit einem herzlichen Lächeln auf.

Sie zog ihre Strickjacke, die sie über einer verknitterten Bluse trug, enger um sich und sah unschlüssig an sich herab. Ich konnte mir gut vorstellen, wie unwohl sie sich in ihren Sachen fühlte, die sie seit Mittwoch nicht mehr gewechselt hatte.

»Hast du mir etwas zum Anziehen mitgebracht, Steffen?« Sie sah ihn Hilfe suchend an.

»Die meisten Sachen sind in der Reinigung, und deine Unterwäsche muss erst noch gewaschen werden. So kannst du sie nicht anziehen. Ich mache das gleich.«

»Nein, ich mache das«, sagte ich entschieden und stand auf.

Thea hatte sich immer noch nicht von der Stelle gerührt, so dass ich jetzt meinen Arm um ihre Schulter legte und sie behutsam in einen Sessel drückte. Im Hinausgehen lächelte ich Steffen aufmunternd zu.

Während ich mich nacheinander um Wäsche und Kaffee kümmerte, beruhigte ich mich selbst. Steffens Mutter war am Leben, und das war schließlich die Hauptsache. Für alles andere würden sich Lösungen finden lassen. In Gedanken zog ich für sie Bilanz: Sie hatte ein Dach über dem Kopf, das Haus war brandversichert, und außerdem war sie – wie ich von Steffen wusste – vermögend. Das Feuer hatte sie in eine schlimme Krise, aber nicht in Existenznot gestürzt. Natürlich hütete ich mich, diese pragmatischen Gedanken in Worte zu fassen, da sie zu diesem Zeitpunkt ohne Zweifel auf wenig Verständnis gestoßen wären. Aber sie halfen mir, der Situation für mich selbst ihren Schrecken zu nehmen.

Was auch immer ich dazu beitragen konnte, Thea wieder den Boden unter ihren Füßen spüren zu lassen, wollte ich tun und tat es auch. Nur konnte ich mir im Büro nicht freinehmen, da mir während der Probezeit kein Urlaub zustand. Ich hatte lange darüber nachgedacht, ob ich an Jobst Kahls Menschlichkeit appellieren und ihn trotzdem fragen sollte, den Gedanken dann jedoch wieder verworfen. In meiner gegenwärtigen Situation war es nicht ratsam. Thea musste also wohl oder übel den Tag über ohne uns auskommen, da auch Steffen die Praxis nicht einfach schließen konnte.

Pia fand es absolut barbarisch, ein Familienmitglied in einer solchen Situation sich selbst zu überlassen. Als eine mehr oder weniger leise Mahnung legte sie mir ein Urlaubsantragsformular auf den Tisch, das ich jedoch augenblicklich in einer Schublade verschwinden ließ.

»Der Chef ist eine Seele von Mensch«, ließ sie nicht locker.

»Das mag sein«, hielt ich dagegen. »Aber auch Seelen von Menschen sprechen Kündigungen aus.«

»Er nicht, glaube mir.« Wie zur Bekräftigung spitzte sie ihre an diesem Tag weinrot angemalten Lippen.

»Pia, sie ist nicht allein, bei uns geht es zu wie in einem Taubenschlag. Ihre Freundinnen geben sich die Türklinke in die Hand.«

»Dann hast du ja richtig Glück mit deiner zukünftigen Schwiegermutter.«

»Wieso?«

»Wer gute Freunde hat, ist selbst ein guter Freund.« Sie schien überrascht, dass sie mir das überhaupt erklären musste. »Nichtsdestotrotz: Die Familie kann niemand ersetzen.«

Das wusste ich aus eigener Erfahrung. »Dauerhaft sicher nicht, aber vorübergehend schon.« Ich hoffte, mein definitiver Tonfall würde sie bewegen, von dem Thema abzulassen.

»Ich wüsste nicht, wer oder was mir meine Familie auch nur einen Tag lang ersetzen sollte.«

»Nicht gerade wenig, womit es dein Traumprinz wird aufnehmen müssen.«

»Mich gibt es nur als Familienpackung«, entgegnete Pia voller Überzeugung.

Dass es nicht immer nur ein Zuckerschlecken ist, einen Menschen als Familienpackung zu bekommen, sollte ich in den kommenden Tagen und Wochen erfahren. Wann immer es ging, sparte Steffen Zeit ein, um sich um die Angelegenheiten seiner Mutter zu kümmern. Ich konnte ihm dabei nicht helfen und musste tatenlos zusehen, wie sich nach und nach sämtliche Farbe aus seinem Gesicht verabschiedete. Er aß kaum etwas, grübelte vor sich hin, wenn er sich nicht gerade abhetzte, und setzte seinen ohnehin schon arg mitgenommenen Fingernägeln in bedenklicher Weise zu.

»Letzten Endes ist es nur ein Haus«, sagte ich so vorsichtig, wie es bei einer solchen Aussage überhaupt möglich war. Wir lagen bereits im Bett und unterhielten uns im Dunkeln.

Als er nicht sofort reagierte, nahm ich an, dass ihm dieser Gedanke auch schon gekommen war. Aber offensichtlich hatte er nur Zeit gebraucht, um seinen aufkommenden Zorn zu beherrschen. »Anna, bist du noch bei Verstand?«, sagte er schließlich gepresst. »Weißt du überhaupt, worüber wir hier reden? Über das Zuhause meiner Mutter, über mein Elternhaus.« Er hatte sich aufgesetzt und das Licht wieder angeschaltet.

»Das weiß ich, Steffen«, entgegnete ich, um Ruhe bemüht, »aber Thea ist noch am Leben.« Ein glücklicher Ausgang, wie er meinen Eltern nicht beschieden war, dachte ich traurig.

»Was für ein Leben ist das denn?«, hielt er mir vor. In Stimme und Mimik spiegelte sich sein innerer Aufruhr wider.

Jetzt setzte auch ich mich auf. »Diese Frage verstehe ich nicht.«

»Wie solltest du auch? Deinen Eltern ist es schließlich immer gut gegangen.«

Langsam brachte er mich auf die Palme. »Wer sagt, dass es ihnen immer gut gegangen ist?«

»Warst nicht du das, die mir erzählt hat, was für zufriedene Menschen sie waren?«

»Zufriedenheit zeugt beileibe nicht von der Abwesenheit von Problemen, sondern allein von der Art des Umgangs damit.«

»Auf welchem Stern lebst du eigentlich, Anna? Meine Mutter hat nicht einfach nur ein kleines Problem. Ich bin um jeden Tag froh, an dem sie sich von der Wucht der Ereignisse nicht unterkriegen lässt. Wenn du so viel durchgemacht hättest wie sie, würdest du anders reden.«

»Ich weiß nicht, was sie durchgemacht hat«, schimpfte ich aufgebracht. »Vielleicht erzählst du es mir endlich einmal, damit ich mitreden kann.« Eigentlich hatte ich »mittrösten« sagen wollen, jedoch noch rechtzeitig die Kurve gekriegt.

»Mir würde es schon reichen, wenn du mitfühlst.« Sein Blick war so hart wie seine Worte. »Du hältst es kaum ohne Zigaretten aus und hast kein Verständnis für meine Mutter, die es ohne ihr Haus und all die Dinge, an denen sie hängt, aushalten muss. Langsam frage ich mich, was für ein Mensch du bist.«

Ein sprachloser, schoss es mir durch den Kopf. Ich konnte Steffen nur stumm ansehen und entsetzt den Kopf schütteln. Er war nicht wiederzuerkennen. In Windeseile sprang ich aus dem Bett, zog mich an und lief die Treppe hinunter. Er rief mir hinterher, wohin ich wolle, aber anstatt zu antworten, stürmte ich mit meinem Mantel in der einen Hand sowie Geld und Schlüssel in der anderen aus dem Haus. Der Kiosk an der Ecke hatte schon geschlossen, deshalb lief ich so lange durch die Straßen, bis ich einen Zigarettenautomaten fand. Ich kann mich nicht erinnern, wann ich jemals zuvor eine Zigarettenschachtel mit so viel Trotz und innerer Genugtuung angesehen hatte. Da ich weder Streichhölzer noch Feuerzeug mitgenommen hatte, setzte ich mich auf das nächstbeste Mäuerchen und wartete auf Passanten.

Es ist wohl einzig und allein diesem Warten zu verdanken, dass ich nicht rückfällig wurde. Als nach einer halben Stunde endlich jemand an der Straßenecke auftauchte, hatte mein Groll insoweit an Schärfe verloren, als ich einsah, dass ich die Einzige sein würde, der ich schadete. Wenn ich wieder anfing zu rauchen, war allein ich schuld und nicht Steffen. Anstatt gegen meine Wut anzurauchen, ließ ich sie ganz allmählich verrauchen, indem ich mich an die Hiebe erinnerte, die ich verteilt hatte, als es mir selbst schlecht ging. Hieß es nicht: Wer austeilt, muss auch einstecken können?

Mit diesem versöhnlichen Gedanken ging ich langsam zurück nach Hause, nicht ohne auf dem Weg die Zigarettenschachtel in eine Mülltonne zu werfen. Es war nach Mitternacht, als ich mich leise ins Haus schlich, um niemanden aufzuwecken. Ganz so vorsichtig hätte ich jedoch nicht sein müssen, denn unter der Küchentür sah ich einen Lichtstreifen hindurchscheinen. Steffen hatte also auf mich gewartet. Ich war froh über die Möglichkeit, unseren Streit noch vor dem nächsten Tag zu bereinigen.

Es war jedoch nicht Steffen, der gegen den schmalen Küchentresen gelehnt dasaß, sondern Thea. In dem weißen Frottee-Bademantel ihres Sohnes versank sie fast.

»Entschuldigen Sie, Anna, aber ich konnte nicht schlafen. Ich habe mir eine heiße Milch mit Honig gemacht.« Sie zeigte auf den dampfenden Becher neben sich.

»Sie brauchen sich doch nicht zu entschuldigen, Frau Wolf, fühlen Sie sich hier ganz wie zu Hause.«

»Das ist lieb von Ihnen«, sagte sie leise. »Ich werde Ihnen auch nicht länger als nötig zur Last fallen.«

»Machen Sie sich darüber keine Sorgen.« Vielleicht, so überlegte ich, ist dies sogar der richtige Moment, um meine Sorge um Steffen anzusprechen, sein überfürsorgliches Verhalten, das sie, wie ich die Situation einschätzte, gar nicht einforderte.

Ihre Hände ruhten in ihrem Schoß, ebenso ihr Blick. Gerade wollte ich ansetzen, um mit ihr über dieses Thema zu sprechen, das mir schon lange auf dem Herzen lag, als ich sah, wie eine Träne auf ihren Handrücken tropfte, die sie fahrig fortwischte.

»Es ist nicht schön«, flüsterte sie gequält.

Ich ging zu ihr, um sie in den Arm zu nehmen, doch sie schüttelte abwehrend ihren Kopf.

»Das mit Ihrem Haus …«

»Ach, das Haus«, unterbrach sie mich mit einer wegwerfenden Handbewegung. »Das ist doch nur ein Glied in einer endlosen Kette.«

Einer Kette wovon?, wollte ich fragen, traute mich jedoch nicht, da sie mit ihren Gedanken sehr weit weg zu sein schien. So schwieg ich und wartete.

»Lassen Sie uns schlafen gehen«, sagte sie nach einer ganzen Weile, während der ich ihr Mienenspiel beobachtet hatte.

Es war schwer zu ergründen. Trotz einer spürbaren unterschwelligen Kraft fiel mir nur ein Wort dazu ein: Resignation. Ein Satz kam mir in den Sinn, den Valerie Blumberg in einer der ersten Stunden zitiert hatte. Ich hatte seinen Verfasser vergessen, nicht jedoch seinen Inhalt, den ich nun für Thea wiederholte: *»In der Mitte der Nacht beginnt ein neuer Tag.* Diesen Satz«, erklärte ich ihr, »habe ich von der Psychologin, die mir nach dem Tod meiner Eltern sehr geholfen hat.«

»Er klingt auch sehr schön.« Sie stand auf, um ihren Milchbecher in die Spülmaschine zu stellen. »Aber letztlich ist es gleich, ob Ihr Haus nun in der Nacht oder am Tag abbrennt. Wenn Sie morgens aufwachen und nicht wissen, was Sie noch alles ertragen sollen, spielt die Uhrzeit keine Rolle.« Sie strich mir zart über den Arm. »Gehen Sie ins Bett, mein Kind, es ist spät.«

»Aber …«

»Kein Aber, Sie können mir sowieso nicht helfen.« Damit schob sie mich aus der Küche und löschte das Licht. Mit einem leisen »Gute Nacht« verschwand sie in ihrem Zimmer.

Während ich langsam die Treppe hinaufstieg, versuchte ich in einem inneren Dialog, meine fast unverwüstliche Zuversicht gegen ihre Schwermut ins Feld zu führen. Oben angekommen, nahm ich mir vor, mich in nächster Zeit etwas mehr um Thea zu kümmern, um sie vielleicht ein kleines Stück aus dem Loch herauszuholen, in dem sie momentan festzusitzen schien. Im Dunkeln zog ich leise meine Sachen aus und legte mich neben Steffen, der gleichmäßig atmete.

Gegen Morgen wachte ich davon auf, dass Steffen meine Hand nahm und an seine Lippen drückte. Im Halbschlaf tastete ich mit der anderen nach seinem Gesicht und strich sanft darüber.

»Entschuldige«, flüsterte er.

Anstelle einer Antwort schmiegte ich mich nah an ihn. So aneinander gekuschelt schliefen wir beide noch einmal fest ein, bis der Wecker klingelte.

Thea überraschte uns an diesem Morgen mit einem liebevoll hergerichteten Frühstück. »Wenn ich hier schon einfalle«, sagte sie mit fester Stimme, »dann kann ich mich auch nützlich machen.«

Hätte man mit der Intensität unserer Erleichterung eine Lampe gespeist, hätte sie sehr hell geleuchtet. Ich war versucht zu glauben, dass nun tatsächlich wieder alles bergauf ging, zumal das feuerpolizeiliche Gutachten der Versicherung bereits vorlag und der von Steffen beauftragte Architekt in den Startlöchern stand. Das Ganze würde auf eine Komplettsanierung hinauslaufen, mit der jedoch erst nach der Austrocknung des Hauses begonnen werden konnte. Wenn alles glatt lief, würde Thea spätestens gegen Ende des Sommers in ihre vier Wände zurückkehren können.

Verglichen mit meiner häuslichen Situation waren die vergangenen Tage im Büro einer Erholung gleichgekommen. Auch wenn ich die Anregungen aus Therese Behrendts letztem Brief nach dem, was Thea widerfahren war, in einem anderen Licht sah, wusste ich doch gleichzeitig, dass sie einem

Motiv entsprangen, das von Angst und Sorge weit entfernt war. Deshalb versuchte ich es mit einem Bluff, malte ihr per Telefon die ungeheuren Kosten von Sprinkleranlagen aus, vor allem aber die Notwendigkeit, während der Installationszeit auszuziehen.

»Ausziehen?«, fragte sie entsetzt.

»Hm. Für mindestens sechs Wochen.«

»Das geht nicht.«

»Ja, das dachte ich mir.«

»Dann muss ich mir etwas anderes einfallen lassen.«

Ich grinste in mich hinein. »Für den Brandschutz oder für Ihre Briefe?«

»Was für eine Frage!«, sagte sie in einem Ton, der um Empörung bemüht war, einen amüsierten Anstrich jedoch nicht gänzlich verbergen konnte.

»Eine berechtigte, würde ich meinen.«

»Berechtigt wäre ein gewisses Maß an Verständnis, Frau Laudien.«

»Verständnis setzt ein Mindestmaß an Informationen voraus, Frau Behrendt«, erwiderte ich sanft. Wir waren mitten drin im Katz-und-Maus-Spiel. Nur war längst noch nicht entschieden, wer die Katze war und wer die Maus. »Und die enthalten Sie mir standhaft vor.«

»Alles, was Sie wissen müssen, steht in meinen Briefen.«

»Wen wollen Sie davon überzeugen?«

»Frau Laudien, mit Ihnen ist heute nichts anzufangen!« Nun war ihre Empörung echt.

»Möchten Sie vielleicht lieber mit Frau Kofler sprechen?«

Zum Glück war meine Kollegin gerade nicht im Büro.

»Jetzt werden Sie nicht komisch. Sie sind meine Ansprechpartnerin!«

»Nicht mehr lange, wenn Ihnen immer wieder neue Anregungen einfallen.«

»Ich könnte auf der nächsten Eigentümerversammlung mit Ihrem Chef reden«, schlug sie vor. »Dazu müsste allerdings erst einmal eine anberaumt werden.«

»Und so beißt sich die Katze in den Schwanz.« Ich konnte mir ein Lächeln nicht verkneifen. »Eines wüsste ich zu gerne, Frau Behrendt: Was finden Sie an diesen Versammlungen so spannend?«

»Oh, Frau Laudien, bei mir klingelt es gerade.« Ihre Stimme war voll tiefen Bedauerns. »Wir müssen unser Gespräch ein anderes Mal fortsetzen.« Und schon hatte sie aufgelegt.

Mit einem ungläubigen Kopfschütteln legte ich ebenfalls den Hörer auf.

»Sie ist scharf auf den Professor«, sagte Birte Kofler lapidar. Sie war gerade hereingekommen, als ich meine letzte Frage gestellt hatte.

»Aha.« Ich hatte genug von ihren Klatschgeschichten und gab ihr dies durch unmissverständliches Desinteresse zu verstehen.

Unsere Kommunikation hatte sich auf ein Minimum reduziert, worüber ich nicht traurig war. Natürlich hätte sich die Situation in unserem Zimmer weitaus angenehmer gestalten können, aber erzwingen ließ sich das nicht. So pflegten wir bis auf weiteres eine unfriedliche Koexistenz.

Mein Verhältnis zu Pia näherte sich dagegen einer Freundschaft, und das zu meinen beiden Kollegen »Pat und Patachon«, mit denen ich nur wenig zu tun hatte, war ein sehr freundliches. Jobst Kahl schien meinen übereifrigen Vorstoß verziehen zu haben und begegnete mir seit ein paar Tagen wieder mit sichtlichem Wohlwollen.

»Die Düsseldorfer Luft bekommt Ihnen offensichtlich«, stellte er bei seinem täglichen Rundgang durchs Büro fest.

Da sein Blick auf meinem Gesicht verharrte, nahm ich an, er meinte meine Wangen, die, wie der große Rest meines

Körpers, etwas voller geworden waren. Inzwischen waren es sieben Kilo, die ich mehr auf die Waage brachte.

»Und die Bäckereien erst«, murmelte Birte Kofler laut genug, dass wir es beide verstanden.

Draußen setzte gerade ein Unwetter ein. Der Regen prasselte gegen das Fenster. Ich stand auf und schloss es.

»Bäckereien?«, fragte er irritiert.

»Frau Kofler spricht auf mein Gewicht an, dessen steigende Tendenz in direktem Verhältnis zu meinem Kuchenverzehr steht. Leider steht jedoch ihre Boshaftigkeit in keinem Verhältnis zu dem engelsgleichen Gesichtsausdruck, den sie speziell für Sie reserviert hat, Herr Kahl.« Der letzte Satz war heraus, bevor ich darüber nachgedacht hatte. Am liebsten hätte ich mir auf die Zunge gebissen, da ich mir plötzlich wie eine Petze vorkam.

Er sah forschend von mir zu ihr und sofort wieder zurück. Deutlich ins Gesicht geschrieben stand ihm der stumme Seufzer »Weiber«. »Tragen Sie das unter sich aus, meine Damen, ich will hier keinen Ärger.« Damit trat er den Rückzug in seine Gefilde an, die ihm ausreichenden Abstand zu uns stichelnden Biestern boten.

Birte Kofler stand die Zornesröte ins Gesicht geschrieben. Sie bildete einen intensiven Kontrast zu den dunklen Regenwolken, die vom Wind getrieben an unserem Fenster vorbeistoben.

»Ich schlage zurück, wenn man mich schlägt«, sagte ich gelassener, als mir zumute war.

»Eines verspreche ich Ihnen«, sagte sie mit ungewohnt leiser Stimme und einem wütenden Funkeln in den Augen, »ich werde Sie hier überdauern.«

Mit dieser Prophezeiung mochte sie sogar Recht haben. »Mag sein«, antwortete ich deshalb vage und wandte mich wieder meiner Arbeit zu, nicht ohne das letzte Wort zu haben.

»Ich weiß nur nicht, was daran erstrebenswert ist, ein Ladenhüter zu sein.«

Als ich später über dieses Gespräch nachdachte, musste ich mir einmal mehr eingestehen, dass ich an der unglücklichen Entwicklung mit meiner Kollegin nicht unschuldig war. Mir war klar, dass ich sie bis aufs Blut reizte, konnte in dem jeweiligen Moment jedoch auch nicht zurückstecken.

Steffen erzählte ich längst nichts mehr von diesen Querelen, da sein Maß an Belastbarkeit erreicht war. Er hatte mir deutlich zu verstehen gegeben, dass ihn diese in seinen Augen typisch weiblichen Gemetzel inzwischen bis zur Schmerzgrenze nervten. Schließlich habe er drei Arzthelferinnen, die in dieser Hinsicht wenig zurückhaltend seien.

Mein Bruder Ralph bedachte meine Erzählungen hingegen mit einem Augenzwinkern: *Dir beizubringen, Deinen Mund im rechten Moment zu halten,* schrieb er, *wäre, als wolle man versuchen, einen Reflex auszuschalten. Versuche es also erst gar nicht. Zumal es so viel angenehmere Möglichkeiten gibt, Energie zu verschwenden.*

7

Was ich kaum zu hoffen gewagt hatte, trat ein: Trotz der Entfernung, die die meisten unserer Gäste würden zurücklegen müssen, hatten wir zahlreiche Zusagen für unser Einweihungsfest bekommen.

»Inzwischen sind es fast vierzig, die zu unserem Fest kommen werden«, erzählte ich Steffen strahlend. Wir standen gemeinsam in der Küche und räumten die Reste des Abendessens weg. Da er mir den Rücken zugekehrt hatte, konnte ich seinen Gesichtsausdruck nicht sehen und so nicht einmal ahnen, was nun kam.

»Wieso hast du diese Aktion nicht gestoppt?« Sein Tonfall offenbarte Vorwurf und Unverständnis in einem.

»Warum sollte ich?«, fragte ich erstaunt. »Wir haben es doch besprochen.«

»Das war vor dem Brand.« Er drehte sich mit einem Ruck zu mir um, schob die Ärmel seines Pullovers bis zu den Ellenbogen hoch und verschränkte die Arme vor der Brust.

»Was hat der Brand damit zu tun? Wir feiern hier und nicht im Haus deiner Mutter.«

»Aber meine Mutter lebt derzeit hier.«

»Ja, und?« Ich wusste beim besten Willen nicht, worauf er hinauswollte.

»Das können wir ihr nicht zumuten.«

»Wir können *was* nicht?«, wetterte ich los.

»Könntest du bitte leiser reden?«, wies er mich scharf zurecht. »Sie muss das doch nicht hören, die ganze Situation ist ihr schon unangenehm genug.« Unruhig lief er zwischen mir und der Küchentür hin und her.

»Hast du dir einmal überlegt, was mir vielleicht unangenehm sein könnte?«

»Da fällt mir wirklich nichts ein.« Er blieb vor mir stehen und sah mich herausfordernd an. »Und jetzt komm mir bitte nicht mit diesen Mätzchen im Büro.«

Es kostete mich in diesem Moment ungeheure Kraft, nicht zu explodieren. »Thea lebt seit drei Wochen bei uns, in dieser Zeit hatten wir keinen einzigen Abend für uns.« Meine Stimme bebte vor unterdrückter Wut.

»Wärst du auch so egozentrisch, wenn deine Mutter in dieser Situation wäre?« Ihm musste es ähnlich gehen wie mir, er wirkte wie ein Vulkan kurz vor dem Ausbruch.

»Meine Mutter hätte mich erst gar nicht in solch eine Situation gebracht!«

»Ach!« Er spie dieses Wort aus, als handle es sich dabei um glühende Lava. »Willst du jetzt auch noch meiner Mutter die Schuld daran geben, dass ihr Fernseher implodiert ist?«

»Nein, das will ich nicht, verdammt noch mal.«

»Was dann?« Er fuhr mit seinen Fingern am Innenrand seines Pulloverkragens entlang, als würde dieser ihn einengen.

»Meine Mutter war ein sehr selbstständiger Mensch. Sie hätte alles Mögliche getan, nur um meinem Bruder und mir nicht zur Last zu fallen.«

»Sie fällt dir also zur Last …«

»Steffen, das reicht jetzt«, sagte ich entschieden. »Du drehst mir das Wort im Mund um.«

»Dann drück dich klarer aus!«

Meine Wut wich zunehmend einer fast lähmenden inneren Abwehr. »Meine Mutter hätte nicht alles auf mich abgeschoben, sie hätte sich selbst um ihre Angelegenheiten gekümmert. Aber vielleicht tue ich ihr auch Unrecht, und du warst nur wieder so übereifrig, ihr alles aus der Hand zu nehmen.«

»Wenn ich dir so zuhöre, dann wundert es mich nicht, dass du in deinem Büro Probleme hast.«

»Haben Sie Probleme im Büro, Kind?«, fragte in diesem Moment Thea mit ehrlicher Anteilnahme.

Wir waren beide so in unseren Streit vertieft gewesen, dass wir sie nicht hatten die Tür öffnen hören. Mit der Hand auf der Türklinke stand sie da und sah mich fragend an.

»Keine, die nicht zu lösen sind«, antwortete ich knapp. Ich versuchte gar nicht erst, meine Gesichtsmuskeln zu entspannen.

»Dann ist es ja gut«, meinte sie erleichtert und strich mir aufmunternd über meinen Oberarm.

Ich nahm ihr dezentes Parfum wahr, das perfekt zu ihrer gepflegten Erscheinung passte. An diesem Tag trug sie ein Kaschmir-Twinset in einem warmen Beige über einer gleichfarbigen Stoffhose. Im Gegensatz zu den widerspenstigen Haaren ihres Sohnes schienen ihre sehr fügsam zu sein. Kein einziges tanzte aus der Reihe.

Während sie sich in einem Topf Milch erwärmte, fasste ich mir ein Herz und wagte trotz Steffens vereister Miene einen Vorstoß. »Frau Wolf, Steffen und ich wollen hier an dem Wochenende nach Ostern ein Einweihungsfest veranstalten.«

»Anna!«, mahnte er mich drohend.

Doch ich ließ mich nicht beirren. Ich wollte aus Theas Mund hören, was dagegen sprach. »Steffen hat jedoch Angst, dass Ihnen das zu viel werden könnte.«

»Ach, Kind …«

Wenn sie mich nur nicht immer so nennen würde! Ich sah sie abwartend an.

»Dann gehe ich wohl am besten so lange in ein Hotel.«

»Das kommt nicht in Frage, Mutter.« Während Thea sich

am Herd zu schaffen machte, griff er nach meinem Oberarm und drehte ihn so grob, dass ich ihn ansehen musste.

Ich hielt seinem drohenden Blick stand. »Du tust mir weh«, sagte ich scharf und entwand mich ihm.

Thea schien von all dem nichts zu bemerken. »Ich möchte euch dieses Fest wirklich nicht verderben, ihr freut euch doch bestimmt darauf.«

»Das Fest ist nicht so wichtig, jetzt musst du erst einmal wieder auf die Beine kommen.«

»Wie wäre es denn, wenn Sie ein bisschen mitfeiern, Frau Wolf? Das würde Sie sicher auf andere Gedanken bringen.«

»Ach, Kind, haben Sie eine Ahnung.«

»Anna!«, stöhnte ich genervt.

»Anna, meine Mutter möchte nicht, hast du das immer noch nicht begriffen?« Seine unterdrückte Wut erfüllte den Raum. »Du sagst das Fest ab und damit basta!«

»Das meinst du nicht wirklich«, brauste ich auf.

»Steffen, wenn sie es doch so gerne möchte … Ich habe kein Problem damit, vorübergehend in ein Hotel zu ziehen.« Und zu mir gewandt: »Ich kann Sie gut verstehen. Es ist etwas Schönes, unbeschwert ein Fest zu feiern.«

»Warum feiern Sie dann nicht mit?«, insistierte ich, während ich gleichzeitig Steffen einen Blick zuwarf, der ihn in Schach hielt.

»Weil ich schon lange nicht mehr unbeschwert bin.« Der Ausdruck ihrer Augen war schwer zu ergründen. Ich sah Traurigkeit darin, Resignation, aber auch Trotz. Sie goss die warme Milch in einen Becher, mischte Honig hinein und sagte uns Gute Nacht.

»Jetzt hast du es geschafft«, sagte Steffen ebenso niedergeschlagen wie erschöpft. Er war blass und hatte tiefe Ringe unter den Augen.

»Was habe ich geschafft?«

»Sie traurig zu machen.«

»Ich habe sie zu unserem Fest eingeladen, weiter nichts.« Inzwischen fragte ich mich ernsthaft, wo um alles in der Welt ich hineingeraten war.

»Du wirst das nie verstehen.« Damit folgte er Thea und ließ mich in der Küche zurück.

Dieses Mal dauerte es Tage, bis wir uns wieder vertrugen. Ich hatte Steffen am nächsten Morgen beim Aufstehen noch einmal wegen des Festes gefragt, anstelle einer Antwort jedoch nur ein Kopfschütteln und einen vorwurfsvollen Blick geerntet. Ganz kurz hatte ich mit dem Gedanken gespielt, alles einfach laufen zu lassen und ihn am Tag unserer Einladung vor vollendete Tatsachen zu stellen. Inzwischen war ich mir jedoch lange nicht mehr so sicher, dass Steffen sich von dem schönen Trubel, den ich ihm in Aussicht gestellt hatte, davontragen lassen würde. Eher verließ er samt Thea für die Dauer des Festes unser Haus.

Was ich mir so schön ausgedacht hatte, war auf dem besten Wege, einen unverhältnismäßig hohen Stellenwert zu erlangen. Aber es sollte dauern, bis ich seinen stellvertretenden Charakter begriff. Wir stritten nicht über ein Fest, sondern über sehr unterschiedliche Sichtweisen.

Während sich Steffen am Wochenende in seine Praxis verzog, um den üblichen Papierkram zu erledigen, setzte ich mich an unseren Esstisch, um die Absagen zu schreiben. Vorher schüttete ich allerdings einer meiner Hamburger Freundinnen am Telefon mein Herz aus.

»Bist du bescheuert?«, fragte sie entsetzt. »In diese Familie willst du freiwillig einheiraten?«

»Ich kann doch nicht bei der ersten Schwierigkeit davonlaufen.«

»Wenn die erste gleich eine so besorgniserregende ist, schon.«

Das wollte ich jedoch nicht hören, deshalb beendete ich das Gespräch mit der Ausrede, es habe an der Tür geklingelt. Ich hätte heulen können, sehnte mich mehr denn je nach einer Zigarette und spürte mit Unbehagen, dass auch meine neue Hose, die ich mit Pia zusammen erstanden hatte, bereits im Bund spannte. Nachdem ich den Knopf aufgemacht hatte, versuchte ich, meinen verkrampften Bauch zu entspannen. Die Sonne schien durchs Fenster und tauchte den Raum in Frühlingslicht. Sosehr ich mich in den vergangenen Wochen nach Sonne gesehnt hatte, in diesem Augenblick konnte mich nichts aufheitern.

»Kann ich Ihnen helfen, Anna?« Thea stand abwartend im Türrahmen.

»Nein.«

Sie ließ ihren Blick über die zahlreichen Umschläge auf dem Wohnzimmertisch gleiten. »Das Fest?«, fragte sie.

Ich nickte voller Kummer.

»Das tut mir entsetzlich Leid.« Sie setzte sich mir gegenüber. »Ich kann so gut nachempfinden, wie schwer das für Sie ist. Ich musste selbst auf vieles verzichten in meinem Leben.«

»Wenn Sie das so gut nachempfinden können, warum haben Sie mich dann nicht unterstützt? Ein Wort von Ihnen, und Steffen hätte es sich möglicherweise anders überlegt.«

»Es wird noch viele Gelegenheiten geben, ein Fest zu feiern«, fuhr sie fort, als habe sie meine Frage gar nicht gehört. »Sie sind jung, das Schicksal meint es gut mit Ihnen.«

Ich legte meinen Stift beiseite. »Und mit Ihnen?«

»Fragen Sie nicht! Ich wüsste gar nicht, wo ich anfangen sollte.«

»Es interessiert mich aber, Frau Wolf.« Wenn ich schon ihretwegen hier saß und Absagen schrieb, dann wollte ich wenigstens wissen, warum.

Von einer Sekunde auf die andere verschloss sie sich wie eine Auster. »Dazu kennen wir uns noch nicht gut genug. Geben Sie mir ein wenig Zeit.«

»Verstehen Sie mich bitte nicht falsch. Weder will ich Ihnen zu nahe treten, noch habe ich eine übersteigerte Neugier. Wenn ich jedoch etwas mehr über Sie wüsste, könnte ich auch Steffens Verhalten Ihnen gegenüber besser einordnen.«

»Was stimmt nicht mit seinem Verhalten?«, fragte sie überrascht.

»Ich habe nicht gesagt, dass etwas damit nicht stimmt. Nur finde ich es ungewöhnlich, dass er so .... so ...«

»Dass er sich um seine Mutter kümmert?« Ihr Blick war wachsam.

Mit einem schlichten Ja würde ich sofort in der Falle sitzen und mir anhören müssen, dass schließlich alle Kinder sich um ihre Eltern zu kümmern hatten. Aber eben nur in einem gewissen Maß, wie ich fand. Was Steffen tat, ging nach meinem Empfinden weit darüber hinaus. »Dass er sich kümmert, ist selbstverständlich, besonders in Ihrer derzeitigen Situation, nicht jedoch, dass er sich *so* kümmert.« Warum sollte ich lange um den heißen Brei herumreden?

»Kind, ich verstehe nicht, was Sie meinen.«

Dieser Satz schien mir allmählich symptomatisch für unser Haus zu sein. »Manchmal kommt es mir vor, als hätten Sie und Ihr Sohn die Rollen getauscht.«

»Die Rollen getauscht?«

»Er bemuttert Sie.«

Sie war kurz zusammengezuckt, hatte sich jedoch sofort wieder in der Gewalt. Ich spürte den Unwillen, den sie unserem Gespräch gegenüber entwickelte. Wenn wir jedoch weiter unter einem Dach zusammenleben wollten, woran in den nächsten vier Monaten offenbar kein Weg vorbeiging, dann half nur Offenheit.

»Ich weiß nicht, aus was für einer Familie Sie kommen, Anna«, begann sie, »in unserer …«

»Ich komme aus einer stinknormalen Familie mit einer ganz klaren Rollenverteilung«, unterbrach ich sie.

Gereizt runzelte sie ihre Stirn. »In unserer Familie erhält derjenige Hilfe, der sie gerade benötigt. Da geht es nicht um eine zufällige Rollenverteilung.«

So kam ich nicht an sie heran, also versuchte ich es aus einer anderen Ecke. »Haben Sie das Gefühl, dass Ihr Sohn glücklich ist, Frau Wolf?«

»Das habe ich Ihnen doch schon gesagt«, antwortete sie, um ein Lächeln bemüht. »Sie tun ihm gut.«

»Aber diese übermäßige Sorge um Sie tut ihm nicht gut.«

Sie erstarrte in ihrer Bewegung, und ich konnte sehen, dass genau das geschehen war, was ich eigentlich hatte vermeiden wollen – ich hatte sie verletzt. »Es ist schlimm, was Sie da sagen.« Fast unmerklich wich sie vor mir zurück. »Ich glaube nicht, dass ich das verdient habe.« Sie schluckte. »Wer fragt denn mich, was mir gut tut? Soweit ich zurückdenken kann, war ich immer nur für andere da, habe alle meine Wünsche hintangestellt. Und dann kommen Sie und halten mir vor, dass ich meinen Sohn über alle Maßen beanspruche. Sie wissen nicht, wovon Sie reden.« Ihre Stimme bebte vor Verzweiflung.

Ich ertrank fast in meinem schlechten Gewissen. »Frau Wolf …«

Sie streckte abwehrend ihre Hände aus, um mir Einhalt zu gebieten. »Können Sie sich überhaupt vorstellen, wie das ist?« Für einen Moment schluchzte sie so stark, dass sie nicht weiterreden konnte.

»Bitte …« Ich setzte mich neben sie, um ihr beruhigend über den Rücken zu streichen. »So habe ich es doch nicht gemeint.«

Aber sie hörte mich gar nicht, sie war in ihrer Verzweiflung gefangen. »Nach allem, was ich durchgemacht habe, auch noch das Dach über dem Kopf zu verlieren, beim eigenen Sohn unterkriechen zu müssen und jeden Tag zu spüren, was für eine Last man ist. Und dann machen Sie mir noch Vorwürfe …«

O mein Gott, betete ich im Stillen, lass das alles nicht wahr sein. Langsam begann ich an meinem Ausdrucksvermögen zu zweifeln. Wie sonst sollte ich mir erklären, dass alles, was ich sagte, so falsch ankam?

»Was geht hier vor?«, ließ mich plötzlich Steffens alarmierte Stimme erschreckt zusammenfahren. Mit wenigen Schritten war er bei Thea und sah ihr forschend ins Gesicht, um mich gleich darauf anklagend anzusehen.

»Ist schon gut, Junge«, sagte sie mit tränenerstickter Stimme.

»Was sind das für Vorwürfe?«

»Vergiss es gleich wieder, es ist alles in Ordnung.« Sie wischte sich entschlossen die Tränen aus dem Gesicht, setzte sich gerade hin und versuchte sich an einem Lächeln, das jedoch misslang. »Wir haben uns nur unterhalten.«

Jedes Wort, das ich in diesem Augenblick hätte sagen können, wäre falsch gewesen, deshalb schwieg ich, hielt jedoch entschlossen Steffens inquisitorischem Blick stand. Als wir später kurz allein waren und er mich mit Fragen bombardierte, versuchte ich, ruhig zu bleiben. Ich verschanzte mich hinter Theas Position, indem ich wiederholte, was sie selbst gesagt hatte: »Wir haben uns nur unterhalten.«

»Ich kenne deine *Unterhaltungen* inzwischen.«

Er war auf eine Weise böse mit mir, die mich erschütterte. »Steffen, was passiert mit uns?«

Es war, als hätte ich mit einer Nadel in einen Luftballon gestochen. Er platzte jedoch nicht, es entwich nur ganz langsam die Luft. Steffen schien in sich zusammenzufallen. Wir gingen aufeinander zu und nahmen uns seit Tagen zum ersten Mal wieder in die Arme. »Ich weiß es nicht«, stammelte er in mein Haar, »ich weiß es einfach nicht.« So betrübt hatte ich ihn noch nie erlebt.

Hätte ich doch nur meinen Mund gehalten und nicht auf meinem Standpunkt beharrt.

»Es scheint mir alles durch die Finger zu rinnen, ich mühe mich und mühe mich …«

»Schscht«, flüsterte ich, während ich ihn ganz fest mit meinen Armen umfing. Dann begann ich, ihn zu küssen, und spürte, wie er reagierte. Ich zog ihn hinter mir her Richtung Treppe.

»Aber …«

»Kein Aber.« Ich lächelte ihn an und ging einfach weiter, so dass er mir folgen musste. Oben in unserem Schlafzimmer verschloss ich die Tür. Es war mehr ein symbolischer Akt als die Befürchtung, Thea könne uns stören. Sie war viel zu dezent, um in unser Schlafzimmer zu kommen. Aber ich wollte alles Störende für eine Weile aus unseren Gedanken ausschließen und eine Insel schaffen, auf der wir uns wieder begegnen konnten.

Die Stunde, die wir in unserem Bett verbrachten, war weit davon entfernt, unseren schwelenden Konflikt lösen zu können, aber sie hatte uns beide so entspannt, dass wir uns wieder liebevoller ansehen konnten. Die Erleichterung darüber stand uns beiden ins Gesicht geschrieben.

Um dieses zarte Pflänzchen zu hegen und zu pflegen, war in den ersten Apriltagen die Atmosphäre in unserem Haus von Vorsicht geprägt. Thea gab sich alle Mühe, weitgehend unsichtbar zu sein, womit sie einerseits mein schlechtes Gewissen vergrößerte, andererseits aber Steffen und mir die Chance einer ungestörten Annäherung und Versöhnung gab. Ich hatte alle Absagen in den Briefkasten geworfen und gleichzeitig beschlossen, dieses Thema damit ruhen zu lassen. Es hatte keinen Sinn, sich darin zu verbeißen. Irgendwann in nicht allzu ferner Zukunft würden Steffen und ich heiraten und die Gelegenheit bekommen nachzufeiern. Die Vorfreude, die sich bei einem solchen Gedanken eigentlich hätte einstellen sollen, blieb jedoch aus. Dafür spürte ich eine Beklommenheit, die nicht so leicht abzuschütteln war und sich mir aufs Gemüt legte.

Ich war froh, am Montagmorgen wieder ins Büro gehen zu können, und dachte gleichzeitig, dass sich die Verhältnisse in ihr Gegenteil verkehrt hatten. Früher hatte ich mich auf die freien Tage gefreut. Jetzt freute ich mich auf das fröhliche Gesicht von Pia, die mich nicht enttäuschte.

Ganz im Gegensatz zur *englischen Rose*, die mir nun bereits zum zweiten Mal in den Rücken fiel. Unser letztes Telefonat lag gerade zwei Wochen zurück. Ich hatte zwar nicht zu hoffen gewagt, dass meine Art, mit ihren Anregungen umzugehen, neue im Keim ersticken würde, mit ihrem Anruf bei meinem Chef hatte ich allerdings auch nicht gerechnet. Doch genau das hatte sie hinterrücks getan. Zu meinem Glück erklärte er sich mit mir solidarisch, beschwichtigte sie, ohne mir jedoch eine Rüge zu erteilen.

»Egal wie, nur halten Sie sie mir vom Hals«, bat er mich inständig. »Sie haben alle Freiheiten.« Als meine Augen freudig aufblitzten, schränkte er diesen Freibrief umgehend wieder ein. »Im Rahmen der Gesetzbücher versteht sich.«

Mir reichte es allmählich. Eine Zeit lang hatte ich das Spiel ganz amüsant gefunden, inzwischen hatte sie jedoch eine Grenze überschritten, hinter der sie nicht mehr mit meinem Wohlwollen rechnen konnte. Ich schob alle Akten beiseite, die auf meinem Tisch lagen, selbst die mit einem Dringlichkeitsvermerk, und nahm mir aufs Neue in aller

Ruhe die von Therese Behrendt und ihren Mitbewohnern vor. Irgendwo zwischen diesen ganzen Papieren musste die Lösung stecken.

Um nicht noch einmal den gesamten Schriftverkehr lesen zu müssen, konzentrierte ich mich auf die Zeit vor etwas mehr als einem Jahr, als es mit ihren Briefen angefangen hatte. Bis dahin glich der Inhalt der Akte demjenigen von anderen, die ich inzwischen durchgesehen hatte. Da ging es um Treppenhausreparaturen, bessere Beleuchtung des Carports und die Umstellung der Heizungsanlage auf Gas. Ich fand jedoch nicht einmal annähernd einen Hinweis auf das, was ich suchte.

Ich wollte die Akte schon zuschlagen, als ich kurz entschlossen noch ein Stück weiter in die Vergangenheit eintauchte. Mein Blick blieb an einer Todesanzeige hängen, die mehr als zwei Jahre zurückdatierte. Darin betrauerte der Professor den Tod seiner über alles geliebten Frau. Jobst Kahl hatte ihm daraufhin offensichtlich ein Beileidsschreiben geschickt und dessen Entwurf mit einer Büroklammer an der Anzeige befestigt. Bei deren Anblick war mir ein ganz vager Gedanke durch den Kopf geschossen, den ich nun zu fassen versuchte. Zurückgelehnt in meinen Bürostuhl schloss ich die Augen.

»Am Wochenende gesumpft?«, unterbrach mich unsanft Birte Koflers Stimme.

Ich hielt meine Augen geschlossen und rührte mich auch sonst nicht. Nach den jüngsten Auseinandersetzungen mit Steffen und Thea hatte ich eine starke Sehnsucht nach Frieden. Also würde ich mich nicht provozieren lassen, würde meine Zunge im Zaum halten und so tun, als hätte ich sie gar nicht gehört. Im Ansatz war diese Idee nicht schlecht, dem ausgeprägten Geltungsbedürfnis meiner Kollegin wurde sie jedoch nicht gerecht.

»Es soll Firmen geben, die eigens Meditations- und Ruheräume für ihre Mitarbeiter einrichten. Vielleicht wären Sie dort viel besser aufgehoben als hier.«

»Frau Kofler«, begann ich nach außen hin ruhig, obwohl ich schon wieder kurz davor war, meine guten Vorsätze zu verraten. »In unserem ganz speziellen Fall wird die entstandene Kluft sicher nie zu überbrücken sein, aber möglicherweise könnten wir sie irgendwann untertunneln. Wenn wir beide so weitermachen wie bisher, sehe ich jedoch auch dafür schwarz.«

»Reden Sie eigentlich immer so geschwollen?«

»Besser geschwollen reden, als ständig mit einem geschwollenen Kamm herumzurennen.«

»Wenn ich mir Ihren Körper so ansehe, würde ein geschwollener Kamm doch ganz gut dazu passen«, entgegnete sie schnippisch und mit unverhohlener Häme.

Anna, halte dich zurück, bremste ich mich im Stillen. »Wenn Sie Ihren Sinn für Harmonie nun noch kurz nach innen richten«, sagte ich in einem leichten Plauderton, »dann haben wir heute beide eine Chance, ohne größere Blessuren nach Hause zu gehen.«

»Wenn ich Ihnen so zuhöre, frage ich mich, warum der Chef Sie eingestellt hat.« Sie wirkte sichtlich genervt.

Und mir ging es ähnlich. »Weil ich Phantasie habe und sie gut verpacken kann«, trumpfte ich auf.

»Ich an seiner Stelle würde an Ihren Verpackungskünsten zweifeln. Ihr steifer Chic spricht doch Bände.«

Während wir uns giftige Sätze um die Ohren schleuderten, schoben sich Bilder vom Schlammcatchen vor mein inneres Auge. Gleichzeitig setzte sich einmal mehr die Erkenntnis durch, dass ich daran nicht unschuldig war, vielmehr nach Kräften mitcatchte. »Frau Kofler, wie wäre es, wenn wir zum Ausgangspunkt unseres Gespräches zurückkämen und wenn schon nicht Frieden, dann zumindest einen Waffenstillstand schlössen?«, sagte ich nun möglichst sachlich.

»Nur damit Sie nicht schwarz sehen?«

Schwarz sehen, schwarz ... der Gedanke, der mir vorhin entwischt war, rückte wieder in greifbare Nähe. *Schwarz ... Trauerjahr* ... »Ich hab's!«

Sie sah mich an, als sei ich nun völlig übergeschnappt.

»Sie hat das Trauerjahr abgewartet.«

»Wer hat was?«

»Therese Behrendt. Ich habe mich die ganze Zeit gefragt, warum sie erst vor einem Jahr angefangen hat, diese Briefe zu schreiben. Vor etwas mehr als einem Jahr hat das Trauerjahr des Professors geendet. Deshalb veranstaltet sie diesen Zirkus – sie will ihn auf den Eigentümerversammlungen treffen.«

»Sag ich doch«, meinte meine Kollegin daraufhin indigniert, »sie ist scharf auf ihn.«

»Ja«, strahlte ich voller Erleichterung, »sie ist tatsächlich scharf auf ihn.«

»Dann phantasieren und verpacken Sie mal schön, Frau Laudien«, äffte sie mich nach, »ich für meinen Teil habe genug für heute.« Sie packte ihre Sachen zusammen und verließ mit einem knappen »Bis morgen« das Büro.

Als sie gegangen war, ließ ich mich Pia gegenüber mit einem Seufzer in einen Besucherstuhl fallen. »Wahrscheinlich rennt sie demnächst zum Chef und präsentiert sich ihm als Mobbing-Opfer. Falls sie es nicht längst getan hat.«

»Zuzutrauen wäre es ihr«, meinte Pia lapidar. »Aber damit erreicht sie bei ihm nichts.«

»Wie kannst du dir da so sicher sein?«

»Ich kenne ihn schon ein bisschen länger als du.« Sie begann, ihre Sachen zusammenzupacken. »Ich gehe nachher übrigens mit ein paar Leuten ins *Ab de Fisch*. Wenn du Lust hast, komm doch mit. Rupert wird auch da sein.«

Einem ersten Impuls folgend hätte ich am liebsten ja gesagt. »Ein anderes Mal gerne, nur heute Abend geht es leider nicht.«

»Falls du deinen Steffen nicht allein lassen möchtest, bring ihn ruhig mit. Du brauchst Rupert nicht zu schonen, er hält jedem Vergleich stand.«

»Ich wäre nie auf die Idee gekommen, ihn schonen zu wollen«, sprach ich laut aus, was ich dachte.

»Hält dein Steffen eigentlich auch jedem Vergleich stand?«, fragte sie mich mit einem Blick, als betrachte sie mich durch ein Mikroskop.

»Pia, ich finde unsere Unterhaltung, gelinde gesagt, absurd. Ich werde mir jetzt noch eine Strategie für Therese Behrendt ausdenken und dann nach Hause gehen.«

»Jetzt sind es schon zwei Fragen, die du unbeantwortet gelassen hast.« Sie zog einen Handspiegel aus ihrer Tasche und malte ihren Lippenstift nach. Orange war die Farbe des Tages. Zuletzt entfernte sie noch ein paar Fussel von ihrer schwarzen Bluse.

»Welche war die erste?«

»Warum du ihn unbedingt heiraten willst«, antwortete sie ungerührt.

»Das *Unbedingt* hat in diesem Satz immer noch nichts zu suchen«, sagte ich kopfschüttelnd.

»Im Ablenken bist du wirklich eine Meisterin. Machst du das nur nach außen oder auch nach innen?«

»Seid ihr alle so?«, antwortete ich mit einer Gegenfrage.

»Was meinst du mit *so*?«

»Na, so inquisitorisch, so bohrend …«

»Wenn du das schon inquisitorisch findest, dann solltest du mal meine Mutter kennen lernen.«

»Ich glaube, damit warte ich noch ein bisschen«, sagte ich mit einem schiefen Grinsen.

»Ist wohl auch besser. Sie gibt sich mit Ablenkungsmanövern nämlich nicht zufrieden.«

»Muss eine harte Schule gewesen sein«, sagte ich in gespieltem Mitleid.

»Aber sehr hilfreich.« Ihrer spitzbübischen Miene nach zu urteilen, hatte sie noch einiges in petto.

Für diesen Abend hatte ich jedoch genug, und das sagte ich ihr auch. »Viel Spaß heute Abend, Pia.«

»Ich werde ihn von dir grüßen.«

»Bevor du daran erstickst …« Ich winkte ihr zu und ging wieder hinüber in mein Büro, um mich Therese Behrendt zuzuwenden.

Es war nach sieben, als ich die Akte endlich schloss und sie mit einem zufriedenen Lächeln bedachte. »Na warte«, murmelte ich vor mich hin. Gut gelaunt und aufgekratzt fuhr ich nach Hause. Ich würde Steffen überreden, mit mir ins *Ab de Fisch* zu gehen und Pia und ihre Freunde zu treffen. Langsam musste ich mal wieder etwas anderes sehen und hören als nur Büro und Zuhause. In den zwei Monaten, die ich nun in Düsseldorf wohnte, hatte ich noch kaum etwas von der Stadt kennen gelernt.

Zu Hause erwartete mich allerdings eine Überraschung, die meine Pläne kurzerhand umwarf – zumindest für diesen Abend. Aus der Küche strömten mir die reinsten Wohlgerüche entgegen, für die offensichtlich Thea verantwortlich war.

Sie hatte eine weiße Schürze umgebunden und sah mir erwartungsvoll entgegen, als ich die Tür öffnete. »Ich wollte mich ein wenig erkenntlich zeigen.« Auf allen vier Platten des Herdes standen dampfende Töpfe.

»Hmm, das riecht verdammt gut.« Mir lief das Wasser im Mund zusammen.

»Steffen müsste auch gleich da sein, er hat vorhin angerufen«, verriet sie mir munter.

»Dann werde ich schon mal den Tisch decken.«

»Das habe ich alles schon gemacht. Sie legen jetzt die Füße hoch, Anna, und entspannen sich.«

Zwar war ich ganz entspannt, trotzdem fand ich das Angebot verführerisch. Bis Steffen kam, verzog ich mich ins Wohnzimmer, hörte Musik und wälzte Reiseprospekte, die ich mir auf dem Heimweg noch schnell in einem Reisebüro geholt hatte. Auch das zählte zu den Plänen, die ich geschmiedet hatte: Ich wollte mit Steffen verreisen, und wenn es nur für eine Woche war. Ein ähnlich schönes Erlebnis wie Paris würde uns gut tun.

Eines hatte ich während unseres zweimonatigen Zusammenlebens begriffen: Mein zukünftiger Mann war so stark ausgelastet und beansprucht, dass ihm alles, was hinzukam, und sei es noch so schön, zunächst wie ein nur schwer zu überwindender Berg vorkam. Da es mir jedoch nichts ausmachte, mich allein um die Reiseorganisation zu kümmern, würden uns zumindest daraus keine Probleme erwachsen. Als ich ihn kommen hörte, packte ich die Kataloge wohlweislich weg.

Kurz darauf setzte er sich neben mich aufs Sofa und ließ sich, nachdem er mir einen Kuss gegeben hatte, erschöpft zurücksinken. Vorher hatte er noch die Musik leiser gedreht. Er sah zum Umfallen müde aus. Von seinem Gesicht wanderte mein Blick zu seinen Händen. Seine Nägel schienen in den letzten Tagen geschrumpft zu sein, so wie es aussah, hatte er sich kräftig an ihnen zu schaffen gemacht. Ich strich vorsichtig darüber, nahm eine Hand in meine und küsste jeden einzelnen Finger.

»Vielleicht wachsen sie vom Küssen ein wenig«, flüsterte ich zärtlich.

»Im Augenblick sind es weniger meine Nägel, die vom Küssen wachsen«, sagte er mit rauer Stimme, mich gleichzeitig an sich ziehend.

»Ob es deiner Mutter auffällt, wenn wir kurz nach oben verschwinden?«

»Hmm.« Er fuhr mit seiner Nasenspitze meinen Hals hinauf.

»Wir können ihr ja sagen, dass wir vor dem Essen noch schnell deine Lebensgeister wecken müssen.«

»Was soll es da noch zu wecken geben?« Er schob seine Hand unter meine Bluse.

»Das Essen ist fertig«, rief in diesem Moment Thea und stieß Sekunden später die Wohnzimmertür auf. »Wenn das nicht eure Lebensgeister weckt, dann weiß ich auch nicht …«

Sie hatte den Satz noch nicht zu Ende gesprochen, als ich in Lachen ausbrach, was sie mit einem verunsicherten Blick quittierte. »Was ist daran so komisch?«

»Nichts, Mutter«, beruhigte Steffen sie mit einem Lächeln. »Das eben hatte nichts mit dir zu tun.«

»Na, dann ist es ja gut.« Sie war nicht überzeugt, fragte jedoch auch nicht weiter.

Das Essen verlief schließlich in einer überaus gelösten und fröhlichen Stimmung. Alle drei ließen wir an diesem Abend den Alltag draußen und führten ein angeregtes Gespräch fernab von Praxis, Hausbrand und Büro. Ich lernte Thea von einer Seite kennen, die mir bisher verborgen geblieben war: Sie skizzierte eine ihrer Freundinnen mit so viel Witz, dass ich sie ein ums andere Mal erstaunt betrachtete. Es war, als hätte sie sich selbst und alles Belastende für den Moment vergessen. Diesen Abend nahm ich als Garant dafür, dass Thea auf dem besten Wege war, sich von ihrem schrecklichen Erlebnis zu erholen, und fortan keinen abendlichen Babysitter mehr brauchte. Meine Beklommenheit war im Schwinden begriffen.

Am nächsten Tag, Karfreitag, würden wir ausschlafen können, so dass der Spätvorstellung im Kino nichts entgegenstand. Ich hatte bereits Karten besorgt, um Steffen damit zu überraschen. Und siehe da: Endlich freute auch er sich, einmal herauszukommen. Nachdem wir mit Thea zusammen gegessen hatten, brachen wir voller Vorfreude auf.

Sie begleitete uns bis zur Tür und lächelte uns aufmunternd an. »Macht euch keine Sorgen, ich komme schon zurecht.«

Wer machte sich hier Sorgen? Schließlich war sie alt genug, um allein zurechtzukommen. »Davon gehe ich aus«, rief ich ihr übermütig vom Gartentor aus zu.

»Wenn irgendetwas ist, Mutter, dann hast du ja meine Handynummer.«

Ich starrte Steffen entgeistert an. Am liebsten hätte ich ihm meinen Ellenbogen in die Rippen gerammt. Mit diesen ewigen Vorsichtsmaßnahmen würde er seine Mutter noch zum Pflegefall machen.

»Es wird schon nichts sein«, rief sie uns hinterher.

Steffen wäre sich selbst untreu geworden, wenn er sein Handy im Kino ausgeschaltet hätte. Da ich diesen Abend jedoch genießen wollte und überhaupt keine Lust auf eine Konfrontation verspürte, erwähnte ich es nicht weiter, sondern ließ mich von der Geschichte auf der Leinwand in eine andere Welt entführen. *Billy Elliot* entließ uns schließlich mit einem seligen Lächeln in die Nacht. Hand in Hand schlenderten wir nach Hause. Der Film hatte uns innerlich so aufgewärmt, dass uns auch der plötzlich einsetzende Schneeregen nichts ausmachte. Als wir heimkamen, erwartete uns ein dunkles Haus. Leise schlichen wir uns nach oben, um Thea nicht aufzuwecken.

»Siehst du«, flüsterte ich Steffen auf der Treppe zu, »alles bestens.«

Unsere Stimmung hätte besser nicht sein können. Vor uns lagen vier freie Tage, an denen Steffen, so hatte er mir versprochen, noch nicht einmal an die Praxis denken würde. Keine Hausbesuche, keine Anträge, keine Sorgenfalten. Nur schöne Unternehmungen. Am Sonntag würden wir gemeinsam das Museum Insel Hombroich entdecken. Diesen Tipp hatte Pia mir gegeben, und Steffen hatte zugeben müssen, dass er es in all den Jahren seit Bestehen des Projektes *Kunst parallel zur Natur* nicht dorthin geschafft hatte.

Am Sonntag war es bitterkalt, trotzdem ließen wir uns vom Besuch des Museums nicht abhalten. In Winterstiefeln und dicken Jacken brachen wir nach einem ausgiebigen Osterfrühstück auf.

»Geht nur und amüsiert euch gut.« Thea saß im Wohnzimmer auf dem Sofa und hatte ein aufgeschlagenes Buch auf ihrem Schoß. »Für mich ist das leider nichts«, sagte sie voller Bedauern.

»Sie waren auch noch nie dort?«, fragte ich erstaunt.

Sie schüttelte ihren Kopf. »Das wäre viel zu anstrengend für mich.«

»Was ist daran anstrengend?«, fragte ich Steffen voller Begeisterung, als wir ungefähr die Hälfte des Museums Insel Hombroich gesehen hatten. Es war nicht wirklich eine Insel, sondern ein Naturparadies mit sowohl architektonisch als auch künstlerisch interessanten, begehbaren Raum-Skulpturen.

»Diese langen Wege sind für Mutter nichts mehr.«

»Hat sie etwas mit ihren Beinen?« Das war mir bisher noch gar nicht aufgefallen.

»Lass uns nicht wieder damit anfangen!«

»Steffen, im Ernst, sie ist erst vierundsechzig, kaum älter als meine Eltern, als sie starben. Und die haben noch stundenlange Wanderungen in den bayerischen Alpen gemacht. Wenn du sie weniger in Watte packtest …«

»Ich packe sie nicht in Watte«, unterbrach er mich barsch. »Ihre Kraft hat nur mit den Jahren abgenommen …«

Merkwürdig, dieses Empfinden hatte ich gar nicht. Im Gegenteil, ich spürte oft eine ganze Menge Kraft, wenn ich Thea beobachtete oder mit ihr sprach. Sie mochte unterschwellig sein, aber sie war eindeutig da.

»… und wenn du dir und mir einen Gefallen tun willst, dann vergleiche sie nicht ständig mit deinen Eltern.«

»Dann vergleiche ich sie eben mit anderen Gleichaltrigen«, erwiderte ich trotzig.

»Du hältst doch selbst noch nicht einmal dem Vergleich mit Gleichaltrigen stand und bist dreißig Jahre jünger als meine Mutter.«

»Wie meinst du das?«

»Wann hast du das letzte Mal Sport getrieben?«

»Ich bin kein sportlicher Typ.«

»Von deinem Bewegungsapparat und deiner Muskulatur her bist du es durchaus, du hast nur keine Lust.«

»Lust verbinde ich tatsächlich mit anderen Betätigungen.« Mit einem Augenzwinkern versuchte ich, unsere Unterhaltung wieder auf eine unbeschwerte Ebene zu heben, aber Steffen reagierte nicht.

»So unsportlich, wie du heute bist, wirst du auch in dreißig Jahren sein, nur – etwas übertrieben gesagt – dreißig Mal mehr. Und da regst du dich über meine Mutter auf.«

»Steffen, ich rege mich nicht über sie auf, ich hatte einfach nur wissen wollen, warum ihr ein so wunderschöner Spaziergang wie dieser hier zu viel ist.«

»Jetzt weißt du es«, sagte er muffig.

Natürlich wusste ich mal wieder gar nichts, aber ich ließ es auf sich beruhen. Nachdem wir fünf Minuten lang schweigsam nebeneinander hergewandert waren, nahm ich wortlos seine Hand und drückte sie. Sein Gegendruck fühlte sich nicht gerade euphorisch an, war aber spürbar. Nach weiteren zehn Minuten hatte uns unsere Umgebung wieder so sehr gefangen genommen, dass unser kleiner Streit längst vergessen war, als wir schließlich nach zweieinhalb Stunden am Ende unserer Museumstour anlangten.

Als wir, rundum zufrieden mit unseren neuen Eindrücken, in unsere Straße einbogen, sahen wir, wie gerade jemand unser Haus verließ – unverkennbar ein Notarzt. Obwohl wir nur noch fünfzig Meter entfernt waren, gab Steffen Gas, um schließlich mit quietschenden Bremsen neben seinem Kollegen zum Stehen zu kommen, der gerade diverse Alukoffer in seinem Auto verstaute. Er drehte sich erschreckt um die eigene Achse, immer noch einen Koffer in der Hand. Bevor er jedoch seinen Unmut in Worte fassen konnte, bombardierte Steffen ihn mit Fragen.

Sie alle mündeten in der alles entscheidenden: »Was ist mit meiner Mutter?«

Dem Notarzt war anzusehen, dass er derartige Fragen nicht gern mitten auf der Straße beantwortete, aber Steffens sichtliche Aufregung schien ihn umzustimmen. »Ihrer Mutter geht es gut«, sagte er in beruhigendem Tonfall. »Sie hat mich wegen Herzbeschwerden gerufen, aber ich konnte keine Ursache dafür feststellen.«

Als Steffen das Wort Herzbeschwerden hörte, ließ er den Mann einfach stehen und rannte ohne ein weiteres Wort ins Haus.

»Sie können ganz ruhig sein«, wandte dieser sich deshalb verständnisvoll an mich. »Ich habe sie gründlich untersucht. Sollten allerdings wieder Beschwerden auftreten, sollte sie sich an ihren Hausarzt wenden.«

»Vielen Dank für Ihre Hilfe.«

»Keine Ursache.« Er nickte mir aufmunternd zu und stieg in sein Auto.

Mit seinen beruhigenden Worten im Ohr ging ich ins Haus. Die Tür zu Theas Zimmer stand offen. Sie lag mit hoch gelagerten Beinen auf dem Bett, während Steffen mit gerunzelter Stirn ihren Puls fühlte, um gleich darauf an mir vorbei in den Flur zu laufen.

»Geht es Ihnen wieder besser, Frau Wolf?« Ich trat zum Bettsofa und ließ meinen Blick über ihr Gesicht wandern. Weder war sie blass, noch hatte sie einen hochroten Kopf, eigentlich sah sie ganz normal aus. Aber ich war schließlich kein Arzt.

»Ja, zum Glück«, seufzte sie erleichtert. »Ich weiß auch nicht, was das war.«

Steffen war mit seinem Stethoskop zurück, knöpfte ihre Bluse auf und begann, sie abzuhören.

»Plötzlich ...« fuhr sie fort, als Steffens »Schscht« sie verstummen ließ.

»Am besten fahren wir gleich in die Praxis«, entschied er, als er fertig war.

»Der Notarzt hat sie schon gründlich untersucht«, wiederholte ich ihm, was er nicht mehr mitgehört hatte. »Er hat nichts feststellen können.«

»Und darauf soll ich mich verlassen?« Er schüttelte den Kopf, half seiner Mutter auf und knöpfte ihr die Bluse wieder zu, als sei sie ein kleines Kind. »Warum hast du mich nicht angerufen, Mutter? Ich habe dir doch gesagt, dass ich mein Handy immer dabeihabe.«

»Ach, Junge, ich wollte euch nicht stören, ihr hattet euch doch so sehr auf euren Ausflug gefreut.«

»Aber wenn ich mich nicht darauf verlassen kann, dass du anrufst, wenn du Hilfe brauchst, dann ...«

... können wir das Haus nicht mehr verlassen, vollendete ich

im Geist spontan seinen Satz. Erst als ich darüber nachdachte, wurde mir ganz mulmig.

»Du machst dir doch schon genug Sorgen um deine alte Mutter«, unterbrach sie ihn.

Wenigstens sie sah das ein.

»Um dich muss man sich auch Sorgen machen.« Sein beredtes Kopfschütteln kam einer ernsthaften Rüge gleich. »Jetzt nehme ich dich erst einmal mit in die Praxis.«

»Ist das wirklich nötig, Junge? Mir geht es doch schon wieder gut.«

»Davon will ich mich selbst überzeugen.« Er würde erst dann beruhigt sein, wenn sein Eindruck auch von EKG und Ultraschall bestätigt wurde.

Ich ließ die beiden ziehen und versuchte, das ungute Gefühl zu definieren, das mich während der letzten halben Stunde beschlichen hatte. Aber ich konnte es nicht fassen, noch nicht.

8

Es kam, wie es kommen musste: Unsere Ausflüge fanden ein jähes Ende. Theas Herzbeschwerden an Ostern führten dazu, dass Steffen seine Fürsorge ausweitete, obwohl das nach meinem Empfinden kaum noch möglich war. Er hatte sie in seiner Praxis auf den Kopf gestellt, jedoch ebenso wenig wie der Notarzt eine Ursache für ihre plötzlich aufgetretenen Beschwerden finden können. Trotzdem weigerte er sich, diese kleine Attacke als einmalig abzutun. Thea hingegen erwähnte den Vorfall mit keinem Wort mehr. Sie hielt sich tapfer und forderte uns ein ums andere Mal auf, doch endlich wieder etwas zu unternehmen.

»Ihr seid jung, ihr müsst raus. Ich komme doch mal ein paar Stunden ohne euch aus.«

Keine Frage, dass ich derselben Meinung war. Steffen schmetterte jedoch jeden meiner Vorschläge, ohne zu überlegen, ab. Selbst mein Argument, dass seiner Mutter auch tagsüber, wenn er in der Praxis und ich im Büro war, etwas zustoßen könne, zog nicht. Ich solle mir nur einmal vorstellen, meinen Eltern wäre etwas passiert, während ich mich gerade amüsiert hätte.

Das brauchte ich mir gar nicht vorzustellen, da es der Realität entsprach. Als sie mit dem Flugzeug abstürzten, hatte ich mit Freunden einen Ausflug an die Ostsee unternommen. Ich hatte mir später wegen aller möglichen Dinge Vorwürfe gemacht, aber deswegen niemals. Für mich spielte es keine Rolle, was *ich* während ihrer letzten Minuten getan hatte. Die Vorstellung von *ihren* letzten Minuten war es gewesen, die mich lange Zeit gequält hatte. Mittlerweile war für mich nur noch entscheidend, dass sie viel zu früh hatten gehen müssen.

Ich war aus ihrem Tod nicht schuldbeladen hervorgegangen. Und ich war nicht bereit, mich jetzt durch Steffen mit einer rein hypothetischen Schuld beladen zu lassen. Nach dem Motto: Stell dir nur vor, was alles passieren könnte, wir würden ja hinterher unseres Lebens nicht mehr froh. Ich hatte es kaum gedacht, als er es laut aussprach.

»Stell dir vor, wir sind im Kino und sie hat währenddessen einen Herzinfarkt.«

»Du kannst sie nicht rund um die Uhr beschützen.«

»Nicht rund um die Uhr, aber …«

»Steffen«, gebot ich ihm Einhalt, erntete jedoch nur wieder einen seiner vorwurfsvollen Blicke, die mich langsam rasend machten. »Stell dir vor, wir schlafen oben gerade zusammen, und sie erleidet unten einen Sekundenherztod. Wirst du dann fortan jeglichem Sex abschwören, weil er zu schuldbehaftet ist?«, fragte ich ihn sarkastisch.

»Du bist geschmacklos«, entgegnete er kalt. »Wir reden hier über den Tod meiner Mutter.«

»Du redest über ihren Tod, Steffen, ich rede übers Leben.« Zum ersten Mal zog ich mich spürbar von ihm zurück, was ihm nicht entging.

»Das ist momentan eine Ausnahmesituation, Anna«, lenkte er ein. »Mutter hatte nach dem Brand einen schweren Schock.«

»Das ist fünf Wochen her.«

»Aber alles, was damit zusammenhängt, belastet sie über alle Maßen.«

»Du machst doch alles für sie. Ich kenne keinen Menschen, der so in Watte gepackt wird wie deine Mutter.«

»Vielleicht kennst du auch keinen Menschen, der eine so dünne Haut hat und so wenig belastbar ist.«

Manchmal wünschte ich mir, diese und ähnliche Diskussionen nicht ständig im Flüsterton hinter verschlossenen Türen führen zu müssen, sondern Thea einmal einzubeziehen. Damals glaubte ich noch an ein grundlegendes Missverständnis zwischen Mutter und Sohn, das ein solches Gespräch hätte klären können. Ich sehnte mich nach unseren ersten Wochen zurück, als die beiden nur telefoniert hatten. Wie hatte mich das, verglichen mit der Alternative, jemals stören können? Drei Monate würde ich noch durchstehen müssen.

Allerdings hatte ich nicht vor, diese drei Monate in nahezu klösterlicher Zurückgezogenheit zuzubringen. Wenn Steffen nicht bereit war, abends oder am Wochenende ohne seine Mutter das Haus zu verlassen, so galt das nicht für mich. Natürlich hätte ich weit lieber etwas mit ihm gemeinsam unternommen, aber es machte mir auch keinen Spaß, dafür erst einen mittelschweren Kampf austragen zu müssen, der uns sowieso kein Stück weiterbrachte.

So fragte ich Pia am Ende einer mit Auseinandersetzungen reichlich angefüllten Woche, ob sie am nächsten Tag, einem Samstag, Lust hätte, mit mir essen zu gehen. Italienisch, chinesisch oder indisch – ich war zu allem bereit, nur raus wollte ich. Und dies ganz besonders an dem Abend, den ich bis vor knapp vier Wochen noch für unser Einweihungsfest reserviert hatte. Das Letzte, was ich an diesem Abend tun würde, war zu Hause sitzen und Thea hüten.

Vorher musste ich allerdings noch der *englischen Rose* einheizen. Meinen diversen Versuchen, telefonisch ein Treffen mit ihr zu vereinbaren, um meine Strategie in die Tat umzusetzen, hatte sie sich erfolgreich widersetzt. Wenn ich ihr den Termin für die nächste Eigentümerversammlung mitteilen wolle, so könne ich dies auch schriftlich tun. Für weitere Treffen mit mir habe sie leider keine Zeit, zumal es ja auch nichts zu besprechen gäbe.

So veranstaltete ich am Freitag einen kleinen Überfall und klingelte unangemeldet an ihrer Tür. Damit hatte sie offensichtlich nicht gerechnet.

»Frau Laudien?«, fragte sie überrascht. »Ich hatte Ihnen doch gesagt …«

»Ja, ich weiß, Frau Behrendt«, unterbrach ich sie sogleich. »aber es handelt sich um etwas, das Sie wissen sollten, das ich Ihnen jedoch schlecht schreiben konnte. Es ist eine etwas heikle Angelegenheit«, sagte ich, mich nach außen hin windend. »Vielleicht besprechen wir das besser in Ihrer Wohnung.«

»Was könnte das sein … ich verstehe nicht …?« Sie sah mich forschend an, ohne einen Schritt zur Seite zu gehen.

»Es geht um den Professor«, weihte ich sie mit gesenkter Stimme ein, während ich mich nach möglichen Zuhörern im Treppenhaus umsah.

Als hätte ich das Sesam-öffne-dich ausgesprochen, bat sie mich sofort hinein. »Kommen Sie.« Plötzlich hatte sie es sehr eilig. »Was ist mit dem Professor?«, fragte sie noch im Flur.

»Wollen wir uns nicht lieber setzen?«

»Ist ihm etwas zugestoßen?«

»Nein, ihm ist nichts zugestoßen.«

Wir waren im Wohnzimmer angekommen, wo sie mich bat, Platz zu nehmen.

»Es ist nur so … ich weiß gar nicht so recht, wie ich es Ihnen sagen soll, aber …« Ich druckste bewusst herum, um meinen Worten die größtmögliche Spannung zu verleihen, so eine Steigerung überhaupt noch möglich war.

»Nun reden Sie schon!«

»Es geht um diese vielen Eigentümerversammlungen im letzten Jahr.«

»Was ist damit?«

»Nun, wie soll ich es sagen … dem Professor sind sie einfach zu viel geworden, er fühlt sich dadurch in seiner Ruhe gestört.«

Plötzlich war es ganz still im Raum.

»Kurzum«, fuhr ich fort, »er hat uns gebeten, uns für ihn nach einer neuen Wohnung umzusehen.«

»Nein!« Sie hielt vor Schreck die Hand vor ihren Mund.

»Ihre vielen Anregungen haben ihn wohl irritiert, Frau Behrendt. Ich weiß, Sie haben es gut gemeint, aber …« O Gott, dachte ich mit einem massiven Anflug von schlechtem Gewissen, dafür würde ich ganz bestimmt nicht in den Himmel kommen. Nach ihrem Anruf bei Jobst Kahl hatte ich es ihr heimzahlen wollen, aber nachdem sie mir nun wie ein Häufchen Elend gegenübersaß, kam ich mir ganz mies vor. Aber es half nichts: Ich musste das jetzt durchstehen, genauso wie sie. »Vielleicht … wenn …«

»Ja?«, fragte sie wie ein Kind in der Hoffnung auf die Wiederherstellung seiner heilen Welt.

»Vielleicht könnte ich mit dem Professor reden …«, schlug ich vor.

»Das würden Sie tun?«

»Versuchen kann ich es, aber ich kann Ihnen nichts versprechen.«

»Nur … was könnten Sie ihm sagen?« Ihr ängstlicher Blick traf mich mitten ins Herz.

Jetzt nur nicht weich werden, Anna! »Vielleicht, dass Sie inzwischen mit dem Zustand des Hauses so sehr zufrieden sind, dass von Ihrer Seite keine weiteren Anregungen zu erwarten sind.«

»Das ist eine gute Idee!« Sie rutschte unruhig auf ihrem

Stuhl herum. Wahrscheinlich hätte sie mich am liebsten gleich zu ihm geschickt.

»Frau Behrendt«, bremste ich sie ein wenig, »ich kann das aber nur unter der Bedingung tun, dass dieses Gespräch unter uns bleibt. Indem ich Ihnen das Anliegen des Professors verraten habe, habe ich den Datenschutz verletzt. Sie würden mich in Teufels Küche bringen, wenn …« Da würde ich zwar nach diesem Gespräch, in dem die Kräfte mehr als ungleich verteilt waren, ohnehin landen, aber dafür würde ich, wenn alles so klappte, wie ich es mir vorstellte, vorher noch die Probezeit in der Hausverwaltung Kahl überstehen. Und Therese Behrendt, so beruhigte ich mich, war so erfinderisch, dass sie sicher bald Alternativen auftun würde, um sich dem Professor zu nähern.

»Ich verspreche Ihnen alles, Frau Laudien, wenn Sie nur mit ihm reden.« Sie war immer noch weiß wie die Wand.

»Natürlich kann ich für nichts garantieren, aber ich werde mein Bestes tun.«

»Frau Laudien, wenn ich daran denke, dass ich neulich … Ihr Chef … Sie wissen davon?«

Ich nickte gemessen. »Schon vergessen, Frau Behrendt. Was hätte ich denn von so einer billigen Rache? Ich will doch auch nur, dass im Haus Ruhe einkehrt.« Dafür würde ich eine Ewigkeit in der Hölle schmoren müssen. »Und was ich dazu beitragen kann, werde ich tun.«

»Geben Sie mir gleich Bescheid, wenn Sie mit ihm gesprochen haben?«

»Ja, sicher.«

»Können Sie es bald tun?«

»Gleich Montag, versprochen.«

Sie brachte mich mit hängenden Schultern zur Tür. Wieder einmal hätte ich sie am liebsten in den Arm genommen. Aber das Problem mit Therese Behrendt war ihre Unberechenbarkeit. So hielt ich sie lieber mit Ungewissheit in Schach. Trotzdem hatte ich, als ich unten die Haustür hinter mir zuzog, alle Mühe, das Bild ihrer vor Schreck geweiteten Augen abzuschütteln. Ich ersetzte es durch die Vorstellung, wie mein Chef mir wegen mangelnder Leistung vorzeitig kündigen würde. Schade, dass wir nicht beide ungehindert unsere Ziele verfolgen konnten – sie den Professor und ich meinen Job.

Das Thema hatte mich auch am Samstagabend noch nicht losgelassen, als ich Pia in einem kleinen thailändischen Restaurant gegenübersaß. Zwar hatte ich mir vorgenommen, nicht übers Büro zu reden, aber bevor das Essen kam, würde ich eine Ausnahme machen.

»Frau Behrendt hat sich eine recht eigenwillige Methode ausgedacht, um ihrem Traumprinzen den Hof zu machen.«

»Deine Methode, um sie auszutricksen, ist ja auch nicht gerade phantasielos«, meinte Pia mit diebischem Vergnügen.

»Macht mir aber ganz schön zu schaffen«, gab ich offen zu. »Wenn du ihr Gesicht gesehen hättest …«

»Und wenn du den Professor einfach aufklärst? Vielleicht rennst du offene Türen bei ihm ein.«

»Das Einrennen von Türen überlasse ich lieber der *englischen Rose*. Ich tauge nicht zur Kupplerin.«

»Oh, da könnte ich dir Nachhilfeunterricht geben«, bot sie mir voller Eifer an.

Ich wehrte lachend ab: »Nein, danke!«

»Ob Frau Behrendt meine Dienste zu schätzen wüsste? Vielleicht könnte ich mir damit, wenn mir im Büro langweilig wird, einen neuen Berufszweig aufbauen?«

»Ich glaube nicht, dass Frau Behrendt wirklich Hilfe braucht, die ist wie Wasser – sie wird immer einen Weg finden. Und solange dieser Weg weiträumig um unser Büro herumführt, bin ich mehr als zufrieden. Dann habe ich nämlich eine Chance, meinen Job über den fünfzehnten Mai hinaus zu behalten.«

»Wie meinst du das?« Sie sah mich verständnislos an.

»Die Bezwingung der *englischen Rose* ist quasi meine Garantiekarte für eine Festanstellung.«

»Wer sagt das?«

»Der Chef.«

Pias Lachanfall war filmreif. »Da hat er sich ja was Feines ausgedacht«, gluckste sie, als sie wieder zu Atem kam. »Und dir einen schönen Bären aufgebunden.«

»Wie bitte?«

»Eigentlich gar nicht so dumm.« Sie nahm einen großen Schluck Wein. »Indem er einen Nebenkriegsschauplatz schafft, lenkt er dich von dem eigentlichen ab.«

»Ich verstehe kein Wort.«

»Das glaube ich dir gern.« Sie grinste breit. »Hier geht es nicht um die *englische Rose*, sondern um Frau Kofler.«

»Waaas?« Diese Frage hatte ich, verglichen mit meiner normalen Lautstärke, fast geschrieen, so dass um uns herum für einen kurzen Moment die Gespräche verstummten. »Erkläre mir das bitte«, bat ich Pia schließlich um einige Nuancen leiser.

»Deine reizende Kollegin ist in höchstem Maße stutenbissig.«

»Ist mir auch schon aufgefallen«, sagte ich ungeduldig.

»In den zwei Jahren, die sie bei uns arbeitet, hat sie fünf Mitarbeiterinnen vergrault. Keine ist länger als drei Monate geblieben.«

»Vielleicht wäre es sinnvoll, ihr zur Abwechslung einen Mann gegenüberzusetzen.«

»Haben wir alles schon versucht. Die hat sie noch schneller in die Flucht geschlagen.«

»Warum kündigt der Chef ihr nicht? Das wäre doch die einfachste Lösung.«

»Weil sie fachlich eine absolute Wucht ist.«

Mein ungläubiger Blick musste Bände sprechen.

»Das kannst du noch nicht beurteilen, Anna, weil du nicht vom Fach bist. Aber sie kennt jeden einzelnen Paragraphen, jede Schliche, sie ist taktisch hervorragend …«

»Na ja …«, unterbrach ich sie.

»… sehr effektiv – alles in allem genau das, was man von einer guten Mitarbeiterin erwartet.«

»Was ist mit Kollegialität, Integrität, Fairness?«, protestierte ich heftig. »Was ist mit Verschwiegenheit?«

»Da ist sie eine absolute Niete«, gab Pia mit einem Seufzer zu, »aber immerhin eine berechenbare.«

Inzwischen waren wir beim zweiten Gang unseres Essens angelangt. Ich war Pia dankbar für ihre Aufklärung, die mir Jobst Kahl in einem völlig anderen Licht präsentierte. Als Schlitzohr hatte ich ihn nicht gesehen.

»Und du wirst doch bisher allen Erwartungen gerecht«, unterbrach sie meine Gedanken.

»Inwiefern?«

»Ich habe Frau Kofler in den vergangenen Wochen mehr als einmal heulend zum Klo rennen sehen«, antwortete sie zufrieden.

»Ein etwas zweifelhafter Erfolg meiner Arbeit, findest du nicht?«

»Geschieht ihr nur recht.« Pias Gesichtsausdruck nach zu urteilen, hatte sie selbst schon unter Birte Kofler gelitten und nun nichts dagegen, ihr etwas davon heimzuzahlen.

Unwissentlich war ich zu Jobst Kahls »Geheimwaffe« geworden. Wie die meisten anderen Menschen auch ließ ich mich jedoch nur ungern benutzen. »Ich weiß es sehr zu schätzen, Pia, dass du mir reinen Wein eingeschenkt hast.

Immerhin könnte ich gleich am Montag zum Chef rennen und ihn zur Rede stellen.«

»Erstens würdest du das nicht tun, da bin ich mir ziemlich sicher. Und zweitens«, fuhr sie geheimnisvoll fort, »habe ich einen ziemlich dicken Stein bei ihm im Brett.«

»Etwa ein Verhältnis?«, versuchte ich es mit einem Scherz.

»Hm.«

Entsetzt starrte ich sie an. »Das ist doch nicht dein Ernst, du bist viel zu jung, viel zu hübsch ...«

»Du gönnst ihm aber auch gar nichts«, unterbrach sie mich lachend.

»Ich gönne ihm eine ebenbürtige Partnerin.«

»Sehr diplomatisch. Du kannst die Dinge allerdings ruhig beim Namen nennen, ich habe doch selbst Augen im Kopf.«

»Warum hast du dann ein Verhältnis mit ihm?«

»Ich wurde nicht gefragt.«

»Waaas?« Zum zweiten Mal an diesem Abend übertönte meine Stimme die der anderen. Birte Kofler schien auf Besorgnis erregende Weise auf mich abzufärben.

»Du lässt dich so herrlich an der Nase herumführen, Anna.« Sie schien sich köstlich zu amüsieren. »Jobst Kahl ist mein Onkel. Wir haben ein rein verwandtschaftliches Verhältnis.«

Einen Moment lang sah ich sie voller Unglauben an. Wenn es Ähnlichkeiten in dieser Familie gab, dann konnten sie nur innerlich sein. »Frau Kofler hat mich über alle kleinen Geheimnisse der Mitarbeiter informiert, darüber jedoch nicht«, sagte ich staunend.

»Konnte sie auch nicht, sie weiß es nämlich nicht. Mein Onkel würde fuchsteufelswild, wenn er erführe, dass ich es dir erzählt habe.«

»Warum?«

»Das könnte den Eindruck der Vetternwirtschaft erwecken. Und er stellt Leute nur dann ein, wenn sie wirklich gut sind.«

»Dann bist du also gut.«

»Selbstredend«, antwortete sie schlicht.

Ich konnte ein Schmunzeln nicht unterdrücken. »Ist dir bewusst, dass manche Menschen jahrelang mit sich ringen müssen, um einen solchen Satz über die Lippen zu bekommen?«

»Durchaus«, antwortete sie ohne jede Koketterie. »Und manche schaffen es nie. Ich glaube, wenn Frau Kofler diesen Satz endlich einmal aussprechen könnte, ginge es ihr und ihrer Umwelt um Klassen besser. Dann bräuchte sie sich ihre Bestätigung nicht immer daraus zu ziehen, dass sie andere niedermacht.«

»Mit diesem Schlusswort begraben wir sie für den heutigen Abend«, sagte ich entschieden, während ich Pia zuprostete. »Gibt es eigentlich noch weitere Bürogeheimnisse, die ich nicht wissen darf?«, fragte ich schmunzelnd.

»Nur noch über Pat und Patachon.«

»Leben sie in wilder Ehe zusammen? Sie machen einen so überaus harmonischen Eindruck.«

Pia schüttelte ihren Kopf. »Sie sind zwar verbandelt, aber rein verwandtschaftlich. Sie sind meine Cousins, so wie Rupert. Du und Birte Kofler – ihr seid die einzigen Externen.«

»Wieso hat dein Onkel es dann nicht gleich bei einem reinen Familienbetrieb belassen?«, fragte ich erstaunt.

Pias wunderschöner, an diesem Abend pink bemalter Mund verzog sich zu einem breiten Lächeln. »Onkel Jobst meint, man müsse aus den Erfahrungen anderer lernen. Es gäbe schließlich nicht wenige Adelshäuser, die nur deshalb untergegangen seien, weil sie den Fehler gemacht hätten, unter sich zu bleiben.«

»Adelshäuser«, sagte ich ungläubig.

»Wenn ich's dir sage.«

»Das heißt, Birte Kofler sorgt für frisches Blut?« Ich schüttelte mich. »Igitt!«

»Nicht nur sie«, erwiderte sie schmunzelnd, »du auch.«

»Dafür bin ich bisher noch nie eingestellt worden.«

»Siehst du mal, was wir dir alles bieten. Wie wäre es, wenn du dich ein wenig dankbar erweist?«

»Dankbar? Dem Chef gegenüber?« Plötzlich war ich ganz wachsam. »In welcher Weise?«

Pia schien sich angesichts meines entsetzten Gesichtsausdrucks königlich zu amüsieren. »Nur keine falschen Hoffnungen. Mir gegenüber selbstverständlich.«

»Wieso dir gegenüber?«

»Ich bin schließlich die Personalabteilung.«

»Pia, ohne dir zu nahe treten zu wollen– meinst du nicht, dass dein Selbstbewusstsein etwas ausufert?«

»Eben gerade nicht«, antwortete sie zerknirscht. »Wenn es so wäre, dann hätte ich heute Abend nicht so ein riesiges Problem.«

»Raus damit!«

»Ich bin noch zu einem Geburtstagsfest eingeladen, aber da kommen nur Pärchen. Und ich weiß jetzt schon, wie mies ich mich da als Single fühlen werde. Wenn du allerdings mitkämst, dann ...«

»Du traust dich nicht allein auf eine Party?«, fragte ich entgeistert.

»Wenn ich es dir sage ...«

Ich sah auf meine Uhr: »Pia, es ist gleich elf, und ich müsste eigentlich ...«, setzte ich entschuldigend an, ließ das Ende des Satzes jedoch offen. Mit jeder Minute, die der Abend voranschritt, spürte ich, was ich in den letzten Wochen vermisst hatte. Ich hatte mich mit Steffen und Thea völlig abgekapselt.

Sie sah mich flehend an. »Bitte ...«

»Also gut«, willigte ich ein. »Wer hat denn Geburtstag?«

»Ein guter Freund.«

Nachdem wir gezahlt hatten, holten wir ihr Auto aus dem Parkhaus. Unterwegs unterhielten wir uns so angeregt, dass ich gar nicht auf den Weg achtete. Erst als Pia den Wagen einparkte, wurde mir schlagartig klar, wo wir uns befanden: direkt vor dem Haus der *englischen Rose*. Oder sollte ich besser sagen, vor Rupert Wellensieks Haus?

»Pia, was soll das?«

»Keine Angst, ich habe gesagt, dass du mitkommst.«

»Ich gehe da nicht hinein«, weigerte ich mich.

»Wenn du mitfeiern willst, wirst du es müssen«, entgegnete sie völlig ungerührt und ging Richtung Haustür.

»Pia!«, hielt ich sie zurück. »Ich will Berufliches nicht mit Privatem vermischen.«

»Hast du doch längst. Oder zählst du mich zum Beruflichen?«

»Mit dir ist es etwas anderes, du bist auf dem besten Wege, meine Freundin zu werden …«

»Rupert eignet sich auch hervorragend zum Freund. Jetzt komm endlich, lass dich nicht so lange bitten.«

»Ich kann nicht.«

»Anna, ganz ehrlich, du benimmst dich wie ein verknallter Teenager und nicht wie eine erwachsene Frau, die bald heiraten wird.«

Ich atmete einmal tief durch, straffte meine Schultern und folgte ihr.

Pia krümmte sich bei meinem Anblick in einem Lachanfall. »Jetzt siehst du aus, als zögst du in eine Schlacht – wie ein Ritter mit dickem Schutzpanzer. Sollte dir eigentlich zu denken geben.«

»Weißt du, was dir zu denken geben sollte?«, fragte ich zwischen Empörung und Lachen. »Dass du schamlos lügst.«

»Wenn's der Sache dient.« Pia machte auf dem Absatz kehrt und klingelte.

Als kurz darauf der Summer ertönte, folgte ich ihr mit gemischten Gefühlen. Die Wohnungstür war nur angelehnt. Wer auch immer den Summer betätigt hatte, saß längst wieder an seinem Platz. Im Wohnzimmer empfing uns lautes Stimmengewirr und Jazzmusik. Ich betrachtete diesen Tisch, um den sich eine fröhliche Runde versammelt hatte, und fühlte mich wie ein Fisch, der lange auf dem Trockenen gesessen hatte, den man jedoch gerade noch rechtzeitig wieder ins Wasser geworfen hatte.

In Windeseile rückten alle ein bisschen zusammen, von irgendwoher wurden zwei Stühle gezaubert, und schon saßen wir mittendrin.

Die angeheiterte Geburtstagsrunde ließ mich schnell vergessen, dass ich eine Fremde war. Ich wurde mit einer Selbstverständlichkeit in Gespräche einbezogen, dass mir warm ums Herz wurde. All das sog ich auf wie ein ausgetrockneter Schwamm die Feuchtigkeit.

»Ihnen gefällt es hier, das freut mich«, sagte plötzlich Rupert Wellensiek hinter mir.

Bevor ich überhaupt etwas erwidern konnte, war er schon wieder davongerollt und unterhielt sich mit einer Frau am anderen Ende des Tisches. Sie war von einer natürlichen Schönheit, die durch ihr augenscheinliches Temperament noch unterstrichen wurde.

»Das ist Kristina, Ruperts Schwester«, dröhnte Pias Stimme über den Tisch hinweg.

»Habe ich gefragt?« Ich hoffte, mein drohender Blick würde sie bremsen.

»Und wie! Du solltest mal deine Augen sehen.«

»Sind die anderen auch alle aus eurer Familie?«, wechselte ich schnell das Thema.

»Nein, nur sie und ich.« Und schon wandte sie sich wieder ihrem Tischnachbarn zu, so wie ich mich dem meinen.

Als sich die ersten Gäste verabschiedeten, sah ich auf meine Uhr und stellte erschreckt fest, dass es kurz vor zwei war. Ich machte Pia ein Zeichen. Für mich wurde es Zeit aufzubrechen.

»Bleib doch noch«, sagte ich zu ihr, »ich kann mir ein Taxi nehmen.«

»Kommt nicht in Frage, ich bringe dich nach Hause. Da du mich bei dieser Pärchenfeier gerettet hast«, meinte sie mit einem frechen Grinsen, »werde ich mich jetzt revanchieren.«

Ich erwiderte ihr Grinsen mit einem viel sagenden Blick, enthielt mich jedoch eines Kommentars.

Pias Cousin begleitete uns zur Tür.

»Schön, dass Sie da waren«, sagte er zum Abschied. »Ich ...«

»Warum duzt ihr euch nicht einfach?«, fiel Pia ihm ins Wort. »Ist doch viel netter.«

»Wir ...«

»... kommen auch so klar«, beendete ich den von Rupert Wellensiek begonnenen Satz.

»Meine Rede«, sagte er mit Nachdruck.

»Wenn ihr euch einig seid, ist ja alles gut.« Pia drückte ihrem Cousin einen Kuss auf die Wange, der sehr liebevoll von ihm erwidert wurde.

Nachdem wir uns wortreich verabschiedet hatten, brachte Pia mich nach Hause und setzte mich vor unserem Haus ab. Eigentlich war ich überhaupt noch nicht müde und viel zu aufgekratzt, um schon schlafen zu gehen. Und das lag sicher nicht nur am Vollmond. Ich hatte den Abend so sehr genossen, dass ich mich nicht ein einziges Mal nach einer Zigarette gesehnt hatte. Das verbuchte ich als einen riesigen Fortschritt. Mit einem zufriedenen Lächeln schloss ich die Haustür auf.

Im Wohnzimmer brannte noch Licht. Wahrscheinlich war Steffen, wie so oft in letzter Zeit, auf dem Sofa eingeschlafen. Ich schloss auf, schlich durch den Flur und folgte dem Licht. Es war jedoch nicht Steffen, sondern Thea, die offensichtlich im Sessel eingenickt war. Obwohl ich ganz leise gewesen war, hatte sie mich kommen hören und sah mir jetzt schlaftrunken entgegen. Steffen war nirgends zu sehen, er würde bereits oben sein, nahm ich an.

»Gute Nacht, Frau Wolf.«

Kaum hatte ich meinen Fuß auf die erste Treppenstufe gesetzt, hörte ich sie rufen. »Ich habe auf Sie gewartet, Anna.«

Mit meiner Mutter hatte ich, als ich noch zu Hause wohnte, wegen solcher Aktionen jahrelang Kämpfe ausgetragen. Ich hatte ihr lautstark vorgehalten, dass sie mich über Gebühr in meiner Unabhängigkeit einschränke, wenn sie mich in dieser Weise kontrollierte. Und ich war nicht bereit gewesen, mir etwas von ihren Ängsten anzuhören. Das war ich erst später, als ich längst meine eigene Wohnung hatte. Darüber, dass nun so viele Jahre später wieder jemand auf mich wartete, konnte ich mich längst nicht mehr aufregen. Im Gegenteil: Ich fand es fast rührend. »Das ist lieb von Ihnen, Frau Wolf«, bedankte ich mich deshalb, gleichzeitig hoffend, dass dieses Warten ihr nicht zur Gewohnheit würde. »Schlafen Sie gut.«

»Finden Sie es richtig, ohne Steffen auszugehen?«

Ich hielt in meiner Bewegung inne und schüttelte den Kopf, als hätte mich verhört. »Wie bitte?«

Sie war mir hinterhergekommen und stand nun am Fuß der Treppe. »Finden Sie es richtig, ohne Steffen auszugehen?«, wiederholte sie ihre Frage.

»Ja.«

Es war, als hätte ich ihr mit meiner Antwort einen Schlag versetzt. »Das kann nicht gut gehen, Kind.« Ihre Stimme klang zutiefst besorgt.

Ich kam die paar Stufen wieder hinunter, so dass wir uns auf gleicher Höhe gegenüberstanden. »Machen Sie sich keine Sorgen, Frau Wolf, ich bin nur mit einer Kollegin ausgegangen. Steffen hat nicht über Nacht Konkurrenz bekommen.« Falls es das war, was sie befürchtete.

Mein beruhigendes Lächeln schien sie jedoch nicht zu erreichen. Mit Sorgenfalten auf der Stirn nahm sie mich am Arm und zog mich, die ich vor lauter Überraschung keinen Widerstand leistete, ins Wohnzimmer, wo sie die Tür hinter uns schloss. »Eine Frau gehört an die Seite ihres Mannes«, sagte sie fest. »In guten wie in schlechten Zeiten, bis dass der Tod euch scheidet – wie wollen Sie dazu irgendwann ja sagen, wenn Sie schon während der guten Zeiten kein Durchhaltevermögen beweisen?«

Hätte ich nicht versucht, meine plötzlich aufkeimende Wut zu unterdrücken, und dabei fest die Zähne zusammengebissen, wäre mir der Unterkiefer vor gleichzeitigem Staunen heruntergeklappt. Für einen Moment war ich sprachlos. Während ich im Stillen bis zehn zählte, wägte ich meine Reaktionsmöglichkeiten ab. Am liebsten hätte ich ihr entgegengehalten, dass ich den gegenwärtigen Zustand wahrhaft nicht unter *guten Zeiten* verbuchte. Damit hätte ich zwar die Wahrheit gesagt, sie jedoch mit Sicherheit verletzt. Mich ihrem massiven Vorwurf ergeben wollte ich jedoch auch nicht. »Was wäre in Ihren Augen denn Durchhaltevermögen?«, fragte ich sie deshalb verhalten.

»Das liegt doch auf der Hand«, entgegnete sie ungeduldig.

»Für mich offenbar nicht. Erklären Sie es mir bitte.«

»Wenn Steffen nicht ausgehen kann, sollten Sie sich um ihn kümmern, anstatt ihn im Stich zu lassen.«

»Von *Im-Stich-Lassen* kann doch wohl keine Rede sein«, brauste ich auf.

»So sehe ich es aber, und ich glaube kaum, dass mein Sohn das anders sieht.«

»Das klingt mir wie mitgefangen, mitgehangen.« Meine Entrüstung war kaum zu überhören.

»Wenn Sie so wollen, Kind …«

»Nennen Sie mich bitte nicht *Kind*.«

»Also gut, Anna. Das alles ändert jedoch nichts an der Tatsache, dass Sie ganz klare Verpflichtungen haben, wenn Sie eine Beziehung eingehen.«

Plötzlich kam ich mir vor wie ein oberflächliches Partygirl, das an nichts anderes als an sein Amüsement dachte. Irgendetwas lief hier gewaltig schief. In den sechs Wochen, die sie nun in unserem Haus lebte, hatte ich es ein einziges Mal gewagt, alleine auszugehen. Und das auch nur, weil Steffen sich weigerte, ihr von der Seite zu weichen und mitzugehen. Ganz davon abgesehen, mischte sie sich in etwas ein, das sie überhaupt nichts anging. Das war eine Sache zwischen Steffen und mir, und ich hatte sie nicht um Rat gefragt. Ich holte tief Luft, um meinen Puls zu beruhigen. »Zu diesen Verpflichtungen, die Sie da eben erwähnt haben, gehört aber auch, sich selbst treu zu bleiben. Ich werde mich nicht Steffen zuliebe in einen anderen Menschen verwandeln. Ich bin kein Überraschungsei, er kannte meine Inhalte, bevor wir zusammengezogen sind.«

»Aber von dieser Seite kannte er Sie nicht«, beharrte sie.

»Was meinen Sie mit *dieser Seite*, Frau Wolf?«

»Ihre aushäusige Ader, wenn Sie es genau wissen wollen.« Sie wand sich sichtlich.

»Aushäusig??« Dieses Wort musste ich mir erst einmal auf der Zunge zergehen lassen.

»Steffen hat Sie ganz anders kennen gelernt. Ich weiß noch genau, wie er Sie mir beschrieben hat.«

»Wie denn?«, fragte ich irritiert.

»Ernsthaft, in sich gekehrt und ruhig.«

»Lange Zeit war ich erschüttert und traurig über den Tod meiner Eltern«, brach es aus mir heraus. »Damals war mir tatsächlich nicht nach Ausgehen zumute, aber inzwischen habe ich mich weitgehend erholt. Und wie haben Sie selbst erst kürzlich gesagt: Wir sind jung und müssen raus.«

»Ich habe Sie nicht zu diesem Alleingang aufgefordert. Und ich finde es absolut unfair, mir die Verantwortung dafür zuzuschieben.«

»Das habe ich mit keinem Wort getan, Frau Wolf«, stellte ich meine Position richtig. »Wie kommen Sie überhaupt darauf? Ich stehe doch dazu. Das Einzige, was mich nervt, ist das Gefühl, mich für etwas rechtfertigen zu müssen, was kaum der Rede wert ist.« Und schon gar keine Einmischung, fügte ich in Gedanken hinzu. »Ich finde, Sie machen aus einer Mücke einen Elefanten.«

»Wenn die Niedergeschlagenheit meines Sohnes für Sie eine Mücke ist …« Sie ließ den Rest des Satzes unausgesprochen, aber es bedurfte keiner Phantasie, um ihn zu vollenden.

»Ein wenig mehr sollten Sie Ihrem Sohn schon zutrauen. Es haut ihn nicht gleich um, wenn ich einmal einen Abend mit einer Kollegin essen gehe. Es sind ganz andere Dinge, die ihn belasten.«

»Und die wären?« Sie stellte die Frage in einem abweisenden Tonfall, als könne sie damit einen Schutzwall um sich herum errichten.

Diese Frau war wirklich eine Herausforderung. Soviel sie mir hier auch zumutete, wusste ich doch, dass sie bei einem falschen Wort zutiefst verletzt sein würde. Also versuchte ich es mit einer abgeschwächten Version der Wahrheit. »Wenn Sie ein bisschen mehr ausgehen würden, Frau Wolf, dann fiele es Steffen vielleicht auch leichter.«

»Ich verstehe nicht … was habe *ich* damit zu tun?«

»Eine Menge, verdammt noch mal«, antwortete ich gepresst. Wie konnte sie nur so blind sein? Er exerzierte es ihr doch jeden Tag aufs Neue vor.

»Jetzt soll ich schuld sein?« Ihre Stimme war plötzlich ganz klein, und sie sah mich wie ein weidwundes Reh an.

»Es geht doch nicht um Schuld.«

»Worum dann?« Tränen standen in ihren Augen.

»Um Verständnis für die Situation, in der wir drei uns befinden.«

»Also darum geht es«, sagte sie mit rauer Stimme. »Um uns drei. Ich habe mir schon fast so etwas gedacht. Sie wollen mich loswerden.« Jetzt liefen ihr die Tränen über die Wangen. Sie war völlig in sich zusammengesunken. »Warum sagen Sie das nicht gleich? Warum …«

»Frau Wolf, ich …«

Sie ließ mich jedoch nicht zu Wort kommen. »Das ist hinterhältig, Anna. Wenn Sie möchten, dass ich gehe, dann sagen Sie es rundheraus und …«

»Das möchte ich nicht, ich habe doch nur …«

»… und tun Sie nicht so, als wollten Sie nur, dass ich hin und wieder mal ausgehe, um meinem Sohn mit gutem Beispiel voranzugehen.« Ihr Schluchzen ging mir an die Nieren.

Ich betete, dass Steffen nicht durch Zufall wach würde und herunterkäme. Dann wäre das Chaos perfekt. Meine Gedanken lieferten sich in meinem Kopf ein Rennen, immer auf der Suche nach einer Möglichkeit, ihr meinen Standpunkt klar zu machen. Aber das schien nicht möglich zu sein. Wo auch immer ich ansetzte, sie drehte das Gesagte um, so dass etwas dabei herauskam, was ich nicht meinte. Während ich noch darüber nachdachte, wie sich die Situation entschärfen ließ, sprach sie weiter.

»Können Sie sich überhaupt vorstellen, wie schwer es ist,

so auf den guten Willen von anderen angewiesen zu sein? Auf der Straße zu sitzen und nicht zu wissen, wohin?« Ihr Blick hätte anklagender nicht sein können.

Alles in mir rebellierte gegen das, was sie sagte. Erstens hatte sie keinen Tag lang auf der Straße gesessen, und zweitens war das Wohin ziemlich schnell klar gewesen. Hinzu kam, dass mir in diesem Moment durchaus Möglichkeiten einfielen, wohin sie alternativ hätte ziehen können: in eine möblierte Wohnung oder in ein Hotel. Sie nagte schließlich nicht am Hungertuch. Gleichzeitig schämte ich mich für diesen Gedanken. Ich kam mir egoistisch vor, war es doch selbstverständlich, ihr in dieser Notsituation zu helfen. Aber bei dieser Hilfe ging es nicht um vier Wochen, sondern um rund fünf Monate. Und ich wollte während dieser Zeit nicht lebendig begraben sein.

Natürlich mussten wir uns arrangieren, dazu war ich auch bereit. Nur hatte sie mit ein paar Worten die Verhältnisse in ihr Gegenteil verkehrt. Wenn ich sie richtig verstanden hatte, dann kam es ihr so vor, als müsse nur sie sich arrangieren, während zumindest ich mich voll auslebte. In ihrer Gegenwart hatte ich oft das Gefühl, die Dinge gerade rücken und mich verteidigen zu müssen. Vielleicht war es das, was mich eigentlich störte. »Frau Wolf«, setzte ich vorsichtig an, »Sie sitzen nun wirklich nicht auf der Straße. Und selbstverständlich sind Sie uns willkommen. Aber es liegt doch auf der Hand, dass sich in einer solchen Situation alle Beteiligten zusammenraufen müssen.«

»Und ich bin die Einzige, die das nicht tut, meinen Sie das, Anna?« Durch das Weinen war ihre Stimme ganz belegt. Sie musste sich kräftig räuspern.

»Nein! Ich meine genau das, was ich gesagt habe: *alle Beteiligten.*« Langsam wurde ich ungehalten. Wie kam es nur, dass sie alles auf sich bezog? Weder war sie dumm noch schwerhörig. Warum drehte sie mir ständig das Wort im Mund herum?

»So war mein ganzes Leben«, schluchzte sie, als habe sie gar nicht gehört, was ich gesagt hatte.

Ich atmete tief durch. »Wie war Ihr ganzes Leben, Frau Wolf?« Am liebsten hätte ich sie an beiden Armen gepackt, kräftig geschüttelt und angeschrieen, dass sie mit diesem Theater aufhören solle. Diese Aggressivität in mir erschreckte mich, da ich nicht verstand, woher sie kam, saß Thea mir doch vollkommen geknickt gegenüber.

»Wie mein Leben war, wollen Sie wissen?«, schrie sie mir im nächsten Moment entgegen und wirkte plötzlich gar nicht mehr geknickt. »Eine einzige Katastrophe.« Sie spie dieses Wort in einer Weise aus, dass kleine Tropfen von Spucke durch die Luft flogen.

»Schscht! Steffen wacht doch auf, wenn Sie so schreien.«

»Er kann das ruhig hören, ich habe keine Geheimnisse vor meinem Sohn.« Sie fuhr sich über den Mund.

Ich sah sie fassungslos an. Oben lag ihr einundvierzigjähriger Sohn, der alles tat, damit es ihr gut ging, und sie erzählte mir allen Ernstes, ihr Leben sei eine Katastrophe. Hätte mich in diesem Augenblick jemand gefragt, was in meinen Augen ein Verbrechen sei, dann hätte ich ihm diese letzten Sätze unserer Unterhaltung wiederholt.

9

Obwohl wir lange geschlafen hatten, wirkte Steffen bei unserem ausgedehnten Sonntagsfrühstück am nächsten Morgen erschöpft. Es war mir bereits beim Aufstehen aufgefallen, und ich hatte über Theas Worte nachgedacht. Vielleicht war ja tatsächlich mein *Alleingang* daran schuld. Da ich nicht wollte, dass sich deswegen Abgründe zwischen uns auftaten, sprach ich ihn darauf an. Im Gegensatz zu seiner Mutter hatte er jedoch kein Problem damit. Wenn ich seinen Worten Glauben schenken durfte – und es bestand kein Grund, das nicht zu tun –, freute er sich sogar, dass ich den Abend genossen hatte. Da Steffen sehr stark dazu neigte, sich für das Wohlbefinden ihm nahe stehender Menschen verantwortlich zu fühlen, war es wahrscheinlich sogar eine Entlastung für ihn, wenn ich mich selbstständig machte. Von der nächtlichen Auseinandersetzung im Wohnzimmer hatte er zum Glück nichts mitbekommen.

Seine tiefen Ringe unter den Augen konkurrierten mit seinen Fingernägeln, deren Anblick zum Heulen war. Wenn ich daran dachte, wie sehr mich der vergangene Abend belebt hatte, dann wusste ich intuitiv, was Steffen brauchte. Im Gegensatz zu mir würde er jedoch nur weit oben in der Luft neue Energien tanken können. »Was hältst du davon, heute zum Segelfliegen zu gehen?« Ich sah ihn über meine Kaffeetasse hinweg so begeistert an, als könne ich ihn damit anstecken.

»Viel.« Seine Antwort kam einem erlösenden Seufzer gleich. Es hätte nur gefehlt, dass er sofort aufsprang und hinauslief. Mit diesem einen Wort war plötzlich Bewegung in ihn gekommen, die er jedoch ebenso plötzlich ausbremste. Sein Blick war auf Thea gefallen.

»Ich bleibe heute zu Hause«, erstickte ich alle möglichen Einwände im Keim. »Du kannst also ganz unbeschwert lossegeln.«

»Das ist eine sehr gute Idee von Anna«, unterstützte Thea mich in meiner Überzeugungsarbeit. Ich warf ihr dafür einen dankbaren Blick zu.

»Und ihr?«, wagte er einen letzten halbherzigen Einwand.

»In einem Haushalt gibt es immer genug zu tun. Uns wird nicht langweilig werden.«

Bevor mein Gesichtsausdruck meine Gedanken preisgab, nahm ich mich zusammen. Ich wollte, dass Steffen das Haus verließ und damit für ein paar Stunden die auf ihm lastende Verantwortung hinter sich ließ. Dass ich nicht vorhatte, meinen freien Sonntag mit Hausarbeit zu verbringen, musste ich Thea in seiner Gegenwart nicht auf die Nase binden.

Später, als er gegangen war, erwies sich das dann als unnötig. Sie bestand darauf, den Tisch alleine abzuräumen und die Küche zu machen. Ich solle meinen freien Tag genießen. Erst hatte ich mich in Steffens Zimmer verziehen wollen, als ich jedoch merkte, dass sie nicht vorhatte, mir Gesellschaft zu leisten, blieb ich unten. Während sie mit einer Freundin telefonierte, machte ich mir einen Kaffee und setzte mich auf unsere Terrasse in die Frühlingssonne. Mit geschlossenen Augen lehnte ich mich in dem Liegestuhl zurück und genoss diese ersten Sonnenstrahlen wie ein unerwartetes Geschenk.

Nach einer halben Stunde raffte ich mich auf und holte endlich einmal wieder meine Spanischvokabeln hervor. Vor drei Jahren hatte ich angefangen, diese Sprache zu lernen, wegen meiner Faulheit bisher aber nur mäßige Fortschritte gemacht.

Ich hatte gerade zwei Seiten wiederholt, als Thea zu mir herauskam und fragend auf mein dickes Schreibheft sah.

»Spanischvokabeln«, klärte ich sie knapp auf.

»Soll ich Sie abhören?«

Ihre Frage hatte einen so flehenden Unterton, dass es mir nicht gelang, nein zu sagen. »Warum nicht?«, antwortete ich deshalb mit mäßigem Enthusiasmus.

Sofort zog sie sich einen Stuhl heran, setzte sich mir gegenüber und vertiefte sich in meine Unterlagen. Erst nannte sie mir die deutschen Worte, um die spanischen abzufragen, dann wechselte sie. Ihre Aussprache war so perfekt, dass ich sie erstaunt ansah. »Sie können Spanisch, Frau Wolf?«

»Ja«, antwortete sie, als sei es das Normalste von der Welt. »Mein Onkel lebte lange in Spanien. Als ich zweiundzwanzig war, haben meine Eltern mich für ein Jahr zu ihm und seiner Frau geschickt, um die Sprache zu lernen.«

»Und Sie haben es in all den Jahren nicht verlernt?«

»Doch, natürlich, aber die Aussprache verliert sich nicht.« Sie sah versonnen auf mein Schreibheft. »Ich glaube, dieses Jahr war die schönste Zeit meines Lebens.« Ein trauriges Lächeln überzog ihre Gesichtszüge. »Hätten meine Eltern mich dort bleiben lassen, wäre mein Leben sicher glücklicher verlaufen.«

»Hätten Sie denn bleiben können?«

»O ja«, schwärmte sie. »Mein Onkel und seine Frau haben meine Eltern sogar inständig darum gebeten, aber sie hatten anderes mit mir vor.«

Das klang, als erzähle sie von einer Fünfzehnjährigen und nicht von einer erwachsenen Frau. Hätte ich mit zweiundzwanzig in Spanien bleiben wollen, dann wäre ich auch geblieben, da hätten meine Eltern noch so viel mit mir vorhaben können. »Was hatten sie denn mit Ihnen vor?«

»Ich sollte heiraten, Kinder bekommen …«

»Das hätten Sie auch in Spanien gekonnt«, meinte ich überrascht.

»Aber nicht den Mann ihrer Wahl.«

Ich sah sie ungläubig an.

»Lassen wir das, Kind, das ist kein schönes Thema. Sie müssen Glück gehabt haben mit Ihren Eltern, Sie scheinen freizügig aufgewachsen zu sein. Ich habe bei Steffen auch sehr viel Wert darauf gelegt, ich habe ihn nie zu irgendetwas gedrängt. Mit einer Ausnahme: Ich habe stets darauf bestanden, dass er seine ganze Energie in eine gute Ausbildung steckt, damit er beruflich und finanziell unabhängig ist.«

Es lag nicht an ihren Worten, sondern an ihrem Tonfall, aus dem ich eine leichte Enttäuschung herauszuhören meinte. »Aber das ist ihm doch gelungen.« Merkwürdigerweise hatte ich das Gefühl, ihn verteidigen zu müssen.

»Lassen Sie sich von dem schönen Schein nicht täuschen, Kind.«

Was für ein schöner Schein? Ich sah Steffens Arbeit sehr realistisch. »Wie meinen Sie das?«

»Er hätte weit mehr aus sich machen können.«

»Ich finde es beachtlich, was er aufgebaut hat.«

»Das ist es ja auch«, entgegnete sie in dem Versuch, das zuvor Gesagte abzumildern. »Ich sage auch nur, dass er sein Potenzial nicht ausgeschöpft hat. Er hätte in die Forschung gehen können. Er könnte längst Professor sein. Aber nein, mein Herr Sohn muss *Geriater* werden.« Aus ihrem Mund klang es wie *Aussteiger.* »Aber daran ist mein Mann schuld, das verzeihe ich ihm bis heute nicht.«

»Inwiefern?«

»Er hatte Alzheimer.«

»Ja … und?«

»Der Junge war auf dem besten Weg zu einer blendenden Karriere und fing plötzlich an, sich für solche Krankheiten zu interessieren. Als hätte er meinen Mann damit retten können.«

»Aber Ihr Mann hat sich diese Krankheit bestimmt nicht ausgesucht.« Ein seltsamer Schuldvorwurf, überlegte ich.

»Ach, Kind, mein Mann … Dieser Sonntag ist viel zu schön, um ihn mit so undankbaren Themen zu vergeuden.« Sie richtete sich auf, als würde sie Haltung annehmen, und fuhr übergangslos darin fort, mich Vokabeln abzufragen.

Ich war jedoch so durcheinander, dass ich mich ständig verhaspelte oder gar nicht erst auf die richtigen Worte kam.

»Da ist aber durchaus noch Nachholbedarf«, kommentierte sie meine schwache Leistung mit einem gutmütigen Augenzwinkern. »Solange ich hier bin, helfe ich Ihnen gerne. Wie wäre es mit ein wenig spanischer Konversation? Dabei könnte ich meine Kenntnisse auch gleich auffrischen.«

Mir hätte es eigentlich schon genügt, wenn die deutsche Konversation so klar und ergiebig gewesen wäre, dass nicht ständig Fragezeichen im Raum standen. Trotzdem nickte ich. Vielleicht würden wir uns auf diesem Wege etwas näher kommen, so dass ich sie besser verstände. Meine Gefühle ihr gegenüber waren nämlich genauso ambivalent wie ihr Verhalten. In manchen Momenten war sie mir durchaus sympathisch, in anderen grenzten die Emotionen, die sie in mir auslöste, an Entsetzen. In der vergangenen Nacht hatte es einen solchen Moment gegeben. Immer wieder gingen mir diese beiden Worte durch den Kopf: *eine Katastrophe*. Wie konnte sie ihr Leben in dieser Weise beschreiben, wo sie doch einen so liebevollen Sohn hatte? Es tat mir für ihn in der Seele weh, und ich hoffte, sie hatte genügend Einfühlungsvermögen, derartige Sätze ihm gegenüber besser doch nicht zu erwähnen.

Als Steffen und ich an diesem Abend im Bett lagen und uns im Dunkeln noch unterhielten, fragte ich ihn nach seinem Vater. »Was für ein Mensch war er eigentlich?«

Nach seinem Ausflug in den Himmel war er so entspannt und ausgeglichen nach Hause gekommen wie lange nicht mehr. Jetzt lag er neben mir und antwortete mit ruhiger, nachdenklicher Stimme. »Wenn man ihn nicht kannte, hätte man ihn wahrscheinlich für sehr introvertiert und fast abweisend gehalten, aber das täuschte. Er war feinfühlig, sehr ernsthaft und bedacht. Und er hat sich rührend um Mutter gekümmert.«

Wie passte das mit den negativen Andeutungen zusammen, die Thea mir gegenüber gemacht hatte? »Hat er sie mal betrogen?«, fragte ich vorsichtig.

Steffens spontanes Lachen war voller Wärme. »Gott bewahre! Sie hat es ihm zwar oft unterstellt, aber das hätte er nie getan.«

»Das sagen viele …«

»Abgesehen davon, dass er ein grundanständiger Mensch war, hat sie sich enorm ins Zeug gelegt. Sie hat schon immer sehr viel Wert auf ihr Äußeres gelegt und, wenn auch bestimmt nicht alle, so doch mit Sicherheit viele weibliche Register gezogen.« Ich hörte ihn schmunzeln.

»Soo?«, fragte ich interessiert. »Welche denn?«

»Sagen wir mal so: Mutter war eine sehr gute Kundin in Düsseldorfer Dessous-Geschäften.«

»So etwas erzählt sie dir?« Ich versuchte, mir gerade vorzustellen, wie mein Bruder Ralph sich mit meiner Mutter über Dessous unterhalten hätte, aber es wollte mir beim besten Willen nicht gelingen. Das mochte aber auch an ihrer sehr kategorischen Einstufung von Spitzenunterwäsche liegen: Etwas, das nicht wärmt, hätte in ihren Augen keinen Sinn gemacht. Von einer Augenweide, von Erotik oder einfach einem prickelnden Körpergefühl hatte sie nie etwas wissen wollen. *Dein Vater würde so etwas gar nicht bemerken*, hatte sie mir einmal anvertraut. Dasselbe hatte sie mir jedoch auch weismachen wollen, als ich versuchte, sie zu überreden, ihre Alte-Frauen-Dauerwelle einem modischen Haarschnitt zu opfern. *Wozu das Ganze? Dein Vater mag mich, wie ich bin*, pflegte sie immer dann zu sagen, wenn ich keine Ruhe gab. Es einfach nur für sich selbst zu tun, empfand sie dagegen als Verschwendung. Sie sehe sowieso nie in den Spiegel. Eitelkeit war ihr völlig fremd gewesen.

»Nicht direkt …«

Ich war mit meinen Gedanken so weit abgeschweift, dass ich mich auf die Frage besinnen musste, die Steffen gerade beantwortet hatte.

»… sie hat mich früher hin und wieder gebeten, etwas für sie abzuholen. Daher weiß ich es.«

»Wenn wir schon beim Thema sind …« Ich rückte näher an ihn heran und strich mit meiner Fingerspitze über die Innenseite seines Oberschenkels. »Was hältst du eigentlich von Dessous?«

»Im Augenblick gar nichts«, hörte ich ihn in mein Ohr flüstern, »da wären sie nur im Weg.«

So betrat ich am Montagmorgen mit ausgesprochen guter Laune das Büro. Und mit zwei guten Vorsätzen. Durch das sehr aufschlussreiche Gespräch mit Pia hatte der fünfzehnte Mai für mich seinen Schrecken verloren; ich musste Therese Behrendt bis dahin nicht befrieden, um meinen Job zu behalten. Trotzdem würde ich die *englische Rose* noch ein paar Tage schmoren lassen, bevor ich ihr von meinem – fiktiven – Telefonat mit dem Professor berichtete. Schließlich sollte das Büro nachhaltig von ihren Anregungen verschont bleiben.

Ich selbst wollte in Zukunft von Birte Koflers Angriffen verschont bleiben. Deshalb schloss ich, kaum dass sie mir an diesem Morgen gegenübersaß, unsere Zimmertür. »Ich muss mit Ihnen reden«, begann ich.

»Ohne Zeugen?«, fragte sie süffisant. »Wollen Sie mir jetzt den Rest geben?«

»Den Rest wovon?«

»Seit Sie hier sind, haben Sie doch nichts anderes im Sinn, als mir das Leben zur Hölle zu machen.«

»Ihr Leben machen Sie sich selbst zur Hölle, Frau Kofler.«

»Wie darf ich das verstehen?« Sie schnippte nervös ihre perlmutt-lila lackierten Fingernägel aneinander.

»Sie sehen mich als Konkurrenz …«

»Jetzt überschätzen Sie sich mal nicht, Frau Laudien«, unterbrach sie mich spöttisch. »Bis *Sie* mir das Wasser reichen können, muss noch viel …«

Jetzt unterbrach ich sie. »Vielleicht ist das genau der Punkt, Frau Kofler. Ich will Ihnen gar nicht das Wasser reichen, wie Sie es nennen. Weder will ich an dem Stuhl sägen, auf dem Sie sitzen, noch Ihre Position in irgendeiner Weise angreifen. Ich will etwas lernen und einen guten Job machen, weiter nichts.« Ich wählte meine Worte und vor allem meinen Tonfall mit sehr viel Bedacht. Es war eine Gratwanderung, ihr klar zu machen, dass ich wirklich nicht in Konkurrenz zu ihr treten wollte, ohne dass sie meine Erklärungen gleichzeitig als Demutshaltung missverstand. Gelang mir das nicht, hätten wir einen Schritt zur Seite, aber keinen nach vorne getan. »Sie genießen fachlich einen hervorragenden Ruf …«

»Woher wollen Sie das wissen?«

»Ich habe Ohren.« Eigentlich hätte ich ihr bei dieser Gelegenheit sagen sollen, dass diese Ohren sehr empfindlich auf die Lautstärke ihrer Stimme reagierten, aber es wäre eindeutig der falsche Moment gewesen.

»Wird über mich geredet?«

Kopfschüttelnd sah ich sie an, jedoch nicht etwa, um ihre Frage zu verneinen, sondern aus purem Erstaunen darüber.

Das fragte ausgerechnet die Person, die sich tagtäglich als Meisterin intriganten Geredes outete. »In einem Büro wird immer geredet. Und dabei habe ich schon wahre Lobeshymnen über Sie gehört.«

»So?« Ihre volle Aufmerksamkeit hatte ich vorher schon gehabt, jetzt war sie jedoch gespannt.

»Wie hätten Sie es gerne? Wortwörtlich?« Ich musste schmunzeln.

»Wenn es Ihnen nicht zu viel Mühe macht.« So weit, ihre Gesichtszüge auch etwas zu entspannen, war sie noch nicht.

»Über Sie kursiert das Gerücht, Sie seien ein absoluter Profi und fachlich eine Wucht.«

»Das Gerücht?«

»Also gut«, erwiderte ich lachend, »Sie sind ein absoluter Profi und fachlich eine Wucht.«

»Na ja ...« Sie wand sich innerlich. Am liebsten hätte sie das Gehörte freudestrahlend genossen, doch gestattete sie sich das in meiner Gegenwart nicht.

»Ich habe überhaupt kein Problem damit, die Leistungen eines anderen Menschen anzuerkennen. Schließlich möchte ich, dass meine genauso anerkannt werden«, schickte ich sanft hinterher. »Aus mir wird mit Sicherheit nie eine Paragraphenkennerin, das liegt mir einfach nicht. Dafür kann ich andere Dinge, die auch ganz nützlich sind.«

»Phantasie ist keine Kunst«, warf sie ein, »entweder man hat sie, oder man hat sie nicht. Ich habe für meine Arbeit hier ohne Ende geackert.« So schnell würde sie von ihrem tief verwurzelten Verhalten nicht abweichen.

»Und ich bin bereit, mich hineinzuknien«, fing ich ihren unausgesprochenen Vorwurf auf. »Ich denke, dass diese Firma groß genug für uns beide ist.« Ob das langfristig auch auf unser gemeinsames Zimmer zutraf, würde sich erst noch erweisen müssen. »Vielleicht hilft Ihnen auch der Gedanke, dass eine mögliche Alternative zu mir durchaus noch schlimmer sein könnte.«

»Erstens brauche ich keine Hilfe«, hielt sie mir schnippisch entgegen, »und zweitens kann ich mir kaum vorstellen, dass es noch schlimmer kommen könnte.«

»Ich schon«, versuchte ich es mit einem versöhnlichen Lächeln, auf das sie jedoch nicht einging.

Stattdessen vertiefte sie sich augenblicklich in die Unterlagen, die vor ihr auf dem Tisch lagen. »Jetzt können Sie unsere Tür wieder öffnen«, sagte sie abschließend, ohne aufzusehen.

Während ich dem widerspruchslos nachkam, zog ich kurz eine Bilanz unseres Gespräches. Sie stimmte mich nicht gerade euphorisch, konnte mir jedoch auch nicht den Wind aus den Segeln nehmen. Eine Saat brauchte schließlich Zeit, um aufzugehen.

Diejenige, die ich bei Therese Behrendt ausgestreut hatte, war allerdings in kürzester Zeit aufgegangen. Um zehn Uhr hatte ich sie bereits am Telefon. Ihre aufgeregte Frage, ob ich den Professor schon erreicht habe, musste ich ehrlich verneinen. Ich vertröstete sie und versprach erneut, mich zu melden, sobald es etwas zu berichten gäbe. Mein sofort wieder aufkeimendes schlechtes Gewissen verdrängte ich ähnlich schnell.

Als es sich am Mittwoch wieder meldete, rief ich die *englische Rose* endlich an. In ausschweifenden Worten teilte ich ihr mit, dass es mir gelungen sei, den Professor umzustimmen, er würde von seinen Umzugsplänen Abstand nehmen. Ich konnte mich nicht erinnern, schon jemals einen solchen Seufzer der Erleichterung gehört zu haben. Sie dankte mir so überschwänglich, dass ich inständig hoffte, sie würde nie etwas über den wahren Charakter meiner Intervention erfahren.

Das unangenehme Gefühl, das nicht weichen wollte, versuchte ich, durch einen kleinen Schwatz mit Pia zu vertreiben. »Ich denke, so ist allen am besten gedient«, schloss ich meinen Bericht halbherzig ab.

»Hm.«

»Ich kann sie ja auch hin und wieder mal anrufen und hören, ob sich mit dem Professor etwas tut …«

»Hm.«

Erst jetzt sah ich, dass sie durch mich hindurchsah und völlig abwesend wirkte. »Pia?«

»Ja?«

»Hörst du mir überhaupt zu?«

»Ich versuche es.«

Die ganze Zeit hatte ich überlegt, was an diesem Tag anders war an ihr, und dann wurde es mir plötzlich bewusst: Ich hatte Pia noch nie zuvor ohne Lippenstift gesehen. »Bist du krank?«

Sie nickte. »Liebeskummer.«

»O Gott, Pia, entschuldige, ich rede immer nur von mir und habe gar nicht mitbekommen, dass du verliebt bist. Seit wann? Wer ist es? Gib mir seine Telefonnummer, dann werde ich ihm die Leviten lesen …«

Sie sah mich unglücklich an. »Das kannst du dir sparen. Völlig aussichtslos.«

»Ist er verheiratet?«, fragte ich vorsichtig.

»Dann hätte er ja wenigstens Familiensinn.«

»Und den hat er nicht?«

»Nicht die Bohne.« In diese drei Worte legte sie ihre gesamte Enttäuschung.

Ich wurde jedoch nicht so recht schlau daraus. »Hat er ein Problem mit deiner Familie?«

»Er will erst gar keine gründen«, antwortete sie mit Tränen in den Augen.

»Warum hast du mir bisher noch nie von ihm erzählt?«, fragte ich überrascht.

»Ich kenne ihn noch nicht so lange.«

»Wie lange?«

Sie wand sich in sichtlichem Unbehagen. »Wir haben uns gestern beim Inline-Skaten kennen gelernt.« Sie wich meinem ungläubigen Blick aus. »Es war diese Sache mit dem ersten Blick, wenn du weißt, was ich meine, es hat richtig Funken gesprüht zwischen uns. Und ich wusste genau: Der könnte es sein.«

Ich hatte meine Sprache immer noch nicht wiedergefunden.

»Wir haben uns an den Rhein gesetzt und uns drei Stunden lang unterhalten. Die Zeit ist nur so dahingeflogen. Eigentlich war es noch viel zu kalt dafür, und ich habe mir bestimmt eine Blasenentzündung geholt, aber gestern war mir das egal ...« Ihre Worte überschlugen sich fast.

»Und dann?«

»Dann habe ich ihn gefragt, wie viele Kinder er einmal haben will. Und er hat geantwortet: gar keine.« Die Verzweiflung stand ihr ins Gesicht geschrieben. »Kannst du dir das vorstellen, Anna?«

»Ja.«

»Kannst du nicht.«

»Nicht jeder Mensch möchte Kinder haben.«

»Du willst aber doch bestimmt auch welche«, sagte sie in der Hoffnung, mich auf ihre Seite ziehen zu können.

»Irgendwann ... vielleicht ... wenn meine Beziehung stimmt.«

»Fehlt nur noch, dass du sagst: und auch sonst alles. Dann bist du wie die, die warten, bis alle Lebensumstände perfekt sind, und plötzlich feststellen, dass sie einundvierzig sind und Vollgas geben müssen – fortpflanzungstechnisch gesehen, meine ich.« Pia putzte sich lautstark ihre Nase und wischte sich die Tränen ab.

»Meinst du denn, dass das Timing für dein Vollgas so sehr viel besser ist?«

»Ich muss doch wissen, woran ich bin. Ein Leben ohne Kinder kann ich mir nicht vorstellen.« Aus ihrem Blick sprach eine sehr tief sitzende Überzeugung.

»Und wenn er nun welche haben wollte und du keine bekommen könntest, wäre dein Leben dann sinnlos?«

Meine Frage hatte sie aus dem Konzept gebracht.

»Was ist mit deinem Cousin Rupert? Was würdest du von einer Frau halten, die ihn fallen lässt wie eine heiße Kartoffel, wenn sie erfährt, dass er keine Kinder zeugen kann?«

»Er kann Kinder zeugen.«

»Wir reden hier über Hypothesen. Was würdest du von dieser Frau halten?«

»Anna, hör auf! Mir wird ganz schwindelig von deinen Fragen.«

»Und mir wird ganz schwindelig bei der Vorstellung, dass du einen potenziellen Traumprinzen mit deinem Fortpflanzungs-Forderungskatalog in die Flucht geschlagen hast.«

»Nicht er ist geflohen, sondern ich.«

»Pia, du spinnst!«

»Ich bin nun einmal ein Familienmensch. Keiner kann gegen seine Natur an«, sagte sie trotzig.

»Aber Natur ist doch nichts Statisches oder Starres. Wenn der Typ gestern noch keine Kinder wollte, dann kann er doch in ein paar Jahren durchaus anders darüber denken.«

»Und darauf soll ich warten?«

»Sollst du nicht«, entgegnete ich lachend. Sie benahm sich wie ein störrisches Kind. »Du sollst den Dingen einfach nur ein wenig ihren Lauf lassen, sehen, was sich daraus entwickelt …«

»Und dann in zehn Jahren mit einem Mann dastehen, der vielleicht immer noch keine Kinder will?«

»Vielleicht ist dir der Mann dann wichtiger als dein Kinderwunsch.«

»Kann ich mir nicht vorstellen.« Ihr Trotz hatte durchaus noch Steigerungsmöglichkeiten. »Und ich will es mir auch gar nicht vorstellen!«

»Dann hör auf, dein Schicksal zu beklagen, und verliebe dich demnächst in einen zeugungswilligen Traumprinzen.«

»Wenn sich das nur steuern ließe«, meinte sie unglücklich.

»Sei froh, dass es sich nicht steuern lässt.«

Als ich an diesem Abend nach Hause fuhr, ging mir das Gespräch mit Pia noch während der gesamten Fahrt nach. Mir wurde bewusst, dass Steffen und ich uns noch nie über Kinder unterhalten hatten. Eigentlich wusste ich überhaupt nicht, wie Steffen zu diesem Thema stand. Und ich selbst? Ich schüttelte diese Gedanken ab und schloss die Tür auf.

Steffen war – wie meistens – noch nicht zu Hause, Thea hingegen stand am Herd und kochte für uns. Wie so oft in letzter Zeit löste sie damit sehr zwiespältige Gefühle in mir aus. Einerseits fand ich es hilfsbereit, andererseits schränkte sie damit unsere Möglichkeiten für eine spontane Abendgestaltung erheblich ein. Wer würde es schon über sich bringen, sie mit ihren Töpfen allein zurückzulassen und einfach essen zu gehen? Ich bestimmt nicht und Steffen erst recht nicht. Schon ein paar Mal hatte ich ihr vorsichtig zu verstehen gegeben, sie solle sich nicht solche Umstände machen. Ich würde selbst sehr gerne kochen, außerdem würden wir hin und wieder ebenso gerne essen gehen. Dabei hatte ich jedoch übersehen, dass sie es weniger uns zu Gefallen tat als für ihren eigenen Seelenfrieden. Auf diese Weise konnte sie sich ein wenig für unsere Gastfreundschaft revanchieren. Jedenfalls hatte Steffen mir ihren unermüdlichen

Einsatz am Herd so erklärt. Natürlich bekam das gemeinsame abendliche Essen dadurch einen noch verpflichtenderen Charakter – ein Teufelskreis, aus dem nur schwer auszubrechen sein würde.

Als ich an diesem Abend die Küche betrat, erwartete mich auf unserem Tresen ein wunderschön verpacktes Geschenk.

»Das ist für Sie, Anna«, sagte sie, nachdem wir uns begrüßt hatten. »Ein kleines Dankeschön.«

Was ich aus Papier und dicker Schleife herausschälte, entlockte mir ein überraschtes *Oh*. Thea hatte mir spanische Hörkassetten geschenkt. »Das Dankeschön kann ich nur zurückgeben.«

Noch mehr als über das Geschenk selbst freute ich mich über ihre Idee, die zeigte, dass sie sich Gedanken gemacht hatte. Als Steffen schließlich nach Hause kam und uns so einträchtig in der Küche vorfand, stand ihm seine Erleichterung ins Gesicht geschrieben. Einmal mehr wurde mir bewusst, dass unsere häusliche Situation ihn in einer permanenten Habt-Acht-Stellung verharren ließ.

Vielleicht hatte auch Thea das gespürt und sich vorgenommen, Gegenmaßnahmen zu ergreifen. In den nächsten Tagen praktizierte sie plötzlich das, was sie mir vorgeworfen hatte: Aushäusigkeit. Sie erzählte uns von Verabredungen mit Freundinnen, Friseurbesuchen und Einkaufsbummeln. Es war, als hätte sie sich aus einem lähmenden Kokon befreit. Anfangs trauten wir uns noch nicht, an eine Regelmäßigkeit zu glauben, geschweige denn an eine Rückkehr zu unserem normalen Leben. Doch als wir uns jeden Tag aufs Neue von ihren wieder erwachten Lebensgeistern überzeugen konnten, wagten auch wir den Sprung zurück ins Leben.

Wie sehr sich selbst Steffen mit seinem ausgeprägten Ruhebedürfnis eingeengt gefühlt hatte, merkte ich daran, dass er Vorschläge für unsere Abend- und Wochenendgestaltung machte. Jedenfalls nahm ich an, dass das der Grund war und er es nicht ausschließlich mir zuliebe tat. Ich ging auf alles ein, ob ich nun Lust dazu hatte oder nicht. Hauptsache, wir unternahmen etwas und veränderten damit unsere bisherige Situation, die von Tag zu Tag schwerer zu ertragen gewesen war.

Thea kam von ihren Ausflügen häufig so erschöpft zurück, dass sie, wie sie sagte, nicht mehr in der Lage sei zu kochen und sich stattdessen lieber in ihr Zimmer zurückzog. Während Steffen diese Entwicklung noch mit Skepsis beäugte, kam sie mir sehr entgegen. Ich genoss die wieder gewonnene Freiheit, holte an einem dieser Abende, als wir allein im Wohnzimmer waren, meine Reiseprospekte hervor und erzählte ihm von meiner Idee, das vorletzte Mai-Wochenende um ein oder zwei Tage zu verlängern und nach Madrid zu fliegen. Zwar würde ich dafür in ein Flugzeug steigen müssen, aber ich fand sowieso, dass es an der Zeit war, meine Angst zu überwinden.

»Warum ausgerechnet an dem Wochenende?«, fragte er.

»Weil dann meine Probezeit beendet ist.«

»Du bist sicher, dass du dort bleiben willst?«

»Ganz sicher.«

»Und diese ganzen Schwierigkeiten?«

»Werde ich in den Griff bekommen.«

»Willst du dir das nicht noch einmal überlegen? So, wie du mir deine Kollegin beschrieben hast, setzt sie dir doch kräftig zu …«

»Ich bin kein wehrloses Opfer«, hielt ich ihm entgegen, »und ganz bestimmt keine von denen, die die andere Wange auch noch hinhalten.«

»Also, ich weiß nicht …«, sagte er unschlüssig.

»Aber ich, Steffen, lass mich nur machen.« Mein Job machte mir mittlerweile viel zu viel Spaß, um ihn wegen einer Birte Kofler zu kündigen.

Am nächsten Tag ging ich ins Reisebüro, ließ mir ein günstiges Angebot für zwei Flüge und ein Hotelzimmer heraussuchen und gab mit einer unbändigen Vorfreude die Buchung in Auftrag. Ich war noch nie in Madrid gewesen und genoss die Vorstellung, die Stadt gemeinsam mit Steffen zu erkunden. In meinen Augen hätte der Mai nicht schöner beginnen können.

Aber auch vor diesem Kurzurlaub würde es ein paar schöne Abwechslungen geben. Steffen fuhr zwei Tage später zu einem Internistenkongress nach Wiesbaden, und wir hatten verabredet, dass ich am Wochenende nachkommen würde. So blieben mir am Freitag zwischen Büroschluss und der Abfahrt meines Zuges gerade mal eineinhalb Stunden, aber ich würde es schaffen. Gepackt hatte ich bereits, und fürs Umziehen würde ich keine zehn Minuten benötigen. So viel zu meinen Plänen. Wie weit die Realität davon abwich, sollte ich erfahren, als ich in unsere Straße einbog. Vor unserem Haus stand ein Notarztwagen.

»Nein! Nicht schon wieder!«, murmelte ich vor mich hin und beschleunigte mein Tempo. In einer Stunde musste ich am Bahnhof sein. Ich stürmte ins Haus und direkt in Theas Zimmer, wo der Notarzt gerade seinen Koffer schloss.

Thea lag mit halb geschlossenen Augen auf dem Bett.

»Was ist passiert?«, fragte ich außer Atem.

»Frau Wolf hatte einen kleinen Schwächeanfall«, klärte er mich auf. Seinem Tonfall nach zu urteilen, handelte es sich um eine Lappalie, für die er eigentlich nicht zuständig war. »Ich habe ihr ein Kreislaufmittel gespritzt.« Er verabschiedete sich von ihr, griff nach seinem Koffer und wandte sich zum Gehen.

»Ich begleite Sie hinaus.« An der Tür hielt ich ihn kurz zurück. »Ist ihr Zustand in irgendeiner Weise Besorgnis erregend?«, vergewisserte ich mich zur Sicherheit doch noch.

»Nein, ihr Blutdruck war sehr niedrig, mehr nicht. Eigentlich ein Fall für den Hausarzt.«

»Haben Sie das auch ihr gesagt, ich meine das mit dem Hausarzt?«

»Selbstverständlich. Wie sie mir daraufhin erklärte, hat sie sich in den vergangenen Tagen leicht überanstrengt und war deswegen übervorsichtig.«

»Danke für Ihre Mühe.« Abwesend gab ich ihm die Hand und schloss die Tür hinter ihm. Überanstrengt?, ging es mir durch den Kopf, womit? Mir blieben noch fünfundvierzig Minuten. Aufs Umziehen würde ich verzichten müssen. Stattdessen ging ich zurück zu Thea und setzte mich zu ihr auf die Bettkante. »Geht's Ihnen besser, Frau Wolf?«

»Ein wenig«, sagte sie matt. Sie sah kurz zu mir auf, um gleich darauf ihre Augen wieder zu schließen.

»Kann ich noch etwas für Sie tun, bevor ich fahre?«

»Vielleicht eine meiner Freundinnen anrufen.« Sie legte ihren Handrücken auf die Stirn. »Ich sage Ihnen die Nummer.«

»Was soll ich ihr ausrichten?«

»Fragen Sie sie doch bitte, ob sie über das Wochenende zu mir kommen kann.« Sie hielt ihre Augen immer noch geschlossen, als wäre es zu anstrengend, die Lider zu heben.

So konnte sie meinen aufgebrachten Blick nicht sehen. »Um was zu tun?«, fragte ich wachsam.

»Um mir beizustehen, Kind. Ich fühle mich so schwach. Eigentlich hatte ich Steffen anrufen wollen, aber diese Kongresse sind ihm immer so wichtig, da wage ich es nicht, ihn zu stören. Und ich kann natürlich verstehen, dass Sie zu ihm wollen. Sie haben sich sicher schon eine Menge vorgenommen.«

»Stimmt«, presste ich hervor. Wäre es in diesem Augenblick ausschließlich um sie und mich gegangen, hätte ich diese Freundin angerufen und wäre gefahren. Aber es ging auch um Steffen und mich. Und ich zweifelte keinen Augenblick daran, dass wir eine schwerwiegende Auseinandersetzung haben würden, wenn ich jetzt in den Zug stieg und seine Mutter sich selbst überließ. Ernsthafte Zweifel hegte ich allerdings daran, dass es ihr wirklich so schlecht ging, wie sie vorgab. Und das hätte ich ihr nur zu gerne ins Gesicht gesagt. Doch was, wenn es ihr tatsächlich nicht gut ging und ich mich irrte? Meine aufkeimende Aggressivität machte mir schwer zu schaffen. »Das lässt sich alles nachholen«, fuhr ich fort. »Ich werde jetzt Steffen anrufen und ihm sagen, dass ich nicht komme.«

»Das wollen Sie wirklich für mich tun, Kind?«

Nicht für Sie, aber für Steffen und mich. Laut sagte ich: »Ja.«

»Sie glauben gar nicht, was für einen Dienst Sie mir damit erweisen. Die Vorstellung, hier ganz alleine … wenn es einem nicht gut geht …« Sie wirkte, als sei sie kurz davor einzuschlafen.

Mit dem Telefon in der Hand verzog ich mich in die Küche. Steffen hatte sein Handy abgeschaltet, deshalb sprach ich ihm auf seine Mailbox, dass ich mir einen Magen-Darm-Infekt zugezogen hätte und deshalb leider nicht kommen könne. Er bräuchte sich keinerlei Sorgen zu machen, es sei nicht schlimm, nur zu unangenehm zum Reisen. Würde ich Theas *Schwächeanfall* auch nur mit einem Wort erwähnen, würde er sich umgehend in sein Auto setzen und nach Düsseldorf rasen. Ganz kurz hatte ich darüber nachgedacht, Thea in meinen Plan einzuweihen, dann jedoch davon Abstand genommen. Ich würde mich nicht mit ihr verbünden.

In meine Gedanken hinein hörte ich sie nach mir rufen.

»Ja?« Ich blieb im Türrahmen stehen.

»Ich bin so müde, Anna, wenn Sie so lieb sind und meine Tür schließen … ich muss eine Weile schlafen.«

»Natürlich«, sagte ich knapp und kam ihrer Aufforderung nach.

Kaum hatte ich die Tür hinter mir geschlossen, spürte ich eine unbändige Wut in mir. Wenn das so weiterging, würde ich mir einen Sandsack kaufen müssen, um meine Fäuste darauf donnern zu lassen. Und wieder einmal fragte ich mich, was es war, dass diese Frau solche Aggressionen in mir auslöste. Unruhig lief ich in der Küche umher, bis ich beschloss, meinem Bewegungsdrang einen größeren Raum zu bieten. Ich nahm das mobile Telefon, zog den Stecker der Funkstation aus der Steckdose und versteckte beides in meiner Wäschekommode im Schlafzimmer.

Wäre ich überzeugt gewesen, dass Thea in einem Besorgnis erregenden Zustand war, hätte ich über solch eine Aktion nicht einmal nachgedacht. So aber sorgte ich dafür, dass sie Steffen mit ihrem Anruf verschonte und er, sollte er zurückrufen, niemanden erreichte. Dann setzte ich mich in mein Auto und fuhr ziellos umher. Ich wollte nur raus und für eine Weile aus Theas Dunstkreis verschwinden. Es genügte schon, dass sie uns das Wochenende verdorben hatte, dass sie in mir darüber hinaus eine ungeheuer starke Sehnsucht nach einer Zigarette auslöste, konnte ich weder ihr noch mir verzeihen.

Hatte ich gestern noch angenommen, darüber hinweg zu sein, so wurde ich an diesem Tag eines Besseren belehrt. Ich wusste, solange ich in Ausnahmesituationen Nikotin brauchte, war ich gefährdet, rückfällig zu werden. In mir tobte ein harter Kampf zwischen einem kategorischen Nein und sanften Einflüsterungen, die mir vorgaukeln wollten, eine einzige Zigarette mache doch gar nichts. Mein Kopf wusste es zum Glück besser: Eine Zigarette, und ich würde wieder zu den

Rauchern zählen. So passierte ich schweren Herzens sämtliche Zigarettenautomaten am Wegesrand und beschloss, in den Wald zu fahren, wo es keine gab.

Auf einem der Parkplätze am Aaper Wald stellte ich mein Auto ab. Nach ein paar Metern gelangte ich auf den Aaper Höhenweg, auf dem ich so kräftig ausschritt, dass ich kurz davor war, mir eine Zerrung zuzuziehen. Mein untrainierter Körper war an solche Exzesse nicht gewöhnt. Mir fiel jedoch nichts anderes ein, um meine Wut zu bekämpfen. Ich hielt dieses Tempo gerade mal zwei Kilometer durch, als ich kurz davor war, schlappzumachen. Erschöpft ließ ich mich auf die nächste Bank fallen.

»Irgendwann drehe ich ihr den Hals um«, schimpfte ich vor mich hin. »Dann hat sie wenigstens einen Grund, den Notarzt anzurufen.« Mein Herz klopfte wild.

»Verfahren Sie getreu dem Motto: *Wie soll ich wissen, was ich denke, bevor ich höre, was ich sage*?«

Ein gehöriger Schreck fuhr mir durch die Glieder. Ich sprang auf und drehte mich um meine eigene Achse, konnte jedoch nirgends jemanden entdecken.

»Ich weiß ziemlich genau, was ich denke«, rief ich drohend in die Richtung, aus der ich die Stimme gehört hatte, »aber ich sage es Ihnen auch gerne: Sie sind ein Spanner.«

»Dazu müsste ich Sie sehen«, entgegnete er gelassen. »Wenn schon, dann bin ich ein unfreiwilliger Lauscher.«

Endlich wusste ich, wo er sich versteckt hielt. Einige Meter von mir entfernt stand ein Baum mit einem so dicken Stamm, dass sich drei Männer dahinter verstecken konnten. Mit schnellen Schritten ging ich darauf zu und lief drum herum, bis ich wie angewurzelt vor Rupert Wellensiek stehen blieb.

»Sie!« Ich hatte seine Stimme nicht erkannt.

»Die meisten Menschen würden an dieser Stelle ein Fragezeichen verwenden«, sagte er mit dem ihm eigenen spöttischen Zug um den Mund. »Und sich dann auch noch über diesen unglaublichen Zufall wundern.«

»Ich will Ihnen geraten haben, dass es sich um einen Zufall handelt.«

»Glauben Sie allen Ernstes, ich würde freiwillig Ihre Nähe suchen?«

»Ja.«

»Erfrischend, Ihr Selbstbewusstsein.« Er amüsierte sich königlich.

»Freut mich, wenn ich zu Ihrer Erheiterung beitragen kann. Was machen Sie da eigentlich hinter dem Baum?«

»Wer von uns beiden sich hinter dem Baum befindet, ist ausschließlich eine Frage der Perspektive.«

»Das ist auch wahr«, stimmte ich ihm mit einem befreiten Lachen zu.

»Nachdem das geklärt ist, überlasse ich Sie jetzt wieder sich selbst. Sie scheinen ja der beneidenswerten Spezies anzugehören, der es mit sich selbst nicht langweilig wird.« Auch er lachte vergnügt. »Und wenn Sie doch mal einen Gesprächspartner brauchen, dann wissen Sie ja, wo Sie mich finden.« Damit setzte er die Räder seines Rollstuhls in Bewegung, rumpelte halsbrecherisch über Stock und Stein, bis er den Weg erreicht hatte, winkte mir noch einmal zu und verschwand ziemlich schnell aus meinem Blickfeld.

Was mein schnelles Ausschreiten nicht geschafft hatte, war Pias Cousin gelungen: Meine Wut war verraucht. Fast beschwingt setzte ich meinen Weg fort, an dessen Ende ich schließlich so entspannt war, dass ich beschloss, Thea den Hals nicht umzudrehen.

10

Mein Ausflug hatte eineinhalb Stunden gedauert. Fast hatte ich schon damit gerechnet, bei meiner Rückkehr wieder den Notarzt vorzufinden – gewissermaßen als Protestaktion gegenüber meiner eigenmächtigen Flucht. Aber alles war still, als ich ins Haus kam. Thea schien noch zu schlafen. Kaum hatte ich die Funkstation wieder eingestöpselt, klingelte auch schon das Telefon.

»Wo warst du?«, fragte Steffen verwundert. »Ich habe es schon zweimal versucht.«

»Ich habe geschlafen und das Telefon nicht gehört«, log ich, ohne mit einer Wimper zu zucken.

»Und Mutter?«

»Die hat sich auch hingelegt und hält einen Schönheitsschlaf.«

»Schade, dass du nicht kommen kannst«, sagte er enttäuscht.

»Das finde ich auch, ich hatte mich sehr auf das Wochenende gefreut.« Wenigstens in dieser Hinsicht konnte ich ehrlich sein.

Nachdem er schließlich noch meinen Magen-Darm-Infekt von allen Seiten beleuchtet und mir Tipps gegeben hatte, musste ich ihm versprechen, mich zu schonen. Was mir nicht weiter schwer fiel, da ich nicht vorhatte, mich für Thea zu verausgaben. Da er jedoch nichts davon gesagt hatte, seine Mutter zu schonen, nahm ich mir vor, ihr endlich einmal auf den Zahn zu fühlen. Die Gelegenheit hätte günstiger nicht sein können. Steffen war weit weg und würde mich nicht bremsen können. Die aufkeimenden Skrupel verscheuchte ich ebenso schnell wie gründlich: Wenn ich schon unter der gegenwärtigen Situation zu leiden hatte, indem ich dazu gezwungen wurde, Thea immer wieder mit Samthandschuhen anzufassen und hinzunehmen, dass sie derart in unser Leben eingriff, dann wollte ich wenigstens endlich wissen, warum.

An diesem Abend schwang ich das Zepter in der Küche, kochte eine leichte Brühe und briet Putenbrust, die ich auf einen bunten Salat dekorierte.

»Das Essen ist ganz leicht, genau das Richtige nach einem Schwächeanfall.« Mit diesen Worten lockte ich Thea aus ihrem Zimmer, wo sie immer noch auf dem Bett lag.

»Mir ist gar nicht nach Essen zu Mute«, protestierte sie schwach.

»Wenn Sie vom Fleisch gefallen sind, wenn Steffen zurückkommt, bekomme ich Ärger. Das wollen Sie doch sicher nicht, Frau Wolf, oder?«

»So schnell fällt kein Mensch vom Fleisch.« Immerhin lächelte sie bereits.

»Aber in Ungnade.« Sollte sie es deuten, wie sie wollte.

Da sie offenbar bei mir nicht in Ungnade fallen wollte, raffte sie sich auf und versicherte, mir spätestens in fünf Minuten Gesellschaft zu leisten.

Aus den fünf Minuten wurden fünfzehn, aber darauf kam es mir nicht an. Sie saß mir gegenüber, und das war die Hauptsache. Während des Essens verschonte ich sie noch mit Fragen und beantwortete stattdessen ihre.

»Wie läuft es in Ihrem Büro, Anna?«

»Ganz gut.«

»Ich habe über dieses *Mobbing* gelesen und ...«

»So schlimm ist es in meinem Fall nicht, es hat nur hin und wieder unangenehme Wortwechsel gegeben.«

»So etwas kann sehr belastend sein.«

»Keine Sorge, Frau Wolf, ich setze mich schon zur Wehr.«

»Dann sollten Sie sich glücklich schätzen, wenn die Situation das erlaubt«, sagte sie gequält.

»Ich frage die Situation gar nicht erst um Erlaubnis«, hielt ich ihr in einem Anflug von Übermut entgegen, »ich wehre mich gleich.«

»Dann waren Sie noch nie wirklich ausgeliefert.«

Das mochte stimmen, ich hatte mich tatsächlich noch nie ausgeliefert gefühlt – bis auf die Wochen und Monate nach dem Tod meiner Eltern. Wogegen hätte ich mich da wehren sollen? Ich hatte ihr gerade erst ihren Teller vorgesetzt, als ich meinem Vorsatz, sie während des Essens zu schonen, untreu wurde. Wir waren endlich beim Thema, sie hatte selbst das Stichwort gegeben. Allerdings wusste ich zu diesem Zeitpunkt noch nicht, wie nah sie dem Thema mit diesem Satz tatsächlich gekommen war. Für mich klang er nur wie alle, die sie zu ihrem bisherigen Leben abgegeben hatte – leidvoll, anklagend und voller schicksalsschwerer Andeutungen.

»Und Sie, Frau Wolf?«

»Ach, Kind ...«

»Ich würde wirklich gerne mehr über Sie erfahren. Schließlich werde ich in nicht allzu ferner Zukunft Mitglied Ihrer Familie sein.«

Sie hörte auf zu kauen, während sich ihre Augen zu Schlitzen verengten. »Es ist nicht mehr sehr viel übrig von dieser Familie, nachdem mein Mann es vorgezogen hat, sich von ihr zu verabschieden.«

Ich hatte noch nie einen Menschen kennen gelernt, der mich zu so vielen Widerworten anstachelte. Erstens war eindeutig eine Mehrheit dieser Kernfamilie übrig, und zweitens hatte sich Steffens Vater wohl primär vom Leben verabschiedet. Und das vor zehn Jahren! Hätte ich meine Meinung jedoch geäußert, hätte sich eine Diskussion darum entsponnen. Ich aber wollte nicht diskutieren, ich wollte etwas erfahren. »Das ist sehr traurig«, sagte ich deshalb vage.

»Traurig ist etwas ganz anderes. Ich habe für diesen Mann meine besten Jahre geopfert, habe zu ihm gehalten … zu diesem Feigling.« Sie spie dieses Wort aus, als sei sie sehr geübt darin. »Seinetwegen habe ich auf mein Glück verzichtet.«

War das dieselbe Frau, die mir erst kürzlich einen Vortrag über die guten und schlechten Zeiten einer Ehe gehalten hatte? Das war nur schwer zu begreifen. »Wie das?«, fragte ich vorsichtig, um ihren Redeschwall nicht zum Versiegen zu bringen.

»Es gab da einen anderen Mann.« Die Erinnerung an ihn hatte ihr offensichtlich den Appetit verschlagen, sie legte Messer und Gabel beiseite und betupfte ihren Mund mit der Serviette. »Er hat mich geliebt, er hätte mir den Himmel auf Erden bereitet.«

»Und was ist geschehen?«

»Ich war verheiratet.«

»Ehen werden heute reihenweise geschieden«, hielt ich ihr pragmatisch entgegen. »Ich habe mich auch scheiden lassen.«

»Steffens wegen?«

»Nein, meinetwegen.«

»Heute ist eine andere Zeit, damals ging das nicht.«

»Wie lange ist das her?«

»Etwa zwanzig Jahre.«

»Aber da …«

»Ich hatte nichts gelernt, konnte nicht auf eigenen Beinen stehen. Da sind dann die Möglichkeiten schon sehr begrenzt.« Dieses Gespräch schien sie sehr mitzunehmen, ihre Bewegungen wurden fahrig.

»Was bedeutet das, wenn Sie sagen, dass Sie zu Ihrem Mann gehalten haben?«

Ihre Augen verengten sich zu Schlitzen. »Steffens Vater war Bauunternehmer. Damals war eine üble Verleumdungskampagne gegen ihn im Gang. Es hieß, er habe den Zuschlag für ein Großprojekt nur durch Bestechung erhalten. Hätte ich ihn zu diesem Zeitpunkt verlassen, hätte es ausgesehen, als verließen die Ratten das sinkende Schiff. Das konnte ich schon meinem Sohn nicht antun.«

»Und später?«

»Niemand wartet ewig«, entgegnete sie vieldeutig und ließ dabei offen, ob sie damit sich selbst oder jenen anderen Mann meinte.

»Was wurde aus dieser Verleumdungskampagne?«

»Mein lieber Mann hatte eine reine Weste.« Ihrem Tonfall nach zu urteilen, wäre ihr das Gegenteil lieber gewesen. Vielleicht weil sie ihrer Einschätzung nach schließlich ganz grundlos auf ihr Glück verzichtet hatte? »Ich verstehe heute selbst nicht mehr, wie *ich* überhaupt daran hatte zweifeln können. Wegen dieser reinen Weste haben meine Eltern ihn schließlich ausgewählt.«

»Frau Wolf, haben Ihnen wirklich Ihre Eltern Ihren Mann ausgewählt?«, fragte ich ungläubig.

»Sie haben es gut gemeint, sie konnten ja nicht ahnen, was sie mir damit antaten. Wäre es nach mir gegangen …« Sie starrte vor sich hin. »Aber wann ist es überhaupt einmal nach mir gegangen?«

Diese Frage richtete sie zweifellos an die Vergangenheit und nicht an mich.

»Immer war ich nur für andere da, nie für mich«, fuhr sie mit angespannter Stimme fort. Es war, als würde sie vor sich hin sprechen und hätte mich ganz vergessen. »Ein verpfuschtes Leben.«

»Hätten Sie sich nicht weigern können, Ihren Mann zu heiraten?«

»Weigern ... es war doch alles schon abgemachte Sache, als ich damals aus Madrid zurückkam. Meine Eltern sagten, es sei zu meinem Besten. Was sollte ich dem entgegenhalten mit meinen zweiundzwanzig Jahren? Was hätten Sie gesagt, wenn Ihnen ein sorgloses Leben an der Seite eines liebevollen Ehemannes in Aussicht gestellt würde?«

Da wäre mir eine ganze Menge eingefallen, aber mir war klar, dass sie gar keine Antwort erwartete. Die Frage war rein rhetorisch gewesen. Trotzdem hakte ich ein. »Hätte es keine Alternative gegeben?«

»Wenn Sie den Sprung in eiskaltes Wasser als Alternative sehen«, erwiderte sie sarkastisch. »Wäre ich meinen eigenen Vorstellungen gefolgt, hätten meine Eltern mir jegliche Unterstützung gestrichen.«

»Haben Sie Ihren Eltern das jemals verziehen?«

»Gott ... verzeihen ... was für eine Frage ...« Sie sah zur Decke, als könne sie dort die Antwort finden. »Wie soll man jemandem verzeihen, der einen in die Abhängigkeit zwingt? Nein, ich habe ihnen wohl nicht verziehen. Sie haben es stets gut gemeint, haben mich sehr verwöhnt, aber es war immer ihr Weg, nie meiner.«

»Aber irgendwann trennen sich doch mal die Wege von Eltern und Kindern.«

»Sollte man meinen. Aber Sie kannten meine Eltern nicht. Sie waren hundertzehnprozentig in ihrer Fürsorge. Ich war ihr einziges Kind, und dem sollte es so gut wie möglich gehen. Ich habe daraus gelernt und Steffen zu einem sehr selbstständigen und unabhängigen Menschen erzogen.«

Mit einem ausgeprägten Fürsorgetrieb seiner »hilflosen« Mutter gegenüber, fügte ich im Stillen hinzu.

»Damit Sie aber keinen falschen Eindruck bekommen, Anna, meine Eltern haben mir auch sehr viel Positives mitgegeben. Ich konnte mich immer auf sie verlassen. Sie haben mich nie im Stich gelassen. Wenn ich Hilfe brauchte, waren sie da.«

»Aber nur, wenn diese Hilfe nach ihren Vorstellungen verlief«, mutmaßte ich.

»Inzwischen kann ich das sogar manchmal verstehen«, gab sie zu. »Ich habe auch so meine Vorstellungen, was Steffens Leben betrifft.«

Nicht nur Vorstellungen, auch jede Menge Einfluss, dachte ich mit einer gehörigen Portion Groll, den ich jedoch wohlweislich für mich behielt. »Was für Vorstellungen hatten Sie denn für *Ihr* Leben?«

»Oh«, kam es einem Seufzer gleich. »Ich hatte so viele Pläne. Ich wollte Jura studieren und reisen, andere Länder kennen lernen, ich hätte liebend gerne meinen Pilotenschein gemacht … ach, ich könnte Ihnen stundenlang von all meinen zerplatzten Träumen erzählen. Und? Was brächte es? Ich wäre noch unglücklicher, als ich es ohnehin schon bin. Wenn Sie meinen Rat hören wollen, dann überlegen Sie sich gut, was Sie aus Ihrem Leben machen. Wenn Sie erst einmal ein Kind haben, sind Sie angebunden. Dann können Ihnen selbst Eltern, die Sie ungehindert hinaus in die Welt flattern lassen, nicht helfen. Es ist, als würde eine Tür hinter Ihnen zuschlagen, die sich nie wieder öffnet.«

»Empfinden Sie so Steffen gegenüber?«

»Uns Frauen wird doch dieses angebliche Mutterglück nur eingeredet. Natürlich kann Steffen nichts dafür. Er hat sich das ja nicht ausgesucht. Aber wie sein Vater, so hat auch er mich sehr stark eingeschränkt, vielleicht sogar noch mehr als sein Vater. Wenn ich allerdings sehe, wie dankbar der Junge ist, weiß ich, wofür ich auf alles verzichtet habe.« Das war noch die gemäßigte Version ihrer Sichtweise, wie ich bald darauf feststellen sollte.

Ich hatte die Stimme meiner Mutter im Ohr, hörte, wie sie aus voller Überzeugung sagte, sie erwarte von ihren Kindern keine Dankbarkeit. Aber meine Mutter war im Gegensatz zu Thea zufrieden gewesen, sie hatte nicht die Dankbarkeit ihrer Kinder gebraucht, um Leerräume damit zu füllen. »Gab es denn in den letzten zwanzig Jahren keinerlei Möglichkeiten für Sie, den einen oder anderen Ihrer Träume Wirklichkeit werden zu lassen? Es gibt doch inzwischen viele Frauen, die zur Uni gehen, wenn ihre Kinder aus dem Haus sind. Oder was ist mit dem Pilotenschein? Den hätten Sie auch später noch machen können.«

»Sie stellen sich das alles so einfach vor. Natürlich ist Steffen irgendwann von zu Hause ausgezogen, aber da hatte ich ja auch noch meinen Mann, der jeden Tag das Essen auf dem Tisch haben wollte. Der große Haushalt verlangte eine Menge Organisation, der Garten … ach«, seufzte sie, »ich kann Ihnen das gar nicht alles aufzählen. Es hing doch alles an mir. Wenn mein Mann mich nur ein bisschen unterstützt hätte, aber nein …« Sie sann ihren Worten nach, um gleich darauf fortzufahren. »Eine Freundin von mir hat es sich leicht gemacht, hat einfach allem und allen den Rücken gekehrt und sich selbst verwirklicht.« Ihre Worte hätten bitterer nicht klingen können. Und kaum neidischer. Genauso gut hätte sie sagen können: Wenn das Glück mir versagt blieb, dann soll es auch kein anderer haben.

»Und?«

»Was und?«, fragte sie irritiert.

»Ist sie heute glücklich?« Ich stellte die Frage, obwohl ich die Antwort bereits kannte.

»Natürlich! Wer wäre das nicht? Sitzt dick und fett in der Toskana und gibt Urlaubern Yoga-Kurse.« Ihre Mundwinkel zitterten merklich. Ich konnte sehen, dass es sie eine ungeheure Anstrengung kostete, sich zusammenzureißen.

»Und das tut Ihnen weh, nicht wahr?«, fragte ich behutsam. Das konnte ich sogar nachvollziehen. Wenn andere immer die Sahnestücke bekamen, war es schwer, sich selbst mit der Rührmischung zufrieden zu geben. Die Frage war nur, ob sie sich hatte zufrieden geben müssen.

»Ob mir das wehtut?« Nun verlor sie doch ihre Beherrschung und fing an zu schluchzen. »Können Sie sich überhaupt vorstellen, wie das ist, wenn man auf sein Leben zurückblickt und nichts als Verzicht, Aufopferung und Arbeit sieht?« Sie sah mich anklagend an, während sie ihre Papierserviette in kleine Stücke zerriss.

Mir war durchaus klar, wie weit die Vorstellung oft von der Realität entfernt ist. Trotzdem versuchte ich es. Was sich dabei vor mein inneres Auge schob, war alles andere als erstrebenswert. Wieder einmal saß sie wie ein Häufchen Elend vor mir, und doch wollte es mir nicht gelingen, ihr Mitgefühl entgegenbringen. Ich hätte sie in den Arm nehmen und trösten müssen, stattdessen verspürte ich den dringenden Wunsch, sie anzuschreien. Ihr Selbstmitleid ließ sich nur sehr schwer ertragen.

Wir unterhielten uns jetzt seit über einer Stunde, und ich war einer befriedigenden Antwort immer noch kein Stück näher gekommen. Was war in ihrem Leben so dramatisch verlaufen? Welches waren die unzähligen Enttäuschungen, von denen Steffen immer wieder sprach? Aus dem, was sie mir bisher preisgegeben hatte, ließ sich auf sehr viel selbst gewähltes Leid schließen. Sie hatte doch offensichtlich zu allem ja gesagt, von dem Selbstmord ihres Mannes einmal abgesehen. Sie hatte sich in alles gefügt, ohne nach außen hin aufzubegehren. Und auf eine ganz perfide Weise strafte sie ihre Mitmenschen dafür.

Ich ließ meiner Aggressivität freien Lauf. Zum Schämen angesichts dieser ungleichen Kräfteverteilung war auch später noch Zeit. Die Chance zu einem solchen Gespräch würde sich so schnell nicht wieder auftun. »Wenn Sie in dieser Weise zurückblicken und das sehen, was Sie mir eben aufgezählt haben, Frau Wolf, haben Sie da nicht etwas ganz Entscheidendes vergessen?« Obwohl ihr Schluchzen keinen Deut nachgelassen hatte, dachte ich nicht daran, die Schärfe aus meiner Stimme zu nehmen. Ich kam mir wie ein Schwein vor, konnte jedoch nicht von ihr ablassen.

»Was sollte das sein?«, fragte sie unglücklich.

»Ihren Sohn. Taucht der in dieser Rückschau ausschließlich als Arbeit und Verzicht auf?«, beharrte ich.

Sie schluckte und wischte sich mit beiden Händen übers Gesicht. »Ach, Anna, seien Sie doch nicht so naiv! Ich liebe meinen Sohn, ja ... Wenn er nicht gewesen wäre ...« Sie schluckte. »Ohne ihn hätte ich ein ganz anderes Leben führen können.«

»Was für eines?«

»Ein glückliches.« Ihr Blick glich dem eines trotzigen Kindes.

»Weiß Steffen von Ihrer Einstellung?«

»Natürlich! Er soll doch nicht die gleichen Fehler machen wie ich.«

Und mir warf sie Naivität vor. Mir wurde ganz kalt. »Was waren denn Ihre Fehler?«, fragte ich sie keine Spur wärmer.

»Mich für andere aufzuopfern.«

»Dann muss in der Kommunikation zwischen Ihnen und Ihrem Sohn einiges schief gelaufen sein.«

»Ich verstehe nicht?« Jetzt glich sie wieder der Auster, die ich inzwischen nur zu gut kannte.

»Sie wollen, dass er Ihre Fehler vermeidet, lassen es aber zu, dass er sich für Sie aufopfert.«

»Da müssen Sie etwas gründlich missverstanden haben, Anna«, entgegnete sie mit beachtlichem Hochmut. Sie hatte sich wieder im Griff.

»So?«

»Wer amüsiert sich denn gerade in Wiesbaden, während es der eigenen Mutter schlecht geht? Wer hat denn den Segelflugschein und deshalb an den Wochenenden so selten Zeit? Doch wohl mein Herr Sohn, wenn mich nicht alles täuscht. Wer musste denn ständig nach Hamburg fahren? Wem sind denn die Patienten wichtiger als alles andere?« Ihre Augen sprühten böse Funken. »Und Sie wollen mich glauben machen, Steffen würde sich aufopfern? Ich bin ihm so sehr mit schlechtem Beispiel vorangegangen, dass Sie sich um ihn nun wirklich keine Sorgen zu machen brauchen.« In ihrem Blick spiegelte sich eine Art Befriedigung. »Er hat einen ganz gesunden Egoismus.«

Mir kam es vor, als sprächen wir über zwei verschiedene Menschen. Egoismus hatte ich an Steffen bisher nicht erkennen können. Gesund musste allein sein Kern sein, dank dessen er die Einflüsterungen seiner Mutter überlebt hatte. Möglicherweise hatte auch sein Vater ein stabilisierendes Gegengewicht in die Waagschale geworfen. »Ich finde es durchaus angemessen, dass Ihr Sohn neben all seiner Arbeit einen Ausgleich hat«, sagte ich gepresst.

»Ach, hören Sie doch auf damit! Ich habe auch viel arbeiten müssen. Glauben Sie denn, uns sei es immer so gut gegangen? Sie sehen ein großzügiges Haus und schließen auf ein sonnenbeschienenes Leben. Aber uns sind keine gebratenen Tauben in den Mund geflogen. Mein Mann und ich haben hart dafür arbeiten müssen. Bei uns hat sich auch niemand um einen Ausgleich geschert.« Sie echauffierte sich immer mehr, so dass ich mich fragte, wohin das noch führen würde.

Ich sah sie gebannt an. Wie hatte ich mich nur so täuschen

können? Wenn Steffens Fürsorge überhand nahm, hatte ich einen Streit vom Zaun gebrochen – stets in der Annahme, dieses Verhalten ginge allein von ihm aus. Ich war nicht auf die Idee gekommen, dass Thea es einforderte. Langsam beschlich mich jedoch eine Ahnung von der Intensität ihrer Forderungen.

»Diese Wahrheit scheint Ihnen unangenehm zu sein, Kind, das tut mir Leid. Aber ist es nicht besser, man weiß, woran man ist?«

»Ohne Zweifel«, antwortete ich angewidert. »Inzwischen weiß ich auch besser, woran ich mit Ihnen bin, Frau Wolf.«

»Sie sagen das so böse.« Meine Worte schienen sie hart getroffen zu haben. »Sie haben mich um Offenheit gebeten«, verteidigte sie sich, »und ich bin Ihrem Wunsch nachgekommen. Jetzt lecken Sie sich die Wunden und machen mich dafür verantwortlich. Aber man muss sich den Geistern, die man ruft, auch stellen. Sonst sollte man es lieber lassen.«

»Ich stelle mich diesen *Geistern*, das heißt jedoch noch lange nicht, dass ich ihnen auch Verständnis oder Sympathie entgegenbringen muss.«

Die Putenbrust war mittlerweile kalt, und der Salat hatte schlappgemacht. Aber mir war der Appetit ohnehin vergangen.

»Sie urteilen sehr hart«, sagte sie zutiefst verletzt. »Abgesehen davon tun Sie etwas Unverzeihliches, Sie geben mir die Schuld an meinem Unglück.«

»Ich …«

»Nein«, unterbrach sie mich vehement, »ich glaube, ich habe Sie ganz gut verstanden. Ich bin zwar in einer misslichen Lage, die meinen Lebensraum massiv eingeschränkt hat, aber ich bin nicht beschränkt.« Ihre vor Aufregung geröteten Wangen bildeten einen starken Kontrast zu ihrer ansonsten fahlen Gesichtsfarbe.

»Wenn ich Sie gekränkt habe, dann …«, setzte ich halbherzig an.

»Mir zu unterstellen, ich sei für all mein Leid selbst verantwortlich, ist schon mehr als eine Kränkung.«

»Ich habe Ihnen nichts unterstellt, ich habe Ihnen lediglich ein paar Fragen gestellt«, gab ich ihr meine Sicht der Dinge wieder. Zu sagen, es täte mir Leid, brachte ich einfach nicht über meine Lippen.

Sie setzte sich kerzengerade hin und fixierte mich. »Es gibt Fragen und Fragen. Ihre beinhalten die Unterstellungen bereits. Ich wünsche Ihnen, dass Ihnen nie so viel Leid widerfährt wie mir.«

»Ich habe keineswegs das Gefühl, dass ich bisher ganz ungeschoren davongekommen bin.« Unser Gespräch war inzwischen an einem Punkt angekommen, an dem es mir nicht angeraten schien, dieses Thema zu vertiefen, deshalb verzichtete ich auf weitere Erklärungen.

»Hochmut kommt vor dem Fall – hat Ihnen das schon einmal jemand gesagt, Anna?«

Ich schüttelte den Kopf, was sie jedoch gänzlich missverstand.

»Dann tue ich es hiermit. Und jetzt bin ich müde, ich denke, es ist nicht zu viel verlangt, wenn ich Ihnen heute Abend die Küche überlasse.« Damit stand sie auf und verließ ohne ein weiteres Wort das Zimmer.

Wie erschlagen saß ich da und starrte ihr hinterher. Ich weiß nicht, was ich erwartet hatte, als ich mir vorgenommen hatte, ihren *Enttäuschungen* und *ihrem verpfuschten Leben* auf den Grund zu gehen. Es gab so viele mögliche Gründe, dass ich mir keinen einzigen genauer vorgestellt hatte. Was Thea mir als Ursache für ihr tief empfundenes Unglück genannt hatte, konnte ich nicht nachvollziehen. Bei all ihren Erzählungen war mir sofort ein Aber in den Sinn gekommen. Und dieses Aber führte schnurstracks zu ihr selbst und ihrem Anteil an den Entwicklungen in ihrem Leben – den Selbstmord ihres Mannes und den Hausbrand natürlich ausgenommen.

Je intensiver ich über unsere Unterhaltung nachdachte, desto deutlicher zeichnete sich vor meinem inneren Auge das Bild einer Frau ab, die Zeit ihres Lebens durch ein winziges Wort von ihrem Glück getrennt war. Dieses Wort hieß: *wenn. Wenn mein Mann nicht gewesen wäre, dann hätte ich glücklich sein können. Wäre ich kinderlos geblieben, hätten sich meine Träume erfüllt. Wenn mich nur jemand unterstützt hätte, hätte ich nach meiner eigenen Façon leben können.* Wenn, wenn, wenn …

Dieses Gespräch ließ mich nicht los. Noch während ich den Tisch abräumte, kreisten meine Gedanken unaufhörlich um das mir unerklärliche Phänomen, das eine erwachsene Frau zum Spielball ihrer Umwelt werden ließ. Wahrscheinlich würde sie mir entgegenhalten, dass ich keine Vorstellung von der damaligen Zeit hätte. Aber auch damals hatten sich Kinder von ihrem Elternhaus freigeschwommen und waren eigene Wege gegangen. Auch damals wurden Ehen geschieden und der Nachwuchs in unterstützende Hände gegeben. Mir kam ein Sprichwort in den Sinn: Wo ein Wille ist, ist auch ein Weg. Was aber war mit Theas Willen geschehen? Bisher hatte ich eher den Eindruck gewonnen, dass sie ihn ganz gut durchzusetzen vermochte. Zwar konnte man über die Art und Weise durchaus unterschiedlicher Meinung sein. Im Ergebnis jedoch war sie alles andere als hilflos. Warum fühlte sie sich dann so?

Vielleicht konnte ich ihre Haltung deshalb nur schwer nachvollziehen, weil sie mir selbst so fern lag. Das einzige Mal, dass ich mich einer Situation wirklich ausgeliefert gefühlt hatte, war, als meine Eltern starben. Es war jedoch nicht ihr Tod gewesen, dem gegenüber ich mich so hilflos gefühlt hatte, sondern dessen grauenvolle Umstände.

Hatte sie mir möglicherweise nur einen Teil der Wahrheit gesagt? Hatten ihre Eltern sie in die Hände eines Mannes gegeben, dessen Weste nur nach außen hin weiß war? Gehörte sie zu jenen unterdrückten Ehefrauen, die, wenn sie Glück hatten, irgendwann den Weg in ein Frauenhaus fanden? War es das, was sie verschwieg? Schuf sie deshalb eventuell ein Konstrukt, das von der Wahrheit ablenkte, von einer Wahrheit, für die sie sich schämte? War auch das der Grund, warum Steffen so selten über seinen Vater sprach? Dann kamen mir jedoch wieder seine Worte in den Sinn, mit denen er mir seinen Vater beschrieben hatte: feinfühlig, ernsthaft und bedacht. Allerdings sind mit diesen Worten auch schon die übelsten Naziverbrecher von ihren Familien charakterisiert worden, überlegte ich skeptisch, um gleich darauf zu dem Ergebnis zu gelangen, dass ich so nicht weiterkam. Zu viele Fragen waren unbeantwortet geblieben. Ich musste versuchen, die Antworten aus Steffen herauszulocken.

In dieser Nacht schlief ich unruhig. Am nächsten Morgen fühlte ich mich, als hätte ich einen schweren Kater. Ich blieb noch eine ganze Weile im Bett, bevor ich duschte und schließlich nach unten ging. Es war bereits elf Uhr, aber Theas Tür war immer noch geschlossen. Oder schon wieder? Ich sah in der Küche nach, konnte jedoch nirgends Spuren eines einsamen Frühstücks entdecken. So klopfte ich an ihre Tür, um nach ihr zu sehen.

»Herein«, hörte ich ganz leise ihre Stimme.

»Guten Morgen, Frau Wolf«, sagte ich um Freundlichkeit bemüht.

Sie lag immer noch im Bett, was ungewöhnlich für sie war, da ich sie in den vergangenen Wochen als Frühaufsteherin erlebt hatte. Sie erwiderte matt meinen Gruß.

»Ich wollte Sie nicht stören, aber ...« Gerade hatte ich sagen wollen, dass ich mir ihretwegen Sorgen gemacht hatte, aber ich verkniff es mir. Nur nicht in dieses Fahrwasser geraten! Es reichte schon, wenn Steffen darin verkehrte. So ließ ich den Rest des Satzes offen.

»Mir geht es gar nicht gut heute Morgen ...«

Auf diesen Satz hätte ich eigentlich gefasst sein sollen. Er überraschte mich auch nicht, aber er schürte meine Aggressivität aufs Neue. Nur raus hier, dachte ich.

»... vielleicht sollten wir Steffen anrufen und bitten, dass er früher zurückkommt.«

Ich atmete gegen die bösen Worte an, die mir auf der Zunge lagen. »Das schaffen wir beide doch auch alleine, oder?«

»Wie wollen Sie mir denn helfen, Kind? Sie verstehen doch gar nichts von der Medizin.«

Aber von schwierigen Gästen und ebensolchen Hausbewohnern, von absolut ungerechtfertigten Ansprüchen und überspannten Forderungen! »Wenn es gar nicht anders geht, rufen wir den Notarzt, Frau Wolf. Und wenn Sie Glück haben, hat dann auch noch der von gestern Dienst. Der kennt Sie ja schon ein wenig.« Ich sah sie möglichst ernst an und versuchte, den Sarkasmus, den ich in mir aufkeimen spürte, aus meiner Stimme herauszuhalten.

»Das war kein guter Arzt«, entgegnete sie empört und plötzlich gar nicht mehr so schwach. »Er hat meine Beschwerden nicht ernst genommen.«

Dann war er zumindest ein guter Menschenkenner. »Welche Beschwerden haben Sie denn heute?« Fast verabscheute ich mich schon für meine vorgetäuschte Freundlichkeit. Ich wusste jedoch, dass es in dieser Situation für mich keinen Mittelweg gab. Die Alternative wäre gewesen, sie meinen Abscheu spüren zu lassen. Und dann? In welcher Weise sollten wir drei die nächsten Monate durchstehen? Mir war klar, dass Steffen sie nicht meinetwegen vor die Tür setzen würde. Und seinetwegen würde er es schon gar nicht tun. Was blieb mir also? Zähne zusammenbeißen und durch. Eine andere Möglichkeit sah ich in diesem Augenblick nicht.

»Entsetzliche Kopfschmerzen habe ich«, antwortete sie und holte mich damit zu meiner Frage zurück.

»Dann versuchen wir es doch erst einmal mit kühlen Kompressen, Pfefferminzöl und einem starken Kaffee. Mit Hausmitteln kenne ich mich ganz gut aus.«

Bevor sie widersprechen konnte, ging ich in die Küche, setzte die Kaffeemaschine in Gang, legte ein nasses Händehandtuch ins Eisfach und holte aus meiner Handtasche das Pfefferminzöl. Zehn Minuten später ließ ich mich auf ihrer Bettkante nieder, um ihr alle nur mögliche Aufmerksamkeit zukommen zu lassen. Wohl fühlte ich mich dabei nicht, im Gegensatz zu ihr, die sich zunehmend entspannte. Bis Steffen zurückkam, würde ich sie aufgepäppelt haben.

»So«, sagte ich aufmunternd, »Sie bleiben jetzt noch so lange liegen, bis ich das Frühstück fertig habe, und dann werden wir uns hinaus in den Garten setzen. Heute ist so ein herrlicher Frühlingstag. Den wollen Sie sich doch nicht entgehen lassen, oder?«

Während sie mir mit der Kompresse auf der Stirn zulächelte, überlegte ich ernsthaft, ob ich zur Schauspielerei wechseln sollte. Ganz kurz streiften meine Gedanken die Möglichkeit, dass mir dieses Verhalten zur zweiten Natur würde, bis sie unser Haus endlich wieder verließ. Dagegen sprach jedoch zum Glück meine Vorliebe für ein offenes Wort, die ich einer Thea Wolf ganz bestimmt nicht auf Dauer opfern würde.

Als wir uns schließlich am Gartentisch gegenübersaßen, argwöhnte ich, ob auch sie mir etwas vorspielte. Hatte sie noch vor einer Stunde die Schwäche an sich verkörpert, so genoss sie nun augenscheinlich die warmen Sonnenstrahlen auf ihrem Gesicht. Blieb nur die Frage, welche Szene gestellt war.

»Das sieht ja gemütlich aus«, hörte ich plötzlich Steffens Stimme hinter mir. Er kam mit einem freudigen Gesichtsausdruck auf uns zu.

»Du bist schon zurück?«, fragte ich überrascht.

»Ich habe einfach die beiden letzten Vorträge ausfallen lassen. Die waren sowieso nicht so interessant für mich.« Er gab erst mir und dann seiner Mutter einen Kuss. Der eine landete mitten auf meinem Mund, der andere auf ihrer Wange. »Außerdem wollte ich mich um dich kümmern, aber so, wie es aussieht, geht es dir schon wieder besser.«

Ich warf Thea einen warnenden Blick zu. Sie sollte jetzt bloß nichts Falsches sagen.

Offensichtlich hatte sie mich augenblicklich verstanden. »Ein wenig Ruhe wirkt oft Wunder«, sagte sie im Brustton der Überzeugung und zwinkerte mir verständnisinnig zu.

So hatte ich nun doch genau das getan, was ich hatte vermeiden wollen: Ich hatte mich mit ihr verbündet. Bei diesem Gedanken wurde mir ganz elend zu Mute. So nahm ich Theas Stichwort auf, behauptete, noch ein wenig mehr Ruhe zu brauchen, und floh nach oben.

Ich sehnte mich danach, jemandem mein Herz auszuschütten. Und nicht nur das: Ich sehnte mich nach einem Rat, denn langsam setzte mir die Situation mit Thea so sehr zu, dass ich nicht mehr gerne nach Hause kam. Ich musste dringend etwas ändern. Nur was? Meine Gedanken drehten sich im Kreis. Wo immer ich einen Lösungsansatz zu sehen glaubte, entdeckte ich gleichzeitig ein unüberwindliches Hindernis, das dieser Lösung im Wege stand. Da ich so nicht weiterkam, tat ich das, was ich in den letzten Wochen vernachlässigt hatte: Ich schrieb Ralph.

Erst wusste ich gar nicht, wo ich anfangen sollte, um ihm meine verfahrene Situation zu beschreiben. Doch dann verließ ich mich auf sein Geschick, die Dinge in einen Zusammenhang zu setzen, und schrieb einfach los. Ich hatte gerade erst sechs Seiten voll geschrieben, als Steffen ins Zimmer kam. Zum Glück saß ich mit dem Rücken zur Tür, so dass er nicht sehen konnte, wie ich ein weißes Blatt Papier über die beschriebenen Seiten deckte. Er trat neben mich an den Schreibtisch.

»Ich dachte, du wolltest dich hinlegen.«

»Eigentlich wollte ich nur ein bisschen Ruhe haben.«

»Wenn das ein Wink mit dem Zaunpfahl ist, dann gehe ich wieder«, sagte er mit unüberhörbarer Enttäuschung in der Stimme.

»Nein … bleib.«

Mit sanftem Druck massierte er meinen Nacken. »Was schreibst du da?«

»Einen Brief … an Ralph.«

»Es muss schön sein, einen großen Bruder zu haben«, meinte er gedankenverloren. »Was hätte ich darum gegeben …«

Ich legte meine Hände auf seine, die jetzt auf meinen Schultern ruhten. »Das kann ich gut verstehen«, sagte ich leise.

Plötzlich ging eine Bewegung durch seinen Körper, als sammle er alle Energie. »Richte deinem Bruder einen Gruß von mir aus.« Steffen wandte sich zum Gehen.

»Bleib doch noch«, bat ich ihn. Die kostbaren Momente der Nähe zwischen uns waren so selten geworden. Wider besseres Wissen wollte ich diesen festhalten und konnte es doch nicht.

»Wir reden nachher weiter«, vertröstete er mich im Hinausgehen.

Zwei Minuten später starrte ich immer noch die Tür an, die er hinter sich geschlossen hatte, bis ich mich wieder meinem Brief zuwandte. Es sollten noch sieben weitere Seiten folgen, bis ich Ralph die Frage stellte, was er an meiner Stelle tun würde.

11

In den nächsten Tagen verhielten Thea und ich uns wie zwei Menschen, die sich zu nahe gekommen sind und versuchen, wieder einen gewissen Abstand zueinander zu finden. In scheinbar stillem Einverständnis begegneten wir uns höflich und distanziert. Steffen schien von alldem nichts zu merken, was mich sehr erleichterte. Mir war bewusst, dass ich zunehmend versuchte, ihn vor seiner Mutter und ihrer maßlosen Vereinnahmung zu beschützen. Gleichzeitig war ich mir sicher, dass das auf Dauer nicht funktionieren konnte. Ganz davon abgesehen hielt ich es für keine gesunde Entwicklung. Irgendwann war es an Steffen, ihr die notwendigen Grenzen aufzuzeigen. An manchen Tagen bezweifelte ich jedoch, dass er dazu jemals fähig sein würde. Dann kam es mir so vor, als seien es einzig und allein seine Haare, die zur Widerspenstigkeit neigten.

Als wir am darauf folgenden Sonntag endlich einmal wieder allein zu Hause waren, versuchte ich, mit Steffen über seine Mutter zu sprechen. Wir hatten im Garten eine Decke ausgebreitet und uns darauf ausgestreckt. In den gedämpften Straßenlärm mischte sich das Summen der Hummeln. Der Duft des Flieders war betörend. Ich sog ihn tief ein.

»Was hat deine Mutter eigentlich so verbittert?«, fragte ich nach einer Weile.

»Die widrigen Umstände ihres Lebens«, antwortete er, ohne auch nur einen Augenblick darüber nachdenken zu müssen.

»Du meinst, ihre Rolle als Ehefrau, Mutter, Hausfrau und Gärtnerin?«

»Ich meine die widrigen Umstände, mit denen sie in dieser Rolle konfrontiert war«, korrigierte er mich.

»Hm.« Angestrengt dachte ich nach. »Und da war sonst nichts?«

»Worauf willst du hinaus?«

»Unterdrückung, Misshandlung, so etwas in der Art.«

Steffens Lachen kam ganz spontan. »Durch wen meinst du, durch meinen Vater oder durch mich?«

»Dass du keiner Fliege etwas zu Leide tun kannst, ist mir klar.«

»Mein Vater hätte nicht einmal einen Floh umgebracht.«

»Aber seinem eigenen Leben hat er ein Ende gesetzt«, gab ich leise zu bedenken.

»Ja«, erwiderte er ebenso leise. Das Spiel seiner Wangenmuskeln war unmissverständlich: Er hatte nicht vor, dieses Thema zu vertiefen.

»Deine Mutter hat mir gestern ein wenig aus ihrem Leben erzählt«, kam ich zum Ausgangspunkt zurück. »Für mich klang das alles gar nicht so dramatisch. Davon nehme ich natürlich den Tod deines Vaters aus.« Obwohl Thea ihn selbst gar nicht so sehr in den Mittelpunkt ihres Leids gerückt hatte.

»Was ist in deinen Augen dramatisch?« Seine Stimme hatte wieder jenen angespannten Unterton angenommen, den er speziell für die Gespräche über seine Mutter reserviert zu haben schien.

»Einem anderen Menschen oder einer Situation hilflos ausgeliefert zu sein, misshandelt und unterdrückt zu werden – das finde ich dramatisch. Einen Menschen zu verlieren, den man liebt – von einem Kind ganz zu schweigen. Aber kaum etwas in der Art scheint deiner Mutter widerfahren zu sein.«

»Bist du schon einmal auf die Idee gekommen, Anna, dass es Menschen gibt, die alles sehr schwer nehmen?«

»Natürlich, ich gehe weder blind noch taub durch die Welt.«

»Was soll dann diese Diskussion?«

»Steffen, irgendwann wirst du dich ihr einmal stellen müssen, und zwar nicht nur für eine halbe Stunde.« Als der Satz in meinen eigenen Ohren nachklang, fiel mir auf, dass mit *ihr* genauso gut Thea gemeint sein könnte.

»Und wozu soll das gut sein?«, fragte er müde.

»Um die Verhältnisse zu klären.«

»Unseres?«

»Auch.«

»Ich werde dir nicht wieder wehtun, Steffen, versprochen. Warst das nicht du, die diesen Satz gesagt hat?« Er klang traurig, so, als sei bereits etwas entschieden, worüber wir noch nicht einmal geredet hatten. »Und warst nicht auch du es, die mir versichert hat, es sei alles gut?«

»Beides war zu einem Zeitpunkt, als ich noch gar nicht absehen konnte, in was ich da hineingeraten würde.« Ich wusste: Wie auch immer ich diesen Satz ausdrückte, er würde ihm wehtun. Trotzdem musste ich ihn sagen.

»Du bist in eine ganz normale Familie *hineingeraten.*«

»Nein, Steffen, und das weißt du auch. Mach bitte weder dir noch mir etwas vor. Mir ist nicht ganz klar, was für eine Familie das ist, aber normal ist sie sicher nicht.«

»Was ist denn schon normal?«, fragte er mich am Rande der Verzweiflung. In seinen Augenwinkeln konnte ich Tränen erkennen. »Ist deine Familie denn normal?«

»Ich empfinde sie so, ja.«

»Worin äußert sich denn dieses Normalsein? Hast du mir nicht selbst erzählt, dass deine Eltern ganz andere Vorstellungen von deinem Berufsweg hatten? Dass ihr häufig Auseinandersetzungen hattet, dass deine Mutter dich mit ihrer Uneitelkeit auf die Palme gebracht hat?«

»Alles, was du da anführst, stimmt. Der Unterschied ist nur, dass sie nie versucht haben, mich zu manipulieren. Sie haben mich nie unter Druck gesetzt. Und wie du ganz richtig sagst, bei uns gab es häufig Auseinandersetzungen. Wann hast du dich zuletzt mit deiner Mutter auseinander gesetzt?«

»Anna, du weißt selbst, wie angeschlagen sie ist. Sie würde eine Auseinandersetzung gar nicht durchstehen.«

Da hatte ich sie aber von einer ganz anderen Seite erlebt. »Wann hast du es zuletzt versucht?«

Er wich meinem Blick aus und schwieg.

»Hat sie dir bei diesen Gelegenheiten auch ständig das Wort im Mund herumgedreht? Hast du es deshalb aufgegeben?«

»Ich mag es nicht, wie du über meine Mutter redest.«

»Weil ich die Dinge beim Namen nenne?«

»Soll ich dir sagen, wie es klingt, wenn ich die Dinge beim Namen nenne?« Er war aufgesprungen und lief unruhig vor mir auf und ab. »Du fühlst dich durch sie in deiner Ruhe gestört!«

»Steffen, da verwechselt du etwas«, entgegnete ich in möglichst neutralem Ton. »Du bist derjenige von uns beiden, der ein ausgeprägtes Ruhebedürfnis hat. Von mir aus könnten hier drei Leute herumspringen – wenn sie denn springen und nicht ständig ein imaginäres Leid beklagen. Mit Realitäten kann ich umgehen.«

»Was meine Mutter empfindet, ist Realität. Warum sagst du nicht einfach, dass du sie nicht magst?« Er hatte sich vor mir aufgebaut und fixierte mich aufgebracht.

»Das trifft es nur zur Hälfte«, bekannte ich ehrlich. »Manchmal mag ich sie und manchmal nicht.«

»So etwas nennt man wankelmütig. Aber mit mir machst du es ja nicht anders.«

»Steffen«, sagte ich warnend. Er beschritt einen gefährlichen Grat. »Ich kann einfach nicht glauben, dass du sie so verklärt siehst, wie du vorgibst.« In mir brodelte es vor Wut, trotzdem bemühte ich mich darum, sie nicht herauszulassen. Das würde mich höchstens vorübergehend erleichtern, unserem Konflikt jedoch in keiner Weise dienen.

»Sie ist meine Mutter.«

»Mütter sind keine heiligen Kühe, es ist durchaus erlaubt, die Richtigkeit ihres Verhaltens hin und wieder in Zweifel zu ziehen.«

»Was willst du? Einen Gleichstand? Soll ich meine Mutter verlieren, nur weil du deine Eltern verloren hast?«

Ich sah ihn sprachlos an, bis ich mich endlich berappelt hatte. »Einmal abgesehen von dem, was du mir da gerade an den Kopf geworfen hast – verlierst du deine Mutter schon durch ein paar unbequeme Fragen? Bisher habe ich angenommen, das Band zwischen Mutter und Kind sei ein wenig belastbarer.« Wenn ich Thea zuhörte, kam mir dieses Band allerdings eher wie eine Fessel vor.

»Du weißt ganz genau, wie ich das meine! Glaubst du denn, ihre Herzbeschwerden kämen von ungefähr?«

»Wenn du mich fragst, dann hat sie sie bedarfsweise.«

»Du weißt nicht, was du sagst«, schnaubte er verletzt. »Reicht es nicht, dass du meine Kompetenz als Sohn anzweifelst, musst du mich jetzt auch noch als Arzt in Frage stellen?« Sein gequälter Blick war kaum zu ertragen.

»Steffen, willst du mich nicht verstehen? Einen besseren Sohn als dich kann ich mir nicht vorstellen, und als Arzt können dir meiner Meinung nach auch nur wenige das Wasser reichen.«

»Worüber reden wir dann hier?« Er ließ sich erschöpft wieder auf der Decke nieder, wahrte jedoch ausreichenden Abstand zu mir.

»Darüber, dass deine Mutter all das nicht sieht, dass es nie genug sein wird, was du für sie tust, und dass sie dich nach Strich und Faden manipuliert.«

»Warum sollte sie das tun?«

Zum ersten Mal hatte ich das Gefühl, Steffen erreicht zu haben. Seine Frage war nicht rhetorisch gewesen, er suchte tatsächlich nach einer Antwort. »Das weiß ich leider auch nicht«, gab ich ehrlich zu. »Ich sehe nur, was sie macht, ich begreife jedoch nicht, warum. Aber wenn sie so weitermacht, dann ...«

»Nicht, Anna«, sagte er mit einem unverkennbaren Flehen in der Stimme. Er rückte näher zu mir und verschloss meinen Mund mit seinem.

Was ich auf meinen Lippen spürte, hatte weder etwas mit Erotik noch mit Liebe zu tun, es waren pure Verzweiflung und Angst. Wie untrüglich mein Gefühl war, wurde mir klar, als ich seine Tränen über mein Gesicht laufen spürte. Mir wurde das Herz schwer. »Ist gut, Steffen«, flüsterte ich, »ich höre schon auf.« Ich umarmte ihn und hielt ihn ganz fest. So ineinander verschlungen lagen wir eine kleine Ewigkeit, bis er sich wieder beruhigt hatte und aufstand.

»Verstehe das bitte nicht falsch, Anna, aber ich glaube, ich muss einen Moment allein sein.«

»Soll ich ...?«

»Nein! Bleib du nur hier, ich fahre raus zum Segelfliegen. Du weißt schon ...«, schickte er mit einem entschuldigenden Lächeln hinterher.

Ich wusste. »Da oben fällt alles von dir ab«, wiederholte ich die Worte, mit denen er mir einmal seine Leidenschaft für diesen Sport erklärt hatte. Wie gut, dachte ich voller Erleichterung, dass es einen Ort gibt, an dem selbst Thea von ihm abfällt. Oder war etwa ich es, vor der er die Flucht ergriff?

Ich wartete, bis Steffen fort war, und verließ dann ebenfalls das Haus. Die einzige Person, auf die ich jetzt überhaupt keine Lust verspürte, war Thea, die sicher bald von einem ihrer ermüdenden Ausflüge zurückkehren würde. Als ich darüber nachdachte, wem ich einen Überraschungsbesuch abstatten könnte, wurde mir einmal mehr bewusst, wie wenige Bekanntschaften ich erst in Düsseldorf geschlossen hatte. Da Pia übers Wochenende verreist war und ich kein Bedürfnis nach größeren Menschenansammlungen hatte, machte ich mich zum zweiten Mal Richtung Aaper Wald auf.

An diesem Tag war der Parkplatz nahezu überfüllt. Erst nach langem Suchen fand ich eine kleine Lücke für mein Auto. Mit einem solchen Ansturm von Sonntagsspaziergängern hatte ich nicht gerechnet. Als ich die Stelle passierte, wo ich auf Rupert Wellensiek getroffen war, spähte ich kurz hinüber zu dem gewaltigen Baum, konnte jedoch niemanden entdecken. Schade, dachte ich in einem Anflug von Enttäuschung, ich hätte mich gerne mit ihm unterhalten.

Das Gespräch mit Steffen ging mir nicht aus dem Kopf. Anstatt die Sonnenstrahlen zu bewundern, die durch die Blätter fielen, so wie es meine Mutter getan hätte, verfolgten mich die bösen Worte, die zwischen uns gefallen waren. Ich verfluchte Thea, die so viel Gift in unser Haus getragen hatte und nicht den Eindruck erweckte, als würde sie von heute auf morgen damit aufhören. Sollte ich jedoch auch nur im Entferntesten andeuten, dass sie der Grund für unsere Streitereien war, würde sie dies weit von sich weisen und mir mit leidender Stimme einen Vortrag darüber halten, was man ihr ungerechtfertigterweise alles anlastete. In Theas Welt waren stets die anderen schuld.

Eine Dreiviertelstunde später hatte ich fast meinen Ausgangspunkt erreicht und hätte nicht sagen können, wer oder was mir unterwegs begegnet war. Meine Grübelei hatte mich aus dem Hier und Jetzt entführt. Mehr als unzufrieden lief ich an einem großen Feld entlang, das von der Rennbahn nur durch eine breite Allee getrennt war. Da mich noch nichts nach Hause zog, steuerte ich die nächste Bank an, auf der neben einer alten Dame mit rosa Strohhut noch Platz war. Ich setzte mich ans andere Ende, schloss die Augen und hielt mein Gesicht in die Sonne.

»Haben Sie noch einmal etwas vom Professor gehört?«, kam eine leise Stimme unter dem Hut hervor.

Ich erkannte sie auf Anhieb und stöhnte innerlich auf. In diesem riesigen Areal hatte ich mich ausgerechnet neben Therese Behrendt setzen müssen. Dieser Sonntag meinte es eindeutig nicht gut mit mir. Ich wandte mich ihr mit einem freundlichen Lächeln zu, meine Begrüßung blieb mir jedoch im Hals stecken. Die *englische Rose* hatte aufgehört zu blühen, sie sah aus, als sei sie über Nacht verwelkt. Das einzig Rosige an ihr war ihr Hut.

»Was ist geschehen, Frau Behrendt?«, fragte ich erschrocken. Sie hatte tiefe Schatten unter den Augen, ihre Wangen waren eingefallen, und sie hatte sichtlich an Gewicht verloren. »Sind Sie krank?«

»Nein«, wehrte sie ab, »ich bin nicht krank.«

»Aber als wir uns das letzte Mal gesehen haben …«

»Haben Sie etwas vom Professor gehört?«, unterbrach sie mich.

»Nein. Die Sache ist ja so weit erledigt.«

»Ja, natürlich«, erwiderte sie traurig.

»Sehen Sie ihn denn nicht hin und wieder im Treppenhaus?«

»Er lebt sehr zurückgezogen, müssen Sie wissen«, klärte sie mich auf. »Für Besorgungen und den Haushalt beschäftigt er eine Zugehfrau. Ich glaube, ansonsten liest er nur.« Sie bot ein Bild des Jammers.

»Frau Behrendt«, begann ich behutsam, »darf ich Sie etwas fragen?«

»Wenn ich die Antwort weiß ...«

»Haben Sie keine andere Möglichkeit gefunden, mit ihm in Kontakt zu treten?«

»Wie meinen Sie das?« Sie mochte zwar traurig sein, ihrer Wachsamkeit hatte das jedoch keinen Abbruch tun können.

»Ich hatte gehofft, Ihnen würde schon etwas einfallen, um sich dem Professor auf andere Weise zu nähern.«

»Ich verstehe nicht, Frau Laudien!«

»Doch, Frau Behrendt, Sie verstehen mich. Wollen wir dieses Versteckspiel nicht lassen?«

»Entschuldigen Sie, aber ich habe noch etwas vor.« Sie erhob sich, nickte mir kurz zu und wandte sich zum Gehen.

»Warten Sie bitte, Frau Behrendt.« Ich lief hinter ihr her. »Darf ich Sie nach Hause fahren?«

»Nein, bemühen Sie sich nicht. Es sind nur ein paar Schritte.« Diese paar Schritte tat sie allerdings in einem Tempo, das mich glauben machte, sie liefe vor mir davon.

Erst Steffen und nun auch sie? Ich blieb stehen, um sie nicht noch mehr zu hetzen, und kehrte schließlich zu der Bank zurück. Es dauerte nicht lange, bis sie aus meinem Blickfeld verschwunden war und mich meinen Gedanken überließ. Ich hatte sie für besonders einfallsreich gehalten, worin ich mich auch sicher nicht getäuscht hatte. Ihre Art von Anregungen setzte nun einmal einen gewissen Ideenreichtum voraus. Aber eines hatte ich offensichtlich völlig unterschätzt: ihre Schüchternheit dem Professor gegenüber. Dabei hätte ich ohne weiteres selbst darauf kommen können. Wer veranstaltete schon ein ganzes Jahr lang solch ein Theater, ohne endlich einmal einen Schritt weiterzugehen? Doch nur jemand, der händeringend auf die Initiative des anderen wartet. Wie hatte ich nur so blind sein können?

Da half nur eines, entschied ich, lief schnellen Schrittes zu meinem Auto und fuhr zu Therese Behrendt.

»Was ist denn noch, Frau Laudien?«, fragte sie auf mein Klingeln hin abweisend über die Sprechanlage.

»Ich bin Ihnen noch eine Erklärung schuldig.«

»Sie sind mir nichts schuldig«, protestierte sie.

»Frau Behrendt«, bekniete ich sie, »wenn Sie Ihre Wohnung weiterhin wie Fort Knox verteidigen, wie soll sich der Professor Ihnen dann jemals nähern können? Diesen vergeistigten Menschen mangelt es doch ganz entschieden an der dazu erforderlichen Bulldozermentalität.«

»Nicht so laut, Frau Laudien, es kann Sie doch jeder hören!«

»Dann öffnen Sie die Tür.«

Anstatt einer Antwort ertönte ein Summen.

»Na endlich!«, murmelte ich vor mich hin und hastete die Treppen hinauf.

Der Blick, mit dem sie mich an ihrer Wohnungstür empfing, war noch abweisender als ihr Tonfall. »Ich weiß zwar nicht …«

»Das erkläre ich Ihnen alles drinnen.« Ich schob sie vor mir her ins Wohnzimmer und setzte mich ihr gegenüber. Bei ihrem Anblick potenzierte sich mein schlechtes Gewissen ins Unermessliche. »Eigentlich sollten Sie es nie erfahren«, begann ich, mich innerlich vor Scham windend, »aber nachdem ich gesehen habe, wie sehr Sie leiden, finde ich es angebracht, Ihnen reinen Wein einzuschenken.«

Ihre Mimik wechselte von Abwehr zu zaghaftem Interesse.

Ich nahm all meinen Mut zusammen. »Irgendwie war mir von Anfang an klar, dass hinter Ihren Briefen etwas anderes stecken musste als der Wunsch, Ihre Anregungen in die

Tat umgesetzt zu wissen. Kurzum: Ich habe Ihre Akte sehr gründlich studiert und bin dabei zu dem Schluss gekommen, dass die Eigentümerversammlungen Ihre Art von Umweg waren, um sich dem Professor zu nähern.«

Sie starrte mich stumm an.

Bei ihrem anklagenden Blick stieg mir die Schamesröte ins Gesicht. »Als Sie immer neue Briefe schickten, habe ich mir überlegt, wie ich diese Eigentümerversammlungen für Sie uninteressant machen könnte.«

»Uninteressant ...« Sie sagte es in einem Tonfall, als habe ich sie geschlagen.

»Ja ... verstehen Sie mich bitte nicht falsch, Frau Behrendt, aber ...«

»Ich glaube, ich verstehe ganz gut.« Mit größerem Abscheu war mir noch nie jemand begegnet. »Sie haben nie mit dem Professor gesprochen, habe ich Recht?«

»Ja.«

»Und er wollte auch nicht ausziehen?«

»Nein, wollte er nicht.«

»Gehen Sie!«

»Frau Behrendt, bitte ...«

»Sie kennen den Weg hinaus.« Sie wandte ihren Blick von mir ab.

Wie ein geprügelter Hund verließ ich ihre Wohnung, wohl wissend, dass ich diese Prügel verdient hatte. Ich war selbst schuld, dass es so gekommen war. Mit hängenden Schultern und tief in Gedanken ging ich die Treppe hinunter. Und wenn ich doch noch einmal zurückging, um mit ihr zu reden? Würde sie mir überhaupt die Tür öffnen? Mitten auf der Treppe blieb ich stehen, nur um gleich darauf kopfschüttelnd meinen Weg fortzusetzen. Es war sinnlos, sie würde mir nicht öffnen. An diesem Tag hatte die *englische Rose* zweifellos genug von mir. Und wer wollte ihr das verübeln?

Ich war kaum zu diesem wenig befriedigenden Schluss gekommen, als ich mit meinem Absatz an der vorletzten Treppenstufe hängen blieb und der Länge nach auf den Boden aufschlug. Der Schmerz in Armen und Beinen war ebenso überwältigend wie der Schreck, der mir die Sprache verschlug. Ich hatte das Gefühl, das Blut müsse nur so aus meinem Körper herausschießen, dabei waren es einzig und allein Tränen, die mir von einer Sekunde auf die andere aus den Augen fielen. Vorsichtig setzte ich mich auf und lehnte mich mit dem Rücken gegen die Wand. Meine Knie und meine Unterarme brannten höllisch.

»Ich hatte schon Angst, Frau Behrendt oder der Professor wären gefallen«, sagte neben mir plötzlich Pias Cousin mit hörbarer Erleichterung in der Stimme.

»Dann können Sie ja jetzt beruhigt Ihre Tür wieder hinter sich schließen«, schniefte ich, schloss meine Augen und ließ meinen Kopf gegen die Wand sinken.

»Tut verdammt weh, mhm?« Er hatte meine rechte Hand in seine genommen und betrachtete meinen Unterarm. Mit einem Finger strich er ganz sanft und vorsichtig um eine rote Stelle herum, die sich spätestens in zwei Tagen grün und blau färben würde. »Zum Glück ist nichts aufgeschürft.«

»Ja, zum Glück«, stammelte ich und entzog ihm meinen Arm. Völlig irritiert nahm ich wahr, wie selbstverständlich und vertraut sich sein Finger auf meiner Haut angefühlt hatte. Ich stand auf und ging, ohne mich umzudrehen, Richtung Ausgang. Während ich die Hand nach dem Türgriff ausstreckte, wartete ich darauf, sein *Auf Wiedersehen, Frau Laudien* zu hören. Als es ausblieb, wandte ich mich um. Er hatte sich nicht von der Stelle gerührt.

Während wir uns stumm ansahen, erkannte ich meine eigenen Gefühle in seinem Blick und schreckte davor zurück. Ohne ein Wort ließ ich die Tür hinter mir ins Schloss fallen und lief wie gehetzt zu meinem Auto. Nur nicht darüber nachdenken! Ich war so durcheinander, dass ich meinen einzigen Ausweg in einer Zigarette sah. Beim ersten Automaten, den ich passierte, hielt ich an und zog mir eine Schachtel. Jetzt musste ich nur noch einen Ort finden, an dem ich in Ruhe rauchen konnte. Ich fand ihn auf einer Bank in einem nahe gelegenen Park. Im Schatten einer Rotbuche riss ich die Schutzfolie ab, öffnete die Schachtel und hielt endlich wieder eine Zigarette zwischen meinen Fingern. Noch bevor ich sie angezündet hatte, erinnerte ich mich an das beruhigende Gefühl, das sich immer dann eingestellt hatte, wenn der Rauch bis in die hinterste Ecke meiner Lungenflügel gelangt war. Ich atmete tief durch, roch an der Zigarette, um sie schließlich in der Mitte durchzubrechen und in den Abfallkorb neben mir zu werfen. Genauso verfuhr ich mit den restlichen neunzehn.

»Für das, was Sie da gerade auf den Müll geworfen haben, muss unsereins hart arbeiten«, blaffte mich ein älterer Mann im Vorübergehen kopfschüttelnd an.

»Und ich musste hart arbeiten, um *das* überhaupt auf den Müll werfen zu können«, schickte ich ihm mit fester Stimme hinterher. Ich sammelte die Tabakreste von meiner Hose, ließ sie den Zigaretten folgen und machte mich auf den Heimweg.

Da Steffens Auto nicht vor dem Haus stand, nahm ich an, dass er noch unterwegs war. Um Thea möglichst nicht zu begegnen, schlich ich mich ins Haus und ging direkt nach oben. Dort verzog ich mich mit meinen Spanischvokabeln in Steffens Zimmer. Es waren nur noch ein paar Tage, bis wir nach Madrid fliegen würden, und bis dahin wollte ich noch so viel wie möglich lernen. Obwohl meine Gedanken immer wieder abschweiften, schaffte ich immerhin fünf Seiten, bis Steffen nach Hause kam.

»War's schön?«, fragte ich ihn, als er zu mir ins Zimmer kam.

»Unbeschreiblich.« Er beugte sich über mich und küsste mich auf die Nase. »Und du? Was hast du gemacht?«

»Erst einen Waldspaziergang und dann habe ich Vokabeln gelernt.« Meine Begegnung mit der *englischen Rose* ließ ich genauso unerwähnt wie die mit Rupert Wellensiek. Beide wollte ich vergessen, wenn auch aus sehr unterschiedlichen Gründen. »Freitag fliegen wir doch«, erklärte ich ihm meinen ungewohnten Lerneifer, »bis dahin will ich mein Spanisch noch auffrischen.«

»Dann lass dich nicht stören«, sagte er liebevoll. »Ich werde mal sehen, was unten so los ist.« Was nichts anderes hieß, als dass er sich um Thea kümmern wollte.

Auch gut, dachte ich mit einem Schulterzucken. Zwei Monate hatten wir bereits mit ihr überstanden, also würden wir das Gleiche auch noch einmal schaffen. Selbst wenn sich ihre Einquartierung bei uns schließlich über fünf Monate hinziehen würde, so war ein Ende doch abzusehen. Meine mehr und mehr aufkeimende Vorfreude auf das nächste Wochenende katapultierte mich auf eine Welle der Zuversicht. Jeden anderen Gedanken schob ich entschieden beiseite. Die vielen neuen Eindrücke, die auf uns warteten, würden Wunder wirken – in vielerlei Hinsicht. Erfüllt von dieser Hoffnung vertiefte ich mich für eine weitere Stunde in mein Vokabelbuch, bis Steffen mich schließlich zum Essen rief.

Thea hatte ein wahres Festessen gekocht, das sie keinesfalls aus den mageren Resten in unserem Kühlschrank gezaubert haben konnte. Ganz spontan wertete ich dieses Essen als beredte Gegenwehr, hatte ich mir doch in der letzten Zeit angewöhnt, unseren Kühlschrank nur mit Nahrungsmitteln fürs Frühstück und einen kleinen Snack zwischendurch zu füllen, um so dem Zwang zu entkommen, abends regelmäßig gemeinsam zu Hause zu essen. Wie war sie an einem Sonntag an solche Delikatessen gekommen? Und was wollte sie mir damit sagen? Wollte sie mir klar machen, dass wir ihr auf diese Weise nicht entkamen? Wenn ja, dann war ihr das gelungen.

Ohne ein Wort setzte ich mich zu den beiden an den Tisch und schluckte den Kommentar, der mir auf der Zunge lag, hinunter. Während Thea zuerst meinen und dann Steffens Teller mit frischem Salat und gebratenen Garnelen füllte, sehnte ich mir einen Zustand herbei, wie ich ihn in meiner Familie kennen gelernt hatte. Dort waren nicht selten die Fetzen geflogen, dafür hatte es jedoch keine schwelenden und unausgesprochenen Unstimmigkeiten gegeben. Meiner Mutter hätte ich klipp und klar gesagt, dass sie mich mit so regelmäßigen Beköstigungen einengt. Daraufhin wäre sie fünf Minuten lang beleidigt gewesen, um sich dann einem sinnvolleren Zeitvertreib zuzuwenden. Bei Thea wäre ein solches Gespräch einem Eiertanz gleichgekommen. Zumal ich ihr weit umfangreichere Absichten unterstellte als nur jene, unsere Mägen zu füllen. Wir sollten ihr dankbar sein, ihr Gesellschaft leisten …

»Anna?« Steffen unterbrach meine ausschweifenden Gedanken.

»Ja?«

»Du isst ja gar nicht.« Beide hatten ihre Teller schon zur Hälfte geleert.

»Wenn es Ihnen nicht schmeckt … ich dachte nur, dass ich Ihnen mit Meeresfrüchten eine besondere Freude machen kann.« Sie sah mich wie ein Unschuldslamm an.

Aber ich wusste inzwischen, wozu sie fähig war, deshalb prallte ihr Blick wirkungslos an mir ab. »Entschuldigung, ich war in Gedanken.« Was mich im Augenblick am stärksten beschäftigte, war die Tatsache, dass ich Thea längst nicht mehr unvoreingenommen begegnete. Nur allzu schnell war ich bereit, alles, was sie tat und sagte, mit einem negativen Vorzeichen zu versehen.

»Wollen Sie uns nicht daran teilhaben lassen?«, fragte sie freundlich.

Gott bewahre! Ich riss mich zusammen, um ihr gleich darauf betont munter zu antworten: »Gerne. Ich war in Gedanken bereits in Madrid«, log ich sie ungerührt an.

»Madrid?«, fragte sie überrascht.

»Ja, Steffen und ich fliegen von Freitag bis Montag dorthin.« Und an Steffen gewandt: »Hast du deiner Mutter noch gar nichts davon erzählt?«

Er schüttelte seinen Kopf, während sie mitten in ihrer Bewegung innehielt. Die Garnele, die auf ihrer Gabel lag, war kurz davor, auf den Teller zurückzufallen. »Madrid?«, fragte sie erneut und schluckte trocken.

»Am Montag ist meine Probezeit beendet, und da habe ich mir etwas ganz Besonderes ausgedacht, um das zu feiern.« Ich fixierte die Garnele mit meinem Blick, konnte sie jedoch vor dem Sturz auf den Teller nicht bewahren.

Thea schien davon nichts zu bemerken. »Ist das nicht ein wenig übertrieben, Anna?« Sie wirkte vollkommen versteinert.

»Wieso übertrieben? Ich habe hart dafür gearbeitet. Aber selbst wenn mir diese Festanstellung in den Schoß gefallen wäre, würde ich sie feiern. Mir ist sehr daran gelegen.«

»An beidem gleichermaßen, das ist mir auch schon aufgefallen«, sagte sie nach außen hin immer noch gänzlich unbewegt. Allein ihre Augen hatten sich zu Schlitzen verengt.

»Wie meinen Sie das, Frau Wolf?«

»Lass es bitte, Anna«, bat Steffen mich leise.

Aber ich ignorierte sowohl seine Bitte als auch den flehenden Blick, mit dem er sie unterstrich.

»Ich meine damit Ihre Festanstellung und das Feiern. Ihnen ist an beidem gelegen. Ohne Rücksicht auf Verluste.«

Hätte Therese Behrendt mir Rücksichtslosigkeit vorgehalten, hätte ich eingelenkt, da es in ihrem Fall tatsächlich zutraf. Aber Thea? »Verluste entstehen doch wohl einzig und allein auf unseren Konten, wenn wir nach Madrid fliegen. Das ist einerseits zu verschmerzen und andererseits ganz allein unsere Sache.«

»Anna, bitte! Für Mutter hat diese Stadt eine besondere Bedeutung.«

»Und deshalb sollen wir nicht dorthin fliegen?« Ich sah ihn fassungslos an. »Das ist nicht dein Ernst, oder?«

»Es ist der einzige Ort, an dem ich jemals glücklich war«, sagte sie gequält.

»Und was spricht dagegen, dass Ihr Sohn dort auch glücklich ist?« Mich selbst nicht zu vergessen.

»Mutter, wenn es zu schwer für dich ist, dann kann ich das verstehen«, versuchte Steffen, beruhigend auf sie einzuwirken.

Was ihm bei ihr gelang, bewirkte bei mir das Gegenteil. Ich ging an die Decke. »Verdammt noch mal, Steffen! Merkst du denn nicht, was sie tut?«

»Ich merke, dass sie leidet«, stieß er gepresst zwischen seinen Zähnen hervor. »Und es erschreckt mich zutiefst, dass du davon nichts zu bemerken scheinst.« Die Adern auf seiner Stirn traten bedrohlich hervor.

Ich wusste gar nicht, zu wem ich zuerst schauen sollte, zu Thea, die ihren tränenfeuchten Blick zwischen uns hin- und herwandern ließ, oder zu Steffen, der versuchte, seinen von Sekunde zu Sekunde anschwellenden Zorn unter Kontrolle zu bekommen. »Ich bemerke eine ganze Menge«, schimpfte nun ich ungehalten los. »Zum Beispiel, dass sie wieder einmal versucht, uns etwas zu vermiesen, worauf wir uns freuen. Erst unser Einweihungsfest und dann …«

»Darauf hast allein du dich gefreut«, konterte er in gleicher Weise.

»Kinder …«, hörte ich Thea schwach sagen, während Steffens und meine Blicke sich ineinander verkrallten. »Wie könnt ihr mir das nur antun?«

Ich schlug mit beiden Handflächen links und rechts von meinem Teller auf den Tisch, so dass das Geschirr laut klirrte und Thea zusammenzuckte. »Was tun wir Ihnen denn an, Frau Wolf? Dürfen wir uns noch nicht einmal in unseren eigenen vier Wänden lautstark streiten?«

»Hätten Sie das nicht in meiner Abwesenheit tun können?«

»In Ihrer Abwesenheit wäre es gar nicht erst dazu gekommen.«

»Anna …« Steffen raufte sich unruhig die Haare. Ich konnte ihm ansehen, dass er am liebsten unter den Tisch gekrochen wäre.

»Und wenn du jetzt noch einmal *Anna, bitte!* sagst, dann platze ich! Sag doch endlich einmal *Mutter, bitte!* Das wäre mal etwas Neues und könnte durchaus zur Klärung der Situation beitragen.« Ich ballte meine Hände zu Fäusten, um nicht ein zweites Mal auf den Tisch zu hauen.

Thea setzte sich kerzengerade hin und schob gleichzeitig ihr Kinn entschlossen vor. »Was versuchen Sie eigentlich, meinem Sohn einzureden?« Ihre Stimme klirrte vor Kälte. »Wollen Sie einen Keil zwischen uns treiben? Ist es das, was Sie wollen? Aber das wird Ihnen nicht gelingen, mein Kind …«

»Ich bin nicht Ihr Kind!« Zum Glück nicht.

»… lassen Sie sich das von mir gesagt sein. Das haben schon ganz andere vor Ihnen versucht. Steffen weiß, was ich für ihn getan habe. Ich habe ihn zur Dankbarkeit erzogen.«

»Mit Bravour, mein Kompliment«, entgegnete ich sarkastisch.

»Aufhören!«, brüllte in diesem Moment Steffen und floh aus dem Zimmer.

Kurz darauf hörten wir die Haustür zuschlagen. Die darauf folgende Stille währte nur kurz.

»Sie tragen Ihre Nase noch ganz schön weit oben, Anna«, hielt Thea mir mit böse funkelnden Augen vor. »Wenn mein Sohn Sie dafür eines Tages verlässt, dann kommen Sie nicht bei mir angekrochen, um Ihre Wunden zu lecken. Meine Tür wird dann nämlich verschlossen sein.«

Ich hatte während der letzten Sekunden die Luft angehalten und ließ sie jetzt hörbar entweichen. »Warum wollen Sie mit aller Macht verhindern, dass Steffen glücklich ist? Weil Sie es selbst nicht waren? Könnten Sie es nicht ertragen, ihn froh zu sehen?«

Sie stand ostentativ auf, um den Tisch abzuräumen. Anstatt mir zu antworten, schichtete sie die Teller aufeinander. Als sie sich Richtung Tür wandte, hielt ich sie zurück.

»Ich habe Sie etwas gefragt, Frau Wolf.« Meine Fingernägel gruben sich schmerzhaft in meine Handflächen. Ich versuchte, meine Hände zu entspannen, was mir jedoch nicht gelingen wollte.

Mit einem überraschenden Schwung drehte sie sich zu mir herum, wobei Salatsoße von den Tellern auf den Teppich schwappte. Entweder war es ihr egal, oder sie hatte es gar nicht bemerkt. »Sie wollen eine Antwort?«, fragte sie. Ihre Stimme hatte Tiefkühltemperatur angenommen. »Bitte: Meiner Meinung nach haben Sie eine krankhafte Phantasie, mit der Sie hier Tag für Tag ein bisschen mehr die Atmosphäre vergiften. Und wenn ich ehrlich bin, zähle ich die Tage, bis ich wieder zurück in mein Haus kann. Es ist nicht schön, Ihnen auf Gedeih und Verderb ausgeliefert zu sein. Auf meine alten Tage habe ich, weiß Gott, etwas Besseres verdient.«

»Etwas Besseres als was?« Mein Herz klopfte bis zum Hals. Ich war so aufgebracht und in Rage, dass ich kurz davor war, auf sie loszugehen.

»Etwas Besseres als eine zukünftige Schwiegertochter, die sich von allen Orten auf der Welt ausgerechnet Madrid für einen Wochenendtrip aussucht«, schnaubte sie außer sich. »Ausgerechnet den Ort, der für mich so magisch und gleichsam belastet ist. Die Wahl ist doch auf Ihrem Mist gewachsen, oder? Steffen hätte das nie getan. Er weiß, was diese Stadt für mich bedeutet, und was ...«

»Und was wir Ihnen damit antun, dass wir es wagen, dorthin zu fliegen?«, vollendete ich ihren Satz.

»Machen Sie sich nur lustig, Anna.« Sie presste die Teller gegen ihre Brust. »Im Leben rächt sich alles, Sie werden auch noch Ihren Teil abbekommen.«

Ich überging diese bösartige Drohung, da ich sonst tatsächlich geplatzt wäre. »Wie kommt es nur«, setzte ich erschöpft an, »dass Sie alles auf sich beziehen? Glauben Sie tatsächlich, ich hätte mir Madrid ausgewählt, um Sie damit zu verletzen?«

»Ja, das glaube ich.« Mit diesen Worten drehte sie sich um und verschwand Richtung Küche.

12

In dieser Nacht kam Steffen nicht nach Hause. Um halb zwölf rief er an, um mir zu sagen, dass er in seiner Praxis übernachten würde. Er ließ mich kaum zu Wort kommen, so als habe er Angst, ich könne die Diskussion wieder entfachen, der er gerade erst entflohen war. Seine nicht zu überhörende Niedergeschlagenheit stand meiner Wut in nichts nach. Ich verstand ihn einfach nicht: Mir gegenüber konnte er sich doch auch zur Wehr setzen. Warum tat er es bei seiner Mutter nicht? Sein Verhalten ihr gegenüber erinnerte mich an die Beißhemmung eines Hundes.

Es war jedoch nicht allein diese Frage, die mich nicht schlafen ließ. Es waren auch Gedanken und Gefühle, die mich in ihrer Intensität erschreckten und denen ich keinen Namen geben wollte. Ich gab mir Mühe, sie zu verdrängen.

Und dann waren da die Konflikte mit Thea, die nicht abzureißen schienen. Ich wusste, dass Steffen sich ausschließlich nach Ruhe und Frieden sehnte und letztlich von mir erwartete, meinen Mund zu halten. So würde er es natürlich nie ausdrücken, aber was verbarg sich denn anderes hinter seiner Aufforderung *Lass es bitte, Anna*? Hätte ich es an diesem Abend gelassen, dann läge er jetzt neben mir im Bett.

Thea forderte mich jedoch stets aufs Neue zum Widerspruch heraus. Dabei hatte ich schon so viele Worte hinuntergeschluckt, hatte mir auf die Zunge gebissen, anstatt sie zu sagen. Was sie von mir zu hören bekam, war höchstens die Hälfte dessen, was ich dachte. Und auch das sollte ich noch verschweigen? Selbstverständlich war mir klar, dass es, sollte ich endlich klein beigeben, einer Zweidrittel-Mehrheit unseres derzeitigen Haushaltes weit besser gehen würde. Aber ich würde jeden Tag ein bisschen mehr an all dem Unausgesprochenen ersticken. War ich zu egoistisch, wenn ich nicht bereit war, diesen vorgezeichneten Weg einzuschlagen? Möglicherweise, gab ich mir selbst die Antwort. Nur – was war die Alternative? Fingernägelkauen wie Steffen?

Am nächsten Morgen wachte ich gerädert auf und hatte das Gefühl, überhaupt nicht geschlafen zu haben. Schon beim ersten Gedanken an Thea, der ich wahrscheinlich in der Küche begegnen würde, spürte ich Aggressivität in mir aufsteigen. So wappnete ich mich innerlich gegen ihr leidendes Gesicht, das sie mir ohne Zweifel als beredten Vorwurf präsentieren würde. Aber ich hätte mir gar keine Mühe zu geben brauchen, ihre Tür war verschlossen und sie nirgends zu sehen. Gut so, dachte ich, kochte mir in Windeseile einen Kaffee, trank ihn im Stehen und floh – wie Steffen am gestrigen Abend – aus unserem Haus.

Zwar war es mir gelungen, meiner Sehnsucht nach einer Zigarette Herr zu werden, meine Frustgefühle waren jedoch so unbändig, dass ich am Bäcker nicht vorbeikam, ohne mich mit einem riesigen Kuchenpaket einzudecken. Meine Röcke und Hosen spannten nach wie vor im Bund, da ich noch kein Gramm abgenommen hatte. Aber erst einmal musste ich meine Seele wieder ins Gleichgewicht bringen, um mein Gewicht würde ich mich später kümmern.

Pia sah mir strahlend entgegen, als ich mit dem Kuchenpaket ins Büro kam. »Zur Feier des Tages?«

»Welches Tages?«, fragte ich verdrossen.

»Heute ist doch dein letzter Probezeittag.«

»Ach ja«, erwiderte ich wenig enthusiastisch. Irgendwie

war mir vorübergehend die Freude daran abhanden gekommen.

»War dein Wochenende so schlimm?«

»Schlimmer«, bekannte ich ehrlich und ging in mein Zimmer, wo bereits Birte Kofler an ihrem PC saß.

Sie sah auf, bemerkte den Kuchen und setzte gerade zu einem ihrer üblichen Kommentare an, als ich ihr rigoros das Wort abschnitt. »Ich warne Sie, Frau Kofler! Heute bin ich nicht gut drauf.«

»Waren Sie das je?«, fragte sie schnippisch, sich gleich darauf wieder ihrem Bildschirm zuwendend.

Diese Frage traf mich bis ins Mark, da sie an ein vages Gefühl rührte, das schon eine ganze Weile an mir nagte. Auch wenn alles in mir dagegen rebellierte, so stimmte doch, was sie sagte: Ich war nicht gut drauf, und das bereits seit Wochen. Spätestens seit meiner gescheiterten Ehe schwelgte ich nicht mehr in rosaroten Vorstellungen darüber, wie eine Beziehung aussehen könnte. Mir war klar, welche Gefahren im Alltag lauerten, wie viele Kompromisse geschlossen werden mussten und wie viel Arbeit hinter einer wirklich guten Partnerschaft steckte. Aber das, was sich zwischen Steffen und mir entwickelte, schien auf fatale Weise in die falsche Richtung zu gehen.

Ich konnte nicht behaupten, dass meine Gefühle ihm gegenüber im Schwinden begriffen waren. Aber es waren neue hinzugekommen, die mich irritierten. Einerseits hatte ich häufig den Wunsch, ihn zu beschützen, andererseits – und das wagte ich kaum, mir einzugestehen – verachtete ich ihn für seine so wenig widerspenstige Haltung. Konnte es sein, dass er noch nicht einmal den Wunsch danach verspürte? Und wonach sehnte er sich überhaupt – außer nach Ruhe und Frieden?

Und noch etwas nagte an mir: das, was zwischen Rupert

und mir bei unserer letzten Begegnung unausgesprochen im Raum gestanden hatte. Das, was mich hatte davonlaufen lassen und was ich nicht benennen wollte.

»Frau Laudien!«, drang die schrille Stimme meiner Kollegin an mein Ohr. Sie hatte eine sehr eindringliche Art, mich zurück in meine berufliche Gegenwart zu zerren.

»Ja?«

»Glauben Sie, ich mache von nun an die ganze Arbeit allein? Sie werden hier nicht fürs Tagträumen bezahlt.«

»Wissen Sie, Frau Kofler, was ich mich schon seit geraumer Zeit frage?«

»Interessiert mich herzlich wenig.«

»Wie haben Sie all diese Paragraphen lernen können?«

»Wie schon …« Ihr Gesichtsausdruck schwankte zwischen Stolz und Überheblichkeit.

»Jede Ratte hat ein größeres Lernvermögen als Sie. Diese Tiere hätten längst begriffen, dass es keinen Sinn macht, mich immer wieder anzugreifen. Ich werde nicht weichen. Ist das jetzt ein für allemal klar?« Kaum hatte ich geendet, schämte ich mich auch schon für diese mehr als unfaire Attacke, die allein meiner miesen Laune und meiner Zerrissenheit zuzuschreiben und so gar nicht dazu angetan war, das Verhältnis zwischen uns auch nur um einen Deut zu verbessern.

Sie brauchte einige Sekunden, um sich von meinen Worten zu erholen, falls das so schnell überhaupt möglich war. Während sie aufgeregt schluckte, strich sie unablässig Papiere auf ihrem Tisch glatt. »Sollte es Ihnen noch niemand gesagt haben, dann tue ich es hiermit: Sie sind ein gnadenlos arrogantes Biest – einfach widerlich. Und das Einzige, was mich beruhigt, ist die Tatsache, dass man sich im Leben immer zweimal trifft.«

»Und Sie hoffen darauf, dass dann die Rollen vertauscht sind?«, fragte ich muffig.

»Wenn ich ehrlich bin, hoffe ich darauf, Sie überhaupt nicht mehr zu sehen.«

»Solche Hoffnungen kenne ich«, erwiderte ich ebenso ehrlich, meinte jedoch nicht mein Gegenüber damit. Aber das konnte sie nicht wissen.

»Sie ekeln mich hier nicht raus«, prophezeite sie mir am Rande eines hysterischen Anfalls.

Meine Versicherung, dass ich das gar nicht vorhätte, würde sie sowieso nicht überzeugen, also versuchte ich es mit einer anderen Strategie. »Warum sollte ich das tun? Nur weil Sie reihenweise Kolleginnen hier hinausgeekelt haben? Jobst Kahl hat mich nicht als Racheengel eingestellt.«

»Das ist eine böswillige Unterstellung. Ich bestehe darauf, dass Sie das zurücknehmen, Frau Laudien. Und zwar sofort!«

»Nein«, erwiderte ich ruhig, »das Einzige, was ich zurücknehme, sind die Ratten. Dieser Ausrutscher tut mir wirklich Leid.«

»Das war kein Ausrutscher, sondern eine handfeste Beleidigung«, korrigierte sie mich.

Mir kam es vor, als wäre ich an einer Weggabelung angekommen. Ich musste mich entscheiden, wie es nun weitergehen sollte. Konterte ich, wen ich denn nun mit meiner Äußerung beleidigt hätte – die Ratten oder sie –, wäre unser katastrophal schlechtes Verhältnis auf ewig zementiert. »Dann entschuldige ich mich für die Beleidigung«, sagte ich deshalb nach einer kurzen Bedenkzeit entschlossen.

»Ist das eine neue Masche?«, fragte Birte Kofler. Sie wippte auf ihrem Stuhl herum, als sei sie auf der Hut und noch nicht sicher, ob sie fliehen oder angreifen sollte.

»Nein, nur die Einsicht in Notwendigkeiten.«

»Das war ja gerade noch mal rechtzeitig.« Ich konnte dabei zusehen, wie die Unruhe aus ihrem Körper wich.

»Wie darf ich das verstehen?«, fragte ich nun plötzlich amüsiert angesichts ihres wichtigtuerischen Tons.

»Heute ist der letzte Tag Ihrer Probezeit. Auch da kann man noch rausfliegen.«

»Und Sie hätten sich dafür stark gemacht?«

»Darauf können Sie wetten.«

»Na, dann bin ich ja beruhigt«, sagte ich mit einem leicht übertriebenen Stoßseufzer. »Ich hatte schon Angst, ich hätte mich in Ihnen getäuscht.«

»Irgendwann ...« Mit Zornestränen in den Augen und zusammengekniffenen Lippen rannte sie hinaus.

Irgendwann würde ich vielleicht lernen, im richtigen Moment den Mund zu halten. Eine von uns beiden musste es schließlich tun, sonst ginge es endlos so weiter.

Das Klingeln des Telefons unterbrach meine Gedanken. Jobst Kahl bat mich, kurz zu ihm hinüberzukommen. Zufrieden mit sich und der Welt saß er auf seinem Stuhl und blickte mir verschwörerisch entgegen, als ich ihm kurz darauf gegenüberstand. Er gab mir ein Zeichen, mich zu setzen.

»Ahnen Sie schon, warum ich Sie gerufen habe, Frau Laudien?«

»Geht es um meine Festanstellung?«

Er nickte. »Nach reiflicher Überlegung bin ich zu dem Schluss gekommen, dass Sie eine sinnvolle Ergänzung unseres Teams sind. Sie haben sich in kürzester Zeit gut eingearbeitet und ...«

Während ich ihm zuhörte, wurde mein Blick wie immer magisch von seinen langen Haarsträhnen angezogen, die sich in dünnen, parallelen Bahnen über seinen kahlen Schädel zogen. Warum begriff er nicht, dass eine Glatze weit weniger auffällig wäre?

»... auch das Problem mit Frau Behrendt zufrieden stellend gelöst.«

Die *englische Rose* ist da sicher anderer Meinung, dachte ich schuldbewusst. »Und mit Frau Kofler …«

»Ja?«, fragte er alarmiert.

»… klappt es auch«, beruhigte ich ihn. Die Adjektive, die mir zur näheren Erläuterung unseres sehr speziellen Verhältnisses auf der Zunge lagen, ersparte ich ihm, da ich mir sicher war, dass für ihn nur das Ergebnis zählte.

»So?« Seine Ungläubigkeit konnte er nur schwer verbergen.

»Hatten Sie da etwa Zweifel?«, fragte ich mit Unschuldsmiene. »Ich bin doch ein ganz verträglicher Mensch.« Wenn man mich nicht reizt, fügte ich im Stillen hinzu.

»Nein, nein!«, wehrte er sofort beflissen ab. »Überhaupt nicht.« Er rieb sich die Hände. »Dann sind Sie also sozusagen im Boot?«

»Ja.«

»Na dann …« Er streckte mir seine Hand über den Tisch entgegen. »Auf gutes Gelingen.«

»Auf gutes Gelingen.« Ich hatte es geschafft. Meine wieder auflebende Freude blieb jedoch nicht ungetrübt. Dafür sorgte die Erinnerung an den gestrigen Tag und der »Kampf um Madrid«.

Einer aus reinem Trotz geborenen Eingebung folgend ging ich in der Mittagspause ins Reisebüro und stornierte unsere Reise. Ich kann noch nicht einmal sagen, dass ich es schweren Herzens tat. Im Vordergrund stand vielmehr die Vorstellung einer Strafaktion gegen Steffen, der so gar nicht für unser Wochenende gekämpft hatte. Mit der irrigen Hoffnung, er werde es tun, wenn es zu spät dafür war, und zutiefst zerknirscht einsehen, was er versäumt hatte, hörte ich mir die Bedingungen für den Reiserücktritt an, die der Angestellte des Reisebüros mir haarklein auseinander setzte. Ich stellte mir Steffens Reaktion vor, hörte ihn protestieren, hörte im Geiste, wie er mit Engelszungen versuchte, mich umzustimmen.

Reine Wunschphantasien, wie sich am Abend herausstellte. Als ich ihm mit trotzigem Unterton in der Stimme von der Stornierung erzählte, schien ihm ein Stein vom Herzen zu fallen. Weit entfernt von einem Protest nahm er mich in die Arme und drückte mich fest an sich. »Danke!« Kein Wort darüber, dass schon wieder ein Plan wie eine Seifenblase zerplatzt war, kein Wort des Bedauerns – einfach nur Erleichterung.

Für ihn schien die Angelegenheit damit erledigt zu sein. Und auch Thea gab sich, als sei nichts geschehen. Nur in mir brodelte es unablässig. Indem ich die Reise stornierte, hatte ich mir auf kindische Weise selbst ein Bein gestellt. Was sollte ich jetzt noch sagen? Wem sollte ich Vorwürfe machen, außer mir selbst, ohne mich lächerlich zu machen?

Am nächsten Morgen wachte ich völlig zerschlagen auf. Ich fühlte mich matt, nieste unablässig, hatte das Gefühl, mein Kopf würde jeden Augenblick platzen, und spürte einen Anflug von Schüttelfrost. Steffen war bereits aus dem Haus, als ich aufstand und mich unter die Dusche schleppte. Aber weder das noch ein starker Kaffee halfen, meine Lebensgeister zu wecken. Wider besseres Wissen ging ich ins Büro, wo ich allerdings nur zwei Stunden durchhielt. Nachdem Birte Kofler mir angesichts meiner hochroten Wangen, unverkennbarer Schweißausbrüche und ohrenbetäubenden Niesens drohende Körperverletzung durch Ansteckungsgefahr vorgeworfen hatte, schnappte ich mir meine Tasche und kehrte nach Hause zurück.

Als ich wieder im Bett lag, liefen mir die lange zurückgehaltenen Tränen übers Gesicht, und ich ertrank fast in meinem Selbstmitleid. Ich kam mir verloren vor in dieser Stadt, in diesem Haus und für den Augenblick auch in mir selbst.

Was tat ich hier? Was hatte mich bewogen, Hamburg den Rücken zu kehren und hierher zu ziehen? Unsere Wochenendbeziehung hatte doch funktioniert. Warum hatte ich es nicht dabei belassen? Hätte ich geahnt, wie sich unsere Beziehung gestalten würde, hätte ich Steffens Heiratsantrag ganz bestimmt nicht angenommen. Ich liebte den Steffen, den ich kennen gelernt hatte. Aber der, zu dem er in Anwesenheit seiner Mutter mutierte, ließ alles in mir aufbegehren.

Im Nachhinein kommt es mir so vor, als sei Madrid eine Wendemarke für uns gewesen. Als hätte ich Steffen damit einer Prüfung unterzogen: Setzte er sich Thea gegenüber durch, oder gab er klein bei? Allem Anschein nach hatte er sich für Letzteres entschieden. Und so hatte sich meine Seele ein Ventil gesucht, um sich von dem unerträglichen Druck dieser Enttäuschung zu befreien. Im gleichen Maße, in dem ein unaufhörlicher Tränenstrom auf mein Kopfkissen tropfte und meine Nase triefte, kletterte mein Fieber in die Höhe.

Mein Schüttelfrost hatte mittlerweile so unangenehme Formen angenommen, dass ich vor Durst fast umkam. Ich ging zitternd hinunter in die Küche, wo ich auf Thea traf, die zumindest meinen nach außen hin sichtbaren Zustand mit einem Blick erfasste. Sie fühlte zuerst meine Stirn und dann meinen Puls, um mich dann im Befehlston wieder nach oben zu schicken. Sie werde mir alles Nötige ans Bett bringen.

Und so lernte ich Steffens Mutter von einer völlig neuen Seite kennen. Einer Glucke gleich schwirrte sie für den Rest des Tages um mich herum, machte mir Wadenwickel, flößte mir Aspirin und Vitamin C ein und zwang mich, Unmengen von Wasser zu trinken. Der leidende Ausdruck war aus ihrem Gesicht verschwunden, und sie schien in ihrem Element zu sein. Ich nahm all das im wahrsten Sinne des Wortes im Fiebertraum wahr. Die Anspannung, die ich in letzter Zeit in ihrer Gegenwart verspürt hatte, fiel gänzlich von mir ab, und ich ließ mich einfach fallen.

Mit fast vierzig Grad Fieber stürzte ich in einen Wirbelsturm von Traumfetzen. Wenn ich daraus aufwachte, dann immer nur für kurze Momente. Irgendwann sah ich Steffen an meinem Bett sitzen und meine Hand halten. Dann wieder war es Thea, die von meiner Mutter abgelöst wurde. Schön sah sie aus – ganz unversehrt. Sie lächelte jemanden an, der an der anderen Seite meines Bettes saß. Als ich genauer hinsah, erkannte ich Pias Cousin.

Und dann war es plötzlich wieder hell draußen, und ich hatte, wie Thea mir sagte, achtundvierzig Stunden gefiebert und geschlafen. Ich fühlte mich, als hätte ich eine schwere Schlacht geschlagen, völlig erschöpft, ausgelaugt und unfähig, auch nur zehn Meter weit zu gehen. Allein der Gang zur Toilette erwies sich als eine ernsthafte Herausforderung.

»Ich muss im Büro anrufen«, sagte ich schwach, als ich begriff, wie lange ich vor mich hin gedämmert hatte.

»Ist alles schon geschehen.«

»Wer …?«

»Ich habe dort angerufen und gesagt, dass Sie frühestens nächste Woche wieder kommen können.«

»Aber …«

»Kein Aber, jetzt werden Sie erst einmal gesund. Das wird Ihr Büro überleben.«

In diesen Tagen erlebte ich Thea als mütterlichen Typ, was ich ihr bisher vehement abgesprochen hätte. Die Rollenverteilung, die sie mit Steffen üblicherweise pflegte, schien sie im Falle meines erbärmlichen Zustands abgelegt zu haben. Sie kochte mir Brühen in allen Variationen, um mich damit wieder aufzupäppeln. Anfangs flößte sie sie mir löffelweise ein und verlor dabei nie die Geduld.

Am Freitagnachmittag kam Pia zu Besuch. Thea war bei einer ihrer Freundinnen eingeladen, so dass wir völlig ungestört waren. Im Schlafanzug und in eine warme Decke gehüllt saß ich ihr auf dem Sofa im Wohnzimmer gegenüber.

»Du siehst ja immer noch ganz elend aus«, meinte sie mitfühlend.

»Ich hoffe, du steckst dich nicht an.«

»Keine Sorge! Ich bin abgehärtet. Am Wochenende war ich viel an der frischen Luft.«

»Inline-Skaten?«, fragte ich.

Ihre brombeerfarbenen Lippen verzogen sich zu einem wehmütigen Lächeln. »Stundenlang.«

»Und?«

»Ich habe ihn nicht wieder getroffen.« Ihre Enttäuschung war unverkennbar.

»Dann hast du deine Meinung geändert?«

»Nur in Bezug auf das Tempo«, beeilte sie sich zu sagen.

»Immerhin.«

»Und du?«, fragte sie besorgt.

»Was soll mit mir sein?«

»Du machst keinen glücklichen Eindruck.«

»Ich habe die Grippe«, meinte ich voll innerer Abwehr.

»Nicht nur.«

»Was soll denn das heißen?«

Der Blick, den sie mir zuwarf, war unerbittlich. »Du hast auch schon vor dieser Grippe keinen glücklichen Eindruck gemacht.«

»Hast du dich mit Birte Kofler zusammengetan?«, fragte ich abweisend.

»Nein«, antwortete sie völlig unbeeindruckt von meinem Tonfall. »Was ist los? Vielleicht kann ich dir helfen.«

»Danke, aber mir kann nur die Zeit helfen«, entgegnete ich matt.

»Nun erzähl schon«, forderte sie mich gutmütig auf.

Also erzählte ich ihr von Thea, Steffen und mir, von dem Brand ebenso wie von Madrid. Als ich geendet hatte, liefen mir die Tränen übers Gesicht.

»O je«, stöhnte Pia. »Das ist ja vertrackt.« Sie knabberte an ihren Lippen.

Ich zog die Decke fester um mich und wischte mir mit einem Zipfel die Tränen von den Wangen.

»Da hilft nur durchhalten«, fuhr sie zögernd fort. »Schließlich kannst du sie nicht vor die Tür setzen. Genau dazu ist die Familie ja da – dass einer für den anderen einsteht. Und du hast selbst gesagt, dass sie sich rührend um dich kümmert. Andererseits …« Meine Erzählung schien sie in einen inneren Konflikt gestürzt zu haben.

»Und wo bleibe ich da?«, fragte ich erschöpft.

»Na ja, irgendwie ist es doch ein Geben und Nehmen. Im Augenblick gibst du halt mehr.«

»Das heißt still halten und still schweigen?«, fragte ich fassungslos. »Meinst du das?«

»Ich meine, deine zukünftige Schwiegermutter ist eine ältere Frau, da muss man Rücksicht nehmen.«

»Pia, das tue ich, seit sie bei uns eingezogen ist.«

»Ich weiß doch auch nicht, was richtig ist«, erwiderte sie. Augenscheinlich war ihr unbehaglich zu Mute. »Warum fragst du nicht Rupert? Der kennt sich mit Menschen aus.«

»Ich habe dich gefragt«, sagte ich schlecht gelaunt.

»Und ich habe dir geantwortet. Nur eben anders, als du es dir erhofft hast. Ich bin nun einmal ein Familientier, ich kann nicht aus meiner Haut.«

»Ach, Pia. Ich wünschte, ich könnte aus meiner heraus, dann würde mich das Ganze nicht so viele Nerven kosten.«

»Wer weiß, wofür es gut ist, dass du das nicht kannst«, sagte sie verschmitzt. »Vielleicht treibt dich das doch noch irgendwann in Ruperts Arme.«

Während ich nach Luft schnappte und nach einer Antwort suchte, hörte ich Thea vom Flur aus nach mir rufen. Sie war von ihrem Besuch zurück.

»Hier bin ich, im Wohnzimmer.« Als sie hereinkam, stellte ich ihr Pia vor.

»Freut mich, Sie kennen zu lernen, Frau Finke«, sagte Thea mit einem gewinnenden Lächeln. »Soll ich Ihnen beiden eine heiße Schokolade machen?«

»Für mich nicht, danke. Ich muss sowieso gleich gehen«, antwortete Pia.

»Und ich muss zurück ins Bett«, fügte ich müde hinzu.

»Dann lasse ich Sie beide jetzt noch einen Moment allein.« Kaum hatte sie es angekündigt, war sie auch schon verschwunden und hatte die Tür hinter sich geschlossen.

»Die ist doch total nett«, sagte Pia erstaunt, wobei in ihrem Tonfall ein leichter Vorwurf mitschwang.

»Auch!«, erwiderte ich, nahe der Verzweiflung. »Sie kann *auch* total nett sein. Aber sie kann auch ganz anders.«

»Wahrscheinlich ist sie einfach nur verzweifelt. So wie du.« Pia hatte meine Verfassung mit ihren feinen Antennen sehr genau wahrgenommen. »Das ist doch jetzt für alle eine Ausnahmesituation«, versuchte sie, mich zu beruhigen.

»Ja, wahrscheinlich …« Mein Grippekopf hatte die Grenze seiner derzeitigen Belastbarkeit erreicht. Ich musste wieder ins Bett und schlafen. »Lass uns ein anderes Mal weiterreden.«

»Wann immer du willst«, sagte Pia liebevoll und stand auf. »Werd schnell gesund. Ich vermisse dich im Büro.«

Nachdem ich sie zur Tür gebracht hatte, ging ich sofort hoch ins Schlafzimmer, verdrängte alle unangenehmen Gedanken und fiel fast augenblicklich in einen Halbschlaf.

Leider kam ich nicht so schnell wieder zu Kräften, wie ich es mir wünschte. So lag ich am Wochenende immer noch im

Bett. Steffens gut gemeinter Kommentar zu meiner vorausschauenden Stornierung unserer Reise trug nicht gerade zu einer Besserung meiner Stimmungslage bei.

»Als hättest du geahnt, dass du krank wirst und wir nicht würden fliegen können«, sagte er, auf meiner Bettkante sitzend.

Da ich noch viel zu schwach für eine erneute Auseinandersetzung war, verkniff ich es mir zu sagen, dass, wären wir geflogen, ich gar nicht erst krank geworden wäre.

Es dauerte noch die ganze nächste Woche, bis ich wieder fest auf meinen Beinen stand. Zwischendurch hatte ich im Büro angerufen und Jobst Kahl versichert, dass ich nicht zu jenen Mitarbeitern zählte, die das Ende der Probezeit abwarteten, um dann erst einmal ausgiebig krankzufeiern. Es sei einfach Pech und ein dummer Zufall. Die Wahrheit ging ihn nichts an, mit der musste ich erst einmal selbst fertig werden. Nachdem er wiederum mir versichert hatte, dass er nie auf einen solchen Gedanken verfallen wäre, blieb ich beruhigt zu Hause.

Steffen hatte mich noch bis zum Ende der Woche krankgeschrieben. Diese Ruhephase machte sich nicht nur körperlich bemerkbar, auch seelisch fand ich wieder in ein Gleichgewicht. Und daran hatte Thea einen ganz entscheidenden Anteil: mit einer unglaublichen Hilfsbereitschaft, einem liebevollen Lächeln auf den Lippen und kaum zu bremsendem Tatendrang. Ich durfte keinen Finger rühren und sollte mich ausschließlich erholen. Als hätte es unsere Differenzen und Animositäten nie gegeben. Sollte ein einfacher Fieberanfall ausgereicht haben, um endlich ein würdiges Miteinander in unserem Haus herzustellen?

Nicht nur ich erholte mich dabei, auch Steffen blühte sichtlich auf. Die dunklen Ringe unter seinen Augen waren ebenso im Schwinden begriffen wie seine Nervosität. Nachdem ich all das mit einer Mischung aus Staunen und Verwunderung beobachtete hatte, kam ich zu dem Schluss, dass Thea etwas ganz Entscheidendes in ihrem Leben fehlte.

»Sie braucht eine Aufgabe, Steffen«, gab ich ihm das in meinen Augen Offensichtliche zu bedenken. »Dann ist sie wie ausgewechselt.«

»Hm.« Seinem Tonfall war nicht zu entnehmen, ob dieses *Hm* eine Bestätigung meiner Theorie war oder ob er Zweifel an ihrer Richtigkeit hegte.

»Dein Vater ist seit Jahren tot, du bist aus dem Haus ...«, spann ich meinen Gedanken weiter. »Hat sie eigentlich irgendwelche Hobbys?«

»Dafür war nie Zeit.«

»Steffen, nicht schon wieder!«, sagte ich mit einem leichten Tadel in der Stimme. »Sie musste nicht als allein erziehende Mutter drei Kinder mit fünfhundert Mark Haushaltsgeld im Monat durchbringen. Andere Frauen in vergleichbaren Verhältnissen spielen Bridge und Golf, lernen Ikebana oder betätigen sich ehrenamtlich. Was macht sie eigentlich den ganzen Tag, wenn sie bei sich zu Hause ist?«, überlegte ich laut.

»Nicht schon wieder«, wiederholte Steffen meine Worte, rollte mit den Augen und setzte eine so gequälte Miene auf, dass wir beide wie die Teenager losprusteten.

In unserem Haus war Frieden eingekehrt. Ich verbuchte meine Erfahrungen der vergangenen Wochen unter Anfangsschwierigkeiten und wurde mit jedem neuen Tag zuversichtlicher. In dieser optimistischen Stimmung konnte selbst Ralphs Brief mir nichts anhaben. Vor ein paar Wochen hatte ich ihn verzweifelt gefragt, was ich tun solle. Jetzt hatte er mir geantwortet: *Manchmal macht man aus einem vermeintlichen Gefühl von Liebe heraus einen Fehler, der das ganze weitere Leben beeinflussen kann. Was Liebe ist, kann jedoch nur jeder für sich selbst definieren. Hast Du Dich mal gefragt, mit wem Du am liebsten Deine Zeit verbringen würdest, wenn Du nur noch wenig davon hättest?*

»Ach, Ralph«, murmelte ich kopfschüttelnd vor mich hin, »du machst schon wieder eine Wissenschaft daraus. Dabei hatte ich eine einfache Antwort gewollt.« Zum Glück hatte ich selbst eine gefunden. Ganz kurz schob sich ein Gesicht vor mein inneres Auge, das ich jedoch sofort verscheuchte. Ich faltete den Brief zusammen und ließ ihn in den Tiefen meiner Handtasche verschwinden.

Auch wenn ich mich noch nicht wieder so fühlte, als könnte ich problemlos Bäume ausreißen, beschloss ich, am Wochenende zum zweiten Todestag meiner Eltern zu ihrem Grab zu fahren. Steffen konnte mich nicht begleiten, da er Notdienst hatte. So setzte ich mich gegen ihn und seine Mutter durch, die mich noch zu schwach für diese Fahrt hielten, und fuhr mit der Bahn nach Bayrischzell.

Mit verquollenen Augen stand ich schließlich am Grab meiner Eltern und wurde mir – anders als an ihrem ersten Todestag – bewusst, wie wenig dieser Ort mit ihnen zu tun hatte. Hier lagen nur ihre verkohlten Körper oder das, was davon noch übrig war. Alles andere, das, was zählte, trug ich mit mir herum. Es war in meinem Herzen verankert.

Und noch etwas stellte ich fest: Steffen fehlte mir. In der vergangenen Woche hatten wir uns einander wieder sehr genähert, was mich mit einer fast unbändigen Freude erfüllte. So setzte ich mich am nächsten Tag kurz entschlossen in den nächsten Zug und fuhr früher als geplant nach Hause.

Als ich dort ankam, war Thea noch bei einer Freundin und Steffen gerade dabei, sich nach einem anstrengenden Dienst einen Tee zu kochen. Ich ließ meine Reisetasche im Flur stehen, folgte den Geräuschen in die Küche und umfing Steffen von hinten mit meinen Armen.

»Du bist schon zurück«, begrüßte er mich erfreut.

»Ich hatte Sehnsucht nach dir.« Zur Bekräftigung meiner Worte schob ich meine Hände unter sein T-Shirt und streichelte ihm über die Brust.

Als sei das ein lang ersehnter Startschuss gewesen, ließen wir uns auf den Küchenboden sinken und vergaßen für die nächsten Minuten die Welt um uns. Erst als ich wieder einigermaßen zur Besinnung gekommen war, stellte ich mir Theas Gesicht vor, wenn sie uns hier mit ineinander verschlungenen Gliedmaßen überrascht hätte. Es entbehrte nicht einer gewissen Komik.

»Der Nachteil an diesen Generationen übergreifenden Wohnprojekten ist, dass die Küche in sexueller Hinsicht viel zu kurz kommt«, raunte ich ihm zufrieden ins Ohr. »Ständig muss man darauf gefasst sein, dass jemand stört.«

»Deshalb gibt es Schlafzimmer.«

»Wie langweilig!«

»Sag das nicht Eltern mit Kindern. Die sind schon dankbar, wenn sie die Tür mal für eine Weile schließen können.«

»Dabei hat der Rest einer Wohnung oder eines Hauses so viel zu bieten«, sagte ich schwärmerisch. »Denk nur an den Flügel in *Pretty Woman*.«

»Anna, du bist frivol.«

»Was spricht dagegen? Es fühlt sich verdammt gut an.«

»Ich glaube, wir verschwinden hier jetzt besser«, sagte er lachend. »Ich weiß nicht, was Mutter dazu sagen würde, wenn sie uns hier entdeckt.«

»Ihre Dessous hat sie wahrscheinlich auch nicht ausschließlich zum Selbstzweck getragen.«

»Sie wird sie wohl kaum in ihrer Küche zur vollen Geltung gebracht haben.«

»Weißt du's?«

Kopfschüttelnd zog Steffen mich hinter sich her die

Treppe hinauf. Gerade rechtzeitig, denn kaum waren wir oben angekommen, hörten wir den Schlüssel in der Haustür.

Als ich eine halbe Stunde später wieder hinunterging, freute ich mich sogar, Thea wiederzusehen. Ihr schien es ähnlich zu gehen, denn sie kam mit offenen Armen auf mich zu. Wahrscheinlich haben wir beide einen Anstoß benötigt, um etwas unvoreingenommener aufeinander zuzugehen, überlegte ich, während sie mir liebevoll über die Wangen strich. Obwohl ich ja durchaus unvoreingenommen gewesen war – abgesehen davon, dass ich sie zu irgendeinem Zeitpunkt für ein Phantom gehalten hatte. Bevor ich jedoch wieder in diese Grübelei verfiel, die den Ursachen für unsere Auseinandersetzungen auf den Grund zu gehen versuchte, dachte ich bewusst an etwas anderes. Wozu sollte ich mir diese viel versprechenden Ansätze verderben? Ich würde sie genießen, schließlich hatte ich lange genug darauf gewartet.

An diesem Abend war es endlich warm genug, um draußen im Garten zu essen, was wir einhellig genossen. Auch in den Nachbargärten fand das Leben draußen statt, so dass wir von einer Geräuschkulisse umgeben waren, die an einen italienischen Hinterhof erinnerte. Das Gefühl, das sich wie eine warme Strömung von meinem Brustbein aus in den ganzen Körper verteilte, war nichts anderes als Glück. Ich lehnte mich in meinem Stuhl zurück, streckte meine Arme gen Himmel und stieß einen Laut des Wohlbehagens aus.

»Ist das nicht herrlich?« So musste Steffen sich fühlen, wenn beim Segelfliegen alles von ihm abfiel.

Thea schien angesichts meiner ungehemmten Gefühlsäußerung völlig fassungslos zu sein. Sie musterte mich, als hätte ich mich ausgezogen und nackt auf dem Tisch getanzt. In meiner ausschweifenden Bewegung erstarrt, zog ich wie in Zeitlupe meine Arme zurück.

»Was ist los, Frau Wolf?«, fragte ich sie irritiert.

Meine Frage spiegelte sich in Steffens Gesichtsausdruck wider. Also konnte er ihre Reaktion auch nicht einordnen.

»Ist heute nicht der Todestag Ihrer Eltern?«

»Ja.« Worauf wollte sie hinaus?

»Ich frage mich gerade, was daran herrlich ist.« Ihre Stimme klang blechern.

Die Frage traf mich wie ein Schlag ins Gesicht. »O Gott!« Ich schlug mir vor Schreck die Hand vor den Mund, bis einen Moment später die Worte nur so aus mir heraussprudelten. »Daran ist überhaupt nichts *herrlich*, das ist ein reines Missverständnis«, verteidigte ich mich. »Ich war nur so froh über die entspannte Situation hier, dass gewissermaßen die Pferde mit mir durchgegangen sind. Es war so friedlich am Tisch, so lebendig um uns herum – da hatte ich einfach das Gefühl, alles würde sich in Wohlgefallen auflösen.« Wenn sie wüsste, dass ich mich ein paar Stunden zuvor noch mit ihrem Sohn auf dem Küchenboden gewälzt hatte, wäre ich wahrscheinlich in einen beachtlichen Erklärungsnotstand geraten.

»Was soll sich an einem Todestag in Wohlgefallen auflösen?«, hakte sie gepresst nach.

»Ich meinte die Situation hier im Haus, unsere gegenwärtigen Lebensumstände. Die scheinen sich in Wohlgefallen aufgelöst zu haben. An den Todestag hatte ich in diesem Augenblick gar nicht gedacht.« Zumal dieser spezielle Tag dank der nachhaltigen Hilfe von Valerie Blumberg für mich immer weiter in den Hintergrund getreten war. Ich vermisste meine Eltern nicht speziell an ihrem Todestag, ich vermisste sie generell. Aber sollte oder musste ich deshalb jeden Tag, der ins Land ging, eine unverkennbare Trauermiene aufsetzen? Musste Trauer um ihrer Glaubwürdigkeit willen so sichtbar und allgegenwärtig sein? In meinen Augen nicht, das hatte ich längst für mich entschieden.

»Wie kann man einen solchen Tag vergessen?« Ihre Hände

waren zu Fäusten geballt, so dass die Fingerknöchel weiß hervortraten. Der unverhohlene Vorwurf in ihrer Stimme war nicht zu überhören.

Aus dem Augenwinkel konnte ich sehen, dass Steffen unruhig wurde.

»Menschen sind verschieden, Frau Wolf«, versuchte ich es vorsichtig. Ich genoss unser entspanntes Miteinander viel zu sehr, um es jetzt mit einem scharfen Wort zu gefährden.

»So verschieden wie ihr Tod«, sagte sie bitter.

»Ach, Mutter.« Steffen strich beruhigend über ihre Hand.

»Nie werde ich diesen Tag vergessen«, fuhr sie leise fort. Ihrer Art, das *Nie* auszusprechen, konnte ich nicht entnehmen, ob es eine Drohung war, ein Versprechen oder abgrundtiefe Verzweiflung.

»Da hat dein Vater mich sitzen lassen, das verzeihe ich ihm nicht.«

Steffen zuckte kaum merklich zurück. Es waren nur wenige Zentimeter, aber ich hatte sie wahrgenommen. Nicht so Thea, die weiterredete, als wäre es nicht ihr Sohn, der ihr zart über die Hand strich, sondern ein Pfarrer, dem sie ungefiltert ihr Herz ausschütten konnte.

Sie schien nichts um sich herum wahrzunehmen. »Dieser Feigling!«, sagte sie schluchzend. »Nicht genug damit, dass er mich an die Kette gelegt und meinem Glück den Weg versperrt hat ... nein ... er muss sich auch noch davonstehlen. Ein schöner Dank. Anstatt auch nur einen Augenblick lang an mich zu denken, was er mir damit antut ...«

»Vater war krank«, machte Steffen einen schwachen Versuch, ihr Einhalt zu gebieten. Seine traurige Stimme ging mir an die Nieren.

»Und du, verteidige ihn nur! Ihr habt ja sowieso immer zusammengehalten.« Sie entzog ihm ihre Hand, um sich die Nase zu putzen. »Aber so sind die Männer«, sagte sie nun wieder an mich gewandt. »Überlegen Sie sich gut, was Sie tun, Anna.«

Das tat ich, jedoch in ganz anderer Hinsicht, als sie es von mir erwartete. Sollte ich um des lieben Friedens willen den Mund halten? Nein! Ich entschied mich für Steffen und damit gegen den Frieden. »Meinen Sie nicht, Frau Wolf, dass Ihr Mann zunächst einmal sich selbst etwas angetan hat, als er sich umbrachte?«

Sie sah mich an, als habe ich ihr eine Ohrfeige verabreicht. »Sie wissen doch nicht, wovon Sie reden, Anna«, wies sie mich enttäuscht zurecht. Es war nicht zu übersehen, wie unverstanden sie sich fühlte. »Ja, natürlich, nach außen hin – da ist er der Arme. Aber was ist das schon – mit einer Flasche Whiskey im Blut in den Rhein zu steigen?« Ihr Blick hielt meinen fest im Griff. »Was sind fünf Minuten gegen den Rest meines Lebens? Nichts, sage ich Ihnen, all das ist nichts gegen das Gefühl, das sich einstellt, wenn man völlig hilflos zurückbleibt. Wenn alles, was man getan hat, umsonst war. Jedes Opfer – einfach für die Katz.« Ihr Schluchzen, das vor ein paar Minuten noch so leise begonnen hatte, steigerte sich zusehends. Sie sprang auf, wobei ihr Stuhl nach hinten umkippte, und hastete Richtung Terrassentür. »Entschuldigt mich«, stammelte sie, »aber das ist alles zu viel für mich.«

Steffen und ich starrten ihr schweigend hinterher.

»Das ist doch schon so lange her«, verlieh ich meiner Erschütterung Ausdruck.

»Nicht für Mutter«, antwortete er müde.

Und mir ging nur eine einzige Frage durch den Kopf: Was war sie nun eigentlich – am Boden zerstört oder gnadenlos?

13

Im Büro erwartete mich am Montag ein kleiner Stapel von Telefonnotizzetteln. Kaum zu glauben, aber wahr: Während meiner Abwesenheit hatte Therese Behrendt täglich angerufen und hinterlassen, ich möge sie so schnell wie möglich zurückrufen.

»Wie gut, dass du wieder da bist«, empfing Pia mich freudig. »Abgesehen davon, dass ich dich vermisst habe, wird dieser Telefonterror jetzt endlich ein Ende haben.«

»Keine Briefe von ihr?«

»Keine Briefe.«

Immerhin ein Fortschritt. »Hat sie gesagt, was sie will?«

Pia schüttelte den Kopf. »Ich habe alles versucht, aber sie scheint unter einer Art Fixierung zu leiden. Sie will ausschließlich mit dir sprechen, was«, und jetzt flüsterte sie, »Onkel Jobst ehrlich gesagt in höchstem Maße erleichtert hat.« Ihr Grinsen sprach Bände.

Was mich maßlos erleichterte, war die Tatsache, dass Birte Kofler eine Woche Urlaub hatte und mir so noch eine kleine Schonfrist blieb. Der vergangene Abend war ein herber Rückschlag gewesen, und das Einzige, wonach ich mich sehnte, war eine Insel des Friedens. Wurde ich in dieser Hinsicht schon wie Steffen? Ich schüttelte den Gedanken vehement ab und wandte mich den vor mir liegenden Aufgaben zu.

Meine Kollegin hatte mir etliche laufende Vorgänge hinterlassen mit genauen Anweisungen, was während ihrer Abwesenheit damit zu geschehen habe. Eines musste ich ihr lassen: Faul war sie nicht. Sie hatte nicht etwa die Arbeit auf mich abgewälzt, sondern einiges vorgearbeitet, wie ich bei näherem Hinsehen feststellte. Da sie keine dieser Akten mit einem Dringlichkeitsvermerk versehen hatte, kümmerte ich mich zunächst um die Angelegenheit, die mir tatsächlich dringlich erschien: Ich rief die *englische Rose* zurück.

Entweder wurde sie langsam vergesslich, oder sie hatte einen beachtlichen Sinneswandel durchgemacht. In jedem Fall gehörte die Art, wie sie mich am Telefon begrüßte, eindeutig in die Kategorie überschwänglich. Ich wusste kaum, wie mir geschah – erst dieser beschämende Rauswurf und dann das?

»Wie schön, dass Sie mich zurückrufen, Frau Laudien!« Sie konnte ihre Aufregung nicht verbergen. »Geht es Ihnen wieder gut? Ich habe mir fast schon Sorgen gemacht. Sie waren so lange weg. Was kann da nur passiert sein?, habe ich mich jeden Tag gefragt. Und niemand wollte mir Auskunft geben.«

Sie gab mir nicht einmal eine Sekunde Zeit, um auch nur den Ansatz einer Antwort hervorzubringen. So schwieg ich.

»Ich hatte schon Angst, dass … na ja, Sie wissen schon … diese Sache mit Ihrer Probezeit … aber wenigstens«, seufzte sie, »habe ich aus dieser Person am Telefon irgendwann herausbekommen, dass Sie wiederkommen werden. Meine Erleichterung können Sie sich vielleicht vorstellen.«

»Das fällt mir momentan doch eher schwer«, gab ich offen zu.

»Wieso?«, fragte sie, als wäre nichts geschehen.

»Frau Behrendt, erinnern Sie sich an meinen letzten Besuch?«

»Besuch – das ist das Stichwort«, wich sie einer Antwort geschickt aus. »Ich wollte Sie bitten, bei mir vorbeizukommen. Nun, was sagen Sie?«

»Wann?«

»In einer halben Stunde.« An dieses Satzende hatte sich eindeutig kein Fragezeichen verirrt.

Und ich begriff den Umschwung: Jetzt diktierte sie die Bedingungen. Mit einem kleinen Schmunzeln, gespeist aus der Freude, dass sie mir offensichtlich nicht mehr allzu böse war, willigte ich ein.

»Pia, ich muss gleich wieder los«, meldete ich mich im Büro ab. Ich war so schnell draußen, dass ich nicht verstand, was sie mir hinterherrief. Jetzt folgte ich erst einmal dem Ruf der *englischen Rose.* Und dabei ging es mir nicht um ein rein berufliches Interesse, sondern um einen Akt der Wiedergutmachung, der mir persönlich sehr am Herzen lag.

Sie musste neben dem Türöffner gewartet haben, denn kaum hatte ich geklingelt, ertönte auch schon ihre Stimme durch den Lautsprecher: »Kommen Sie herauf, Frau Laudien!«

Sie hatte kein Gramm zugenommen, stellte ich fest, als sie mir kurz darauf in der Wohnungstür gegenüberstand. Aber die Farbe war in ihre Wangen zurückgekehrt. Vor Aufregung, wie ich annahm. Und noch etwas erkannte ich beim Hineingehen auf Anhieb: Auf dem kleinen Tischchen im Wohnzimmer standen zwei schmalhalsige Gläser und eine Flasche Sekt im Kühler.

»Gibt es etwas zu feiern?«, fragte ich überrascht, als ich begriff, dass die beiden Gläser für uns gedacht waren. Hatte sie sich endlich ein Herz gefasst und sich mit dem Professor verabredet?

»Welche Frage!« Fachmännisch öffnete sie die Flasche mit einem leisen Plopp und schenkte erst mir und dann sich selbst ein. »Auf den fünfzehnten Mai!« Sie erhob ihr Glas und prostete mir zu.

In meinem Kopf türmten sich die Fragen. Aber alles zu

seiner Zeit, bremste ich mich und trank erst einmal einen kleinen Schluck. Mein Blick fiel auf ihren wunderschön bepflanzten Balkon, der durch eine gelbe Markise in warmes Licht getaucht war. Wie gerne hätte ich jetzt draußen im Freien gesessen. Aber das musste warten. »Darauf, dass es Ihnen wieder besser geht!«, erwiderte ich ihr Lächeln. »Und dass Sie mir offensichtlich verziehen haben.«

Von einer Sekunde auf die andere wurde sie ernst. »Nach reiflicher Überlegung habe ich das tatsächlich getan. Eigentlich fand ich Ihr Handeln ja unverzeihlich, es hat mich sehr verletzt«, gab sie unumwunden zu und ließ ihre Worte durch ein nachfolgendes Schweigen wirken. »Aber dann habe ich mir überlegt, dass Ehrlichkeit nicht bestraft werden sollte. Schließlich waren Sie geständig. Gibt es dafür nicht immer mildernde Umstände?«

Aus der Wahl ihrer Worte schloss ich einmal mehr, dass sie schon den einen oder anderen Krimi verschlungen hatte. Mein herzliches Lachen an dieser Stelle schien sie aber doch zu irritieren.

»Nicht dass Sie denken, mit mir könne man alles machen, Frau Laudien!«

»Nein«, beruhigte ich sie, »ich bin nur unsagbar froh über diese Entwicklung.« Besser hätte dieser Tag gar nicht anfangen können. »Und wie geht es Ihnen, Frau Behrendt?«

»Im Großen und Ganzen kann ich nicht klagen.«

»Was für ein erstrebenswerter Zustand«, sagte ich wie ein Schachspieler, der den nächsten Zug tut. Ich konnte ihr nämlich an der Nasenspitze ansehen, dass sie auf dem besten Wege war, ihr Katz-und-Maus-Spiel wiederaufleben zu lassen.

Sie nippte an ihrem Sekt. »Nun ja … es gibt natürlich immer das eine oder andere, was sich verbessern ließe. Nehmen Sie nur dieses Haus. Es ist überhaupt nicht für Allergiker geeignet. Man könnte doch zum Beispiel Pollengitter in die Fensterrahmen spannen, so ähnlich wie man das gegen Mücken auch tut. Das wäre eine ungeheure Wertsteigerung für jede einzelne Wohnung.«

»Gibt es denn Allergiker hier im Haus?«, fragte ich um einen ernsten Gesichtsausdruck bemüht. Ich wusste, wohin uns diese neuerliche »Anregung« führen würde.

»Das gilt es eben herauszufinden. Ich würde vorschlagen, eine Eigentümerversammlung einzuberufen und …«

»Nein«, lehnte ich kategorisch ab.

»Sie sind mir noch etwas schuldig.«

»Aber keine Eigentümerversammlung!«

»Seit wann hat der Schuldner eine Wahl?«

»Seitdem Sie es mit mir zu tun haben.«

»Schade.« Ihren Gesichtsausdruck als betrübt zu bezeichnen wäre untertrieben gewesen. »Ich hatte gedacht … jetzt … wo doch Ihre Probezeit vorbei ist … Es kann Sie doch niemand mehr hinauswerfen, wenn ich wieder einen Brief schreibe, oder?«

»Frau Behrendt, wir leben im einundzwanzigsten Jahrhundert, da ist es durchaus statthaft, wenn eine Dame einem Herrn Avancen macht. Vergessen Sie die Briefe und klingeln Sie einfach beim Professor.«

Ihr Gesicht lief puterrot an, was bei ihrer sonst so blassen Gesichtsfarbe eine reife Leistung war. »Wie können Sie …«, ereiferte sie sich.

»Daran ist überhaupt nichts Unschickliches, falls Ihnen das Sorgen bereitet. Vielleicht ist der Professor noch schüchterner als Sie, wenn es um diese Dinge geht. Haben Sie darüber schon einmal nachgedacht?«

»Der nimmt mich doch gar nicht wahr«, antwortete sie traurig.

»Diesen Eindruck vermitteln Schüchterne leicht. Nehmen

Sie sich selbst. Wer sollte denn bei Ihnen auf die Idee kommen, dass Sie in den Professor verliebt sind?«

»Verliebt, ich bitte Sie, Frau Laudien.« Jetzt schlug sie tatsächlich die Augen nieder. Als sie Sekundenbruchteile später die Tatsache akzeptiert hatte, dass ihr Geheimnis längst keines mehr war, sah sie mich aufbegehrend an. »Sie sind doch auch auf diese Idee gekommen.«

»Aber nur sehr schwer. Ihre Taktik war schon nicht schlecht«, gab ich anerkennend zu.

»Jetzt sagen Sie es selbst!«

»Ich meinte damit, sie war nicht schlecht, um Ihre eigentlichen Ziele zu verbergen. Aber Ihrem Ziel sind Sie damit keinen Schritt näher gekommen.«

»Natürlich bin ich das, immerhin habe ich den Professor auf diesen Versammlungen getroffen.«

»Frau Behrendt, Sie wären tatsächlich die erste Verliebte, der das auf Dauer reicht.«

»Ich weiß nicht, was für Vorstellungen Sie haben! Ich gehöre noch einer anderen Generation an.«

»Wenn Ihre Generation sich nicht hin und wieder näher gekommen wäre«, sagte ich grinsend, »dann hätte es keine weitere Generation gegeben.«

»Also ich bitte Sie …«

»Frau Behrendt, Sie werden doch auch mit Ihrem Mann nicht nur Händchen gehalten haben.«

»Ich war nie verheiratet.«

»Aber ich meine, in Ihrer Akte gelesen zu haben, Sie seien Witwe.«

»Muss denn alles stimmen, was in solchen Akten steht? Ich denke, in diesem Fall sollten Sie doch eher mir Glauben schenken.«

»Keinerlei Männer in all den Jahren?«, fragte ich einer Ahnung folgend.

»Nein.«

»Sie waren nie verliebt?«

»Es hat sich nicht ergeben ...«, erwiderte sie verschämt und senkte erneut ihren Blick zu Boden.

»Na, dann wird es aber Zeit.«

»Das sage ich doch.« Sie hatte so leise gesprochen, dass ich sie kaum verstand.

Ich leerte mein Glas Sekt und traf eine Entscheidung. »Also gut!«

Augenblicklich hing ihr Blick an meinen Lippen.

»Ich werde mir etwas einfallen lassen.«

»Aber Sie dürfen mich nicht verraten, das müssen Sie mir versprechen, Frau Laudien«, flehte sie. »Die Jugend von heute ist so erschreckend offen, meint immer, man müsse über alles reden. Und dabei steigt ihr noch nicht einmal die Schamröte ins Gesicht.«

»Ich verspreche Ihnen, dass ich diese Angelegenheit besonders vorsichtig angehen werde. Und Sie versprechen mir, dass Sie sich in Geduld fassen.«

»Das tue ich nun schon seit Jahrzehnten, glauben Sie mir, es wird nicht leichter mit den Jahren.«

Das glaubte ich ihr unbesehen. Bevor ich Steffen traf, war ich auch schon fast nervös geworden angesichts meines Singledaseins. Und das hatte gerade einmal zwei Jahre gedauert.

Während meiner Hotelzeit waren die Gäste mit den ungewöhnlichsten Wünschen an mich herangetreten. Als Kupplerin hatte ich mich allerdings bisher noch nie betätigen müssen. Therese Behrendt zuliebe würde ich mir jedoch ganz besondere Mühe geben. Einerseits war ich es ihr tatsächlich schuldig, andererseits rührte mich diese Liebesgeschichte, von der ich inständig hoffte, sie würde nicht einseitig sein.

Als ich ihre Wohnung verließ, lief ich rasch an der Tür von Pias Cousin vorbei. Für einen kurzen Augenblick war ich versucht, bei ihm zu klingeln, um … Ja, um was? Ich schüttelte den Kopf über mich selbst und fuhr zurück ins Büro.

Auf meinem Tisch stapelte sich so viel Arbeit, dass ich bis zum frühen Abend nicht mehr zum Nachdenken kam. Kurz nach sieben verließ ich das Büro, um schließlich in einen herrlichen Frühsommerabend einzutauchen. Vielleicht konnte ich Steffen überreden, irgendwo mit mir essen zu gehen, wo wir draußen sitzen konnten. Bevor ich nach Hause fuhr, schlenderte ich auf der Suche nach einem passenden Geburtstagsgeschenk für Thea noch die Königsallee rauf und runter.

Zwar hatte unsere letzte Begegnung meine Lust daran erheblich getrübt, trotzdem sollte sie ein Geschenk bekommen. Nicht zuletzt sah ich es als ein Dankeschön für ihre ebenso liebevolle wie umfassende Pflege während meines Fieberanfalls. So ganz nebenbei hatte sie nämlich auch noch unseren Haushalt geschmissen, und das mit einer Perfektion, die in Steffens Augen hoffentlich keine Maßstäbe gesetzt hatte.

Erst hatte ich überlegt, ihr etwas Dekoratives für ihr Haus zu schenken, da sicher einiges darin dem Feuer zum Opfer gefallen war. Dann entschied ich mich jedoch dagegen. Ich wollte nicht Gefahr laufen, in einer offenen Wunde herumzustochern. Accessoires, so hatte ich feststellen können, hatte sie auch genug. Und Bücher brachte Steffen ihr ständig mit. Was blieb also? Ein Gutschein für einen Tag auf einer Schönheitsfarm? Auch das könnte sie falsch verstehen, überlegte ich. Und dann plötzlich kam mir eine Idee, für die ich mir selbst hätte auf die Schulter klopfen können. Ich machte auf dem Absatz kehrt, da ich das, was ich nun suchte, auf dieser Einkaufsmeile nicht finden würde. Eine kleine Telefonrecherche würde hoffentlich ausreichen, um fündig zu werden. Immerhin hatte ich nur bis Donnerstag Zeit.

Plötzlich spürte ich eine unbändige Vorfreude bei der Vorstellung, Thea ausnahmsweise einmal fröhlich zu erleben. Denn dass sie es bei diesem Geschenk sein würde, daran bestand für mich kein Zweifel. Es musste doch zu schaffen sein, dass sie mit vor Freude glänzenden Augen nach vorne schaute, anstatt voller Bitterkeit zurück.

Ich hoffte, für mein Geschenk würde es keine Altersbegrenzung geben. Bevor ich das nicht geklärt hatte, würde ich auch Steffen nichts davon erzählen, der sich tatsächlich von mir in den idyllischen Hinterhof des *Herrn Spoerl* hatte entführen lassen. Meiner guten Laune zuliebe ließ ich den vergangenen Abend unerwähnt und erzählte ihm stattdessen von der *englischen Rose* und meinem Versprechen, ihr bei ihrer amourösen Annäherung an den Professor behilflich zu sein.

»Da hast du dir ja eine ganze Menge vorgenommen«, sagte Steffen amüsiert. »Was für ein Typ ist denn das?«

Ich zuckte die Schultern. »Keine Ahnung. Ich habe ihn noch nicht kennen gelernt. In den Unterlagen steht nur, dass er ein dreiundsiebzigjähriger Witwer ist.«

»Das heißt, du weißt überhaupt nichts über seine Lebensumstände? Was ist, wenn er längst eine neue Lebensgefährtin hat? Dann hast du der alten Dame Hoffnungen gemacht und …«

»Keine Sorge«, unterbrach ich ihn. »Von Frauenbekanntschaften hätte sie bestimmt etwas mitbekommen. So verliebt, wie sie ist, hat sie sich dessen bestimmt vergewissert. Sie ist weder kopf- noch skrupellos.«

»Du übernimmst da eine ganz schöne Verantwortung.«

»Es sind erwachsene Menschen, die vielleicht noch einmal die Chance haben, in ihrem Spätherbst etwas zum Blühen zu bringen«, hielt ich ihm entgegen. »Deiner Mutter würde so etwas übrigens auch gut tun. Sie ist schon viel zu lange alleine, vielleicht ist sie deshalb oft in so einer trübsinnigen Stimmung.«

»Ich glaube, Mutter ist nicht offen für eine Beziehung.«

»Na, wenn schon kein neuer Partner, dann vielleicht ein Enkelkind?« Ich sah ihn mit einem schiefen Lächeln an, um dieser Frage ein wenig von ihrem Gewicht zu nehmen.

Seine Augen waren nicht gerade vor Schreck geweitet, aber auch meilenweit von einem freudigen Aufblitzen entfernt. »Ich wusste nicht, dass du Kinder willst«, meinte er so vorsichtig, als würde er gefährliches Terrain betreten.

»Ich habe weniger von Wollen als von einer Möglichkeit gesprochen«, präzisierte ich meine Worte. »Wir könnten ja zumindest einmal gemeinsam darüber nachdenken.«

»Findest du, dass dies der richtige Ort dafür ist?«

Ich ließ meinen Blick über die Nachbartische gleiten, die alle weit genug von uns entfernt standen, so dass niemand unser Gespräch belauschen konnte. »So überlegt bin ich an diese Frage nicht herangegangen«, sagte ich ehrlich. »Aber wenn du mich so fragst, würde ich sagen, es spricht nichts gegen diesen Ort. Weißt du einen besseren?«

»Ich weiß keine Antwort.« Das kam so leise, dass ich mehr ahnte, was er sagte, als dass ich es verstand.

Was ich allerdings unzweifelhaft verstand, war, dass er nicht die Ortsfrage, sondern die Kinderfrage beantwortet hatte. Und da ich sah, wie sehr dieses Thema ihn irritiert hatte, ließ ich es augenblicklich auf sich beruhen. Mochte der Ort vielleicht unbedeutend sein, der Zeitpunkt war es sicher nicht. Dann würde ich eben ein anderes Mal mit ihm darüber reden. Ich hatte zwar – biologisch gesehen – nicht mehr alle Zeit der Welt, aber allemal genug für ein besseres Timing. Ich würde warten, bis Thea in ihr Haus zurückgekehrt war. Dann würde Steffens Kopf sicher wieder freier und unbelasteter sein. Und nicht nur seiner, dachte ich voller Sehnsucht.

Die nächsten drei Tage vergingen wie im Fluge. Im Büro war ich so ausreichend mit Arbeit eingedeckt, dass mir kaum Zeit blieb, mich um Theas Geschenk zu kümmern. Wie sich herausstellte, war dieses Kümmern jedoch weit weniger zeitaufwändig, als ich zunächst angenommen hatte. Ein Blick ins Branchenbuch, ein Anruf und eine Fahrt nach Essen-Mülheim brachten mich ans Ziel.

Und dann war es so weit. Am Donnerstagabend um halb sieben trafen wir drei uns zu Hause, um von dort aus direkt zum Essen zu fahren. Genau wie ich hatte auch Steffen sich eine Überraschung für Thea überlegt und einen Tisch im Restaurant *Zur Post* in Odenthal, dem Geburtsort seiner Mutter, bestellt. Als wir in Leverkusen die Autobahn verließen und es nach einigen Kilometern immer ländlicher wurde, schien sie zu ahnen, wohin es ging.

»Hier habe ich meine Kindheit verbracht. Alles hätte so schön werden können … wenn nur …«, hörte ich sie ebenso bitter wie anklagend sagen.

»Heute *ist* alles schön, Frau Wolf«, versuchte ich, sie dieser Stimmung gleich wieder zu entreißen. »Und es wird noch schöner.« Ich konnte es kaum erwarten, ihr Gesicht zu sehen, wenn sie den Text auf dem Geschenkgutschein las. Den aufgestauten Groll vom vergangenen Sonntag und meine wieder auferstandene Antipathie ihr gegenüber hatte ich in die hinterste Kammer meines Gedächtnisses verbannt. Mit aller Macht wollte ich ihren neuerlichen Ausbruch als Ausrutscher sehen.

Der Tisch, den Steffen für uns reserviert hatte, war besonders festlich geschmückt, was Thea ein Lächeln entlockte. »Das wäre doch nicht nötig gewesen, Steffen.« Und zu mir gewandt: »Mein Geburtstag ist schon lange kein Grund mehr zum Feiern.«

Aber das waren nur Worte, ich merkte, dass die Aufmerksamkeit, die ihr damit zuteil wurde, ihre Wirkung nicht verfehlte. Ohne einen Kommentar vertieften wir uns in die Speisekarten. Thea und ich entschieden uns für Kabeljau, Steffen für Lamm. Nachdem wir unsere Wünsche weitergegeben hatten, kamen endlich die Geschenke an die Reihe.

»Steffen, du zuerst«, forderte ich ihn auf.

So übergab er ihr ein großformatiges Paket, das sich, vom Geschenkpapier befreit, als Bildband über moderne Wohnraumgestaltung erwies. »Ich dachte, irgendetwas Gutes müsse der Brand doch haben«, setzte er zu einer Erklärung an. »Jetzt kannst du dir das Wohnzimmer endlich so einrichten, wie es dir gefällt.«

»Danke.« Sie strich ihm sanft über seinen Unterarm. »Ich wünschte, dein Vater wäre so feinfühlig gewesen und auf diese Idee gekommen, bevor er das Haus einrichtete. So ist alles nach seinen Vorstellungen entstanden.«

Mir lag auf der Zunge zu sagen, dass man auch, anstatt wie ein Schaf auf ein Geschenk zu warten, ganz einfach den Mund aufmachen könnte. Aber was tat ich denn selbst gerade? Um des lieben Friedens willen hielt ich meinen Mund. Vielleicht war es Thea einmal ähnlich ergangen.

»Dafür können Sie jetzt Ihre Vorstellungen verwirklichen«, sagte ich aufmunternd. »Und sich einen Traum erfüllen«, fügte ich geheimnisvoll hinzu. Ich zog den Umschlag aus meiner Tasche und legte ihn vor sie auf ihren Teller.

Sie zog den Gutschein daraus hervor und las, was dort geschrieben stand. Dann sah sie mich verständnislos an.

»Mit diesem Gutschein können Sie das machen, was Sie immer wollten: fliegen. Er ist für eine Schnupperflugstunde in einer zweisitzigen Sportmaschine.«

Abwehrend schüttelte sie ihren Kopf. »Warum quälen Sie mich so, Anna? Nachdem ich mich nach all den Jahren nun endlich damit abgefunden habe.«

»Aber Sie haben sich doch gar nicht damit abgefunden, und das brauchen Sie auch nicht.«

»Ich bin zu alt.« Sie legte den Gutschein auf den Tisch und schob ihn zu mir herüber.

»Sind Sie nicht.« Sehr entschieden schob ich ihn zurück. »Ich habe mich erkundigt, es gibt keine Altersbegrenzung nach oben. Wenn Ihnen die Stunde Spaß macht, können Sie sogar Ihren Pilotenschein noch machen, immer vorausgesetzt, der Fliegerarzt hält Sie für flugtauglich.« Und ich war mir sicher, das würde er tun. Ihre Notarztepisoden hielt ich für reine Hysterie einer unausgelasteten Seele.

»Tut mir Leid, Anna, ich hoffe, Sie bekommen Ihr Geld für den Gutschein zurück. Hätte ich in meinem Alter noch fliegen wollen, dann hätte ich es längst mit Steffen getan.« In ihrem Gesicht spiegelte sich ihr Unverständnis, wie ich überhaupt auf so eine Idee hatte kommen können. »Manche Dinge sind unwiederbringlich vorbei, man kann sie nicht einfach Jahrzehnte später nachholen. Mit fünfundzwanzig, da hatte ich fliegen wollen, aber da hatte ich ein Kind.« Und schon standen wieder Tränen in ihren Augen.

Bestand denn diese Frau nur aus Vorwürfen? »Was hat denn das eine mit dem anderen zu tun?«, fragte ich aufgebracht, woraufhin Steffens Fuß unter dem Tisch auf sehr beredte Weise auf meinem landete – begleitet von einer unmissverständlichen Einhalt gebietenden Mimik.

»Jetzt wollen wir aber das Essen genießen«, überging Thea meine Frage und dokumentierte Tapferkeit.

Als wäre dies ein Stichwort gewesen, gab Steffen sich alle nur erdenkliche Mühe, die Unterhaltung am Tisch in Gang zu halten. Ich spielte jedoch nicht mehr mit, sondern schwieg, da meine Laune gründlich verdorben war. Die beiden schien das jedoch überhaupt nicht anzufechten. Guten Schauspielern gleich absolvierten sie ihre über Jahre hin eingeübten Rollen. Während Steffen seiner Mutter überfürsorglich jeden Wunsch von den Lippen ablas, gab sie sich gnädig und entspannte nach und nach ihren gequälten Gesichtsausdruck.

Meine immer noch annähernd gute Miene zum bösen Spiel wurde zunehmend brüchiger. Einzig die Tatsache, dass es Theas Geburtstag war, hielt mich von einem scharfen Kommentar zurück. Um jedoch nicht daran zu ersticken, nahm ich mir den Kabeljau, der gerade serviert worden war, vor und massakrierte ihn nach allen Regeln der Kunst. Ich bekam keinen Bissen davon hinunter.

»Köstlich«, sagte dagegen Thea zwischen zwei Bissen und nickte Steffen wohlwollend zu. Dann fiel ihr Blick auf mich, die ich sie böse anstarrte, und schließlich auf meinen Teller. »Sie essen ja gar nicht, Kind. Dabei ist dieser Fisch wirklich eine Sünde wert. Vergessen Sie doch für den Augenblick einfach mal Ihre Figur …« Ihr Lächeln sollte eine Aufforderung sein, wie ich annahm.

Da ich kurz davor war, mich selbst zu vergessen und eine Todsünde zu begehen, stand ich abrupt auf und ging schnurstracks zur Toilette, wo ich versuchte, meiner Aggressivität Herr zu werden. Während ich mich mit geschlossenen Augen gegen die kühlen Kacheln lehnte, gerieten meine Gefühle, wie immer wenn es um Thea ging, in Widerstreit. Einerseits konnte sie sich einmal mehr meines Mitgefühls sicher sein, andererseits war ich erschreckt über meinen Wunsch, ihr den Hals umzudrehen, damit ihre Augen endlich einmal einen wirklichen Grund hätten, tränenreich hervorzuquellen. Lange würde ich das nicht mehr aushalten.

Als ich die Toilette wieder verließ, war ich in einer merkwürdigen Stimmung. Bisher hatte ich immer noch angenommen, etwas ändern zu können, hatte einen Sinn in den Auseinandersetzungen gesehen. Aber jetzt? Ich spürte, wie ich mich innerlich zurückzog und Steffen zusammen mit seiner Mutter in einen Topf warf. Zurück am Tisch faltete ich die Hände im Schoß, ließ die Unterhaltung der beiden an mir vorbeifließen und suchte im wahrsten Sinne des Wortes händeringend nach einer Lösung. Wie die aussehen sollte, wusste ich noch längst nicht, aber eines wusste ich mit einem Mal ganz genau: So konnte es nicht weitergehen.

Als wir an diesem Abend ins Bett gingen, missdeutete Steffen das Ausbleiben eines meiner üblichen Kommentare. Da ich die Sache mit dem Gutschein mit keinem Wort erwähnte, wähnte er uns in einem friedlichen Miteinander. Das wiederum wirkte so erlösend auf ihn, dass er zu mir unter die Bettdecke kam und begann, mich zu streicheln. Ich spürte seinen warmen Atem in meinem Nacken und blieb stocksteif liegen. Das Letzte, worauf ich jetzt Lust hatte, war Sex. Mit einem definitiven *Heute nicht* rückte ich von ihm ab. Natürlich war mir klar, dass ich ihn quasi im Regen stehen ließ, aber was hatte er denn an diesem Abend mit mir getan?

Die schlechte Laune, mit der ich einschlief, begleitete mich durch den ganzen nächsten Tag. Ich hätte abwechselnd heulen und mit dem Fuß aufstampfen können. Pia versuchte, mich aufzuheitern, gab jedoch nach drei misslungenen Versuchen auf.

»Geh in den Wald und schreie es dir von der Seele«, riet sie mir mit ernstem Gesichtsausdruck, als ich gerade dabei war, das Büro zu verlassen.

»Zu viele Zeugen«, erwiderte ich in Erinnerung an meinen letzten Waldbesuch. »Aber hast du vielleicht Zeit für einen Kaffee?« Dann könnte ich mir meinen Frust zumindest von der Seele reden.

»Heute leider nicht. Ich habe ein Blind Date«, verriet sie mir aufgekratzt.

»Mit wem?«

»Mit einer Internet-Bekanntschaft. Montag kann ich dir mehr berichten.«

»Na dann …« Ich versuchte, mir meine Enttäuschung nicht anmerken zu lassen, wünschte ihr viel Glück und machte mich auf den Weg.

Zu Hause riss ich als Erstes die Terrassentür auf, stellte die Stereoanlage an und machte mir einen Kaffee. Die Raum füllenden Songs von Madonna taten mir so gut wie anderen ein entspannendes Schaumbad. Ich legte mich im Garten ins Gras und wendete mein Gesicht der Sonne zu. Die Musik vermischte sich mit der Geräuschkulisse spielender Kinder aus den Nachbargärten. Ich war kurz davor einzudösen, als ich das Gefühl hatte, beobachtet zu werden. Mein Gefühl trog nicht: Thea stand in der Terrassentür.

»Entschuldigen Sie, Anna, ich wollte Sie nicht stören«, sagte sie mit ehrlichem Bedauern. »Diese laute Musik ist nur so ungewohnt. Von Steffen kenne ich das gar nicht.«

Ich kannte es von ihm auch nicht – leider, wie ich fand.

»Er kommt da wohl eher nach mir«, fuhr sie fort. »Für Musik muss man den Kopf frei haben.«

»Nicht unbedingt. Oft macht sie den Kopf erst frei.«

»So viel Musik könnte ich gar nicht hören, dass das einmal gelingen würde.«

Nein, nicht schon wieder, wehrte ich im Stillen ab. Nur nicht darauf eingehen, sonst würde ich mir diesen ganzen Sermon wieder anhören müssen. Nur weg, dachte ich und sagte im Aufstehen: »Ich werde sie ausmachen.«

»Nein, Kind, lassen Sie nur, ich kann das schon mal eine Weile aushalten.«

Ich unterließ es, sie darauf hinzuweisen, dass Musik mehr

wollte, als nur ausgehalten werden. »Kein Problem«, erwiderte ich leichthin, »ich muss sowieso noch einmal weg.« Fluchtartig lief ich ins Wohnzimmer, schaltete die Stereoanlage aus und schnappte mir im Flur meinen Autoschlüssel. »Bis später«, rief ich im Hinausgehen, ohne ihre Erwiderung abzuwarten.

Einer spontanen Eingebung folgend fuhr ich in den Aaper Wald. Vielleicht war Pias Vorschlag, mir dort meinen Frust von der Seele zu schreien, doch gar nicht so schlecht. Irgendwohin musste ich schließlich damit. Ein wenig trauerte ich in diesen und ähnlichen Situationen immer noch den Zigaretten nach. Inzwischen übertrafen jedoch mein Stolz und meine Erleichterung, davon losgekommen zu sein, die Reste der Sucht.

Tief in Gedanken, nahm ich die vielen Jogger, die mir auf dem Aaper Höhenweg begegneten, nur am Rande wahr. Ich versuchte, mein derzeitiges Gefühlsleben zu ordnen, das mir wie eine Achterbahn vorkam. Mal schnitt ich bei Steffen das Kinderthema an, mal war ich nahe daran, mich mehr und mehr von ihm zurückzuziehen. Meine Mutter hätte diesen Zustand als völlig unausgegoren bezeichnet. Ich dagegen fühlte mich einfach nur verwirrt, als habe ich mich emotional verlaufen und könne den Weg nicht ausmachen, der mich hinaus aus diesem Wirrwarr und hin zu mehr Klarheit führte.

Manchmal wusste ich nicht mehr, was ich bei Steffen suchte, oder ob ich das, was ich bei ihm fand, auch wollte. Gerechterweise nahm ich an, dass es ihm ähnlich erging. Mit einem unglücklichen Seufzer ließ ich mich auf die nächste Bank sinken. Ralphs Brief fiel mir wieder ein und damit auch seine Frage: *Hast Du Dich mal gefragt, mit wem Du am liebsten Deine Zeit verbringen würdest, wenn Du nur noch wenig davon hättest?*

»Natürlich mit Steffen!«, murmelte ich ebenso leise wie beschwörend vor mich hin. Aber auch wenn ich diesen Satz herausschrie, konnte ich damit meine gegenwärtigen Zweifel vielleicht übertönen, zum Verstummen bringen ließen sie sich jedoch nicht. Zum ersten Mal gestand ich mir offen ein, dass ich unglücklich war, schwankend und völlig ratlos.

Ruperts Gesicht schob sich vor mein inneres Auge. Hatte Pia nicht gesagt, er kenne sich mit Menschen aus? Einem ersten Impuls folgend sprang ich von der Bank auf, um mich gleich darauf wieder hinzusetzen. Welche Fragen wollte ich ihm denn überhaupt stellen? Und ging es mir tatsächlich nur darum, bei ihm Antworten auf meine Fragen zu finden? Meine Gedanken drehten sich im Kreis. So kam ich keinesfalls weiter.

Mit entschlossenen Schritten kehrte ich zu meinem Auto zurück, um keine zehn Minuten später vor Ruperts Haus zu halten. Ich würde das Schicksal entscheiden lassen. Wäre er zu Hause – gut. Wenn nicht …

Auf mein Klingeln hin ertönte fast umgehend der Summer. Ich stieß die Tür auf und stand kurz darauf Pias Cousin gegenüber, der mir von seiner Wohnungstür aus entgegensah.

»Ich bin zufällig hier vorbeigekommen«, begann ich forsch, um mir selbst Mut zu machen.

»Freud meinte, es gäbe keine Zufälle.« Er drehte seinen Rollstuhl und gab mir ein Zeichen, ihm zu folgen. »Sollte es vielleicht magische Anziehung sein, die Sie hierher geführt hat?«, fragte er spöttisch.

Mein Herz klopfte bis zum Hals. »Wenn es die zwischen uns gäbe, wäre ich nicht hier«, entgegnete ich nach außen hin ungerührt.

»Wenn es die gäbe«, korrigierte er mich mit einem undefinierbaren Blick, »dann könnten Sie sich ihr wohl kaum entziehen. Was wollen Sie gegen ein Naturgesetz ausrichten?«

Ich drehte ihm den Rücken zu und konzentrierte mich

auf eines der Fotos an der Wand. »Wer ist diese Frau? Auch eine Unbekannte, der Sie ein Phantasieleben eingehaucht haben?« Das Gesicht der unscheinbaren jungen Frau, die mit schweren Tüten eine Straße entlangging, wirkte völlig entspannt. In ihren Augen meinte ich einen glücklichen Glanz entdecken zu können. Vielleicht bildete ich mir das aber auch nur ein.

»Das ist Felicitas, die Glückliche«, stellte er sie mir vor.

Also doch keine Einbildung. »Wie wird man glücklich?

»Für Glück gibt es kein Patentrezept. Ich kann Ihnen nur sagen, wie sie glücklich wurde. Auf ihrem Nachhauseweg hat sie unter einer Hecke eine kleine Zaunkönigfamilie entdeckt und einen wunderschönen Moment lang beobachtet.«

Als er nicht weitersprach, drehte ich mich zu ihm um und sah ihn erstaunt an. »Das ist alles?«

»Das ist eine Menge. Es sind selten die spektakulären Dinge, die uns glücklich machen.«

»Und wie verhält es sich mit dem Unglück?«

»Sind Sie deshalb hier? Weil Sie das wissen möchten?«

Jedenfalls zum Teil, gestand ich mir ein. »Pia sagte, Sie kennen sich mit Menschen aus.«

»Ein wenig.« Sein ruhiger Blick ließ mir Zeit. »Setzen Sie sich.«

»Ich will nicht lange bleiben.«

»Und ich will meine Halswirbelsäule nicht länger strapazieren, indem ich ständig zu Ihnen hochsehe.«

»Entschuldigung.«

»Akzeptiert.«

»Trotzdem gehe ich besser wieder.«

»Sind Sie in allem so wankelmütig?«, fragte er interessiert.

»Und wenn?«

»Dann kann ich Ihnen nicht helfen.«

»Sind Sie in allem so strikt?«, hielt ich ihm entgegen.

»Sagen wir mal so: Ich verschwende nicht gerne meine Energie.«

Seine Worte versetzten mir einen Stich. Schützend verschränkte ich meine Arme vor der Brust. »Wissen Sie immer von vornherein, ob sie verschwendet ist?«

»Nein, ich weiß nur, wann ich das Risiko gar nicht erst eingehe.«

»Und mit mir ist es Ihnen zu riskant?«

»Vielleicht.«

Unsere Blicke berührten sich für den Bruchteil einer Sekunde. Mir war, als würden wir beide zurückzucken, um uns nicht zu verbrennen. Ich wollte die Gefühle nicht, die sein Blick in mir heraufbeschwor. Sie durften nicht sein! »Ich muss gehen«, sagte ich mit brüchiger Stimme.

»Nein, müssen Sie nicht.« Er schien sich zusammenzureißen. »Wir sind zwei erwachsene Menschen.«

Plötzlich musste ich lächeln. »Das klingt, als würden Sie sich selbst Mut machen.«

»Setzen Sie sich endlich!« Der spöttische Zug um seinen Mund hatte wieder die Oberhand gewonnen. Er zeigte nacheinander auf alle Sitzmöglichkeiten im Raum. »Sie haben freie Platzwahl.«

Ich suchte mir einen Stuhl, der so weit wie möglich von ihm entfernt war. Zum Glück kommentierte er meine Wahl nicht, weder mit Worten noch mit einem Blick.

»Legen Sie los.« Er lächelte mich aufmunternd an.

Plötzlich wurde mir die Absurdität meines Vorhabens bewusst. »Wir kennen uns kaum …«, fasste ich in Worte, was mir durch den Kopf ging.

»Kann ich Ihren Kummer nur dann verstehen, wenn wir uns kennen?«

»Nein, natürlich nicht, aber ich kann doch keinem fast Wildfremden mein Herz ausschütten.«

Sein Lächeln vertiefte sich zu einem fast übermütigen Grinsen. »Erstens sind meiner Wildheit natürliche Grenzen gesetzt – leider möchte ich hinzufügen – zweitens bietet die Fremdheit manchmal eine ganz nützliche Brücke …«

»Von wo nach wo?«, hakte ich ein.

»Von der subjektiven Einschätzung zur objektiven Betrachtung.«

Mein skeptischer Blick begegnete seinem ruhig abwartenden. »Und Sie sind objektiv?«

»Wenn ich mir Mühe gebe.«

»Gibt es noch ein Drittens?«

»Ja. Drittens sind wir uns längst nicht mehr fremd.«

Damit hatte er auf erschreckende Weise Recht.

14

Und so erzählte ich Rupert Wellensiek Theas Geschichte – soweit ich sie kannte. Meine aufgeregte Erzählung war weit davon entfernt, strukturiert zu sein, trotzdem unterbrach er mich nur selten mit Zwischenfragen. Als ich mir schließlich meinen Frust und meine Verwirrung von der Seele geredet hatte, sah ich ihn völlig erschöpft an.

»Ich frage mich, was ich falsch mache.«

»Das ist die falsche Frage.«

»Und welche ist die richtige?«, fragte ich skeptisch.

»Was erreicht diese Frau mit ihrem Verhalten?«, entgegnete er ruhig.

Eine ganze Menge, lag mir auf der Zunge zu sagen. Aber war das tatsächlich ihr Ziel? Das konnte ich mir beim besten Willen nicht vorstellen. »Ich glaube nicht, dass sie so zielstrebig an die Sache herangeht.«

»Bewusst nicht, aber sie gibt ihrer Umwelt und den Umständen ihres Lebens die Schuld an ihrem tief empfundenen Leid.«

Das konnte ich nachvollziehen. »Stimmt«, seufzte ich aus tiefster Seele, »sie ist der personifizierte Vorwurf. Dabei war bestimmt nicht alles nur schlecht in ihrem Leben.«

»Aber sie empfindet es so«, sagte er mit Nachdruck. »Das ist ganz entscheidend.«

»Irgendwann müssen die Dinge doch aber einmal abgeschlossen sein. Thea hingegen erzählt dauernd von Begebenheiten, die Jahre zurückliegen.«

»Das tun alle Opfer, die ihre Erlebnisse nicht verarbeitet haben.«

»Bei wirklichen Opfern kann ich das ja verstehen, aber Thea hatte auf viele entscheidende Geschehnisse in ihrem Leben durchaus Einfluss. Ein Opfer ist jemand doch nur dann, wenn er sich nicht wehren kann.«

»Auch eingebildetes Leid bereitet Schmerzen.« Er ließ seinen Worten Zeit zu wirken. »Das ist nicht mit einem Fingerschnipsen abzustellen. Menschen wie Ihre zukünftige Schwiegermutter geraten leicht in den Ruch, ihren Mitmenschen etwas vorzuspielen, weil diese nicht nachvollziehen können, was sie da zu hören bekommen. Aber das ist nicht so. Insofern haben Sie auch Recht, wenn Sie sagen, dass diese Thea die Sache nicht zielstrebig angeht. Trotzdem erreicht sie ein Ziel: Sie legt beständig die Verantwortung für ihr eigenes Leben in fremde Hände. Immer ist irgendetwas oder irgendjemand dafür verantwortlich, dass sie unglücklich ist, nie jedoch sie selbst. *Wenn der oder das nicht gewesen wäre, dann hätte ich glücklich sein können* – das ist ein ganz typischer Satz für diese Menschen. Sie sehen sich ausnahmslos als Opfer, auch wenn sie das in vielen Fällen objektiv gesehen gar nicht sind.«

»Manchmal sind sie es aber doch«, gab ich zu bedenken, »wenn ich zum Beispiel an das gestohlene Portemonnaie oder den Hausbrand denke … Oder nehmen Sie den Selbstmord ihres Mannes.« Ich sah ihn gespannt an.

»Stimmt, genauso wie jeder andere Mensch geraten auch sie in Situationen, in denen sie zunächst hilflos sind. Aber sie differenzieren nicht, für sie existieren keine Unterschiede. Deshalb nehmen sie Handlungsmöglichkeiten auch dann nicht wahr, wenn sie sich auftun.«

Ich dachte einen Moment über das nach, was er mir gerade erklärt hatte. »Niemand entscheidet sich freiwillig dafür zu leiden. Das wäre doch absolut idiotisch.«

»Das ist weder freiwillig noch eine Entscheidung«, antwortete er ruhig. »Die Weichen werden dafür schon sehr früh gestellt.«

»Nein, bitte nicht diese Leier«, wehrte ich ab. »Die Kindheit kann doch nicht für alles herhalten.«

»Nicht für alles, aber für manches«, lachte er amüsiert.

Ich ließ mich von seinem Lachen jedoch nicht anstecken. »Woher weiß ich eigentlich, dass das, was Sie sagen, auch stimmt? Sind Sie wirklich Psychologe oder ist Ihr Wissen das Ergebnis eines langen Leidensweges als tatsächliches Opfer?«, fragte ich vorsichtig mit Blick auf seinen Rollstuhl.

Meine Frage schien ihn zum Glück nicht zu brüskieren. »Mein Wissen habe ich mir mühevoll während meines Studiums angeeignet, der Rollstuhl kam erst danach.«

»Konnten Sie sich durch Ihr Studium selbst helfen?«

»Ja.«

»Entschuldigen Sie, wenn …«

Er winkte ab. »Ich hatte fünf Jahre Zeit, meinen Unfall und seine Folgen zu verarbeiten.«

»Wie ist er passiert?«

»Ich bin mit meinem Rennrad auf abschüssiger Strecke an den Bordstein geraten. Ein winziger, unachtsamer Augenblick, ein unglücklicher Sturz, ein irreparabler Schaden …« Er sah an sich hinab. »Das Ergebnis sehen Sie.«

»Und zwischen diesem Augenblick und seinem Ergebnis?«

»Da lag nicht selten die Hölle. Abgesehen davon, dass es dort mehr als düster ist, ist sie mit Worten gepflastert, die verdammt wehtun.« Ihm war anzusehen, dass ihn dieser Schmerz immer noch begleitete. »Allen voran dieses gnadenlose *Nie wieder.*«

Er brauchte gar nicht weiterzureden, ich ahnte, was sie bedeuteten. Nie wieder die eigenen Beine zu spüren, beschrieb ohne Zweifel nur einen Bruchteil dessen, was in seinem Fall für immer vorbei war. »Wäre es leichter gewesen, wenn jemand anderes schuld an Ihrem Unfall gewesen wäre?«

»Nein, das hätte an den Folgen nicht das Geringste geändert«, erwiderte er sehr entschieden.

»Sie wirken überhaupt nicht verbittert«, stellte ich in Anbetracht seines verblüffend nüchternen Tons erstaunt fest.

»Mit Bitterkeit würde ich doch nur meine Seele vergiften, und ich finde, es reicht, was mit meinem Körper geschehen ist.« Sein Blick glitt für einen Augenblick in die Ferne, um schließlich wieder den meinen festzuhalten. »Der Psychologe Norman Wright hat gesagt: *Wir können nicht beeinflussen, was mit uns geschieht, aber wir können entscheiden, welche Folgen das Geschehene für uns hat.* Das ist in meinen Augen etwas ganz Entscheidendes, es hat mir geholfen, meinen Zustand zu akzeptieren. Jedenfalls weitestgehend«, schickte er nachdenklich hinterher. »Die tagtäglichen Einschränkungen sind schon beträchtlich.« Ich musste ihn so betroffen angesehen haben, dass er mir sogleich aufmunternd zulächelte. »He … das ist mein Problem, Frau Laudien, nicht Ihres!«

Was würde ich dafür geben, einen solchen Satz einmal aus Theas Mund zu hören, überlegte ich sehnsüchtig. Wie entlastend müssten diese Worte für Steffen sein … »Sind Sie eigentlich niedergelassen als Psychologe?«, fragte ich hoffnungsvoll.

Er nickte abwartend.

»Wenn ich Thea überreden könnte, sich einmal mit Ihnen zu unterhalten, vielleicht …«

»Das wird nicht möglich sein. Ich habe mich zwischenzeitlich spezialisiert und eine sehr lange Warteliste.«

»Worauf haben Sie sich spezialisiert?«, fragte ich enttäuscht.

»Auf die Therapie von Körperbehinderten. Da kann ich

nicht nur auf mein Studium zurückgreifen, sondern auch auf einen reichen Erfahrungsschatz.«

Ich suchte vergeblich nach Spuren von Sarkasmus in seinem Tonfall. Was ich dagegen meinte, heraushören zu können, war eine sehr lebhafte Erinnerung an Negativerlebnisse, die nichts mit dem eigentlichen Unfall zu tun hatten. »Ist es der Stempel, der einem automatisch aufgedrückt wird?«, fragte ich.

Mit einem nachdrücklichen Nicken bestätigte er meine Vermutung. »Ja, es ist auch dieser Stempel. Viele Menschen haben Schwierigkeiten mit einer Abweichung von der Norm. Es sind die Blicke auf der Straße – die ausweichenden genauso wie die mitleidigen. Es sind unzählige kleine Situationen, die einem stets aufs Neue die eigene Hilflosigkeit bewusst machen. Es sind die Ziele, die sich plötzlich nicht mehr oder nur noch unter sehr erschwerten Bedingungen erreichen lassen. Es sind die Freunde, die nicht ständig Rücksicht nehmen wollen. Oder denken Sie nur einmal an den perfektionistischen Körperkult, der heutzutage so weit verbreitet ist. Für viele Körperbehinderte geht es darum, ihren Körper, der nicht mehr *intakt* ist, überhaupt erst einmal zu akzeptieren.«

Und ich dachte über ein paar überzählige Pfunde nach.

»Jetzt sind wir aber ganz von Ihrer Geschichte abgekommen«, sagte er voller Bedauern. Er sah auf seine Uhr. »Obwohl es dazu noch eine ganze Menge zu sagen gäbe, müssen Sie jetzt leider gehen. Ich habe gleich noch einen Patienten.« Er lächelte mich entschuldigend an.

»Können wir unser Gespräch ein anderes Mal fortsetzen?«, fragte ich spontan, während ich sein Lächeln erwiderte.

»Sicher.« Er ergriff die Räder seines Rollstuhls und setzte diesen mit seinen durchtrainierten Armen fast mühelos in Bewegung. »Ich begleite Sie noch zur Tür.«

»Ist nicht nötig.« Ich konnte meinen Blick kaum von seinen Händen lassen. Eine tiefe Sehnsucht überfiel mich, seine Haut auf meiner zu spüren. Und wäre es nur für einen winzigen Augenblick.

»Wer redet hier von Not?«, fragte er gelassen. »Es ist mir ein Bedürfnis.«

»Sie sind sehr bescheiden, wenn es um Ihre Bedürfnisse geht.« Ich folgte ihm hinaus.

»Und Sie schließen von der Spitze des Eisbergs auf den Rest. So etwas kann fatale Folgen haben«, sagte er mit rauer Stimme.

»Wollen Sie mich warnen?«

»Wenn Ihnen Gefahr drohte, würde ich es tun.«

An der Wohnungstür angekommen, öffnete er und ließ mich an sich vorbei hinausgehen. In seinem Blick lag ein tiefer Ernst, über den sich in Bruchteilen von Sekunden der Schleier eines spöttischen Lächelns legte.

»Hatte Ihr Sturz irgendwelche Folgen?«, wechselte er unversehens das Thema.

Nur die, dass ich immer noch meinte, seinen Finger auf meiner Haut spüren zu können. »Nein«, antwortete ich fest, »keine.«

»Dann ist es ja gut.« Er ergriff die Räder seines Rollstuhls und rollte rückwärts in die Wohnung. »Passen Sie auf sich auf, Frau Laudien«, sagte er sanft.

»Sie auch«, entgegnete ich leise und verließ eilig das Haus.

Als ich wieder im Auto saß, fühlte ich mich wunderbar lebendig und unbeschwert. Ich wollte nicht darüber nachdenken, woher das kam, ich wollte es einfach nur genießen.

Zurück zu Hause versuchte ich, mir ohne schlechtes Gewissen meine unbeschwerte Stimmung zu bewahren. Ich hätte mich jedoch gar nicht zu wappnen brauchen. Steffen und

Thea standen einträchtig in der Küche, kochten gemeinsam und sahen mir wohlwollend entgegen.

»Mutter ist auf die wundervolle Idee gekommen, am Sonntag ihre Freundinnen zu einem Geburtstagskaffee hierher einzuladen. Was sagst du dazu?«, fragte er mich freudig.

»Na, was schon?«, stimmte ich ein. »Prima Idee!« Ich war so aufgekratzt, dass ich diese Idee selbst dann noch prima gefunden hätte, wenn Thea mich bereits eigenmächtig für die Vorbereitungen verplant hätte.

»Siehst du, habe ich es dir nicht gesagt?«, wandte Steffen sich vieldeutig an seine Mutter.

»Was hast du gesagt?«, fragte ich neugierig und sah zwischen beiden hin und her.

»Mutter meinte, du wärst noch böse wegen unseres Einweihungsfests und würdest deshalb nicht wollen, dass sie hier eine kleine Feier veranstaltet.«

Sprachlos starrte ich Thea an.

»Sehen Sie mich nicht so an, Kind! Ich hätte es durchaus verstehen können, wenn Sie so reagiert hätten. Es ist schwer, am Rand zu stehen und zuzuschauen, wenn andere das bekommen, was man sich selbst wünscht.«

»Haben Sie mich tatsächlich als so neidisch kennen gelernt?«

»Das hat mit Neid nichts zu tun, es wäre einfach nur menschlich und …«, setzte sie zu einer Erklärung an.

Ich unterbrach sie kurzerhand. »Ich kann das schon einmal aushalten.« Noch während ich sprach, überlegte ich mir, ob es gar nicht der zu erwartende Lärm und die Unruhe unseres Einweihungsfests gewesen waren, die Thea bewogen hatten, meine Pläne so entschieden zu torpedieren. Hätte sie es nicht ausgehalten, dass wir ein Fest feierten, obwohl es ihr schlecht ging?

Ihre Stimme durchbrach meine Gedanken. »Wenn man ein

schönes Leben hat, ist es wahrscheinlich leichter, auch einmal zurückzustecken. Das hatte ich vergessen, Anna. Ich gehe immer von mir aus …« Schon sprach sie wieder in diesem leidenden Tonfall, den ich so gar nicht ausstehen konnte.

Zähle bis zehn, Anna!, befahl ich mir im Stillen. Eins, zwei …

»Mutter, wie wäre es, wenn du dich jetzt ein wenig ausruhst? Anna und ich machen das Essen fertig und rufen dich dann.« Steffen spielte für Thea schon wieder den Pausenclown.

Auch das konnte ich nicht ausstehen. Sieben, acht …

»Du hast Recht, Junge. Der Sonntag wird anstrengend genug.« Sie strich ihm dankbar über seine Wange und verließ die Küche.

… zehn! »Ich platze gleich«, schnaufte ich vor unterdrückter Wut.

»Was ist denn jetzt schon wieder?«, fragte er hörbar genervt.

»Das fragst du? Merkst du nicht, was sie macht?«

»Nein, merke ich nicht«, antwortete er drohend.

»Sie gibt mal wieder die Leidende.«

Sein Gesichtsausdruck vereiste ebenso wie seine Stimme. »Auf die Gefahr hin, dass ich mich wiederhole: Ich mag es nicht, wie du über meine Mutter sprichst.«

»Verteidigst du mich ihr gegenüber eigentlich auch?«

»Das brauche ich nicht, sie redet nicht schlecht über dich.«

»Redet sie überhaupt über mich?«

»Wie meinst du das?«

»Na ja … Menschen, die sich den ganzen Tag mit sich selbst beschäftigen, bleibt wenig Raum, um sich auf andere zu konzentrieren.«

Steffen zuckte zusammen, als hätte ich ihn geschlagen. Für einen Moment schien er sprachlos. »Es ist abgrundtief gemein, was du sagst. Auf wen hat Mutter sich denn konzentriert, als du mit hohem Fieber im Bett lagst, für wen kocht sie denn hier ständig?« Die Verzweiflung in seiner Stimme traf mich weit mehr, als es vorher der Kälte gelungen war.

»Das ist alles richtig, aber …«

»Bitte, Anna … sie ist vielleicht nicht immer ganz einfach, aber sie meint es doch gut. Kannst du dir nicht ein wenig Mühe geben? Es ist doch nicht mehr für lange.«

»Ich könnte mir sogar lange Mühe geben, wenn ich der Überzeugung wäre, das würde für irgendetwas gut sein. Aber deine Mutter ist wie ein Schwamm, dessen Saugfähigkeit gegen unendlich strebt. Seit sie hier ist, beobachte ich, wie du sie von vorne bis hinten bemutterst, aber es ist nie genug. Du reibst dich auf und …«

»Hör bitte auf, mir vorzuschreiben, wie ich mit meiner Mutter umzugehen habe.«

Ich holte tief Luft, bevor ich fortfuhr. »Steffen, reicht es dir nicht auch manchmal? Es kann doch nicht sein, dass du das alles schluckst, ohne dass es dir je aufstößt.« Ich suchte in seinem Blick nach einer Bestätigung meines Gefühls. »Deine Mutter hat die Fähigkeit, mich in Sekundenbruchteilen auf die Palme zu bringen. Und ich habe nicht selten das Bedürfnis, sie von dort aus mit Kokosnüssen zu bewerfen.«

Seine enorme innere Anspannung stand ihm ins Gesicht geschrieben. »Dass du ihr gegenüber solche Gefühle hegst, ahne ich schon seit einiger Zeit«, antwortete er in einer Mischung aus Bitterkeit und tiefer Enttäuschung. Er musste gar nicht hinzufügen, dass ich ihm damit sehr wehtat, ich sah es ihm an. »Deine latente Aggressivität ist fast greifbar«, fuhr er fort.

»Kannst du sie denn auch verstehen?«, fragte ich voller Hoffnung.

»Als Arzt ja, als Mensch nein.«

»Wie meinst du das?«

»Du legst ein ausgeprägtes Suchtverhalten an den Tag. Die Auswirkungen von Zigarettenentzug sind nicht zu unterschätzen. Ich weiß das, trotzdem fällt es mir schwer zuzusehen, was das aus dir macht.«

»Steffen, bist du noch ganz bei Trost?«, brauste ich auf. »Ich rede über Thea ...«

»Dann machst du dir etwas vor. Aber auch das ist typisch.«

»Typisch wofür?«

»Für Suchtpersönlichkeiten.«

Ich schluckte und holte zum Gegenschlag aus. »Weißt du aus eigener Erfahrung so gut über Suchtpersönlichkeiten Bescheid?«

»Diese Frage verstehe ich nicht.«

»Du fühlst dich doch nur dann wohl, wenn du deine Mutter in einen Kokon aus lauter Fürsorge hüllst.«

»Wir haben ein sehr inniges Verhältnis«, entgegnete er schneidend, »falls es das ist, worauf du anspielst. Und ich habe nicht vor, das durch dich zerstören zu lassen.«

Mein Tonfall stand seinem in nichts nach. »Gegen ein *inniges* Verhältnis ist überhaupt nichts einzuwenden, aber gegen ein verkehrtes durchaus. Du bist ihr Sohn und nicht ihr Vater. Sie missbraucht dich schamlos, und du lässt es nicht nur geschehen, sondern verteidigst sie auch noch. Und erzähle mir jetzt nicht, wie schwer sie es gehabt hat, das kann ich nämlich nicht mehr hören.«

»Weißt du, was ich nicht mehr hören kann?« Seine Augen schossen giftige Pfeile in meine Richtung, während eine ausgeprägte Zornesröte von seinem Hals aus sein ganzes Gesicht überzog. »Deine egozentrischen Tiraden. Hätte ich gewusst, wozu du fähig bist, dann ...«

»Was dann? Hättest du es dir dann noch einmal überlegt?«

Wir bewegten uns beide auf einem sehr schmalen Grat. Ein Schritt zur Seite und die Kontrolle wäre verloren. In mir brodelte es wie kurz vor einem Vulkanausbruch. Und ich war mir sicher, dass es in ihm nicht viel anders aussah. »Es ist noch nicht zu spät, Steffen. Wozu haben wir schließlich unsere Probezeit.«

»Jetzt weiß ich auch, warum du darauf bestanden hast«, entgegnete er feindselig.

»Wie meinst du das?«

»Du hast ja schon einen gewissen Erfahrungsschatz.«

Einen Moment lang stand ich auf der Leitung, dann begriff ich, worauf er anspielte. »Du meinst meine Ehe.«

»Genau das. Menschen, die dazu neigen, alles kaputtzumachen, werden vielleicht mit der Zeit vorsichtiger.«

Würde ich zu den Menschen gehören, die versuchen, Konflikte mit körperlicher Gewalt zu lösen, dann hätte ich ihm genau in diesem Augenblick eine schallende Ohrfeige versetzt. Es zuckte in meinen Fingern, aber zum Glück war dieser Impuls genauso schnell vorüber, wie er aufgetaucht war. Was jedoch nicht verschwand, war das Gefühl einer tiefen Verletzung. Intuitiv wusste ich, dass Steffen in dieser Weise zuschlug, weil er auch zutiefst verletzt war. Dieses Wissen schwächte jedoch nicht die Emotionen, die er bei mir auslöste. Und es verhinderte auch nicht die Reaktionen. »Der beste Beweis, dass deine Theorie nicht stimmt, sitzt seelenruhig draußen im Wohnzimmer und wartet auf die nächste Gelegenheit, massiv in unser Leben einzugreifen.« Mein Herz raste. »Bist du deshalb eigentlich nie aus Düsseldorf fortgegangen – weil sie dich nicht hat gehen lassen?«

»Du solltest mich inzwischen eigentlich besser kennen, Anna, ich gehe, wann und wohin ich will. Und jetzt verlasse ich dieses Haus. Wenn ich zurückkomme, möchte ich von diesem Unsinn nichts mehr hören! Hast du mich verstanden?« Seine Stimme war kurz davor zu brechen.

Der einzige Grund, aus dem ich auf ein Widerwort verzichtete, waren die Tränen, die ich in seinen Augenwinkeln entdeckt hatte. Ich wandte mich ab und kümmerte mich fahrig um das Essen, das wir in der vergangenen halben Stunde völlig vergessen hatten. Das Geräusch der ins Schloss fallenden Haustür versetzte mir einen Hieb, der mir für einen Moment alle Kraft nahm. Ich lehnte mich gegen den Küchentresen und vergrub mein Gesicht in den Händen. Indem er das Haus verließ, hatte Steffen nicht nur einen räumlichen Abstand zwischen uns geschaffen. Ich spürte, wie wir uns immer weiter voneinander entfernten. In Gedanken suchte ich verzweifelt nach einer Lösung, wohl wissend, dass der Weg, den ich bisher eingeschlagen hatte, der falsche war. Aber zu allem zu schweigen konnte auch nicht der richtige sein.

»Hat die Woche Sie so sehr geschafft, Kind?« Thea stand plötzlich hinter mir und strich mir sanft über den Rücken. »Legen Sie doch einfach einen Moment die Füße hoch, ich kümmere mich ums Essen.«

Ich sah sie ratlos an, was sie völlig missverstand. Aber wie sollte sie auch wissen, was gerade in mir vorging?

»Keine Sorge, das schaffe ich schon. Wo ist eigentlich Steffen?«

»Der musste noch einmal weg zu einem Patienten.«

»Ich habe das Telefon gar nicht gehört.«

»Er wurde über sein Handy gerufen«, log ich.

Sie nickte betrübt. »Man bekommt eben nichts geschenkt.«

Ohne einen Kommentar ging ich hinauf ins Schlafzimmer und ließ mich dort erschöpft aufs Bett sinken. Meine Gedanken kreisten um Steffen und die Frage, warum er Thea so kritiklos begegnete und sie mir gegenüber fast wie eine Löwenmutter verteidigte. Ohne eine Antwort zu finden, fiel ich in einen traumlosen Schlaf, aus dem Steffen mich in die Wirklichkeit zurückholte.

Er hielt meine Hand in seiner und küsste sie zärtlich. »Magst du zum Essen hinunterkommen?«

Ich sah ihn benommen an.

Er umfing mich mit einem Blick so voll von Traurigkeit, dass ich mich aufsetzte und ihn umarmte. »Wir schaffen das schon!« Dabei legte ich eine Zuversicht in meine Stimme, die weit davon entfernt war, meiner gegenwärtigen Überzeugung zu entsprechen. Als wir uns in dieser Nacht liebten, taten wir es voll verzweifelter Hoffnung.

Ob Thea etwas von unserer Grundstimmung mitbekam, hätte ich nicht sagen können. Wenn, dann gelang es ihr meisterhaft, ihre Eindrücke zu überspielen.

Als am Sonntagnachmittag die Damen zum Kaffeekränzchen anrückten, verzog ich mich nach oben. Thea hatte mich zwar eingeladen, daran teilzunehmen, aber ich hatte unerträgliche Kopfschmerzen vorgeschützt. Das Letzte, was ich zu diesem Zeitpunkt ertragen hätte, wäre eine Glückliche-zukünftige-Schwiegertochter-Soap gewesen. Ich war nicht glücklich, und das mit der Zukunft rumorte so kräftig in mir, dass ich mich am liebsten für eine Weile auf eine einsame Insel verzogen hätte, um in Ruhe darüber nachzudenken. So lag ich auf unserem Bett und dachte an Steffen, dem Thea großzügig für diesen Nachmittag freigegeben hatte. Auch er hatte sich *nach oben* verzogen – weit, weit weg in seinen Himmel.

In Gedanken ließ ich vor meinem inneren Auge unsere erste Zeit wieder auferstehen. Mit den Bildern kamen auch die guten Gefühle zurück, begleitet von einer Wehmut, die mir Angst machte. Es war, als wäre mein Gefühl bereits ein Stück des Weges vorausgegangen und hätte dabei zunehmend an Kraft verloren. Gleichzeitig gab es ein Gefühl, das stärker wurde, das mit Steffen jedoch nichts zu tun hatte. Es war ein Gefühl, das ich mir verbot, das ich versuchte zu unterdrücken. Es fand jedoch immer wieder Schlupflöcher, durch die es in mein Bewusstsein drang.

Entschlossen raffte ich mich auf und verscheuchte jeden weiteren Gedanken, der in diese Richtung ging. Die beste Ablenkung würde die Konzentration auf meine Spanisch-Vokabeln sein. Auf dem Weg ins Arbeitszimmer hörte ich unten ein Geräusch. Ich sah über das Treppengeländer und erhaschte einen Blick auf eine von Theas Freundinnen, die gerade aus der Gästetoilette kam.

»Frau Behrendt?«, fragte ich überrascht und blieb wie angewurzelt stehen.

Die *englische Rose* sah zu mir hoch und schien nicht weniger erstaunt. »Frau Laudien!«

»Was tun Sie hier?«

»Dasselbe könnte ich Sie fragen«, entgegnete sie gutmütig.

»Ich wohne hier.«

»Und ich bin hier zu Gast.«

»Dann sind Sie eine von Theas Freundinnen«, sagte ich ungläubig. Ich lief die Treppe hinunter zu ihr, nicht ohne mich mit einem Seitenblick zu vergewissern, dass die Wohnzimmertür geschlossen war.

»Ist das so schlimm? Wie Sie das sagen, klingt es, als habe ich eine schwere Schuld auf mich geladen.«

Ich riss mich zusammen. »Um Gottes Willen, nein!«, wehrte ich diese Vermutung ab. »Ich war nur so überrascht, Sie hier zu sehen.«

»Dann müssen Sie die zukünftige Schwiegertochter sein. Da hat Thea ja wirklich Glück im Unglück.«

»Sagt sie das?«

»Ich glaube, so weit denkt sie im Augenblick noch gar

nicht. Der Hausbrand steht noch so sehr im Vordergrund. Das kann man ja auch verstehen. Die Ärmste … Ich kenne eigentlich keinen anderen Menschen, dem zeit seines Lebens so übel mitgespielt wurde. Manchmal frage ich mich, woher Thea die Kraft nimmt, all das zu ertragen.«

Dass mir vor ungläubigem Staunen nicht der Unterkiefer hinunterklappte, war allein meinen Muskeln zu verdanken, die mich in diesem Augenblick nicht im Stich ließen. Thea schien also nicht nur innerfamiliär hervorragende Grundlagenarbeit zu leisten. Wenn all ihre Freundinnen so dachten, dann musste sie eigentlich von einer Welle des Mitgefühls getragen sein. Allein das hätte Balsam für ihre Seele sein müssen.

»Und anstatt sich zu verkriechen«, fuhr sie fort, »hat sie immer noch ein Ohr für die anderen und hilft, wo immer sie kann – egal, wie sehr sie selbst leidet und wie schlecht es ihr geht. Sie ist eine wirkliche Freundin, immer da, wenn man sie braucht. Sie können sich glücklich schätzen, eine solche Schwiegermutter zu bekommen.«

Therese Behrendt sprach mit unumstößlicher Überzeugung und Zuneigung, was mich kurz darüber nachdenken ließ, ob wir uns tatsächlich über dieselbe Frau unterhielten.

»Mhm.« Mehr brachte ich dazu beim besten Willen nicht über meine Lippen.

»Haben Steffen und Sie denn schon einen Termin?«

»Sie kennen Steffen?«, überging ich ihre Frage.

»Natürlich! Seit Jahren. Er ist nicht nur ein lieber Junge, sondern auch ein hervorragender Arzt.«

Wie konnte das sein? Wenn sie ihn kannte, dann kannte er sie umgekehrt doch auch. Warum hatte er nie etwas gesagt, wenn ich ihm von ihr erzählt hatte? Und dann wurde es mir schlagartig klar. Ich hatte immer nur von der *englischen Rose*, nie jedoch von Therese Behrendt gesprochen.

»Kannten Sie auch Steffens Vater?«, fragte ich, einer inneren Eingebung folgend.

»O ja«, schwärmte sie. »Ein feiner Mensch war das. Wie er Thea das antun konnte, habe ich nie verstanden.« Sie sah mich betrübt an.

»Aber er hat es doch primär sich selbst angetan.«

»Ja … schon, wenn Sie das so sagen, aber …«

»Wo bleibst du denn, Therese?« Thea stand in der geöffneten Wohnzimmertür und sah fragend zwischen uns beiden hin und her.

»Ich habe mich kurz mit Frau Laudien unterhalten«, setzte die *englische Rose* zu einer Erklärung an.

»Geht es Ihnen besser, Kind?« Thea kam einen Schritt auf mich zu.

»Noch nicht wirklich.«

»Sind Sie krank?«, fragte Therese Behrendt besorgt.

»Nein, ich habe nur Kopfschmerzen«, beruhigte ich sie. Ein kurzer Blick in ihre Augen hatte genügt, um darin ihre Sorge zu erkennen, ich könne wieder für längere Zeit ausfallen.

»Ihr habt euch ja sicher bereits bekannt gemacht«, versuchte Thea, diese Flurszene zu einem schnellen Ende zu bringen, um sich wieder ihren Gästen im Wohnzimmer zu widmen.

»Das war nicht nötig«, antwortete ich, »wir kennen uns über mein Büro.«

»Wie klein die Welt ist. Na dann …«

»Geh nur vor, Thea, ich komme sofort nach, ich will noch kurz mit Frau Laudien etwas besprechen.« Kaum hatte Thea die Tür hinter sich geschlossen, wandte Therese Behrendt sich wieder mir zu. »Ich wollte Sie um einen Gefallen bitten. Keine von meinen Freundinnen weiß etwas von … na ja, Sie wissen schon.«

»Vom Professor?«, fragte ich in verschwörerischem Tonfall.

Sie nickte. »Und ich wäre Ihnen dankbar, wenn das auch so bliebe.«

»Versprochen«, sagte ich ernst.

»Ist Ihnen schon etwas eingefallen?« Ihr hoffnungsvoller Blick war zum Steinerweichen.

»Noch nicht, aber ich arbeite daran.« Meine Kreativität in Liebesfragen bewegte sich in diesen Tagen gen null, aber das verschwieg ich ihr tunlichst. Irgendetwas musste mir einfallen, denn einer Tatsache war ich mir inzwischen völlig bewusst: Die *englische Rose* würde nicht locker lassen, bis sie ihr Ziel auf die eine oder andere Weise erreicht hatte. Wie anders ist sie doch als Thea, ging es mir in diesem Augenblick durch den Kopf. Sie saß nicht einfach da und beklagte ihr Schicksal, sie versuchte, etwas daran zu ändern – wenn auch zugegebenermaßen mit etwas merkwürdigen Mitteln.

Und wenn ich nicht in Theas Fußstapfen treten wollte, musste ich auch langsam etwas ändern. So nutzte ich an diesem Abend Steffens ausgeglichene Stimmung für ein Gespräch vor dem Einschlafen.

»Steffen, wovon träumst du?«

»Meistens bin ich viel zu müde zum Träumen«, antwortete er gähnend.

»Das meine ich nicht.«

»Was meinst du dann?«

»Träume … Sehnsüchte … Hoffnungen …«

»Hm.« Was auch immer das heißen sollte.

»Beschreib mir einen deiner Träume«, bat ich ihn leise.

Er schwieg. Als ich schon fast nicht mehr mit einer Antwort rechnete, begann er stockend zu erzählen. »Als kleiner Junge habe ich davon geträumt, eine Burg mit starken Mauern und einer Zugbrücke zu besitzen. Ich habe sie mir ganz genau ausgemalt.« Seine Stimme hatte einen sehnsüchtigen Klang angenommen. »Sie lag hoch oben auf einem Berg. Wenn es Feinde überhaupt bis dorthin schafften, dann scheiterten sie an dem Burggraben und der Zugbrücke. Dort war ich sicher und hatte meine Ruhe.« Sein Blick entschwand in die Ferne.

Meiner dagegen fiel auf seine abgebissenen Fingernägel. Und ich konnte an nichts anderes denken, als dass er die einzigen anderen Menschen, die in seinem Traum auftauchten, als Feinde beschrieben hatte.

»Und du? Wovon träumst du?«, fragte er gähnend.

Ich ließ mich zurück auf mein Kopfkissen sinken und starrte die Decke an, während ich über seine Frage nachdachte. Wovon träumte ich? Ich träumte davon, mit dem Mann, den ich liebte, alt zu werden. Ich träumte davon, gemeinsam Hindernisse zu bewältigen, ohne sich dabei voneinander zu entfernen. Ich träumte von einem tiefen Verständnis und von Freundschaft. Ich träumte davon, gemeinsam zu lachen.

Plötzlich sah ich ein lachendes Gesicht vor meinem inneren Auge, das jedoch nicht die Züge des Mannes trug, der hier neben mir im Bett lag. Erschreckt setzte ich mich auf und sah Steffen an, um dieses andere Gesicht zu verscheuchen. Wäre er noch wach gewesen, wäre ich angesichts meiner merkwürdigen Reaktion sicher in einen Erklärungsnotstand geraten.

15

Das Wochenende entließ mich mit einem seelischen Kater in die neue Woche. Als wäre das nicht genug, schallte mir gleich am Morgen Birte Koflers überdrehte Stimme entgegen. Sie war aus dem Urlaub zurück. Für einen kurzen Augenblick konnte ich Steffens Sehnsucht nach einer Burg mit Zugbrücke nachempfinden. Aber es half nichts – wir teilten uns nun einmal ein Zimmer, und daran würde sich auch so schnell nichts ändern lassen.

Kaum saß ich ihr gegenüber, ging sie akribisch jeden einzelnen Vorgang durch, den sie mir während ihrer Abwesenheit zum Bearbeiten hinterlassen hatte. Das Schlimme an unserem Verhältnis war, dass ich ihr ausschließlich niedere Absichten unterstellte. Jeder noch so kleine Fehler würde ihr sicher eine große Genugtuung sein.

Und ich hatte mich nicht getäuscht: Mit einem zufriedenen Lächeln schrieb sie hier und da Notizen an den Rand meines Schriftverkehrs, begleitet von dem einen oder anderen sehr beredten Kopfschütteln in meine Richtung. Ich tat so, als bemerkte ich nichts davon, und konzentrierte mich auf den Inhalt der Postmappe, die Pia mir soeben mit einem mitfühlenden Blick auf den Tisch gelegt hatte.

»Tss, tss …«, ließ sie kurz darauf verlauten. Als ich auch darauf nicht reagierte, fuhr sie stärkere Geschütze auf: »Also wirklich, Frau Laudien! Wie lange sind Sie jetzt bei uns?«

»O Gott, Frau Kofler, wie ist das nur passiert?«

»Was?«, fragte sie stirnrunzelnd.

»Na, das mit Ihrem Gedächtnis. Es hat bisher immer so gut funktioniert. Sie kannten doch jeden Paragraphen auswendig … und jetzt das.« Ich sah sie übertrieben erschüttert an.

Endlich hatte sie begriffen. »Sie miese kleine …«

»Es sind jetzt übrigens etwas mehr als dreieinhalb Monate«, übertönte ich sie kurzerhand, indem ich bewusst leise sprach. »Ist Ihnen mit dieser Auskunft gedient?«

»… Ratte!«, spie sie mir entgegen.

»Dass Sie bei Ihrem ausgeprägten Konkurrenzdenken etwas gegen diese Tiere haben, ist nachvollziehbar. Deren Gedächtnis ist unschlagbar … heißt es. Wenn Sie mich jetzt weiter meine Post bearbeiten lassen, wäre ich Ihnen jedoch sehr dankbar.« Ich widmete mich ostentativ dem nächsten Schreiben auf meinem Tisch.

»Ist es Ihnen lieber, wenn ich den Umweg über Herrn Kahl wähle?«, fragte sie schneidend.

Was als Drohung gedacht war, prallte ohne Wirkung an mir ab. »Ehrlich gesagt ja«, antwortete ich, ohne aufzusehen.

Ich hörte sie rascheln, hinauseilen und kurz darauf wutschnaubend zurückkommen.

»Er kommt erst gegen Mittag ins Büro«, gab ich in aller Seelenruhe weiter, was ich von Pia erfahren hatte, als ich selbst nach ihm gesucht hatte.

»Sie …«

»Frau Kofler, Sie tun uns beiden einen Gefallen, wenn Sie meine Existenz in diesem Büro endlich akzeptieren. Ich werde Ihretwegen nicht kündigen, und ich werde ganz bestimmt nicht wegen ein paar Fehlern rausgeschmissen – mögen diese in Ihren Augen noch so unverzeihlich sein. Die Hoffnung können Sie begraben. Und in dem Zusammenhang noch ein kleiner Tipp am Rande: Aus Fehlern lernt man gewöhnlich. Wenn Sie aufhören, sich diesem eigentlich ganz natürlichen Entwicklungsprozess zu verweigern, könnte sich unser Verhältnis durchaus noch erträglich gestalten – für beide Seiten.«

»Sie …«

»Ja?«

»Vergessen Sie's!« In diesen Worten lag ihre gesamte Verachtung.

»Gerne.« Damit warf ich endlich einen Blick auf den Brief, den ich schon seit geraumer Zeit in Händen hielt. Es dauerte ein paar Sekunden, bis ich begriff, was ich da las. Nachdem ich mich vergewissert hatte, dass ich keiner Täuschung erlegen war, lief ich hinaus zu Pia.

»Das glaubst du nicht«, sagte ich immer noch ungläubig.

»Ich hab's gelesen«, erwiderte sie grinsend.

»Und da mache ich mir die ganze Zeit Gedanken, wie ich unserem gelehrten Stubenhocker die *englische Rose* schmackhaft machen kann.«

»Offensichtlich ist er bereits auf den Geschmack gekommen …«

»Offensichtlich …«, bestätigte ich gedankenverloren, um den Brief schließlich noch ein weiteres Mal zu lesen.

Der von Therese Behrendt für ein spätes Glück auserwählte Professor hatte an die Hausverwaltung Kahl geschrieben und um Einberufung einer Eigentümerversammlung gebeten. Darin solle vorgeschlagen werden, die Namen an den Türschildern sinnvollerweise auch in Blindenschrift zu drucken. Das Haus gewinne auf diese Weise unzweifelhaft Modellcharakter.

»Ich hoffe, dass diese ausgefallene Form der Annäherung nicht auch Modellcharakter bekommt«, sagte ich, immer noch staunend. Bei dem Stichwort *Annäherung* fiel mir etwas ein: »Pia, was ist eigentlich bei deinem Blind Date am Freitag herausgekommen?«

»Eine herbe Enttäuschung.« Mit zwei Fingern zwirbelte sie unaufhörlich einen ihrer Haarwirbel.

»In Form eines Pickelgesichts?«

»Wenn es das nur gewesen wäre ... aber er sah aus wie Brad Pitt.«

»Ich kann mir durchaus Schlimmeres vorstellen«, hielt ich ihr trocken entgegen.

»Vorgestellt habe ich mir auch einiges, als ich ihn sah, das kannst du mir glauben. Umso überraschter war ich dann, als er mir in der Kneipe ununterbrochen und fast verliebt von seinem PC erzählt hat. Er schwärmte mir eineinhalb Stunden davon vor, was er damit alles anstellen könne. Und dann habe ich mir gedacht, ich lade ihn noch auf einen Sprung zu mir ein, um zu sehen, was er mit mir so alles anstellen kann.« Sie schwieg bedeutungsvoll.

»Und? Jetzt mach es nicht so spannend, Pia!«

»Nichts *und*, tote Hose ...«

»Er konnte nicht?«, fragte ich vorsichtig.

»Dafür hätte ich ja Verständnis gehabt«, seufzte sie.

»Piaaaa!«

»Ja doch!« Sie setzte sich kerzengerade auf. »Er ist schnurstracks an meinem Bett vorbeimarschiert, hat sich an meinem Computer niedergelassen, wo er dann eine geschlagene Stunde mit vor Freude strahlenden Augen saß und mir allen möglichen Mist aus dem Internet runtergeladen hat. Er meinte, ich bräuchte das alles, dabei brauchte ich einfach nur ein bisschen ... ach, lassen wir das.« Sie machte eine wegwerfende Handbewegung. »Und du?«, fragte sie, immer noch mit Enttäuschung in ihrer Stimme. »Wie war dein Wochenende?«

»Schwere voreheliche Krise«, antwortete ich mit einem unglücklichen Lächeln.

»Bei Ihrer streitsüchtigen Veranlagung ist das doch kein

Wunder«, ertönte hinter uns Birte Koflers vor Häme triefende Stimme. Offensichtlich hatte sie gelauscht.

Hätte ich nur meinen Mund gehalten. Dieses Miststück gingen meine privaten Probleme nun wirklich nichts an. Dann hätte ich sie auch gleich an die große Glocke hängen können. Pia schien dasselbe durch den Kopf zu gehen, der Schreck stand ihr ins Gesicht geschrieben.

»Und wenn Sie Frau Finke weiterhin von der Arbeit abhalten, stecken Sie auch bald in einer beruflichen Krise, glauben Sie mir.« Sie genoss ihren kleinen Triumph sichtlich. An Pia gewandt fuhr sie fort: »Ich habe hier eine Akte, die kopiert werden muss.«

Also hatte sie nur meinen letzten Satz gehört, nicht jedoch Pias. Wir atmeten beide auf und sahen uns verschwörerisch an.

»Falls Sie Ihr Zimmer suchen, Frau Laudien, es ist gleich um die Ecke.« Jetzt hatte sie richtig Oberwasser.

Und mir riss der Geduldsfaden. »Dass Sie noch niemand um die Ecke gebracht hat, kann eigentlich nur Zufall sein. Schließlich gibt es für Affekthandlungen mildernde Umstände.«

Birte Kofler schnappte wie ein Fisch nach Luft, um schließlich ein zufriedenes Grunzen von sich zu geben. »Das werte ich als massive Drohung unter Zeugen.«

»Wo sind denn hier Zeugen?«, fragte ich mit Unschuldsmiene.

»Frau Finke …«, zischte sie auffordernd.

Pia tat, als sei sie in den Anblick der Akte vertieft, die Birte Kofler ihr zum Kopieren gegeben hatte. »Ja?«, antwortete sie mit einem betont abwesenden Blick.

»Das werden Sie mir büßen – beide!« Und weg war sie.

»Ich beneide dich nicht«, sagte Pia voller Mitgefühl.

»Um ehrlich zu sein, bin ich an dieser Entwicklung nicht

ganz unschuldig. Hätte ich von Anfang an klein beigegeben, dann …«

»Dann wärst du längst nicht mehr hier«, vollendete Pia meinen Satz. »Du hast sie noch nicht erlebt, wenn sie es mit jemandem zu tun hat, der schwächer ist als sie. Dann wird sie richtig fies.«

»Ich verstehe deinen Onkel nicht«, flüsterte ich. »Es wird sich doch auf dem Arbeitsmarkt eine Person finden lassen, die fähig ist, Paragraphen auswendig zu lernen, ohne gleich in ausgeprägter Haifischmanier um sich zu beißen.«

»Das Problem ist, dass er sie so nie erlebt. Ihm streicht sie immer Honig um den Mund.«

»Aber dir wird er doch glauben.«

»Hörensagen reicht ihm aber nicht, um sie hinauszuwerfen. Und wenn er Gespräche mit ihr und den Betroffenen geführt hat, dann war sie immer zuckersüß und zuvorkommend. Sie ist und bleibt eine Schlange.«

»Schlangen kann man zähmen oder ihnen zumindest die Giftzähne melken. Und bevor ich mich hier weiterhin jeden Tag ärgere, werde ich das eine oder andere ausprobieren.« Mein Blick fiel wieder auf den Brief in meiner Hand. »Aber erst sind mal der Professor und seine Auserwählte dran. Pia, wohin würde deine Großmutter essen gehen, wenn es sich um einen besonderen Tag handelt?«

Sie dachte einen Augenblick nach. »Ins Restaurant *Schorn*. Mir ist es da zu fein, aber meine Großeltern bekommen einen verklärten Blick, wenn sie davon reden.«

»Klingt, als wäre es genau das Richtige.« Ich schrieb mir den Namen des Restaurants auf.

»Anna?«

»Hm?«

»Bist du dir eigentlich immer noch sicher, dass dein Steffen genau der Richtige ist?«

»Pia, was soll das?«

»Hast du nicht eben etwas von einer schweren vorehelichen Krise gesagt?« Sie zog auf beredte Weise ihre Augenbrauen hoch.

»Bei einer Krise stellt man sich doch nicht gleich die Sinnfrage!« Obwohl ich genau das tat. Ich war jedoch noch längst nicht so weit, das auch zugeben zu können.

»Wann denn sonst?«

Voller Abwehr sah ich sie an, um gleich darauf wie gehetzt ihr Zimmer zu verlassen.

Zurück in meinem Büro ignorierte ich mein Gegenüber, griff zum Telefonhörer und reservierte für den kommenden Donnerstag um neunzehn Uhr im *Schorn* einen Tisch für drei Personen. Dann schickte ich sowohl Therese Behrendt als auch dem Professor eine Einladung zur *Vorbesprechung* einer Eigentümerversammlung. Mit dieser Formulierung bewegte ich mich zumindest im Rahmen der Legalität. Ich bat um vollzähliges und pünktliches Erscheinen und erklärte den ungewöhnlichen Tagungsort mit Malerarbeiten in unserem Konferenzraum.

Mein Plan war es, die beiden dort kurz zu begrüßen, um sie dann unter einem Vorwand sich selbst zu überlassen. Alles in der Hoffnung, dass dieser Anstoß genügte und die beiden fortan bei ihren Verabredungen auf die Mithilfe der Hausverwaltung Kahl verzichten konnten.

Die Gedanken, die ich mir noch am Donnerstagmorgen über einen plausiblen Vorwand gemacht hatte, stellten sich jedoch schon ein paar Stunden später als vollkommen überflüssig heraus. Thea rief im Büro an und bat mich, ihr auf meinem Heimweg Kopfschmerztabletten aus der Apotheke mitzubringen. Als ich ihr ankündigte, dass ich nicht vor acht Uhr nach Hause kommen werde, stieß sie einen verzweifelten Seufzer aus und überlegte laut, dann vielleicht besser Steffen mit dieser Bitte zu betrauen. Also versprach ich, vor meinem Termin noch kurz bei ihr vorbeizukommen.

Die Zeit war knapp bemessen, ich hatte gerade zehn Minuten, wenn ich mich nicht verspäten wollte. Ich lief ins Haus, rief nach ihr, bekam jedoch keine Antwort. Dann kann es ja so wichtig nicht gewesen sein, dachte ich gerade noch, als ich ein Stöhnen aus der Toilette vernahm.

»Ist alles in Ordnung, Frau Wolf?«, fragte ich durch die Tür.

Als Antwort erhielt ich ein erneutes Stöhnen. Mein Klopfen ging in einem Besorgnis erregenden Gurgeln unter.

»Frau Wolf?«, rief ich unschlüssig, woraufhin ich sie mit ganz schwacher Stimme antworten hörte. Ich stieß die Tür auf und fand sie über die Toilettenschüssel gebeugt vor. Als sie sich zu mir umdrehte, sah ich, dass ihr Gesicht kalkweiß und schweißüberströmt war. »Was ist passiert?«

»Ich …« Und schon überkam sie wieder eine Welle der Übelkeit.

Mit Mühe überwand ich meinen Ekel vor dem durchdringenden Geruch, machte ein kleines Handtuch nass und wischte ihr damit über die Stirn.

»Das geht schon seit Stunden so«, stammelte sie, »mal ist es Durchfall, mal Erbrechen.«

»Haben Sie Steffen angerufen?«

»Nein, Sie haben doch gesagt, dass Sie vorbeikommen.«

»Aber da wusste ich nicht, wie schlecht es Ihnen geht.« Wie hätte ich von Kopfschmerztabletten auf diesen Zustand schließen sollen?

Sie saß neben der Toilette, sah hilflos zu mir auf und zitterte wie Espenlaub.

»Können Sie aufstehen, wenn ich Ihnen helfe?«

»Ich bleibe lieber hier sitzen, es ist noch nicht vorüber.«

»Dann rufe ich Steffen an und …«

»Nein, bleiben Sie bitte, lassen Sie mich nicht allein.« Sie würgte, während ihr die Tränen übers Gesicht liefen und sich mit dem Schweiß vermischten.

Am liebsten wäre ich geflohen, da Übergeben für mich in etwa so ansteckend ist wie Gähnen, aber ich hielt durch, bis sich ihr Würgereiz endlich beruhigt hatte. Dann wusch ich ihr das Gesicht, stützte sie beim Aufstehen und brachte sie in ihr Bett. Nachdem ich die Decke fest um sie herumgesteckt hatte, damit sie nicht so stark fror, sah ich auf meine Uhr und stellte mit Schrecken fest, dass es bereits halb acht war. Seit einer halben Stunde sollte ich im *Schorn* sein. Verdammt! Ich lief hinaus zum Telefon, rief dort an und bat darum, den Professor an den Apparat zu holen.

»Kramer«, hörte ich ihn kurz darauf am anderen Ende der Leitung in einem abwartenden Ton sagen.

»Hausverwaltung Kahl, Anna Laudien«, meldete ich mich. »Herr Professor Kramer, es tut mir sehr Leid, aber ich kann unseren gemeinsamen Termin heute Abend nicht wahrnehmen, da ich einen Krankheitsfall in der Familie habe.« Die Realität hatte meinen Erfindungsreichtum in Sachen Vorwand längst überholt. »Ich werde mich wegen eines neuen Termins mit allen Beteiligten in Verbindung setzen. Wenn Sie das bitte auch Frau Behrendt ausrichten.«

»Natürlich«, sagte er beflissen. Falls er sich darüber wunderte, dass ich kein Wort über die beiden anderen Parteien im Haus verlauten ließ, so war ihm nichts davon anzumerken. Er schien sie jedoch auch nicht zu vermissen.

»Anna ...«, hörte ich Thea von ihrem Bett aus rufen.

»Herr Professor, ich muss jetzt leider Schluss machen, ich melde mich wieder«, versprach ich hastig und verabschiedete mich. Kaum hatte ich aufgelegt, klingelte das Telefon. Es war Steffen, der mir nur sagen wollte, dass er noch zwei Hausbesuche machen müsse. Ich schilderte ihm kurz Theas Symptome und fragte ihn, was ich tun solle.

»Den Flüssigkeitsverlust des Körpers ausgleichen. Ich komme so schnell ich kann«, sagte er gehetzt.

»Anna … bitte …« Theas Stimme klang erbärmlich.

»Steffen, ich muss auflegen, deine Mutter ruft.« Ich holte in der Küche eine Flasche Mineralwasser und setzte mich damit zu ihr ans Bett. »Das war Steffen am Telefon. Er sagt, Sie müssen viel trinken.«

Sie hatte die Schachtel der Kopfschmerztabletten, die ich ihr aus der Apotheke mitgebracht hatte, aufgerissen und war gerade dabei, sich eine der Pillen in den Mund zu schieben.

»Solange sich Ihr Bauch nicht beruhigt hat, macht das gar keinen Sinn. Sie spucken sie sowieso wieder aus.« Ich nahm sie ihr aus der Hand und legte sie beiseite. »Ich mache Ihnen eine kalte Kompresse.«

Sie griff nach meiner Hand. »Nein, laufen Sie nicht wieder weg. Ich bin so allein.«

»Frau Wolf, ich gehe doch nur ins Bad.«

»Nein, bitte …« In ihren Augenwinkeln sammelten sich Tränen.

Also blieb ich sitzen und strich ihr beruhigend über ihre Hand.

»Es ist schrecklich, so allein zu sein.« Ihre Stimme versagte und mündete in ein Schluchzen.

»Aber ich bin doch bei Ihnen, Sie sind nicht allein.«

Als sie sich wieder einigermaßen unter Kontrolle hatte, starrte sie mich mit zusammengekniffenen Augen an. »Alexander hat mir das angetan.«

Meine spontane Vermutung, es handele sich bei diesem Mann um einen Koch, der ihr verdorbenes Essen vorgesetzt hatte, stellte sich als völlig falsch heraus.

»Keinen einzigen Gedanken hat er an mich verschwendet«, fuhr sie fort. »Er hat sich fein aus der Affäre gezogen.

Und was bleibt mir?« Obwohl sie körperlich unzweifelhaft erschöpft war, redete sie aufgebracht weiter. »Einzig und allein die Aussicht auf einen einsamen Lebensabend. Steffen sagt immer, ich müsse ihm endlich verzeihen, aber das kann ich nicht.«

»War Alexander Ihr Mann?«, fragte ich behutsam.

Sie nickte und presste gleichzeitig ihre Lippen aufeinander.

»Ich glaube, Steffen hat Recht mit dem, was er sagt.«

»Jetzt fangen Sie nicht auch noch damit an! Mein Mann war ein ausgemachter Feigling, nur habe ich das zu spät erkannt. Und mein Sohn verteidigt ihn auch noch …« Plötzlich krampfte sie sich zusammen, presste eine Hand auf ihren Bauch, eine gegen ihren Mund und eilte Richtung Toilette.

Ich blieb wie gelähmt sitzen und dachte über das nach, was sie gesagt hatte. Viel wusste ich nicht über Alzheimer, nur das, was Steffen mir darüber erzählt hatte. Und da beklagte sich Thea über einen einsamen Lebensabend? Mit keinem Wort hatte sie das Leid erwähnt, das ihrem Mann mit dieser Diagnose widerfahren sein musste. Und auch wenn es schwer war, diesen Gedanken zuzulassen, so war ihr doch sicher durch seinen Selbstmord selbst viel Leid erspart geblieben. Aber Thea schien einen völlig anderen Blick auf die Dinge zu haben.

Als ich sie aus der Toilette kommen hörte, ging ich zu ihr und half ihr wieder ins Bett. Sie brauchte eine ganze Weile, bis sie zu Atem kam.

»Wenn erst einmal alles raus ist aus Ihrem Körper, wird es Ihnen sicher bald besser gehen, Frau Wolf.«

»Manchmal mag ich einfach nicht mehr«, flüsterte sie mit zitternden Lippen.

»Das erscheint Ihnen im Augenblick nur so«, versuchte

ich sie aufzumuntern. »Sobald Ihr Magen in Ordnung ist, sieht die Welt schon wieder anders aus.«

»Was soll mein Magen an meiner Welt ändern?«, fragte sie mich gequält. »Ich bin alt und allein.«

Allmählich brachte sie mich wieder auf die Palme. Erst am Sonntag war ein ganzer Schwarm von Freundinnen bei ihr gewesen. Ganz abgesehen davon, dass auch ihr Sohn, wann immer er konnte, um sie herumschwirrte. »Wo bleiben denn in diesem Szenario Steffen und Ihre Freundinnen?« Ich gab mir Mühe, den Vorwurf, der mir auf der Zunge lag, aus meinem Tonfall herauszuhalten.

»Die sind alle kein Ersatz.« Sie legte ihren angewinkelten Arm über die Augen.

»Kein Ersatz wofür?«

»Für einen Partner.«

»Haben Sie denn mal etwas unternommen, um einen neuen Partner zu finden?«

»Ach, in meinem Alter doch nicht. Wer will mich denn schon?«

Das fragte ich mich in diesem Moment allerdings auch. Trotzdem gab ich noch nicht auf. »Jemand, der in einer ähnlichen Lage ist wie Sie.«

»Und dann?« Sie sah mich vorwurfsvoll an und gab gleich selbst die Antwort. »Dann geht das Ganze wieder von vorne los. Nein, danke!«

Langsam beschlich mich die Vermutung, dass sie sich einfach nur beklagen wollte und gar nicht nach einer Lösung für ihre Probleme suchte. Sie hatte für jeden Vorschlag ein Aber parat oder verschloss sich ihm gleich ganz. Wozu das alles? Zu meinem Unverständnis gesellte sich noch ein anderes Gefühl: Ich kam mir auf merkwürdige Weise missbraucht vor, als Müllabladeplatz für ihren Missmut und ihr Unglück, dessen Wurzeln manchmal so schwer auszumachen waren. Als ich spürte, wie aggressiv mich diese Unterhaltung wieder machte, und ich gerade zu einem Kommentar ansetzen wollte, hörte ich Steffen kommen. Ich gab ihm einen Kuss und überließ ihm ohne viele Worte den Platz an Theas Bett.

Er hatte dort fast eine Stunde gesessen, als er zu mir ins Wohnzimmer kam und sich neben mich aufs Sofa setzte.

»War das ein Tag«, murmelte er erschöpft. Er legte seinen Kopf nach hinten auf die Lehne, schloss seine Augen und schlief fast augenblicklich ein.

Am nächsten Tag ging es Thea so viel besser, dass ich mich nicht verpflichtet fühlte, sofort nach Büroschluss an ihr Bett zu hetzen. So machte ich auf dem Weg nach Hause einen riesigen Umweg über den Aaper Wald. Vielleicht würde es mir gelingen, bei dem herrlichen Frühsommerwetter meine Gedanken auszulüften.

Ich war schon ein ganzes Stück gegangen, als ich plötzlich das unverkennbare Klopfen eines Spechts hörte. Auf der Suche nach seinem Ursprung ließ ich meinen Blick die Stämme der hohen Bäume hinaufwandern. Und endlich sah ich ihn. Die Gefühle, die der Anblick dieses Vogels in mir auslöste, waren wie ein Déjà-vu-Erlebnis. Ich musste an Felicitas, die Glückliche, und ihre Zaunkönigfamilie denken. Ich lehnte mich an einen dicken Stamm und genoss das sanfte Glücksgefühl, das mich durchströmte.

»Hallo, Frau Laudien«, hörte ich eine vertraute Stimme hinter mir.

Ich wirbelte herum und sah mich mit klopfendem Herzen Rupert Wellensiek gegenüber, der in seinen Händen einen Fotoapparat mit Teleobjektiv hielt. »Verfolgen Sie mich?«

»Wünschen Sie sich das?«, hielt er mit einem hintergründigen Lächeln dagegen.

»Das war eine Frage und kein Freudscher Versprecher!«

»Dann werde ich Ihnen mit einer anderen Gegenfrage antworten: Halten Sie mich für so realitätsfremd, Ihre Verfolgung aufzunehmen?«

Ich forschte in seinem Gesicht nach einem Anhaltspunkt dafür, wie diese Frage zu verstehen war, fand jedoch keinen. »Wie meinen Sie das?«, fragte ich völlig durcheinander.

»Vergleichen Sie doch einmal unsere Möglichkeiten der Fortbewegung. Sie sind ziemlich ungleich verteilt«, meinte er mit einem liebevollen Augenzwinkern, »finden Sie nicht?«

»Ach so, das … das habe ich ganz vergessen.«

Er zog erstaunt die Augenbrauen hoch. »Das können Sie?«

»Ja«, antwortete ich schlicht.

»Interessant«, murmelte er und spielte an den Rädern seines Rollstuhls herum, sodass dieser sich vor- und zurückbewegte. Der Fotoapparat ruhte auf seinen Beinen.

»Falls wir dieselbe Richtung haben, könnte ich Sie ein Stück begleiten«, machte ich den vorsichtigen Versuch, unser Gespräch noch ein wenig auszudehnen. »Oder störe ich Sie?«

»Wenn, dann sage ich es Ihnen.«

Ich lief neben ihm her. »Das ist selten«, sagte ich nachdenklich.

»Was?«

»Diese Art von Ehrlichkeit.«

»Ich finde, es reicht, Opfer der eigenen Unachtsamkeit zu werden. Wenn ich dann auch noch unter Konfrontationsschwäche litte …«

»Erzählen Sie mir noch ein wenig über die eingebildeten Opfer?«, nahm ich das Stichwort auf.

»Wenn Sie bereit sind, sich auf diese *Leier*, wie Sie Kindheitserlebnisse so lapidar genannt haben, einzulassen …«

»War das eine Rüge?«, fragte ich zerknirscht.

»So weit würde ich nicht gehen.«

»Gut zu wissen.«

»Verlassen sollten Sie sich allerdings nicht darauf.« Seine Augen glitzerten herausfordernd.

Mein Herzschlag begegnete dieser Herausforderung, indem er sich beschleunigte. »Es gibt Menschen, die gewinnen der Ungewissheit einen großen Reiz ab.«

»Flirten Sie gerade mit mir?«, fragte er mit unbewegter Miene.

»Höchstens unbeabsichtigt.«

»Das ist keine Entschuldigung.«

»Brauche ich denn eine?«

»Noch nicht«, antwortete er vage. »Und bevor dieses Gespräch eine ganz andere Richtung nimmt, komme ich auf Ihre Frage zurück.«

»Sicher?«

»Jaa«, sagte er mit Nachdruck.

»Ich weiß nicht, wo wir stehen geblieben sind.«

»Aber ich weiß es ziemlich genau. Sie wollten etwas mehr über die vermeintlichen Opfer wissen.«

»Also dann …« Gerade noch war ich voller Spannung gewesen, um plötzlich die Lust an diesem Thema zu verlieren. Jedenfalls für den Augenblick.

»Hier geht es um ebenso frühe wie prägende Erfahrungen«, begann er, »und Empfindungen, die nur schwer zu korrigieren sind. Schließen Sie die Augen!«

»Dann kann ich nicht weitergehen.«

»Dann bleiben Sie eben stehen!«

»Wozu soll ich die Augen schließen?«

»Zum Nachfühlen.«

»Das ist doch Quatsch.«

»Seien Sie nicht so widerspenstig und tun Sie, was ich sage«, meinte er streng. »Ich habe nicht ewig Zeit.«

»Patienten?«

»Ja.«

Ich schloss widerstrebend meine Augen.

»Stellen Sie sich vor, Sie sind Thea im Alter von vier oder fünf Jahren …«

»Das kann ich nicht.«

»Sie wollen Ihre kleine Welt erfahren«, fuhr er unbeirrt fort, »Grenzen ausloten, aber niemand lässt Sie. Alles wird Ihnen abgenommen, Sie werden in Watte gepackt, überbehütet. Sie sind vollkommen fremdbestimmt. Niemand ermutigt Sie zu eigenen Entscheidungen und Erfahrungen – weder jetzt noch später. Im Jetzt ginge es vielleicht nur darum, auf einen Baum zu klettern und einen Apfel zu pflücken, im Später, in die Welt hinauszuziehen und sich seinen Mann selbst zu suchen, sich möglicherweise sogar gegen die Ehe und Kinder zu entscheiden, für die Juristerei und die Fliegerei oder für eine Mischung von allem.«

»Das mit dem Jetzt kann ich mir noch vorstellen, das mit dem Später nicht.« Ich öffnete meine Augen wieder.

»Aber das Jetzt bedingt das Später«, sagte er mit Nachdruck und setzte seinen Rollstuhl wieder in Bewegung. »Kinder, die unter solchen Konstellationen aufwachsen, sind einer endlosen Reihe von kleinen Demütigungen und Frustrationen ausgesetzt. Sie erleben nie die Freude, ihre eigenen Möglichkeiten auszutesten, alles wird ihnen von den Eltern, von denen sie gleichzeitig abhängig sind, aus der Hand genommen. Das bewirkt ausgeprägte Ohnmachtsgefühle. Und sie reagieren darauf mit Trotz. Nach dem Motto: *Wenn ich schon nicht selbst entscheiden darf, dann will ich es auch nicht, dann seid ihr schuld.* Und genau da wird der Grundstein gelegt, fortan die Verantwortung anderen zuzuschieben.«

Ich sah ihn ungläubig an. »Das heißt, allen verhätschelten Kindern droht das gleiche Schicksal wie Thea?«

»Den überbehüteten, *verhätschelt* trifft es nicht ganz. Zum

Glück aber längst nicht allen«, fügte er hinzu. »Es müssen dafür schon einige ungünstige Bedingungen zusammentreffen, zum Beispiel, dass beide Elternteile diesen Erziehungsstil verfolgen. Oft hilft es aber schon, wenn der andere Elternteil, die Großeltern, eine Tante, ein Onkel oder irgendeine andere Vertrauensperson, wie zum Beispiel ein Lehrer, gegensteuert. Wenn die Kinder dort eigene Erfahrungen machen und Selbstvertrauen entwickeln können. Aber wenn sie ausschließlich dieser oder einer anderen Form von extremer Autorität ausgeliefert sind, manchmal auch Brutalität, dann bleiben sie hilflose Opfer, und zwar Opfer ihrer frühen Lebensumstände. Und dieses Gefühl begleitet sie ein Leben lang.«

»Aber warum unternehmen sie nichts dagegen, wenn sie erwachsen sind?« Thea war doch eine gestandene Frau, die alle Sinne beieinander hatte.

»Weil sie zu diesem Zeitpunkt in ihren Denk- und Verhaltensmustern bereits fest verankert sind«, antwortete er. »Und letztlich werden sie nicht erwachsen, sie übernehmen keine Verantwortung für ihr Leben.«

»Ich kann das so schwer nachempfinden«, brachte ich meine Zweifel erneut zum Ausdruck. »Wenn das alles stimmt, dann stimmt mit meiner Wahrnehmung etwas nicht.«

»Inwiefern?«

»Na ja ...«, versuchte ich, meine Gedanken in Worte zu fassen, »eigentlich sollte ich Thea dann doch Mitgefühl entgegenbringen, oft benimmt sie sich aber in einer Weise, dass ich an mich halten muss, ihr nicht den Hals umzudrehen.«

»Das ist kein Wunder«, entgegnete er geduldig, »sie vermittelt ihren Mitmenschen ja auch eine ganze Menge an Aggression. Die Botschaft lautet: *Ihr seid die Bösen*. Das ist eine einzige Anklage – *mir geht es schlecht, und ihr seid schuld*. Das wird natürlich so offen selten ausgedrückt, die Grundstimmung kommt beim Gegenüber jedoch an und wird beantwortet, und zwar ebenfalls mit Aggressivität. Und schon sind Menschen wie Thea wieder die Opfer, der Kreis schließt sich.« Er formte mit beiden Händen einen Kreis. »Aus einem Gefühl der Schwäche heraus entwickeln diese vermeintlichen Opfer ausgeprägte Täterwünsche und Machtgelüste. Und die leben sie auf verschiedenen Wegen aus. Entweder über den Versuch, ihre Mitmenschen nach allen Regeln der Kunst zu manipulieren, oder über Fürsorge und Ängstlichkeit.«

»Über Fürsorge?«, fragte ich irritiert und erinnerte mich an Theas liebevolle Pflege während meiner Fieberattacke und die Begeisterung der *englischen Rose* über Theas Hilfsbereitschaft, die sich in meinen Augen nur schwer in das Gesamtbild einfügte.

»Ja, auch über Fürsorge. Dahinter verborgen ist oft der Wunsch nach Anerkennung, aber auch der Wunsch nach Überlegenheit, um das mangelnde Selbstwertgefühl zu steigern.«

»Oje«, sagte ich erschöpft.

»All das«, meinte er verständnisvoll, »geschieht aber unbewusst, das sollte man dabei keinesfalls vergessen. Und letztlich ist es ein lebenslanger Kampf um Gerechtigkeit, aber auf eine ganz perfide Weise: *Wenn ich mein Leben lang geschädigt bleibe, dann muss doch offensichtlich werden, dass ich das Opfer bin und die anderen die Schuldigen.*«

»Aber dieses ewige Beklagen des eingebildeten Leids hat doch etwas schrecklich Masochistisches«, verlieh ich meinem Unbehagen Ausdruck.

»Das stimmt, aber es hat auch etwas Entlastendes. Diese Opfer dürfen ja jammern, sie haben doch allen Grund dazu, so ein Leben ist schließlich alles andere als glücklich. Und für ihre Schwäche bekommen sie von ihrer Umwelt schließlich auch jede Menge Zuwendung. Bis es die anderen nicht mehr aushalten und abspringen, das kommt natürlich auch oft vor. Und zurück bleibt wieder ein Opfer.«

»Mir brummt der Kopf«, sagte ich ehrlich.

»Das glaube ich gern«, gestand er mir zu. »Es ist auch ein sehr komplexes Thema.«

»Mir hätte es eigentlich gereicht, eine eifersüchtige Schwiegermutter zu bekommen, die ihren Sohn wie einen Augapfel hütet, damit kenne ich mich wenigstens aus. Aber Thea hütet ihren Sohn nicht, sie missbraucht ihn.«

»Wie lange hat Ihre Ehe gehalten?«

»Drei Jahre.«

»Und was hat unter diese drei Jahre einen Schlussstrich gezogen?«

»Ein etwas skurriler Hundename«, erwiderte ich trocken.

»Das müssen Sie mir erklären«, sagte er schmunzelnd. »Ich habe ja schon vieles gehört, aber das noch nicht.«

»Die Geliebte meines Mannes hatte einen Hund namens Flipper. Ich wusste nichts von dieser Affäre, schlenderte eines Tages mit meinem Mann durch die Stadt, wo er freudig von einem quirligen Dalmatiner begrüßt wurde, der unablässig an ihm hochsprang. Im Eifer des Gefechts rief er: ›Flipper, aus!‹ Trotzdem taten er und die Besitzerin des Hundes so, als würden sie sich nicht kennen. Zu Hause habe ich dann so lange gebohrt, bis ich die Wahrheit aus ihm herausbekam. Ich war so verletzt, dass ich am nächsten Tag die Scheidung eingereicht habe.«

»Täusche ich mich, oder höre ich da leichtes Bedauern heraus?«

Ich senkte den Kopf und sah auf meine Hände. »Im Rückblick denke ich, dass ich damals zu schnell aufgegeben habe.«

»Kein: *Der Mistkerl soll in der Hölle schmoren*?«, fragte er überrascht.

»Anfangs schon, aber als meine Wut und meine Enttäuschung verraucht waren, hätte ich es gerne noch einmal versucht, doch da war es dann zu spät.«

Rupert Wellensiek wartete ruhig ab, bis ich schließlich weitersprach.

»Die Affäre war längst in eine feste Beziehung übergegangen.« Ich zuckte die Schultern.

»Tut es noch weh?«

»Nein, inzwischen nicht mehr. Ich bin auf dem Weg zu einem neuen Ufer«, sagte ich, um ein überzeugendes Lächeln bemüht. Was ich nicht sagte, war, dass ich mir inzwischen selbst Mut zusprechen musste, dieses Ufer auch weiterhin anzusteuern.

»Wann soll die Hochzeit sein?«

Warum konnte er nicht einfach das Thema wechseln? »Der Termin steht noch nicht fest. Erst einmal muss Thea aus dem Haus sein.«

»Das kann ja nicht mehr so lange dauern. Haben Sie nicht gesagt, dass ihr Haus Ende des Sommers wieder bezugsfertig ist?«

»Ja«, antwortete ich mit einem erlösenden Seufzer.

Er umfing mich mit einem amüsierten Blick.

»Ihnen gegenüber kann ich das wenigstens zugeben, wenn ich bei Steffen etwas Ähnliches auch nur erwähne, gibt es Krach.« Kaum hatte ich es ausgesprochen, kam ich mir wie eine Verräterin vor.

»Keine Sorge, ich kann das schon ganz richtig einordnen«, beruhigte er mich.

»Haben Sie telepathische Kräfte?«

»Ich kenne mich einfach in den Köpfen der Menschen aus.«

»Solange Sie sich dort nicht häuslich niederlassen und eine gewisse Privatsphäre respektieren …«

»In die Privatsphäre dringe ich nur mit konkretem Auftrag ein.« Sein Lachen wirkte ansteckend.

Vertieft in das Gespräch, hatte ich gar nicht bemerkt, dass wir am Parkplatz angekommen waren. »Oh«, sagte ich deshalb ebenso überrascht wie enttäuscht, als ich die Autos durch die Bäume schimmern sah. Am liebsten wäre ich noch eine Runde mit ihm gegangen.

»Wo steht Ihr Auto?«

»Gleich da vorne.« Ich zeigte mit dem Finger darauf.

»Dann trennen sich unsere Wege hier. Ich muss zum hinteren Parkplatz.« Er stockte kurz, fuhr dann jedoch unbeirrt weiter. »Machen Sie's gut, Frau Laudien«, rief er mir über seine Schulter hinweg zu.

»Sie auch!«

16

Die Unterhaltung mit Rupert blieb nicht ohne Folgen. Nachdem ich begriffen hatte, dass meine Versuche, Thea aufzumuntern oder ihren Vorhaltungen etwas entgegenzusetzen, völlig sinnlos gewesen waren, da es sich bei ihrer Verhaltensweise nicht um eine vorübergehende Laune handelte, wollte ich nur noch Steffen und mich ihrem Einfluss entziehen. Darin sah ich die einzige Chance, unsere Beziehung zu retten. Über diesen anderen Einfluss, der weder mit Thea noch mit Steffen zu tun hatte und dem ich mich längst nicht mehr entziehen konnte, wollte ich lieber nicht nachdenken.

Steffen von seiner Mutter und ihrer manipulativen Aura loszueisen war jedoch so, als wolle ich ein Metallstück dazu bewegen, die Anziehungskraft eines Magneten zu überwinden. Auf unsere Situation bezogen hieß das, dass Steffen am Wochenende nicht bereit war, das Haus für mehr als die notwendigen Einkäufe zu verlassen. Seine Mutter sei krank und benötige unsere Hilfe – zumindest die seine. Wir saßen am Küchentresen und frühstückten, während Thea das Bett hütete.

»Steffen, deine Mutter hat einen Magen-Darm-Infekt und nicht die Cholera. Du willst doch nicht allen Ernstes bei diesem herrlichen Wetter den ganzen Tag zu Hause bleiben.« Dafür fehlte mir nun wirklich jegliches Verständnis.

»Wir haben einen Garten.«

»Soll heißen?«, fauchte ich ungehalten.

»Dass man sein Bedürfnis nach frischer Luft, Sonne und Natur auch dort stillen kann.«

»Aber ich möchte raus, ich möchte etwas unternehmen …«

»Was spricht dagegen, das zu tun? Nur zwinge mich nicht mitzukommen!«

»Ich habe nicht vor, dich zu zwingen, aber ich fände es schöner, etwas mit dir gemeinsam zu machen. Ansonsten hätte ich ja gleich in Hamburg bleiben können.«

»Das wäre vielleicht auch besser gewesen«, sagte er nach außen hin kühl. In ihm brodelte es jedoch unverkennbar: Seine Kiefer mahlten unablässig aufeinander. Und als hätte er seinen Fingernägeln in letzter Zeit nicht schon genug zugemutet, machte er sich auch daran zu schaffen.

Gerade das machte mich nur noch wütender. »Nichts einfacher als das«, erwiderte ich ungehalten, lief nach oben, packte in Rekordzeit meine Reisetasche und stürmte wutentbrannt wieder die Treppe hinunter.

»Was soll das werden?«, fragte er vom Türrahmen aus.

»Ein erlebnisreiches Wochenende!« Mit diesen Worten ließ ich ihn stehen, setzte mich in mein Auto und fuhr zur nächsten Telefonzelle, von wo aus ich Pia anrief.

»Finke«, meldete sie sich am anderen Ende der Leitung.

»Wie gut, dass du zu Hause bist, Pia«, brachte ich aufgeregt hervor.

»Ist etwas passiert?«, fragte sie alarmiert.

»Ich habe mich mit Steffen gestritten.«

»Wenn du magst, komm vorbei.« Sie gab mir ihre Adresse und beschrieb mir den Weg nach Bilk.

Als ich eine Viertelstunde später vor dem Mietshaus stand, in dem Pia wohnte, atmete ich erst einmal tief durch, um meine sich überschlagenden Gedanken zu beruhigen. Dann stieg ich in den vierten Stock und klingelte.

»Komm rein«, sagte Pia Sekunden später mit einem mitfühlenden Blick.

Ich folgte ihr in ihre Wohnung, die mich von der Größe her an meine Hamburger Wohnung erinnerte. Da hörten die Ähnlichkeiten aber auch schon auf. Oder zumindest fast: Augenscheinlich liebte Pia genau wie ich Trödel. Nur kam ihrer aus dem Orient. Wo immer ich in dem Wohn-Schlafzimmer hinsah, strahlten mir intensive Farben entgegen. Und ich erkannte den Duft von Weihrauchstäbchen. Sie schob mir ein dickes Bodensitzkissen zu und setzte sich selbst im Schneidersitz auf ein anderes.

»Jetzt fehlt nur noch der süße Pfefferminztee«, meinte ich staunend.

»Den kannst du haben.« Sie machte Anstalten aufzustehen.

»Nein, danke«, wehrte ich ab. »Davon würde mir jetzt wahrscheinlich schlecht.«

»So schlimm?«, fragte sie, ihre Stirn in Falten legend.

»Ziemlich.« Die Wut nagte immer noch an mir.

»Und was jetzt?«

»Ich habe meine Sachen gepackt.«

Ungläubig riss sie ihre Augen auf.

»Na ja, ein paar«, druckste ich herum.

Pia betrachtete nachdenklich ihr Bett, das unter einer prächtigen Decke verborgen war. »Für ein paar Tage kannst du hier gerne unterkriechen.«

»Das ist lieb von dir, aber das ist keine Lösung.«

»Eine vorübergehende schon«, beharrte sie.

Ohne dass ich es wollte, schob sich ein Gedanke immer stärker in mein Bewusstsein und verdrängte alle anderen: »So löst man keine Konflikte«, sagte ich laut, was ich dachte. »Birte Kofler habe ich gerade erst vorgeworfen, aus Fehlern nicht zu lernen. Und was tue ich selbst?« Ich raufte mir die Haare.

»Welchen Fehler hast du denn gemacht?«

»Ich habe meinen Exmann von heute auf morgen verlassen und habe es später sehr bereut.«

»Warum bist du nicht zurückgegangen?«

»Als ich es versucht habe, war es zu spät.«

»Wie traurig«, sagte Pia.

Ich nickte in Erinnerung an die unzähligen Tränen, die ich über unsere Trennung vergossen hatte. »Dieses Mal werde ich diesen Fehler nicht machen«, sagte ich entschlossen.

»Hast du schon einmal darüber nachgedacht, dass das, was in der einen Situation ein Fehler ist, in der anderen möglicherweise genau das Richtige sein könnte?« Sie sah mich forschend an.

»Ich kann doch nicht bei der ersten Schwierigkeit aufgeben«, meinte ich aufgebracht.

»Natürlich kannst du das. Es kommt doch auf die Art der Schwierigkeit an und nicht auf die Rangfolge.«

»Ich will aber nicht aufgeben«, sagte ich leise.

»Das ist etwas anderes.« Sie umfing mich mit einem besorgten Blick. »Magst du einen Früchtetee?«

Plötzlich musste ich lächeln. »Ist das dein Allheilmittel?«

»Na ja, eigentlich ist es so eine Art Ablenkungsmanöver. Das Zeug schmeckt so scheußlich, dass du minutenlang an nichts anderes denken kannst.«

»Pia, ich bin unglaublich froh, dass wir uns kennen gelernt haben«, sagte ich aus tiefster Seele.

»Dito!« Sie sah mich freudestrahlend an. »Deshalb musst du mir etwas versprechen.«

Ich zog fragend meine Augenbrauen hoch.

»Solltest du dich doch über die Rangfolge hinwegsetzen und bei der ersten Schwierigkeit davonlaufen, bleib bitte in Düsseldorf und geh nicht zurück nach Hamburg.«

»Ich werde nicht davonlaufen. Im Gegenteil: Ich werde einen Versöhnungsversuch starten.« Entschlossen straffte ich meine Schultern.

»Tue es nur, wenn du wirklich überzeugt bist«, insistierte Pia.

»Was sollte mich sonst treiben?«

»Vielleicht die Angst vor mangelnden Alternativen.«

»Du meinst Torschlusspanik?«, fragte ich entgeistert.

»So etwas in der Art ...«, antwortete sie vage.

»Mache ich diesen Eindruck auf dich?«

»Nicht die Bohne«, winkte sie ab. »Ich wollte nur vorbauen, falls es mal dazu kommt. Schließlich gibt es ernst zu nehmende Alternativen.«

»Du denkst dabei nicht zufällig an Rupert?«, fragte ich spöttisch.

»Jetzt, wo du's sagst ...« Ihr Blick hatte mehr als nur etwas Schelmisches an sich. Gleich darauf wurde sie wieder ernst. »Rupert zu lieben ist so einfach. Du musst es nur mit ein paar kleinen Hindernissen aufnehmen.«

Bevor sie offene Türen bei mir einrennen konnte, schloss ich sie in Gedanken sehr fest zu. »Hindernisse?«

»Er will keine neue Beziehung.«

»Und ich will ihn nicht.«

»Vorurteile?«, fragte sie hinterhältig.

»Nein, Heiratsabsichten.«

»Wer sagt, dass du die aufgeben sollst?«

»Ich habe immer angenommen, dass Menschen, die die Familie so hoch halten wie du, eine gewisse Moral haben.«

»Wie willst du die erkennen, wenn du in die falsche Richtung siehst? Die Moral besteht ja eben darin, Menschen zu verbinden, die gut zusammenpassen.«

»Du kennst doch Steffen überhaupt nicht.«

»Aber ich kenne Rupert. Und ich glaube, dass du nicht

glücklich bist.« Sie sah mich so bezwingend an, als könne sie allein durch ihren Blick meine Meinung ändern.

»Pia, ich erwarte nicht, dass eine Beziehung immer glücklich ist. Unsere ist eben am Anfang ein bisschen weniger glücklich. Deshalb werfe ich noch lange nicht das Handtuch. Und damit basta!«

»Du willst wirklich wieder zurück zu ihm?«, fragte sie betrübt.

»Unbedingt.« Um gar keinen Zweifel an meinen Absichten aufkommen zu lassen, stand ich auf.

Pia tat es mir gleich. »Hier ist jederzeit eine Notunterkunft für dich.«

»Danke für das Angebot, das ist sehr lieb.« Ich drückte ihr einen Kuss auf die Wange und verabschiedete mich von ihr. »Tschüss.«

»Pass auf dich auf«, rief sie mir hinterher, als ich die Treppe hinunterlief.

Meine Wut war völlig verraucht. Ich wollte nur noch so schnell wie möglich nach Hause kommen, um unseren Streit beizulegen. In Gedanken spielte ich das Gespräch mit Steffen schon durch. Ich legte mir meine Worte zurecht und überlegte, was er darauf erwidern würde. Als ich vor unserer Tür ankam, war ich gedanklich gerade bei unserer Versöhnung. Zuversichtlich schloss ich die Tür auf und suchte Steffen. Im Haus fand ich ihn nicht. Als ich schließlich auf die Terrasse trat, fand ich dort Thea in eine Decke eingewickelt in einem Liegestuhl liegen. Steffen saß in dem zweiten Liegestuhl und sah nur kurz von seiner medizinischen Fachzeitschrift auf, um mich zu begrüßen.

»Ich bin zurück«, sagte ich vieldeutig.

Seinem Hallo war keinerlei Regung zu entnehmen.

»Sind Sie mit Ihrer Arbeit fertig, Kind?«, fragte Thea.

»Ich habe Mutter erzählt, dass ihr im Büro noch viel aufzuarbeiten habt.« Er sagte das in einem Tonfall, als habe er sie damit in ein Geheimnis eingeweiht.

»Nein, diese Arbeit ist noch lange nicht fertig«, sagte ich vieldeutig, »aber ein Anfang tut es ja auch.« Dabei sah ich Steffen mit einer Intensität an, die ihn meinem Blick ausweichen ließ.

Bis zum späten Abend gelang es ihm, mir aus dem Weg zu gehen. Irgendwann musste er jedoch von der Seite seiner Mutter weichen und nach oben kommen. Als er schließlich leise die Schlafzimmertür öffnete, tat er es in der Gewissheit, ich würde bereits schlafen. Sein ertappter Blick sprach Bände.

»Steffen, wir müssen miteinander reden«, sagte ich ruhig.

»Aber nicht jetzt, es ist schon spät ... ich bin müde.«

»Bitte, lass es uns versuchen.«

»Anna«, setzte er unwillig an, »wir haben eine unterschiedliche Auffassung von Freizeitgestaltung. Lohnt es sich wirklich, daraus solch ein Riesenthema machen? Wir werden auf Dauer eine für uns beide zufrieden stellende Lösung finden. Und jetzt lass uns schlafen.« Er zog sich aus und drehte mir dabei den Rücken zu.

»Es geht nicht um unsere Auffassung von Freizeitgestaltung, sondern darum, ein gesundes Maß an Verantwortungsgefühl zu entwickeln.«

Wie in Zeitlupe drehte Steffen sich zu mir um. »Erklärst du mir das bitte?« Seine Mimik war unmissverständlich: Er verschloss sich.

Ich musste an die Zugbrücke denken, von der er mir erzählt hatte. »Auf die Gefahr hin, dass ich mich wiederhole: Deiner Mutter gegenüber tust du zu viel des Guten.« Diese wiederum übt sich im anderen Extrem und übernimmt erst gar keine Verantwortung, fügte ich im Stillen hinzu.

»Des Guten kann man nie zu viel tun«, hielt er mir schneidend entgegen, »wohl aber des Gegenteils. Offensichtlich kommst du um vor Neid.« Trotz des dämmrigen Lichts in unserem Schlafzimmer war deutlich zu erkennen, dass er einen hochroten Kopf hatte. »Wenn du neidisch wärst, weil ich meine Mutter noch habe, hätte ich ja noch Verständnis für dich. Aber warum neidest du ihr meine Fürsorge? Hättest du sie nötig, würdest du sie von mir doch genauso bekommen. Ich denke, du solltest dich einmal mit dieser Fragestellung befassen, bevor du wieder einen so völlig überflüssigen Streit vom Zaun brichst.«

Ich begann zu begreifen, dass Steffen mit seinen Vorwürfen – ob nun bewusst oder unbewusst – vom eigentlichen Thema abzulenken versuchte. Es war schwer, sich seinen verletzenden Äußerungen zu verschließen, allein die Hoffnung auf eine Änderung seines Verhaltens Thea gegenüber half mir dabei. »Steffen, du bedeutest mir sehr viel«, begann ich, um einen ruhigen Ton in meiner Stimme bemüht. »Ich habe Angst, dass uns diese Situation einander so sehr entfremdet, dass …«

»Dass was?«, unterbrach er mich mit einem undefinierbaren Gesichtsausdruck.

»Dass wir die Kluft, die dadurch zwischen uns entsteht, nicht mehr überwinden können.«

»Was willst du? Soll ich meine Mutter vor die Tür setzen? Wenn du so hartherzig bist, dann weiß ich gar nicht, ob ich diese Kluft überhaupt überwinden will.« Wie um seinen Worten Nachdruck zu verleihen, wich er vor mir zurück und lehnte sich mit dem Rücken gegen den Schrank.

»Wenn ich die Lösung darin sähe, deine Mutter umzuquartieren, dann hätte ich das längst vorgeschlagen. Aber das ändert nur etwas an der Fassade. An das, was darunter liegt, gelangt man damit nicht.«

»Lass es gut sein, Anna, ich bitte dich.« Er verschränkte seine Arme vor der Brust.

Am liebsten hätte ich es tatsächlich gut sein lassen, da ich ahnte, dass ich ihm mit jedem weiteren Wort, das ich zu diesem Thema sagte, wehtat. Aber nichts von dem, was zwischen uns stand, würde sich von allein in Luft auflösen. Ein Nachgeben würde dieses Gespräch lediglich verschieben. Ich holte tief Luft, bevor ich einen neuerlichen Versuch startete, an ihn heranzukommen. »Hast du ihre Leidensgeschichte niemals in Frage gestellt?«

»Meinst du mit Leidensgeschichte den Tod meines Vaters oder den Hausbrand?« So böse wie in diesem Augenblick hatte er mich noch nie angesehen.

Trotz des Unbehagens, das er mir damit verursachte, bemerkte ich, dass er intuitiv jene Ereignisse im Leben seiner Mutter in Worte gefasst hatte, die sie tatsächlich als Opfer zurückgelassen hatten. »Nein, das meine ich damit keinesfalls. Ich meine ihren generellen Lebensplan, an dessen Misslingen sie ausschließlich anderen die Schuld gibt. Für das Zustandekommen ihrer Ehe sind ihre Eltern verantwortlich, dafür, dass sie weder studieren noch fliegen lernen konnte, du. Dass sie der Liebe ihres Lebens nicht gefolgt ist, dein Vater. Und das sind nur die dicksten Brocken. Hast du dich nie gefragt, wieso sie sich die Verantwortung für all diese Entscheidungen so widerstandslos hat entreißen lassen? Wieso sie sich wie ein Schaf in ihr Schicksal gefügt hat?«

Er trat zwei Schritte auf mich zu und sah voller Verachtung auf mich herab. »Nein, das habe ich mich ganz sicher nicht gefragt. Ich habe nur wahrgenommen, wie sehr meine Mutter zeit ihres Lebens gelitten hat, und ich gehöre nicht zu den Menschen, die das Leid anderer bis ins kleinste Detail analysieren und letztlich in Frage stellen oder gar noch unterstellen, es sei selbst verschuldet. Kummer ist etwas sehr Relatives und Individuelles, genauso wie Schmerz. Ich finde es sehr vermessen von dir, dafür ein Maß festsetzen zu wollen.« Er schleuderte mir seine Worte nur so um die Ohren.

»Es geht nicht darum, ein Maß festzusetzen, sondern darum, sich zu fragen, warum ihr Leben so verlaufen ist. Ich meine …«

»Was meinst du, *Fräulein Lehrerin*? Dass du vielleicht doch hättest studieren sollen, wie es sich deine Eltern gewünscht haben? Aber auch damals hast du wahrscheinlich gemeint, alles besser zu wissen. Und jetzt meinst du, ich merkte nicht, was du tust.«

»Was tue ich, Steffen?«, fragte ich ihn, kurz davor, mich von ihm provozieren zu lassen.

»Du projizierst dein persönliches Versagen auf meine Mutter«, sagte er böse. »Aber lass dir von mir gesagt sein: Sie trägt keine Schuld daran, dass aus dir keine Akademikerin geworden ist und du deshalb heute Minderwertigkeitskomplexe hast.«

Ich sah ihn fassungslos an, während ich auf dem Bett bis zum Kopfende zurückrutschte und mich dort anlehnte. Es war vollkommen überflüssig, ihm entgegenzuhalten, dass ich meine Berufswahl noch nie als Versagen eingestuft, geschweige denn deswegen irgendwelche Minderwertigkeitskomplexe entwickelt hatte. Ich hatte nämlich genau das getan, was Thea sich zeit ihres Lebens geweigert hatte zu tun: Ich hatte meinen Kopf durchgesetzt. »Mir kannst du das alles vorwerfen, ohne auch nur einmal mit einer Wimper zu zucken, deiner Mutter hingegen begegnest du mit einer erstaunlichen Kritiklosigkeit. Hast du ihr jemals Widerstand entgegengesetzt?«, fragte ich herausfordernd.

»Das war nie nötig, ich …«

Ich konnte sehen, dass etwas Entscheidendes in ihm vorging, aber er ließ mich nicht daran teilhaben. War es eine Erinnerung? »Und dein Vater«, versuchte ich es aus einer anderen Ecke, »hat wenigstens er sich ihr widersetzt?«

Er schluckte und antwortete ganz leise: »Das war nicht möglich.«

Zum ersten Mal während dieses Gespräches spürte ich, dass ich ihn erreicht hatte. Gleichzeitig riet mir meine innere Stimme zum Aufhören. Ich sah in sein entblößtes Gesicht und hatte das Gefühl, Steffen zum ersten Mal zu begegnen. Ich sah seine Trauer und Verzweiflung, aber in meiner Ahnungslosigkeit konnte ich deren Tiefe nicht ermessen. Und ich konnte nicht aufhören. Hätte ich zu diesem Zeitpunkt nur gewusst, was ich im Begriff war anzurichten … »Er war ein erwachsener Mann«, gab ich zu bedenken.

Steffen ging wieder rückwärts Richtung Schrank, lehnte sich dagegen und rutschte ganz langsam Richtung Boden, wo er in einer Art Hockstellung verharrte, die Arme um die Beine geschlungen, den Kopf gegen den Schrank gelehnt. Er sah an mir vorbei. »Widerstand kannst du nur einem Menschen leisten, der ihn auch aushält. Mutter wäre doch schon beim ersten Anzeichen zusammengebrochen.«

Zum ersten Mal hatte er indirekt zugegeben, dass Theas Verhalten durchaus Widerstand herausgefordert hatte. Was ich als Erfolg verbuchte, wertete Steffen als genaues Gegenteil. Aber das sollte ich erst später begreifen. »Wäre das denn so schlimm gewesen?«

»Schlimm …« Er hing mit seinen Gedanken diesem einen Wort nach. »Kannst du dir vorstellen, wie es ist, wenn deine Mutter vor deinen Augen zusammenbricht, quasi zerfließt? Weißt du, wie es ist, wenn du mit einer winzigen Schneeflocke eine Lawine auslöst? Dann hast du das Gefühl, etwas Unverzeihliches getan zu haben. Die Dimensionen beginnen sich aufzulösen. Jede noch so kleine Kritik, jedes Zeichen von Aufmüpfigkeit bekommt ein ungeheures Gewicht.« Er fuhr sich fahrig durch seine Haare, als könne er damit seine belastenden Erinnerungen auslöschen. Aber sie ließen sich nicht auslöschen. Mit jedem Wort rückten sie näher. »Ich habe es noch genau in den Ohren«, fuhr er bitter fort, »wenn sie ihren Freundinnen erzählte, wie vernünftig ich doch sei. Wenn sie es wenigstens voller Erstaunen gesagt hätte … selbst Stolz hätte ich ihr verziehen, aber diese Selbstverständlichkeit? Damals war ich fünfzehn und mitten in der Pubertät. Bei meinen Freunden tobten zu Hause die wildesten Kämpfe, bei uns dagegen herrschte ausschließlich Vorsicht.« Er streckte seine Beine aus und ließ seine Arme kraftlos hängen. »Vorsicht, Mutter nur ja nicht zu verletzen. Und sie war schnell verletzt. Es reichte schon die Bitte, meine Freunde nicht so sehr zusammenzustauchen, wenn sie während ihres Mittagsschlafs bei uns anriefen und sie dadurch weckten.« Er wischte sich über die Stirn. »Es ist, als hätten sich ihre Worte in mein Gehirn gebrannt …«

Ich verharrte regungslos, da mich das Gefühl nicht losließ, dass ihn jede noch so unbedeutende Unterbrechung sofort bremsen würde.

»›*Wie kannst du mir das antun, Junge? Ich versuche doch den ganzen Tag nichts anderes, als es dir und deinem Vater recht zu machen. Und wenn ich mich dann einmal hinlege, um neue Kraft zu schöpfen …*‹ Spätestens hier war der Punkt erreicht, an dem ihr die Stimme versagte und sie in ein verzweifeltes Schluchzen ausbrach. ›*Was habe ich denn schon von meinem Leben? Nichts als Arbeit und Pflichten. Das ist nicht schön, das kannst du mir glauben.*‹ Ich stand neben ihr und versuchte, sie zu trösten, was gar nicht so einfach war.«

Jetzt verstand ich, was Steffen mit der Schneeflocke und der Lawine gemeint hatte. Es war die Geschichte von der Mücke und dem Elefanten.

»Und das waren noch ihre guten Tage«, fuhr er mit tonloser Stimme fort. »An den schlechten schmiss sie mit Geschirr um sich und schrie so ungehalten, dass ich am liebsten weggelaufen wäre. Und wenn mir dann Tränen in die Augen schossen, brach sie laut schluchzend zusammen. ›*Meinst du nicht, ich würde auch gerne glücklich sein, so wie alle anderen?*‹ Das war der Satz, der mir regelmäßig in mein Herz schnitt. Wie oft habe ich mir gewünscht, mein Vater würde mich an der Hand nehmen und mit mir weggehen. Dann stellte ich mir vor, dass sie zurückblieb und …« Er stockte für den Bruchteil einer Sekunde. «… und endlich glücklich sein konnte.«

Ich war mir sicher, dass dieses Satzende nur einen Teil der Wahrheit offenbarte. Steffen hätte ein Übermensch sein müssen, um sich nicht gleichzeitig vorzustellen, wie es wäre, wenn alle Belastung einmal von ihm abfallen würde, wenn er einmal nicht trösten müsste, wenn er in der Obhut eines Elternteils war, das ihn Kind oder Jugendlicher sein ließ – mit altersgemäßer Unvernunft – und ihn nicht zu einem Rollentausch zwang, das ihn vor dem Einfluss seiner Mutter rettete.

»Aber das waren nur Träume«, sagte er mit einer Endgültigkeit in der Stimme, die den ganzen Raum erfüllte. »Es sollte nicht sein …« Er zog wieder die Beine an und umschlang seine Knie.

»Hast du mit deinem Vater einmal darüber geredet?«

»Nein … er hatte es schon schwer genug, da wollte ich ihn nicht auch noch belasten. Ein einziges Mal erwähnte er die Schwierigkeiten mit Mutter, und das war in seinem Abschiedsbrief. Er entschuldigte sich bei mir dafür, dass er mich mit ihr allein zurückließ. Aber er sei der Überzeugung, dass meine Belastung durch sie mit ihm als krankem Mann nur noch größer würde.«

»Hast du ihm verzeihen können?«

»Wie sollte ich nicht?« Er sah mich ganz entrückt an. »Ich konnte seinen Schritt ja verstehen.«

»Aber er hat dich allein gelassen.«

»Das war ich vorher schon, daran hat sein Tod nichts geändert.«

Einem starken Impuls folgend, stieg ich aus dem Bett, um zu ihm zu gehen und ihm zu beweisen, dass er nun nicht mehr allein war. Aber er bedeutete mir mit einer abwehrenden Handbewegung, ihm nicht näher zu kommen. Da ich die Ernsthaftigkeit dieser Geste nicht wahrhaben wollte, überschritt ich die Grenze, die er gezogen hatte, und kniete mich neben ihn, um ihn zu umarmen.

Im selben Moment stand er auf und wich vor mir zurück. »Ich gehe noch ein paar Minuten nach nebenan. Schlaf du bitte schon, es ist sehr spät geworden.« Steffen hatte sein Visier wieder heruntergeklappt.

Natürlich konnte ich nicht einschlafen, ich lag die ganze Nacht wach in meinem Bett und wälzte mich unruhig von einer Seite auf die andere. Steffens Geschichte hatte mich so betroffen gemacht, dass es mir unglaublich schwer fiel, ihm nicht ins Nebenzimmer zu folgen und ihn zu trösten. Aber abgesehen davon, dass er mir unmissverständlich klar gemacht hatte, dass er allein sein wollte – was hätte ich sagen sollen? Mir kamen nur immer mehr Fragen in den Sinn, obwohl ich ihn ja bereits mit unzähligen bombardiert hatte. Mein Inneres war so aufgewühlt, dass ich am liebsten zu Thea ans Bett gestürmt wäre und ihr all meine Vorwürfe entgegengeschleudert hätte. Bis ich mir eingestand, dass es mir eigentlich um die Vorwürfe ging, die Steffen ihr in meinen Augen hätte machen sollen. Wie konnte er ihr immer noch so aufopferungsvoll und verständnisvoll begegnen? Er müsste sie doch eigentlich hassen für die Pflicht, in die sie ihn durch ihre Weigerung, erwachsen zu werden, gezwungen hatte.

Es war nicht nur eine maßlose Überschätzung, als ich in dieser Nacht beschloss, Steffen zu retten. Es war auch ein Übergriff, aber auch das verstand ich erst später. Letztlich war ich in diesem Augenblick nicht besser als Thea. Sie hatte ihn gezwungen, zur unrechten Zeit erwachsen zu sein und sich um sie zu kümmern. Und ich wollte ihn jetzt dazu bewegen, einen Schritt zu tun, zu dem er nicht bereit war. Vielleicht noch nicht, vielleicht aber auch nie.

Steffen kam in dieser Nacht nicht zurück in unser Schlafzimmer. Irgendwann gegen Morgen musste ich eingeschlafen sein, denn ich hörte nicht, wie er das Haus verließ. Als ich völlig zerschlagen aufwachte und hinüberging, um nach ihm zu sehen, fand ich ihn nicht.

»Steffen?«, rief ich nach unten, woraufhin mir Thea antwortete, er sei schon sehr früh zum Segelfliegen aufgebrochen.

In meiner völligen Fehleinschätzung der Lage freute ich mich einmal mehr für ihn und wertete diesen Ausflug als Fortschritt. Also hatte unser Gespräch etwas bewirkt: Er hatte sich von Theas Bett losgeeist. Dass er sich aber ganz im Gegenteil von unserem gemeinsamen und damit von mir losgeeist hatte, sollte ich noch am selben Tag erfahren.

Er kam erst um die Mittagszeit zurück. Seine Miene, die sonst nach dem Segelfliegen die seliger Entspannung war, wirkte an diesem Tag wie erstarrt. Als ich auf ihn zulief, um ihn zu begrüßen, wich er mir aus, als wolle er jede Berührung mit mir vermeiden.

»Steffen?«, fragte ich verunsichert.

»Gleich«, war seine einzige Antwort. Er ging blicklos an mir vorbei in Theas Zimmer, wo sich beide über ihren Zustand austauschten.

Ich war mit einem in höchstem Maße unguten Gefühl im Flur stehen geblieben. Die kurze Unterhaltung der beiden nahm ich nur am Rande wahr, viel wichtiger erschien mir die Frage, was in der Zwischenzeit mit Steffen geschehen war.

»Anna ...« Er sprach meinen Namen mit einer solchen Entschiedenheit aus, dass mir plötzlich ganz kalt wurde. Ohne ein weiteres Wort stieg er die Treppe hinauf.

Wie hypnotisiert folgte ich ihm.

In seinem Zimmer angekommen, schloss er die Tür hinter uns und lehnte sich von innen dagegen. Mit weichen Knien stand ich mitten im Raum und versuchte, mich gegen ein Unheil zu wappnen, das ich mehr spürte, als dass ich es hätte erklären können. Sekundenlang sahen wir uns nur an, bis Steffen meiner diffusen Ahnung Worte verlieh.

»Anna, ich möchte, dass wir uns trennen.«

Wie erschlagen ließ ich mich in den Sessel hinter mir fallen. »Warum?«, war das Einzige, was ich in diesem Moment über die Lippen brachte.

»Ich habe lange darüber nachgedacht und ...«

»Lange?«, fuhr ich dazwischen. »Wie lange? Diese eine Nacht, oder denkst du schon länger darüber nach?«

»Spielt das eine Rolle?«

Natürlich spielte es keine. »Steffen, man kann doch nicht bei der ersten Schwierigkeit davonlaufen. Ich habe das einmal getan und es ...«

»Es ist nicht die erste, Anna, und das weißt du auch. Es geht auch nicht um eine simple Schwierigkeit.«

»Worum geht es dann?«

»Darum, dass ich diesen Zustand nicht mehr aushalte.«

»Dann lass uns versuchen, etwas daran zu ändern.«

»Das versuche ich gerade«, erwiderte er mit einer mir unheimlichen Ruhe.

»Lass es uns gemeinsam versuchen, Steffen«, flehte ich, um seine versteinerte Maske zu durchbrechen. »Wir werden auf Dauer eine für uns beide zufrieden stellende Lösung finden – das hast du gestern selbst gesagt.«

»Das funktioniert nicht.«

»Deine Mutter wird nicht mehr lange hier sein, gib uns wenigstens diese Chance.«

»Ich kann nicht.«

»Aber dann zerstört sie dir doch noch mehr, als sie es bereits getan hat.«

»Lass es gut sein, Anna, wenigstens dieses eine Mal! Ich bitte dich darum.«

»Sollen wir einfach so wieder auseinander gehen?«, fragte ich ihn fassungslos.

»Einfach wird es nicht werden, zumal ich dich darum bitten muss, Mutter da rauszuhalten.«

»Weil sie schon so viel durchgemacht hat?«, fragte ich ihn sarkastisch. »Glaubst du eigentlich, dass sie sich jemals Gedanken darüber gemacht hat, ob sie dich besser aus etwas herausgehalten hätte?«

»Wenn wir uns beide Mühe geben«, fuhr er fort, als habe er nicht gehört, was ich gesagt hatte, »dann sollte es uns gelingen.«

»Wenn wir uns beide Mühe geben, dann sollte es uns vielleicht auch gelingen zusammenzubleiben.«

»Ich will aber nicht mehr, Anna, begreif das endlich.«

»Wann hast du das beschlossen? Da oben in der Luft, wo alles von dir abfällt, wo du dich aller lästigen Gefühle und Gedanken entledigen kannst?« Ich versuchte, gegen die aufsteigenden Tränen anzuschlucken. »Heute Nacht, da warst du zum ersten Mal offen mir gegenüber, da hast du zugegeben, wie sehr du unter deiner Mutter gelitten hast. Ist das alles plötzlich nicht mehr wahr? Warum kneifst du jetzt?«

»Was ich tue, hat mit Kneifen nichts zu tun, sondern mit Selbstschutz. Ich schütze mich, Anna.«

»Vor mir?« Meine Stimme versagte mir ihren Dienst.

»Vor der Zerrissenheit, die mich langsam kaputtmacht. Ich kann es nicht dir und Mutter gleichzeitig recht machen.«

»Und da opferst du mich?«

»Du bist die Stärkere, du brauchst mich nicht, aber meine Mutter braucht mich.« Im Gegensatz zu mir schien Steffen von einem Ansturm heftiger Gefühle verschont zu bleiben. Alles, was ich meinte, durch seine Maske hindurch erkennen zu können, war Erleichterung.

»Das heißt, du entscheidest dich für sie?«

»Ich habe mich für mich entschieden«, bekannte er unerschütterlich.

»Gegen dein Gefühl?«

»Für meinen Frieden.« Wir waren nur ein paar Schritte voneinander entfernt, aber es hätten ebenso Meilen sein können.

Während ich in seinem Gesicht noch nach einer winzigen Spur von Unschlüssigkeit suchte, entfernte er sich immer weiter von mir. Er sah an mir vorbei aus dem Fenster.

»Steffen, was ist mit meinem Frieden?«, fragte ich in einer letzten Auflehnung.

»Du lebst in Frieden, Anna.« Jetzt durchbrach doch eine Regung seine Maske. Wie in der vergangenen Nacht beherrschte eine tiefe Traurigkeit seine Züge. Sein sonst so jungenhaftes Gesicht wirkte plötzlich alt. »Ich werde dir helfen, eine Wohnung zu finden.«

»Und bis ich eine gefunden habe …?«

»Da baue ich im Gegenzug auf deine Unterstützung.« Er versuchte sich an einem Lächeln, das jedoch gründlich misslang.

»Wie willst du es Thea erklären?« Ich musste mich zusammennehmen, um nicht meinen gesamten Groll und meine Bitterkeit seiner Mutter gegenüber vor ihm auszubreiten.

»Damit, dass wir uns auseinander gelebt haben.«

»Nach nur vier Monaten?«

»Auch dafür gibt es kein Maß, Anna. Außerdem wird Mutter sich mit dieser Erklärung begnügen.«

Das würde sie ohne Zweifel. »Wann willst du es ihr sagen?«

»Erst kurz vor deinem Auszug.« Seine prompte Antwort zeigte mir, dass er den Sonntagvormittag genutzt hatte, alles bis ins Detail zu durchdenken. Er hatte nicht einen Moment lang über meine Frage nachdenken müssen.

Eigentlich wäre dies der Augenblick gewesen, ihm zu sagen, wie weh er mir mit seiner Entscheidung tat. Aber er gab mir keine Gelegenheit dazu. Er ging hinaus und ließ mich allein zurück. Ich hatte Wort für Wort verstanden, was er gesagt hatte, aber begriffen hatte ich es noch längst nicht. Ich überdachte unser Gespräch vom vergangenen Abend, aber auch darin fand ich keinen Anhaltspunkt. Was war denn nur geschehen? In meinem Kopf machten sich pochende Schmerzen breit.

Natürlich hatte ich mir unser Zusammenleben auch anders vorgestellt. Zugegeben: Ich hatte nicht locker gelassen, hatte wieder und wieder nachgehakt – einmal, um unsere Situation überhaupt zu verstehen, zum anderen, um sie zu verändern. Reichte das als Trennungsgrund? Für Steffen, der bei seiner Mutter über die Schmerzgrenze hinaus langmütig war? Der mir so großmütig meine Beleidigungen verziehen hatte – und das zu einem Zeitpunkt, als wir noch gar kein Liebespaar gewesen waren? Was hatte ich denn jetzt so Entsetzliches getan?

Mit einer Antwort auf diese Fragen wäre es vielleicht erträglicher – und greifbarer. Ich machte mich auf die Suche nach ihm und fand ihn schließlich im Garten, wo er sich den Liegestuhl in die äußerste Ecke gezogen hatte. Sein

Gesicht war verborgen hinter seinen verschränkten Unterarmen.

»Steffen ...«, begann ich vorsichtig.

»Ja.« Er blieb regungslos liegen.

»Sag mir bitte, was der Auslöser war.«

»Anna, es ist zu Ende, das reicht doch.« Er sprach so leise, dass ich ihn kaum verstand.

»Mir reicht es nicht, ich will es verstehen.« Ich drückte mit beiden Händen gegen meine Schläfen, da der Schmerz dahinter fast unerträglich war.

»Man muss nicht allem bis ins Letzte auf den Grund gehen. Manchmal ist es besser, die Dinge ruhen zu lassen.«

»Das klingt, als hätte ich ein Schwerverbrechen begangen.«

»Wir passen nicht zusammen«, sagte er müde.

»Und das hast du ganz plötzlich entdeckt?«

»Findest du es nicht besser, sich rechtzeitig einen Irrtum einzugestehen, bevor es zu spät ist?«, konterte er mit einer Gegenfrage.

»In deinen Augen war unsere Beziehung ein Irrtum?«, fragte ich ihn traurig.

»Sie wäre auf Dauer nicht gut gegangen.« Immer noch lagen seine Arme über seinem Gesicht.

»Ich habe mir gewünscht, dass sie gut geht«, bekannte ich leise.

»Ich auch.« Endlich wandte er mir sein Gesicht zu.

Für einen winzigen Augenblick hatte ich gehofft, ich würde darin Unsicherheit, Bedauern oder sogar Traurigkeit entdecken. Aber was ich sah, zeigte mir, dass er sich schon sehr weit von mir entfernt hatte, zu weit, um ihn noch einzuholen.

Trotzdem wagte ich eine letzte Annäherung. »Wenn du ein wankelmütiger Mensch wärst, dann könnte ich es mir erklären, aber du bist einer der ernsthaftesten Menschen, die ich kenne. Was ist mit deinem Gefühl für mich geschehen?« Meines ließ sich nicht so einfach abschalten.

»Es ist mir abhanden gekommen, Anna«, antwortete er wie aus weiter Ferne.

17

Dieses Wort tat weh und ging mir nicht mehr aus dem Sinn. Es begleitete mich durch meine Tage und meine Nächte und verlor in keiner Sekunde an Gewicht. Steffens Gefühl für mich sei ihm abhanden gekommen, hatte er gesagt. Als der Schmerz darüber ein wenig nachließ und so auch wieder andere Wahrnehmungen zuließ, fand seine Formulierung ein Echo in meinem Inneren. Wenn ich mir selbst gegenüber ehrlich war, dann hatte ich seit einiger Zeit bemerkt, dass sich auch meine Gefühle ihm gegenüber gewandelt hatten. Sie waren mir nicht verloren gegangen, aber sie waren schwächer geworden. Mir war, als wären sie mitten in eine Zange hineingeraten, bestehend aus den Schwierigkeiten mit Thea und meinen Gefühlen für Rupert.

Anstatt den Lauf der Dinge zu akzeptieren, begann ich, dagegen anzurennen. Anstatt loszulassen, pflegte ich das Gefühl, versagt zu haben.

Steffen begegnete mir mit distanzierter Freundlichkeit und Umsicht. Als lebte ich plötzlich mit einem Fremden zusammen, den nichts mehr mit mir verband, der nur noch die Mahlzeiten mit mir teilte. Ich suchte nach Lücken in dieser Wand, konnte jedoch keine entdecken und zog mir durch Ablehnung und Zurückweisung nur immer neue Wunden zu. Immer wieder begleitet von dem Satz: *Lass es gut sein, Anna.* Gab es eine idiotischere Redewendung in unserer Situation, in der so gar nichts mehr gut war?

Von einem Tag auf den anderen stand ich unter einer fast

unerträglichen emotionalen Hochspannung, war zutiefst verunsichert und gleichzeitig so dermaßen wütend, dass ich am liebsten um mich geschlagen hätte. Was ich schließlich auch tat. Aber ich benutzte weder Steffen noch Thea als Blitzableiter, sondern Birte Kofler. Das, was ich zu Hause an Aggression nicht loswurde, ließ ich in einer geballten Ladung auf meine Kollegin niederprasseln. Mit dem Ergebnis, dass sie am Montag kurz vor Büroschluss weinend vor meinen Augen zusammenbrach und sich am nächsten Tag für den Rest der Woche krankmeldete. Hatte ich im ersten Augenblick noch gedacht, sie mache Theater, so begriff ich im nächsten, dass ich zu weit gegangen war. Eine Tatsache, auf die ich alles andere als stolz bin.

Eine Tatsache aber auch, die mir einmal mehr den Spiegel vorhielt und zeigte, dass ich zu Aggressivität neige, wenn ich mich hilflos fühle. Und zu Wiederholungstaten. Nach dem gewaltsamen Tod meiner Eltern hatte ich einen üblen Kahlschlag um mich herum veranstaltet. Damals hatte ich im Hotel damit begonnen und erst geendet, als selbst der gutmütige Steffen sich verabschiedet hatte. Jetzt, am Ende meiner Beziehung zu ihm, fing ich wieder damit an.

Mit dem Bewusstsein für diese ungute Entwicklung nahm ein Gedanke Gestalt an, den ich nur sehr schwer zulassen konnte: Thea hatte sich zeit ihres Lebens hilflos gefühlt – ob nun zu Recht oder zu Unrecht. Und auch sie hatte mit Aggressivität reagiert, nur nicht so offen wie ich. Ich war jedoch noch weit davon entfernt, Thea wirkliches Verständnis entgegenzubringen. Dazu hatte sie zu viel kaputtgemacht. Schließlich gab ich ihr die Hauptschuld am Scheitern unserer Beziehung.

Gleich am Dienstag schickte ich Birte Kofler einen Blumenstrauß nach Hause mit einem Kärtchen, auf dem ich sie um Entschuldigung bat. Mehr konnte ich im Augenblick nicht tun. Blieb abzuwarten, ob sie sie annahm.

Ihr Ausfall, der eindeutig mir anzulasten war, ließ mich für den Rest der Woche in Arbeit versinken, da ich ihre mit erledigen musste und auch wollte – als selbst auferlegte, gerechte Strafe gewissermaßen. Das einzig Gute daran war, dass ich etliche Überstunden machen musste, um das Pensum überhaupt zu schaffen. So brauchte ich noch nicht einmal eine Ausrede, um den gemeinsamen Abendessen mit Thea und Steffen fernzubleiben.

Pia erwies sich in dieser Zeit als wirklich gute Freundin. Sie fragte mich nicht aus, hörte aber zu, wenn ich reden wollte. Und sie ließ jede Chance ungenutzt verstreichen, mir Rupert doch noch schmackhaft zu machen. Irgendwann probierte ich sogar ihren Früchtetee, dessen Wirkung sie sehr realitätsnah beschrieben hatte: Er schmeckte ekelhaft und ließ für Minuten meine Misere in den Hintergrund treten.

Entgegen meiner Überzeugung respektierte ich Steffens Wunsch, Thea bis kurz vor meinem Auszug nicht in unsere Trennung einzuweihen. Er war ein Meister darin, seiner Mutter eine heile Welt vorzuspielen, ich aber wollte mich erst gar nicht darin üben. So ging ich ihr, soweit es eben möglich war, aus dem Weg, was problemlos war, da sie oft schon schlief, wenn ich gegen elf Uhr am Abend nach Hause kam, und es immer noch tat, wenn ich am Morgen das Haus wieder verließ.

Natürlich ließ sich ein Zusammentreffen nicht immer vermeiden. Als sie ein paar Tage nach Steffens Trennung von mir spät abends noch einmal aufgestanden war, um sich aus der Küche eine Flasche Wasser zu holen, fand sie uns dort in ein Schweigen vertieft, das den ganzen Raum erfüllte und auch ihr nicht verborgen blieb. Sie sah irritiert zwischen uns hin und her.

»Ich könnte für eine Weile zu einer Freundin ziehen«,

schlug sie sichtlich unglücklich und wie aus heiterem Himmel vor.

»Kommt nicht in Frage, Mutter«, antwortete Steffen kategorisch.

»Aber …« Ihre Unsicherheit war greifbar und ließ bei mir zum ersten Mal wieder so etwas wie Mitgefühl ihr gegenüber aufkommen.

Mir kam es vor, als habe sie mit diesem *Aber* meine eigene Unsicherheit zum Ausdruck gebracht. Als habe sie die vielen Fragen, die mir durch den Kopf gingen, gleichzeitig aber auch ein starkes Aufbegehren in ein Wort gepackt.

Der einzige Lichtblick in diesen Tagen kam nicht gänzlich unerwartet und rang mir tatsächlich ein Lächeln ab. Der Professor hatte einen Brief an die Hausverwaltung Kahl geschrieben, in dem er darum bat, sein jüngstes Anliegen zunächst ad acta zu legen. Er habe sich vor kurzem mit Therese Behrendt ausgetauscht, und sie beide seien zu dem Schluss gekommen, dass man das Thema Blindenschrift durchaus im Rahmen einer regulären Eigentümerversammlung besprechen könne.

Ich hatte den Brief noch nicht ganz fertig gelesen, als ich schon zum Telefonhörer griff und die *englische Rose* anrief. Kaum hatte ich mich gemeldet, sprudelte sie auch schon los.

»Sie brauchen sich nichts mehr einfallen zu lassen, Frau Laudien!« Ihre Stimme klang überglücklich.

»Hat es gefunkt?«, fragte ich überflüssigerweise.

»Und wie …« Ihr Seufzer konnte sich hören lassen. »Dass ich das noch erleben darf.«

»Ich freue mich sehr für Sie.« Im Geiste sah ich sie vor mir – mit vor Aufregung geröteten Wangen und glücklichen, Funken sprühenden Augen.

»Wenn Sie irgendwann Zeit haben, kommen Sie dann auf einen Kaffee zu mir?«

»Versprochen.«

»Und grüßen Sie bitte Thea. Aber …« Jetzt geriet sie ins Stocken.

»Ich verrate ihr nichts, auch das ist versprochen.«

»Danke«, sagte sie erleichtert, um gleich darauf zu einer Erklärung anzusetzen: »Es ist alles noch so frisch.«

»Ich wünsche Ihnen ganz viel Glück!«

»Das habe ich«, hauchte sie selig ins Telefon.

Was sind das doch für unterschiedliche Freundinnen, ging es mir durch den Kopf. Thea an ihrer Stelle hätte ganz bestimmt nicht das späte Glück besungen, sondern das lange ausgebliebene beklagt.

Und ich selbst beklagte nun ein gescheitertes Glück. Unser Haus, das wir mit so viel Enthusiasmus bezogen hatten, wurde für mich zu einem Ort, an dem ich mich unendlich einsam fühlte. *Gemeinsam einsam* – zum ersten Mal verstand ich diese Redewendung. Lange würde ich diesen Zustand nicht aushalten. Ich würde mir so schnell wie möglich eine neue Bleibe suchen müssen. Da in meinem Büro jedoch leider nur größere Objekte verwaltet wurden, war ich auf die Angebote in der Zeitung angewiesen.

Ich hatte tatsächlich kurz darüber nachgedacht, zurück nach Hamburg zu ziehen. Das hätte jedoch nicht nur bedeutet, eine neue Wohnung suchen zu müssen, sondern auch einen neuen Job. Und da mir meine derzeitige Arbeit trotz Birte Kofler als Kollegin Spaß machte, wollte ich ihn so schnell nicht wieder aufgeben. Düsseldorf war groß genug, um Steffen aus dem Weg zu gehen. Dass es tatsächlich darauf hinauslaufen würde, wurde mir mit jedem Tag klarer. Außerdem – und das war viel wichtiger – gab es in dieser Stadt inzwischen Menschen, die ich sehr vermissen würde.

Als sich diese Woche ihrem Ende zuneigte, hätte ich nicht sagen können, woher ich die Kraft genommen hatte, sie durchzustehen. Wahrscheinlich war sie allein den Unmengen an Adrenalin zu verdanken, die mein Körper ohne Unterlass produzierte und die mich nicht ruhen ließen. Nach Tagen und Nächten voller Grübeleien und Zweifel war ich völlig erschöpft.

Ich griff nach dem Hörer und wählte Ruperts Nummer. Nach dem fünften Klingeln ging sein Anrufbeantworter an und bat darum, eine Nachricht zu hinterlassen. Enttäuscht legte ich auf.

»Weißt du, wo dein Cousin ist?«, fragte ich Pia, die in diesem Augenblick in mein Zimmer kam.

»Welchen meinst du?«, fragte sie mit Unschuldsmiene.

»Diese Frage ist in deiner Familie durchaus berechtigt«, entgegnete ich seufzend. »Ich meine Rupert.«

»Ach, Rupert«, sagte sie in einem Ton, als wäre sie auf ihn zuletzt gekommen. »Lass mich überlegen …« Sie setzte sich mir gegenüber an Birte Koflers Platz. »Was willst du denn von ihm?«

»Das sage ich ihm dann schon selbst«, antwortete ich ungeduldig.

»Also willst du etwas von ihm.« Sie sah aus wie eine zufriedene Katze.

»Herrgott!«, stöhnte ich auf. »Mit ihm reden. Ich unterhalte mich gern mit ihm.«

»Das ist eine gute Voraussetzung.«

»Pia … bitte!«

»Freitagnachmittags geht er oft in den Wald, meistens so um fünf, dann hat er keine Patienten mehr.«

Blitzschnell überlegte ich, wann ich ihn am vergangenen Freitag dort getroffen hatte. Es war ungefähr um diese Zeit gewesen. Ich sah auf meine Uhr: Es waren noch drei Stunden bis dahin, die ich mit Arbeit problemlos würde füllen können.

»Danke«, sagte ich erleichtert und erntete von Pia ein liebevolles Lächeln.

Als ich schließlich um Viertel vor fünf auf einer Bank am Ausgangspunkt des Waldwegs wartete, auf dem ich Rupert schon zweimal begegnet war, hoffte ich inständig, dass er kommen würde. Um kurz nach fünf wurde mein Warten belohnt. Mit kräftigen Armbewegungen bezwang er die leichte Steigung. Er wirkte unglaublich vital.

»Hallo, Herr Wellensiek«, rief ich ihm entgegen.

»Hallo, Frau Laudien.«

»Sie sind ja gar nicht überrascht, mich hier zu sehen«, sagte ich erstaunt, als er bei mir angekommen war.

»Pia hat mich angerufen und mir gesagt, dass Sie hier sein werden.«

»Warum?«

»Um sicherzugehen, dass ich auch komme«, meinte er grinsend.

Oje, Pia. »Was hat sie noch gesagt?«

»Dass Sie sich gerne mit mir unterhalten.«

Am liebsten wäre ich im Erdboden versunken. »Das verstehen Sie hoffentlich nicht falsch.«

»Was wäre in diesem Zusammenhang denn falsch?«

»Genießen Sie solche Fragen eigentlich?«, drehte ich kurzerhand den Spieß um.

»Eigentlich genieße ich eher die Antworten.« Er zog bedeutungsvoll eine Augenbraue hoch. »Wollen Sie eigentlich auf dieser Bank sitzen bleiben, oder begleiten Sie mich ein Stück?« Er hatte die Frage kaum ausgesprochen, als er seinen Rollstuhl auch schon in Bewegung setzte.

Ich stand auf und lief neben ihm her.

»Sie sehen aus, als hätten Sie eine Menge erlebt in den letzten Tagen.«

»Hat Pia …?«

»Ich habe Augen in Kopf!«

»Meine bevorstehende Hochzeit ist …«

»Verschoben?«

»Abgesagt.«

»Von wem?«

»Von Steffen.«

»Warum?«

»Wenn ich das wüsste. Diese Frage macht mir im Moment mehr zu schaffen als die Trennung selbst.«

»Er hat sich von Ihnen getrennt?«, fragte er überrascht.

»Das sage ich doch.«

»Sie haben nur gesagt, dass er die Hochzeit abgesagt hat.«

»Okay«, sagte ich genervt, »dann präzisiere ich: Er hat sich von mir getrennt.«

»Trage ich da irgendeine Mitschuld, von der ich nicht einmal etwas ahne?«, fragte er mit einem Anflug von Spott in der Stimme.

»Wie kommen Sie auf die Idee?«

»Durch Ihren vorwurfsvollen Ton.«

»Quatsch!«

»Aha.«

Ich ließ meine Schultern hängen.

»Na los«, forderte er mich mit einem Seitenblick augenzwinkernd auf, »fangen Sie noch einmal von vorne an. Und ziehen Sie dabei einfach in Betracht, dass ich nicht Ihr Feind bin. Wird das möglich sein?«

»Wenn Sie mir dann noch sagen, was Sie sind?«

»Wie wäre es mit einem guten Freund?«

»So schnell?«

»Gibt es ein Maß für die Geschwindigkeit, in der sich Freundschaften entwickeln?«

»Kennen Sie Steffen?«, fragte ich wachsam.

»Nein, warum?«

»Er hatte es in letzter Zeit auch ständig mit diesem *Maß*.«

»Das könnte ja auch daran liegen, dass Sie versuchen, eines festzulegen.«

»Nein … ja … ich …« Ich schluckte. »Eigentlich weiß ich gar nicht mehr, wo mir der Kopf steht.«

»Vielleicht können wir gemeinsam eine Positionsbestimmung vornehmen«, schlug er lächelnd vor.

»Mir würden schon ein paar Antworten reichen«, sagte ich matt.

»Fragen Sie!«

Wie auf ein lang ersehntes Stichwort hin legte ich los und erzählte ihm aufgeregt Wort für Wort von meinem nächtlichen Gespräch mit Steffen. »Ich verstehe das einfach nicht«, bekannte ich schließlich. »Er hat in dieser Nacht zum ersten Mal offen mit mir über das Verhältnis zu seiner Mutter gesprochen. So traurig ich über den Inhalt dessen war, was er mir da erzählte, so froh war ich über die Tatsache, dass er es überhaupt getan hat. Ich habe es als Chance gesehen, uns nicht mehr als Gegner gegenüberzustehen, wenn es um Thea geht, sondern vielleicht endlich einmal an einem Strang zu ziehen. Und während ich in Zuversicht schwelgte«, fügte ich bitter hinzu, »hat er sich einen Schlachtplan für unsere Trennung zurechtgelegt. Das ist doch absurd.«

»Mhm«, sagte Rupert vieldeutig, als ich geendet hatte. »Und jetzt wollen Sie von mir die Antworten, die er Ihnen verweigert hat.«

»Eine würde mir für den Anfang schon reichen.«

»Warum er sich von Ihnen getrennt hat …«

Ich nickte, blieb stehen und sah ihn gespannt an.

Auch er hielt an und wandte sich mir zu. »Diese Frage hat er Ihnen beantwortet«, sagte er ernst.

»Hat er nicht!«

»Hat er doch. Er hat gesagt: *Ich kann nicht mehr.*«

»Das ist doch nicht Ihr Ernst«, brauste ich auf und lief vor ihm auf und ab. »*Ich kann nicht mehr* – das ist doch keine Antwort.«

»Warum ist sie das Ihrer Meinung nach nicht?«

»Weil sie nichts aussagt.«

»Sie sagt eine ganze Menge aus, aber Sie verstehen sie nicht.«

»Danke!«, giftete ich.

»Vielleicht hätte ich besser sagen sollen: Sie können sie nicht verstehen.« Er sagte es so sanft, dass ich stehen blieb. »Seine Offenheit in dieser Nacht war keine freiwillige, er …«

»Jetzt sagen Sie bloß noch, ich hätte ihn gezwungen.«

»Er hat sich von Ihnen dazu provozieren lassen.«

»Und was ist daran so entsetzlich, dass er sich am nächsten Tag von mir trennt? Sollte Offenheit nicht Bestandteil einer jeden Beziehung sein? Was predigen Sie denn Ihren Patienten?« Ich verschluckte mich fast.

»Oje, Frau Laudien …«

»Was?«, fragte ich herausfordernd. »Sind Sie jetzt sprachlos?«

»Nein«, erwiderte er mit undurchdringlicher Miene, »nur unentschlossen, welche Frage ich zuerst beantworten soll.«

Ich sprühte Funken in seine Richtung.

»Ich fange mal hinten an: Meinen Patienten *predige* ich nicht, ich versuche, sie zu therapieren. Offenheit ist ein ganz essenzieller Bestandteil einer jeden Beziehung. Diese Tatsache sollte jedoch nicht zur Offenheit um jeden Preis verführen.« Er nahm seine Brille ab und putzte sie. »Und nun zur eigentlichen Frage, was daran so entsetzlich für ihn war. Ich nehme an, es war die Art und Weise, in der Sie sein Leben hinterfragt haben.«

»Wie bitte?«, fragte ich fassungslos. »Wollen Sie damit sagen, ich sei schuld daran, dass er sich von mir getrennt hat?« Aufs Neue lief ich unruhig hin und her.

»Nein«, antwortete er seelenruhig und beließ es zunächst dabei. Sein Blick folgte jeder meiner Bewegungen.

Meiner dagegen irrte im Wald umher und fand keinen Halt.

»Es geht hier nicht um Schuld, Frau Laudien«, fuhr er nach einer Weile fort.

»Um was dann? Um eine männliche Solidaritätskundgebung? Haben Sie nicht gerade noch gesagt, Sie seien mein Freund?«

»Kann ich denn nur Ihr Freund sein, wenn ich etwas sage, was Ihnen angenehm ist?«

»Natürlich nicht«, lenkte ich unglücklich ein und setzte mich auf eine Bank, die zwei Meter von ihm entfernt stand. »Ich verstehe das alles nicht.«

»Das ist auch sehr schwer.«

»Erklären Sie es mir?«

»Ich will es versuchen … aber denken Sie daran, dass es tatsächlich nur um eine Erklärung geht und nicht um Vorwürfe oder Schuldzuweisungen.«

Ich meinte, sehen zu können, wie es hinter seiner Stirn arbeitete. Er wählte seine Worte mit Bedacht. »Indem Sie Theas Leidensgeschichte in Frage gestellt haben«, begann er, »haben Sie seine Lebensgeschichte hinterfragt. Sie haben ihm Kritiklosigkeit seiner Mutter gegenüber vorgehalten, haben ihn gefragt, ob er ihr jemals Widerstand entgegengesetzt habe. Sie haben ihm das aufgezeigt, was ihm Ihrer Meinung nach in seiner Situation hätte helfen können. Er wird Ihre Worte aber ausschließlich so interpretiert haben, als habe er versagt. Sie haben selbst zugegeben, dass Sie insgeheim von ihm erwartet haben, er solle seiner Mutter Vorwürfe machen. So wie Sie Steffen beschreiben, ist er ein sehr feinfühliger Mensch. Ich bin sicher, diese Botschaft ist bei ihm angekommen. Und er wird auch sein Unvermögen, Ihren Vorstellungen zu entsprechen, wieder als Versagen gewertet haben.« Er zögerte kurz. »Ich denke, als er sich Ihren Fragen stellte, kam ihm sein bisheriges Leben wie ein Scherbenhaufen vor. Das hat er nicht ertragen. Das *konnte* er nicht ertragen«, betonte er.

Erschüttert dachte ich über das nach und begriff plötzlich Steffens Umschwung. »Das war das Letzte, was ich wollte«, stammelte ich. »Ich wollte doch nur …«

Rupert sah mich verständnisvoll an.

»Hätte ich ihn doch nur nicht gefragt«, brachte ich meine Gedanken schließlich auf einen Nenner.

»Sie wären nicht Sie selbst, wenn Sie es nicht getan hätten.«

Plötzlich fiel mir alles wie Schuppen von den Augen: »Ich habe seine Warnungen einfach nicht ernst genommen«, sagte ich leise. »Er hat so oft zu mir gesagt, ich solle es gut sein lassen. Ich habe es noch genau im Ohr: *Man muss nicht allem bis ins Letzte auf den Grund gehen. Manchmal ist es besser, die Dinge ruhen zu lassen.* Aber ich konnte sie nicht ruhen lassen. Ich habe nicht verstanden, was da passiert, ich habe nur gespürt, dass es uns entzweit. Vielleicht … wenn Thea nicht zu uns gezogen wäre …« Und wenn ich Rupert nicht begegnet wäre, fügte eine leise Stimme in meinem Inneren hinzu.

»Die Probleme wären so oder so aufgetaucht, der Hausbrand war lediglich eine Art Beschleuniger.«

»Hatten wir überhaupt eine Chance?«

»Sie haben sich beide sehr viel Mühe gegeben und waren guten Willens. Sie hätten es beide nicht besser machen können.«

»Das klingt sehr salomonisch«, sagte ich mit einem dankbaren Lächeln. Und nach einer Weile: »Ich würde gerne noch etwas wissen: Mit welchen Worten hätten Sie reagiert, wenn Steffen sein Leben vor Ihnen ausgebreitet hätte?«

»Sie können mich nicht zum Vergleich heranziehen, ich habe Ihnen mehrere Jahre Studium und psychologische Praxis voraus.«

»Sagen Sie es mir trotzdem, ich will etwas lernen.«

Er sah mich forschend an. »Ich hätte versucht, ihm zu vermitteln, dass seine Reaktionsweise seiner Mutter gegenüber für ihn als Kind und Heranwachsender der einzig richtige Weg gewesen ist – eine Überlebensstrategie gewissermaßen. Dass er jetzt als Erwachsener aber eine andere Lösung finden und etwas ändern kann. Und dass es ihm gut gehen darf, auch wenn es ihr nicht gut geht.«

»Warum sollte es ihm nicht gut gehen dürfen?«, fragte ich erstaunt.

»Vermeintliche Opfer wie Thea erziehen ihre Kinder manchmal mit der unbewussten Botschaft: *Dir soll es nicht besser gehen als mir.* Damit wird das gute Lebensgefühl dieser Kinder erheblich gedrückt. Um sich selbst da herauszuhelfen, entwickeln viele Kinder eine übertriebene Fürsorge. Wenn es dem Elternteil dann gut geht, darf es dem Kind auch gut gehen.«

Ich starrte ihn an, bis ich die Tragweite dessen erfasste, was er mir da gerade erklärt hatte. »Mir fällt es sehr schwer, Thea dafür nicht zu verabscheuen.« Der ganze Groll gegen sie stieg wieder in mir hoch.

»Trotzdem sollten Sie es versuchen, sie ist ein zutiefst unglücklicher Mensch.«

»Der mein Mitgefühl verdient?«, fragte ich sarkastisch.

»Ihr Verständnis.«

»Aber sie ist schuld an unserer Trennung.«

»Ihre Beziehung ist nicht Thea zum Opfer gefallen, sondern den Umständen.«

Über die genaue Beschaffenheit dieser Umstände wollte ich in diesem Augenblick lieber nicht nachdenken.

»Gönnen Sie ihm seine Ruhe … ohne Groll«, fuhr er mit sanftem Tonfall fort. »Sie haben nichts unversucht gelassen, es gibt nichts zu bereuen. Dieses Mal sind Sie nicht weggelaufen.«

»Nein, das bin ich nicht«, gab ich zu.

Wir sahen uns einen Moment lang schweigend an.

»Und noch etwas …« Er zögerte sichtlich.

»Ja?«

»Pia sagte mir, Sie seien nicht glücklich gewesen in Ihrer Beziehung.«

»Ich frage Sie jetzt nicht, aus welchem Grund sie Ihnen das erzählt hat«, meinte ich trocken.

»Zumal wir den Grund beide kennen.« Er sah mich zärtlich an.

»Ich …«

»Ich wollte auf etwas anderes hinaus«, unterbrach er mich. »Manchmal neigt man bei einer unfreiwilligen Trennung dazu, die Gefühle, die man seinem Partner entgegengebracht hat, und die Beziehung selbst im Nachhinein zu verherrlichen, zu überhöhen. Sie mit den Gefühlen gleichzusetzen, die man sich tief in seinem Herzen wünscht. Manchmal ist der andere einfach klüger und trifft eine Entscheidung, zu der man selbst – aus was auch immer für Gründen – nicht fähig ist.«

Ich runzelte irritiert meine Brauen.

»Hat Pia Recht mit dem, was sie sagt? Waren Sie nicht glücklich?«

»Pia hat nur teilweise Recht. Eine Zeit lang war ich glücklich mit Steffen.« Bis ich meine Unbeschwertheit verlor, bis unsere fruchtlosen Auseinandersetzungen begannen, an mir zu zehren, fügte ich in Gedanken hinzu. Und bis …

»Vielleicht hilft Ihnen dieses Bewusstsein, nun auch von sich aus eine Trennung zu vollziehen«, sagte Rupert in meine Gedanken hinein.

»Das habe ich noch nicht, was?«

»Mit dem Herzen schon.«

»Aber nicht mit dem Kopf.« Eine Träne löste sich aus meinem Augenwinkel.

Rupert machte Anstalten aufzubrechen.

»Ertragen Sie keine Tränen?«, fragte ich spöttisch.

Er lächelte mich liebevoll an. »Ich finde, es ist ein Segen, dass es sie gibt. Aber ich weiß auch, wann ich störe. Passen Sie auf sich auf, Frau Laudien.« Er winkte mir zu und setzte seinen Rollstuhl in Bewegung.

»Sie auch«, flüsterte ich ihm hinterher. Er war noch nicht ganz aus meinem Blickfeld verschwunden, als sich ein Strom von Tränen über meine Wangen ergoss. Ich stand auf und ging zu dem Baum, der Rupert bei unserem ersten Zusammentreffen meinen Blicken entzogen hatte. Ich setzte mich in eine moosbewachsene Mulde und lehnte mich mit dem Rücken gegen den Baumstamm. Vom Waldweg aus konnte mich so niemand sehen.

Hier mitten im Wald versank ich in einem Wirrwarr aus Selbstmitleid, Trauer und Enttäuschung. Ich ließ meinen Tränen freien Lauf und spürte, wie sich in meinem Kopf ein Knoten nach dem anderen löste. Ich weinte um mich und um meine geplatzten Hoffnungen, ich weinte um die Liebe, die ich Steffen entgegengebracht hatte, aber auch um den Abschied, den ich inzwischen als unvermeidlich akzeptierte. Ich weinte um Steffen, um den kleinen Jungen, der viel zu früh in die Rolle eines Erwachsenen gedrängt worden war, um den Mann, der nur am Himmel, fernab von anderen Menschen, unbeschwert sein konnte – dort, wo niemand Forderungen an ihn stellte.

Und schließlich weinte ich um Thea und ihre verpassten Chancen, um ein Kind, das nie zu eigenen Erfahrungen und Entscheidungen ermutigt wurde, um eine Frau, die deshalb jede Verantwortung mied und damit auch jegliche Selbstbestimmung. Sie war Opfer und Täterin in einer Person.

Ich blieb lange dort sitzen und hing meinen Gedanken nach. Steffen hatte sich am Sonntagmorgen weit oben in der Luft entschlossen, sich von mir zu trennen. Nun war ich an der Reihe, einen Schlussstrich zu ziehen. Tagelang hatte ich es hinausgezögert, aber nach meinem Gespräch mit Rupert konnte ich es. Steffen und ich hatten unsere Chance gehabt, und es war schief gegangen. Es gab keinen Schuldigen, es gab nur Opfer der Umstände, wie Rupert es ausgedrückt hatte. Ich wollte nicht in Theas gefährliches Fahrwasser geraten. Ich wollte nicht sagen: *Wenn sie nicht gewesen wäre, hätten wir glücklich sein können*. Und ich wollte es auch nicht denken. Wir waren eine Zeit lang glücklich gewesen, voller Zuversicht und Hoffnung. Zu akzeptieren, dass es nicht funktioniert hatte, war schwer und tat weh. Wie hatte Rupert gesagt? Wir hätten es beide nicht besser machen können. Letztlich hatte auch Thea es nicht besser machen können.

Es war bereits kurz nach acht, als ich für diesen Tag dem Wald den Rücken kehrte und nach Hause fuhr. Thea hatte gekocht und für mich mitgedeckt. Ich setzte mich dazu, Steffens prüfendem Blick ruhig standhaltend. Zum ersten Mal seit Tagen aßen wir wieder zusammen. Das heißt, Thea aß und wir stocherten in unserem Essen herum.

»Haben Sie geweint, Kind?«, fragte sie plötzlich. »Sie haben so verquollene Augen.«

Zum letzten Mal setzte ich mich über einen von Steffens Wünschen hinweg. »Ja«, antwortete ich ehrlich. Ich spürte mehr, als dass ich es sah, wie Steffen die Luft anhielt.

Thea sah mich gebannt an.

»Frau Wolf«, begann ich zögernd, »… vielleicht haben Sie schon gemerkt, dass Ihr Sohn und ich uns … auseinander gelebt haben.«

»Anna«, herrschte er mich an.

Thea dagegen ließ wie in Zeitlupe Messer und Gabel sinken und wartete darauf, dass ich fortfuhr.

»Lass mich nur machen, Steffen«, entgegnete ich in einem beruhigenden Tonfall, um mich gleich darauf wieder Thea zuzuwenden. »Manche Schwierigkeiten zeigen sich erst im Zusammenleben, deshalb sind sie uns auch vorher nicht aufgefallen.«

»Was heißt das?«, fragte sie fast ängstlich.

Steffens warnender Blick war mir nicht entgangen, aber er war überflüssig. Ich hatte nicht vor, Thea zu verletzen. »Das heißt, dass wir beschlossen haben, uns zu trennen.«

»Oh«, entwich ein erschreckter Seufzer ihrem Mund. Sie legte Messer und Gabel beiseite und ließ sich gegen die Rückenlehne ihres Stuhls sinken. Ihre Hände begannen ein Eigenleben und kneteten die Serviette.

»Ich werde mir so schnell wie möglich eine Wohnung suchen.«

Steffens Blick war unergründlich.

»In diese Familie soll einfach kein Glück einkehren«, flüsterte sie am Boden zerstört.

»Mutter …«

»Mein ganzes Leben …« Ihre Stimme versagte ihr einen Moment lang den Dienst. »Es ist wie ein Fluch.«

»Nein, Frau Wolf«, hielt ich dagegen, »unsere Trennung hat nichts mit einem Fluch zu tun, sondern allein mit der Einsicht, dass es besser so ist.«

»Verlassen Sie ihn, weil …«

»Ich verlasse ihn nicht«, unterbrach ich sie, »wir trennen uns.«

»Steffen …?«, wandte sie sich Hilfe suchend an ihn.

In seinen unergründlichen Blick war sichtliche Erleichterung getreten. »Es ist so, wie Anna gesagt hat, wir haben uns auseinander gelebt. So etwas geschieht einfach. Und sieh mal, es ist doch besser, dass wir es jetzt gemerkt haben und nicht erst nach Jahren.« Er sprach mit ihr wieder wie mit einem Kind.

Immer noch stieß es mir auf, aber ich wusste inzwischen, dass die Rollenverteilung zwischen den beiden fest zementiert war.

»Für mich war es damals schon zu spät«, murmelte sie voller Wehmut und weit weg bei ihren Erinnerungen.

»Denk nicht daran, Mutter«, holte Steffen sie sanft zurück, »schau nach vorne.«

»Und was erwartet mich dort?« Der Vorwurf in ihrer Stimme hätte fast bewirkt, dass ich meinem Vorsatz untreu wurde.

Aber nur fast. Ich hielt meinen Mund und überließ es Steffen, ihr zu antworten.

»Ein wunderschön renoviertes Haus, zum Beispiel, ein Wohnzimmer, das ganz nach deinem Geschmack eingerichtet ist. Ich war vorhin noch kurz dort. In zwei Monaten wird alles so weit fertig sein. Dann kannst du wieder in deine eigenen vier Wände ziehen.«

»Dann sitzen wir beide in Häusern, die viel zu groß für eine Person sind.«

Jetzt hielt ich den Atem an und wartete gespannt, wie Steffen darauf reagieren würde. Genauso wenig wie mein Gefühl für ihn von einer Sekunde auf die andere erloschen war, genauso wenig war es mein Impuls, ihn vor Thea retten zu wollen.

Aber dieses Mal rettete er sich selbst. »Ich werde mir in Ruhe etwas Kleineres suchen.« Wie er es sagte, klang es so unumstößlich, dass Thea keinen weiteren Vorstoß wagte.

»Na dann …« Sie sah unentschlossen zwischen uns hin und her. »Schade«, richtete sie schließlich das Wort an mich, »ich hatte das Gefühl, Sie könnten Steffen glücklich machen.«

»Das habe ich sicher auch … eine Zeit lang.« Schon stiegen mir wieder die Tränen in die Augen. Ich schluckte kräftig dagegen an.

»Lass es gut sein, Mutter«, kam er mir zu Hilfe.

Zum ersten Mal war ich dankbar dafür, diesen Satz aus seinem Mund zu hören. Ich stand vom Tisch auf und begann abzuräumen. Thea wollte mir helfen, aber ich bedeutete ihr, sitzen zu bleiben. Ich brauchte einen Moment für mich allein, um meine Fassung wiederzugewinnen.

Als ich die Küche fertig aufgeräumt hatte, ging ich nach oben und ließ mich völlig erschöpft aufs Bett sinken. Irgendwann kamen die Tränen wieder und bahnten sich durch meine geschlossenen Lider ihren Weg. Und irgendwann setzte Steffen sich neben mich auf die Bettkante. Eine kleine Ewigkeit sahen wir uns stumm an. Auch seine Augen waren feucht. Ohne Ruperts Erklärungen hätte dieser emotionale Aufruhr mir vielleicht doch noch einmal Hoffnungen gemacht. So aber wusste ich, dass Tränen nicht immer den Wunsch nach einem Zurück verkörpern. Dass sie manchmal einfach nur für die Trauer um einen Verlust stehen.

Nach einer Weile stand er auf, um zu gehen. Am Türrahmen drehte er sich noch einmal um und sah mich eindringlich an. »Danke.«

Näher sind wir uns nie wieder gekommen.

18

Es gab keine Chance mehr für uns, kein Zurück. Es gab nur noch die Möglichkeit, mit Anstand auseinander zu gehen, wie es so schön heißt, kein Porzellan zu zerschlagen und keine verbrannte Erde hinter uns zurückzulassen.

Als ich nicht schlafen konnte in dieser Nacht, legte ich mir ein paar Worte für Steffen zurecht. Sie sollten ihm sagen, dass mir seine Entscheidung sehr wehtat, ihm aber gleichzeitig signalisieren, dass ich sie inzwischen nachvollziehen konnte. Sie sollten eine Entschuldigung sein für mein gewaltsames Vordringen, das ihm in höchstem Maße unsensibel erschienen sein musste, das jedoch allein meiner völligen Unwissenheit, meiner Fehleinschätzung der Umstände zuzuschreiben war. Und einem ganz grundsätzlichen Fehler in meinem Denken. Ich hatte etwas in die Hand nehmen wollen, das nicht in meine Hand gehörte, sondern ausschließlich in seine: Ich hatte ihn retten wollen, dabei konnte er sich nur selbst retten.

Gegen Morgen verwarf ich diese Idee eines Schlusswortes wieder. Es hätte nur einmal mehr an Dinge gerührt, die Steffen ruhen lassen wollte. Und ich brauchte keine Absolution von ihm. Ich brauchte nur Abstand, und zwar vor allem einen räumlichen. Alles andere würde sich ergeben. So stand ich in aller Herrgottsfrühe auf, kaufte mir die Rheinische Post und einen Becher Kaffee und setzte mich damit in den Park.

Acht Wohnungen kamen für mich in Frage, was so viel hieß wie: Ich würde sie mir leisten können. Bei dreien ging niemand ans Telefon, für die restlichen fünf verabredete ich Besichtigungstermine. Hatte ich mit Steffen zusammen noch voller Vorfreude nach einem Optimum gesucht, so ging es mir jetzt ausschließlich um die Lösung einer mehr als belastenden Wohnsituation. Und wenn ich noch so viele Zugeständnisse machen müsste – Hauptsache, ich konnte so schnell wie möglich ausziehen.

Die Zweizimmerwohnung, für die ich mich schließlich entschied, war diejenige mit der kürzesten Wartezeit bis zum Einzug. Sie war winzig, lag im fünften Stock eines Unterrather Mietshauses ohne Aufzug und hatte keinen Balkon. Aber ich würde bereits am ersten Juli einziehen können, musste also nur noch zwei Wochen durchhalten.

Mit dem Mietvertrag in der Tasche kehrte ich an den Ort zurück, der nur für sehr kurze Zeit mein Zuhause gewesen war. Voller Wehmut und mit Tränen in den Augen schloss ich die Tür auf. Thea musste auf mich gewartet haben, denn sie kam sofort aus der Küche, als sie mich hörte.

»Haben Sie einen Moment Zeit für mich, Anna?« Ihre Stimme klang angestrengt, so, als bemühe sie sich um Freundlichkeit.

»Ich …«

»Bitte!«, insistierte sie.

Unschlüssig blieb ich auf dem Weg zur Treppe stehen. Eigentlich wollte ich nur nach oben und mich vergraben.

»Wollen wir uns draußen oder drinnen hinsetzen?«

»Wir können doch auch hier reden«, machte ich einen schwachen Versuch, mich so schnell wie möglich zu verziehen.

»Zwischen Tür und Angel?«

»Das wäre ja nicht das erste Mal«, erwiderte ich in Erinnerung an unseren nächtlichen Zusammenstoß, als ich es gewagt hatte, ohne Steffen auszugehen.

Mein Einwurf zeigte jedoch keinerlei Wirkung. »Dann setzen wir uns ins Wohnzimmer.« Sie machte auf dem Absatz kehrt und ging voraus.

Ich folgte ihr mehr als unwillig und setzte mich demonstrativ auf die Sofakante.

»Sie können sich vielleicht vorstellen, dass ich heute Nacht kein Auge zugemacht habe«, begann sie mit nahezu versteinerter Miene. »Ich habe mich immer wieder gefragt, wie Sie dem Jungen das antun können.«

Mein Körper verkrampfte sich. Alles in mir schrie danach, ihr die Wahrheit ins Gesicht zu sagen. Es wäre so einfach gewesen in diesem Augenblick, so unglaublich verführerisch. Ich hatte das unsägliche Bedürfnis, sie mit meinen Worten niederzuknüppeln und in Grund und Boden zu stampfen. Sie für das zu bestrafen, was sie Steffen angetan, was sie aus ihm gemacht hatte. Es fiel mir immer noch schwer, ihr nicht die Schuld zu geben, sie zu *ent-schuldigen*. Ich rief mir Ruperts Erklärungen ins Gedächtnis und schluckte gegen den Impuls an, sie mit der Wahrheit zu konfrontieren. »Ich tue Steffen nichts an, wir …«

»Wem wollen Sie das einreden?«, unterbrach sie mich heftig. »Mir oder sich selbst? Ich brauche meinen Sohn doch nur anzusehen. Er leidet. Und Sie sind schuld daran.« Sie sah mich böse an.

»Frau Wolf«, versuchte ich es nach außen hin ruhig, »es ist so, wie wir es Ihnen gestern Abend erklärt haben: Wir passen nicht zusammen.«

»Aber das kommt doch von Ihnen«, warf sie mir vor, »Steffen hat sich so viel Mühe mit Ihnen gegeben. Sie hatten alle Freiheiten. Aber das war Ihnen offensichtlich nicht genug. Sie wussten, was für einen Mann Sie bekommen: einen ernsthaften, verantwortungsvollen, der nicht auf jeder Hochzeit tanzen muss, der so viel um die Ohren hat, dass er abends todmüde ist. Hätten Sie sich das nicht vorher überlegen oder sich selbst ein wenig Mühe geben können?« Sie presste ihre Lippen so fest zusammen, dass sich ihre Mundwinkel nach unten zogen.

Was hatte ich denn gewusst, als ich mit Steffen zusammenzog? Ganz bestimmt nicht, dass ich mich in einen Mann verliebt hatte, der seine Mutter zum Kind hat, der diese Rolle nicht abstreifen konnte wie eine Pelle. Dessen Glücksgefühle von denen seiner Mutter abhingen, von denen eines ewigen Opfers, das am Glück immer gehindert wurde. Es hätte nicht viel gefehlt und ich wäre an meinen Worten erstickt, aber ich behielt sie für mich. »Ich bin nicht verantwortlich für Steffens Glück«, sagte ich gepresst. »Kein Mensch ist verantwortlich für das Glück eines anderen.«

»Mit dieser Einstellung machen Sie es sich aber sehr einfach, mein Kind.«

Einfach – ich sog dieses Wort sehnsuchtsvoll auf, widerstand jedoch Theas Provokation. »Ich bin nicht Ihr Kind, Frau Wolf.« Meine Kraft war im Schwinden begriffen. Ich stand auf.

»Da haben Sie zweifellos Recht«, sagte sie leise. »Ich hätte Ihnen Ihren Egoismus auch ausgetrieben, darauf können Sie sich verlassen.«

»So wie Sie Steffen seine Lebensfreude ausgetrieben haben?« Die Worte waren heraus, und ich hätte noch nicht einmal sagen können: ohne dass ich es wollte. Denn in diesem Augenblick wollte ich ihr wehtun.

Sie machte eine ruckartige Bewegung, als hätte ich sie in den Bauch geboxt. Ihr Atem ging stoßweise, begleitet von einem nicht enden wollenden Kopfschütteln. »Sagen Sie nicht so etwas, ich habe meinem Jungen nicht die Lebensfreude genommen.« Sie schluchzte auf. »Ich nicht. Sein Vater war es … er hat dafür gesorgt.«

»Tut mir Leid, Frau Wolf«, sagte ich leise. Ich war zu weit gegangen.

»Hat sich davongemacht, als es schwierig wurde.«

Mit einem Mal wurde mir klar, warum der Selbstmord ihres Mannes diesen Hass in ihr ausgelöst hatte. Er hatte eine Entscheidung getroffen, hatte sich entzogen, hatte den Weg gewählt, den er bevorzugte, den in ihren Augen leichteren. Für sie war er einer der Täter, die ihr das Leben vergällt hatten. Meines Erachtens war er ein Opfer, das in seinem Selbstmord den einzigen Ausweg für alle Beteiligten gesehen hatte.

Theas Sicht der Dinge regte mich immer noch auf, aber es wollte mir nicht mehr gelingen, sie deswegen zu verurteilen. Es war, als hätte ich endlich verinnerlicht, dass sie wirklich litt, dass sie sich in einem Sumpf von belastenden Gefühlen und Erlebnissen verfangen hatte und nicht wieder herausfand. War es da nicht zu viel von ihr verlangt, Verständnis für jene aufzubringen, die diesem Sumpf entkamen – mochte die Art und Weise auch noch so schrecklich sein?

Und noch ein Gedanke nahm immer konkretere Formen an: Thea liebte ihren Sohn. Auf eine andere Weise, als ich mir Mutterliebe vorstellte, anders, als ich sie kennen gelernt hatte und als ich sie mir auch für Steffen gewünscht hätte. Aber mit einer Intensität, der ich mich nicht verschließen konnte und die meine ablehnende Haltung ihr gegenüber an einigen Stellen brüchig werden ließ.

»So, wie Sie sich jetzt davonmachen, Anna«, warf sie mir in einem letzten verzweifelten Versuch vor.

»So ist es nicht, Frau Wolf«, entgegnete ich behutsam, »ich mache mich nur davon, damit es nicht noch schwieriger wird.«

Sie sah mich Hilfe suchend an. Es gab jedoch nichts, was ich noch hätte sagen können, deshalb kehrte ich ihr den Rücken und ging wortlos hinaus. Im Flur wäre ich fast mit Steffen zusammengeprallt, der gerade nach Hause gekommen war.

»Hallo, Anna«, sagte er bedrückt. Wenn er zum Segelfliegen fort gewesen war, dann war zumindest dieses eine Mal nicht alles von ihm abgefallen.

Vielleicht konnte ich ihn wenigstens von einer Sorge befreien. »Ich habe eine Wohnung gefunden. In zwei Wochen kann ich umziehen. Du wirst für deine Mutter dann vorübergehend eine andere Lösung finden müssen, da ich ja mein Zimmer ausräumen muss.«

»Natürlich, kein Problem.« Es fiel ihm offensichtlich schwer, mir direkt in die Augen zu sehen. »Ich werde dir selbstverständlich das Geld ersetzen, das du in unsere gemeinsamen Möbel investiert hast. Ich denke nicht, dass du etwas davon ...«

»Nein, ich möchte nichts davon mitnehmen. Danke.«

Diese Unterhaltung war stellvertretend für die wenigen, die wir in der uns verbliebenen Zeit noch führten. Es ging dabei ausschließlich um administrative Dinge, die persönlichen waren längst besprochen. Es gab nichts mehr zu sagen.

Die nächsten zwei Wochen schlichen zäh dahin. Nachdem die Entscheidung einmal gefallen war, konnte ich den Tag meines Umzugs kaum noch abwarten. Im Büro machte ich freiwillig Überstunden, was auf Birte Kofler zutiefst bedrohlich wirkte. Sie wertete meine Entschuldigung als Finte und meinen ihr ansonsten unerklärlichen Arbeitseifer als den Endspurt, um sie endgültig zu besiegen. Da sie die Letzte war, der ich mein Privatleben offenbaren würde, musste ich mir etwas einfallen lassen, um ihrem unerträglichen Misstrauen zu begegnen.

So gewöhnte ich mir an, gemeinsam mit ihr das Büro zu

verlassen, einen Spaziergang um die vier Ecken zu machen und zurückzukehren. Natürlich gab es durchaus attraktivere Möglichkeiten, seine Abende zu verbringen, aber ich hatte auf nichts Lust. Die einzige Sehnsucht, die mich in diesen Tagen umtrieb, war die, mich zu vergraben und einzuigeln. Dagegen konnte selbst Pia nichts ausrichten.

Als ich es leid wurde, immer wieder aufs Neue mit Birte Kofler aneinander zu geraten, suchte ich nach einem Weg, ausschließlich auf sachlicher Ebene zusammenzuarbeiten. Ich dachte an mein Gespräch mit Pia und an die *Schlange*. Aber ich wollte kein Wesen zähmen, das ich nicht mochte und das ich auch – da war ich mir sehr sicher – bestimmt nie in mein Herz schließen würde. Blieb nur die Möglichkeit, die Giftzähne zu melken.

Zu diesem Zweck besorgte ich mir zwei weiße Schuhkartons, schnitt Schlitze in die Deckel und schrieb jeweils *Kummerkasten* darauf. Als Birte Kofler am nächsten Morgen an ihren Schreibtisch kam, sah sie mich misstrauisch an.

»Was ist das?«

»Das sind Kummerkästen.«

»Ich kann lesen«, sagte sie giftig.

»Daran habe ich nie gezweifelt. Ich bezweifle lediglich, dass wir so wie bisher noch lange weitermachen können.«

»Dann hören Sie doch auf.«

»Genau das tue ich.«

»Sie kündigen?« Ganz kurz blitzte Hoffnung in ihren Augen auf.

»Nein, das nun gerade nicht«, antwortete ich fest. »Aber ich werde von heute an alles, was mich an unserer Zusammenarbeit bedrückt und stört, niederschreiben und dann in Ihren Kasten werfen. Umgekehrt halten Sie es genauso.«

»Wozu soll das gut sein?«, fragte sie schroff.

»Zur Entladung der Atmosphäre.«

»Das nennen Sie Entladung, wenn ich Ihre Unverschämtheiten und Gemeinheiten auch noch schriftlich bekomme?«

»Ja. Es zwingt Sie nämlich niemand zu lesen, was auf den Zetteln steht. Ich denke, es ist einen Versuch wert, meinen Sie nicht?«

Sie sah mich an, als zweifle sie an meinem Verstand.

»Sie haben doch nichts zu verlieren«, machte ich einen erneuten Vorstoß.

»Wenn Sie meine Nerven als ein Nichts bezeichnen ...«

»Um Ihre Nerven geht es mir doch gerade. Und natürlich auch um meine, das will ich gar nicht verhehlen.«

»Natürlich! Weil Ihre Nerven ja auch so strapaziert werden. Ich frage mich nur, von wem.«

»Frau Kofler«, begann ich kühl, »wenn ich Ihnen darauf ehrlich antworte, sind wir in zwei Sekunden wieder mitten in einem dicken Streit. Ich enthalte mich deshalb eines Kommentars und ...«

»Sie *enthalten* sich«, äffte sie mich nach.

»... und halte mich stattdessen an den Kummerkasten.«

»Wenn Sie alles so umständlich angehen, ist es kein Wunder, dass Sie Überstunden schieben müssen. Anstatt diese Dinger zu basteln, müssten Sie nur Ihren Mund halten. Aber Effektivität ist eben nicht Ihre Stärke, Frau Laudien.« Sie lehnte sich zufrieden zurück. »Wie war das noch? Sagten Sie nicht, Herr Kahl habe Sie wegen Ihrer Phantasie eingestellt? Wenn das alles ist, was Sie zustande bringen«, dabei sah sie verächtlich auf die Kummerkästen, »prophezeie ich Ihnen keine große Zukunft in unserem Job.«

Es gab unzählige scharfe Entgegnungen, die mir dazu auf der Zunge lagen. Hätte ich jedoch nur eine herausgelassen, hätte ich mir die Aktion mit den Kummerkästen sparen können. »Ich bin Ihnen dankbar für Ihre Anregungen, Frau Kofler. Noch dankbarer wäre ich Ihnen allerdings, wenn Sie sich an den Schriftweg gewöhnen könnten.«

»Was wollen Sie? Material gegen mich in die Hand bekommen?«

Ich stöhnte laut auf. »Denken Sie eigentlich auch hin und wieder über das nach, was Sie so von sich geben?« Jetzt war es doch mit meiner selbst auferlegten Zurückhaltung vorbei. »Wenn Sie das Unschuldslamm wären, als das Sie sich gerne sehen, könnte ich wohl kaum Material gegen Sie sammeln.«

Plötzlich begriff sie, dass sie sich gerade selbst ein Bein gestellt hatte, und blitzte mich wütend an.

Ich stand auf, griff mir die beiden Kummerkästen, zerriss sie wortlos und stopfte sie in den Papierkorb.

»Dann also doch weiter wie bisher«, kommentierte sie mein Tun hämisch. »Habe ich mir doch gleich gedacht.«

»Anders als bisher«, erwiderte ich kalt. »Ab morgen liegt hier ein Diktaphon auf meinem Schreibtisch, das ich bei Bedarf zum Einsatz bringen werde.«

»Soll das eine Erpressung sein?«, fragte sie drohend.

»Ja.«

»Was Sie können, kann ich schon lange.« Ihr Tonfall hatte Richtung schnippisch gewechselt.

»Wunderbar«, entgegnete ich, »das Gleichgewicht der Waffen hat schon oft erfolgreich als Abschreckung gedient und einen Krieg verhindert. Somit können wir uns ja beruhigt wieder unserer Arbeit zuwenden.«

»Sie alte …«

»Nur zu«, unterbrach ich sie. »Heute können Sie noch alles loswerden. Morgen brechen andere Zeiten an.«

»Da haben Sie ausnahmsweise mal Recht«, keifte sie. »Ab morgen tut es kein Blumenstrauß mehr, da werde ich jede einzelne Ihrer Gemeinheiten haarklein dokumentieren.«

Es sollte jedoch keine mehr geben, denn vom kommenden

Tag an übten wir uns beide in Selbstdisziplin. Was alle guten Vorsätze nicht geschafft hatten, schafften nun zwei an sich harmlose Diktaphone. Die Warnung, die von ihnen ausging, half uns beiden, uns zu zügeln. Ich kann nicht gerade sagen, dass sich unsere Arbeitsatmosphäre damit von einem Tag auf den anderen grundlegend verbesserte, aber sie gestaltete sich sehr viel erträglicher.

»So kann man Konflikte natürlich auch angehen«, sagte Pia mit einem herzhaften Lachen, als ich ihr die »Waffen« nach Büroschluss zeigte.

»Ich weiß, dass das nur die Oberfläche glättet und nichts löst, aber mehr als oberflächlich möchte ich mit dieser Person sowieso nicht in Berührung kommen. Sie ist und bleibt zum Abgewöhnen.«

»Vergiss sie und denk an etwas Schönes!«

»Woran?«, fragte ich in einem Anflug von Traurigkeit.

»Zum Beispiel an morgen. Da habe ich Geburtstag und mache abends einen kleinen Umtrunk bei mir. Und wenn du nicht endlich mal wieder aus deinem Schneckenhaus herauskommst und mitfeierst, verzeihe ich dir das nicht.«

»Ich komme gern«, sagte ich spontan. »Was wünschst du dir?«

»Eine Überraschung.«

So steuerte ich direkt nach Büroschluss die nächste Parfümerie an und fragte nach ausgefallenen Lippenstiftfarben. Ich entschied mich für *Morgenrot* und *Indian Summer.* In einem Teeladen überredete ich die Verkäuferin, mir die Lippenstifte in einer Packung Früchtetee zu verstecken und diese dann zu verpacken.

Am nächsten Abend traf ich eine halbe Stunde vor den anderen Gästen bei Pia ein. Als sie den Tee auspackte, erntete ich ein beredtes Grinsen. »Schmeckt der noch scheußlicher als meiner?«

»Riech mal dran.«

Vorsichtig öffnete sie die Packung, um gleich darauf einen Freudenschrei auszustoßen: *»Morgenrot* und *Indian Summer* – die habe ich noch nicht.« Sie kam auf mich zu und drückte mir einen Kuss auf die Wange. »Danke!«

Zehn Minuten später hatte sich Pias kleine Wohnung bereits mit ihren Freunden und ihren liebsten Familienmitgliedern gefüllt. Pia stellte mich jedem als den *Neuzugang in ihrem Herzen* vor. Auf ihre ganz spezielle Art drückte sie damit das aus, was auch ich fühlte. Es war ein schönes Gefühl.

Als schließlich Rupert in seinem Rollstuhl auf mich zukam, starrte ich ihn sprachlos an. Immerhin wohnte Pia im vierten Stock ohne Aufzug.

»Wie sind Sie hier heraufgekommen?«

»Not macht erfinderisch«, erwiderte er gelassen.

»Sie haben schon präzisere Antworten gegeben.«

Er lachte. »Ich habe kräftige Cousins.«

»Die haben Sie hier hoch getragen?«

»Freuen Sie sich etwa nicht?«

»Doch«, gab ich ehrlich zu.

Um uns herum lärmte es, trotzdem kam es mir einen Moment lang so vor, als gäbe es nur uns beide. Der Blick, mit dem er mich umfing, war von einer Zärtlichkeit, die ich körperlich zu spüren meinte.

»Tut es sehr weh?«

Ich wusste sofort, dass er von Steffen sprach. »Ja«, antwortete ich unumwunden. »Auch wenn ich inzwischen weiß, dass es für uns beide besser so ist.«

»Nehmen Sie sich Zeit.« In seinem Tonfall schwang nicht nur Verständnis für mich mit, da war noch etwas anderes, etwas, das ihn selbst betraf – eine eigene Geschichte.

»Erzählen Sie mir davon?«, fragte ich behutsam.

Von einem Moment auf den anderen zog er sich zurück.

»Hey«, sagte ich betont forsch, »ich bin Ihre Freundin!«

»So schnell?«, fragte er spöttisch.

»Gibt es ein Maß für die Geschwindigkeit, in der sich Freundschaften entwickeln?«, wiederholte ich seine Worte.

»Sie haben ein gutes Gedächtnis, Frau Laudien.«

»Und Sie lenken ab, Herr Wellensiek.«

»Verfolgen Sie Ihr Ziel immer so gnadenlos?«

»Das wissen Sie doch«, sagte ich traurig, »wenn nicht, hätte ich Steffen gar nicht erst so sehr zugesetzt.«

»Sie waren nicht gnadenlos ihm gegenüber.« Er sah mich ernst an und runzelte seine Brauen so stark, dass er seine gesamte Stirn in Falten legte. »Wer kann schon immer ahnen, welche Wunden er aufreißt.«

Seine Botschaft war unmissverständlich, ich wechselte das Thema. »Ich habe übrigens eine Wohnung gefunden.«

»Wo?«

»In Unterrath. Fünfter Stock ohne Aufzug. Da wird meine Raucherlunge ganz schön rebellieren.«

»Sie rauchen?«, fragte er erstaunt.

»Nicht mehr. Ich habe vor vier Monaten aufgehört.«

»Und unter der Last der Ereignisse nicht wieder angefangen?«

Ich schüttelte den Kopf.

»Das ist eine Leistung«, sagte er anerkennend.

»Eine Leistung wäre es nur, wenn ich mit mir hätte kämpfen müssen. Aber diesen Kampf habe ich vor ein paar Wochen endgültig auf einer Parkbank ausgefochten.«

»Seien Sie froh!«

»Das bin ich auch. Nachdem ich wegen des einen Mannes damit angefangen und wegen des anderen damit aufgehört habe, kann ich ja zur Abwechslung auch mal etwas meinetwegen tun«, setzte ich selbstironisch hinzu.

»Was haben Sie jetzt vor?«

»Umziehen. Sehr viel weiter denke ich im Augenblick nicht.«

»Schön, dass Sie in Düsseldorf bleiben.«

Die Wärme, die in seinen Worten mitschwang, tat mir gut. »Werden Sie mich einmal besuchen?«, fragte ich. »Oder streiken Ihre Träger beim fünften Stock?«

»Ich werde darüber nachdenken.«

»Lassen Sie sich immer so bitten?«

»Nur in besonders schwer wiegenden Fällen.«

»Ich wusste nicht, dass ich ein Fall für Sie bin.«

»Manchmal wünschte ich mir, Sie wären es.«

Sekundenlang sah ich ihn schweigend an. »Herr Wellensiek ...?«, fragte ich schließlich leise.

»Frau Laudien ...?«

»Wer flirtet hier jetzt mit wem?«

»Sagen Sie es mir!« Er verschanzte sich hinter seiner unergründlichen Miene.

»Einen Teufel werde ich tun.«

In seinen Augen hatte ganz kurz etwas aufgeflackert, das ich nicht genau einordnen konnte. Mir war, als hätte ich einen Blick in einen Raum geworfen, der sonst verschlossen war. Es war ein Raum zum Ankommen.

»Na, ihr beiden ...«, sagte Pia plötzlich hinter mir. »Seid ihr endlich beim Du angekommen?«

»Nein!«, entgegnete Rupert bestimmt. »Und wenn du weiter nervst, gehe ich sofort wieder.«

»Das will ich sehen«, sagte Pia frech. »Dann gehst du als medizinisches Wunder in die Geschichte ein.« Sie grinste ihn herausfordernd an.

»Manche Menschen werden weiser, wenn sie älter werden«, entgegnete Rupert trocken, »du wirst unverschämter.«

»Ich folge nur deinem Credo und sage, was ich denke.« Pias Schmollmund war gekonnt.

»Leider sagst du auch, was andere denken sollen.«

»In dem speziellen Fall, auf den du anspielst, sage ich nur, was andere fühlen und nicht zugeben.« Sie bedachte uns beide mit einem eindeutigen Blick.

»Interessant.« Ruperts Mundwinkel verzogen sich spöttisch. »Deine Fähigkeiten werden mir langsam unheimlich. Ich hoffe, dass wenigstens deine Kochkünste bodenständig geblieben sind.« Er rollte Richtung Küche davon.

»So einfach kommt er hier nicht hinaus«, meinte Pia mit dem zufriedenen Lächeln einer Jägerin, die die Beute in der Falle weiß.

»Glaubst du allen Ernstes, ich würde das ausnutzen?«

»Das will ich doch hoffen.«

»Dann muss ich dich enttäuschen«, entgegnete ich ernst. »Ich werde deinen Cousin für den Rest des Abends in Ruhe lassen.«

»Wovor habt ihr beide eigentlich Angst?«, fragte sie kopfschüttelnd. »Unsereins ist überglücklich, wenn endlich der passende Deckel in Sicht kommt, und ihr ...«

Jetzt musste ich doch lachen. »Du hast gut reden. Darf ich dich an den Inline-Skater erinnern?«

»Bitte nicht!«, stimmte sie in mein Lachen ein. »Ich habe heute Geburtstag und will den Abend nicht heulend in der Ecke verbringen.«

»Dann lass uns feiern!« Ich prostete ihr zu. »Auf dass es ein wundervolles neues Lebensjahr für dich wird.«

Plötzlich waren wir umringt von einer ausgelassenen Runde, die lautstark in meine guten Wünsche für Pia einstimmte. Ich genoss jede Minute dieses Abends und wurde mir einmal mehr bewusst, wie sehr mein Lebensgefühl in den letzten Wochen gedämpft worden war.

Die Nachwirkungen dieses fröhlichen Abends halfen mir, die letzte Woche mit Thea und Steffen unter einem gemeinsamen Dach zu überstehen. Während die eine ständig zwischen Vorwurf und Verzweiflung schwankte, konnte ich Steffen ansehen, wie gerne er dieser Situation entflohen wäre.

Obwohl ich mit Packen eigentlich genug zu tun gehabt hätte, hetzte ich am Freitagnachmittag in der Hoffnung in den Wald, dort Rupert über den Weg zu laufen.

Schon von weitem erkannte ich seinen Rollstuhl neben der Bank, auf der ich beim letzten Mal auf ihn gewartet hatte. »Hallo«, begrüßte ich ihn außer Atem. »Sie haben nicht eventuell auf mich gewartet?«

»Ich habe ganz ruhig hier gesessen, meinen Gedanken freien Lauf gelassen und hin und wieder den Weg entlanggeschaut.« Der Schalk lauerte unverkennbar in seinen Augenwinkeln.

»So kann man Warten natürlich auch umschreiben«, sagte ich grinsend.

»Ihnen scheint es besser zu gehen.«

»Etwas.« Ich setzte mich im Schneidersitz auf die Bank ihm gegenüber. »Ich freue mich, Sie zu sehen, was Ihnen umgekehrt ja nicht über die Lippen will.«

»Höre ich da einen leisen Vorwurf?«

»Von leise kann nicht die Rede sein.«

»Was haben Sie vor, Frau Laudien?«, fragte er wachsam.

»Ihnen vermitteln, dass Freunde gefahrlos auch einmal ein paar Gefühle rauslassen können.«

»Sind Sie sicher, dass wir hier über Freundschaft reden?«

»Das ist doch ein Anfang, oder?«

»Für Sie mag es ein Anfang sein, für mich ist es alles, was ich zu bieten habe.«

Wir sahen uns stumm an. Unsere Blicke kreuzten sich wie in einem Duell, das bis zum Schluss ausgefochten werden musste.

»Meine Ehe war nicht optimal, aber sie hatte durchaus Entwicklungspotenzial. Bis zu dem Tag, an dem ich verunglückte.« Seine Stimme hatte einen rauen Klang angenommen, sein Blick ließ meinen nicht los. »Solch ein Unfall und seine Folgen verlangen nicht nur demjenigen, der im Rollstuhl landet, eine ganze Menge ab, sondern auch dem Partner. Das Leben verändert sich schlagartig. Da muss man einander sehr lieben, und selbst dann ist es schwer, sich immer wieder durch die Wellen hoch zu kämpfen, in denen man zu ertrinken droht. Und gerade mit dem Ertrinken ist das so eine Sache: Wenn einem selbst der Untergang droht, neigt man sehr stark dazu, um sich zu schlagen.«

Dieses Gefühl kannte ich.

»Immerhin haben wir es noch zwei Jahre miteinander ausgehalten, um dann endlich einen Schlussstrich zu ziehen.«

»Haben Sie damit für den Rest Ihres Lebens auch einen Schlussstrich unter Ihr Liebesleben gezogen?«, fragte ich herausfordernd.

»Ich sitze im Rollstuhl, Frau Laudien.«

»Na und? Hat Ihr Herz etwa auch etwas abbekommen?«

»Sie sind unverbesserlich. Hatten Sie nicht in Erwägung gezogen, zukünftig etwas sensibler mit den Männern umzugehen?«

»Ich habe diese Rüge wohl verstanden. Also wechseln wir wohl besser das Thema.« Ich zog die Knie an und legte meinen Kopf darauf. »Ich möchte gerne noch etwas wissen«, begann ich zögernd.

Er sah mich ruhig an und wartete, dass ich fortfuhr.

»Was wird aus Steffen und Thea? Wird das alles immer so weitergehen?«

Er zog seine Stirn nachdenklich in Falten. »Ich sehe kaum eine Möglichkeit, dass Thea sich noch ändert. Bei Steffen ist das etwas anderes. Er wird möglicherweise aus der Beziehung mit Ihnen etwas gelernt haben. Wenn er dann noch eine Frau trifft, die ihm mit der Zeit wichtig wird, könnte es sein, dass er sein Verhalten seiner Mutter gegenüber ein wenig ändert. Umsorgen wird er Thea allerdings bis an ihr Lebensende.«

Ich wusste nicht, ob mich das traurig oder zuversichtlich stimmen sollte.

»So, und jetzt muss ich mich auf den Weg machen«, sagte er entschlossen.

Ich sah ihn enttäuscht an. »Jetzt schon?«

Er nickte.

»Patienten?«

»Ja.«

»Warum nehmen Sie sich nicht einfach mal frei von Ihren Patienten? Wenigstens am späten Freitagnachmittag.«

»Weil Sie dann übermütig würden.« Er griff in die Räder des Rollstuhls und setzte sie in Bewegung.

»Und Sie sind gar nicht neugierig darauf, wie das wäre?«

»Nein.«

»Sie lügen«, rief ich ihm hinterher.

Er drehte sich jedoch nicht mehr um, sondern rollte eilig davon.

»Dieses Thema ist noch nicht ausdiskutiert, Rupert Wellensiek«, murmelte ich vor mich hin und blieb noch einen Moment auf der Bank sitzen, bis ich mich wieder auf den Heimweg machte.

Thea hatte all ihre Sachen zusammengeräumt und an der einzigen freien Wand in meinem Zimmer daraus einen Haufen aus Taschen, Tüten und Kartons gestapelt. Von ihr selbst war weit und breit nichts zu sehen. Steffen würde erst sehr viel später von seinen Hausbesuchen kommen. Und ich war unsagbar froh, allein im Haus zu sein. So systematisch, wie ich meine Dinge aus Schränken und Schubladen räumte und verpackte, so systematisch verabschiedete ich mich von diesem Haus.

Mitten im Packen schob sich ein Bild vor mein inneres Auge. Ich sah Steffen, wie er mich über die Schwelle getragen hatte. Und ich hörte mich sagen: »Steffen, das bringt Unglück.« »Nie im Leben«, hatte er froh gelacht, »du kannst mir gar kein Unglück bringen.« Und dann hatte ich es ihm doch gebracht, in Form eines Scherbenhaufens. Ich atmete tief durch, um mich von diesem Bild nicht unterkriegen zu lassen, und nahm mir den nächsten Schrank vor.

Irgendwann war ich endlich fertig mit Packen. Die Umzugsfirma, die Steffen beauftragt hatte, würde am nächsten Morgen um acht Uhr vor der Tür stehen. Zunächst hatte ich Schwierigkeiten gehabt, sein Angebot anzunehmen, dann jedoch eingesehen, dass uns beiden damit gedient war. Ähnlich wie mit dem Abschiedsessen, das Thea an diesem letzten gemeinsamen Abend gekocht hatte.

Sie hatte sich unglaublich viel Mühe gegeben, hatte den Tisch wunderschön gedeckt und drei Gänge gekocht, von denen, hätte auch nur einer von uns Appetit gehabt, sicher nichts übrig geblieben wäre. Wir stocherten jedoch mehr darin herum, als dass wir aßen.

»Und wenn das Haus nicht gebrannt hätte …?«, fragte Thea plötzlich tonlos.

»Dann wäre Ihnen viel Leid erspart geblieben.« Ich sah sie fest an. »Aber wenn ich vor zwei Jahren nicht auf einem Stein abgerutscht und mit dem Knöchel umgeknickt wäre, hätte ich Steffen nie kennen gelernt.«

»Was wollen Sie damit sagen?«

»Dass unschöne Ereignisse manchmal auch ihr Gutes haben.«

»Wollen Sie etwa meinen Hausbrand mit Ihrem Knöchel vergleichen?«

»Nein, ich wollte eigentlich nur sagen, dass ich die Zeit mit Ihrem Sohn nicht bereue.«

»Das wäre ja wohl noch schöner!« Mit der Empörung kehrte die Kraft in ihre Stimme zurück.

Wäre ich nicht so traurig gewesen, hätte ich lächeln müssen.

»Lass es gut sein, Mutter.« Steffen klang so unendlich erschöpft, dass ich ihn am liebsten in den Arm genommen hätte.

Aber ich widerstand diesem Impuls, so schwer es mir auch fiel. Ein letztes Mal wanderte mein Blick von seinen abgebissenen Fingernägeln zu seinen widerspenstigen Haaren. »Ich gehe nach oben, ich muss morgen früh aufstehen.«

Er nickte.

»Vielen Dank für das Essen, Frau Wolf.«

Sie sah mich stumm an, während sie mit den Tränen kämpfte. Ich wollte auf sie zugehen, doch Steffen bedeutete mir, dass er sich um seine Mutter kümmern würde. So ging ich ohne ein weiteres Wort hinaus.

Wider Erwarten schlief ich wie ein Stein in dieser Nacht. Ich verschlief sogar den Wecker, den ich mir auf sechs Uhr gestellt hatte. Als ich schließlich um halb acht die Augen aufschlug, geriet ich dermaßen in Hektik, dass der bevorstehende Abschied, der mir so sehr zu schaffen machte, vorübergehend in den Hintergrund trat. Die Umzugsleute brauchten nur etwas mehr als eine Stunde, um meinen Hausstand zu verladen. Als sie sich auf den Weg zu meiner neuen Wohnung machten, ging plötzlich alles ganz schnell. Mir blieb nicht viel Zeit für den Abschied von Steffen und seiner Mutter, wenn ich die Männer nicht warten lassen wollte.

Thea kam mit verweinten Augen aus dem Wohnzimmer, nahm meine Hände in ihre und sah mich wie ein waidwundes Reh an. Sekundenlang wanderte ihr verzweifelter Blick über mein Gesicht, bis sie sich schwer atmend abwandte und wieder im Wohnzimmer verschwand.

Ich ging zu Steffen, der in der Küche die Spülmaschine ausräumte. Als er sich zu mir umdrehte, wurde mir das Herz schwer. Ich biss die Zähne zusammen und versuchte, einen kameradschaftlichen Ton anzuschlagen, was jedoch gründlich misslang.

»Pass auf dich auf, Steffen«, brachte ich nach einem endlos scheinenden Moment heraus. Ich machte einen Schritt auf ihn zu, stockte dann jedoch. Eine Umarmung wäre für uns beide zu viel gewesen.

Er sah auf die Tasse in seiner Hand und dann wieder zu mir. »Und du auf dich, Anna.«

Sehr viel länger konnte ich es nicht ertragen, ihn da so stehen zu sehen. So ging ich hinaus, legte meine Schlüssel auf die Kommode im Flur, nahm meine Tasche und zog die Tür hinter mir ins Schloss. Ich drehte mich nicht mehr um.

19

Nachdem ich an diesem Abend die wichtigsten Kisten ausgepackt hatte, fuhr ich ans Rheinufer und setzte mich dort in den Sand. Der Wind strich sanft über meine Haut, während ich den unvergleichlichen Duft dieses Sommerabends einatmete.

Es war wie ein Wiederaufleben, das mir unbeschwerte Momente schenkte. Einerseits tat die Trennung von Steffen immer noch weh, andererseits fühlte ich mich auf seltsame Weise befreit. Gerade dieses Gefühl irritierte mich zunächst, ich wollte es mir nicht eingestehen. Doch nach und nach machte es sich mit einer Gewissheit breit, der ich mich nicht länger verschließen konnte.

Natürlich bemerkte auch Pia diesen Umschwung und sprach mich darauf an, als sie mich an meinem ersten Single-Wochenende in meiner neuen Wohnung besuchte. »Du solltest Steffen dankbar sein, dass er sich von dir getrennt hat«, meinte sie voller Überzeugung.

Anstatt eines Kommentars bedachte ich sie mit einem schiefen Lächeln.

»Im Ernst«, fuhr sie fort, »du bist wie ausgewechselt, seitdem du nicht mehr mit ihm zusammenlebst.«

»Ohne Thea hätten wir eine Chance gehabt.« Und ohne Rupert, fügte ich im Stillen hinzu.

»Ohne Steffen hast du eine bessere Chance. Glaube es mir.«

»Wie meinst du das?«, fragte ich vorsichtig.

»Warst du jemals in ihn verliebt? Ich meine, so wie du in Rupert verliebt bist.«

»Pia, ich bin nicht …« Ich spürte, wie mir die Röte ins Gesicht stieg.

»Natürlich bist du! Und er auch. Die Frage ist nur, ob es dir gelingt, die Barrikaden zu überwinden, die er um sich herum aufgebaut hat.«

»Die Frage ist, ob ich das will. Ich bin gerade erst frisch getrennt.«

»Frisch verliebt warst du vorher schon.«

»Und damit habe ich Steffen betrogen«, sagte ich leise.

»Glaubst du tatsächlich, dass Rupert dir hätte gefährlich werden können, wenn mit Steffen und dir alles gestimmt hätte?« Pia sah mich voller Mitgefühl an.

»Ja«, gab ich ehrlich zu. »Das glaube ich. Früher hätte ich das nicht für möglich gehalten, aber inzwischen weiß ich, dass es sehr unterschiedliche Arten von Liebe gibt. Und dass die eine der anderen Feindin sein kann.« Ich dachte an die Zeit, als ich mich nicht hatte entscheiden können, Steffen zu heiraten. Als ich mich gefragt hatte, ob ich dauerhaft mit einem ruhig dahinfließenden Bach zufrieden sein könnte, nachdem ich einmal die belebende Kraft eines Wasserfalls gespürt hatte. »Mein Bruder hat mich neulich gefragt, mit wem ich meine Zeit am liebsten verbringen würde, wenn ich nur noch wenig davon hätte, wenn die Zeit also kostbar würde«, fuhr ich nachdenklich fort. »Ich dachte sofort an Rupert.« Noch immer spürte ich das schlechte Gewissen, das ich bei diesem Gedanken gehabt hatte. »Je länger ich aber über diese Frage nachdenke, desto wichtiger ist es für mich zu wissen, mit wem ich *viel* Zeit verbringen möchte. Mit wem ich gerne alt werden würde.«

»Und?«, fragte Pia gespannt.

»Die Antwort ist dieselbe«, erwiderte ich mit einer für

mich völlig neuen inneren Ruhe. Bei Rupert stellte ich mir gar nicht erst die Frage nach dem Bach oder dem Wasserfall. Mein Gefühl für ihn glich dem Eintauchen in ein Element, das zutiefst vertraut war und gleichzeitig eine wunderschöne und aufregende Entdeckungsreise versprach.

Pia klatschte laut in ihre Hände. »Ich hab's gewusst«, quietschte sie vor Vergnügen. »Zwischen euch beiden musste es einfach funken. Dann hat meine Großmutter also mal wieder Recht gehabt.«

»Was hat deine Großmutter damit zu tun?«, fragte ich sie irritiert.

»Sie ist der Überzeugung, dass alles, was passiert, irgendeinen Sinn hat. Als Ruperts Ex, diese Schnepfe, ihn hat sitzen lassen, meinte sie, auch das sei zu etwas gut. Na ja, jetzt weiß ich wozu.« Ihre überschäumende Freude war fast greifbar.

»Mir hat er erzählt, dass sie sich getrennt haben.«

»Rupert muss immer alles so schrecklich differenziert sehen«, tat sie seine Sicht der Dinge ab. »Er ist überzeugt, dass er sich nach seinem Unfall so sehr verändert hat, dass seine Frau damit nicht mehr klarkam, es also an ein Wunder gegrenzt hätte, wenn sie bei ihm geblieben wäre. Wenn du mich fragst, wollte sie keinen Mann, der im Rollstuhl sitzt. Das war ihr alles viel zu belastend.«

»Ich kann mir nicht vorstellen, dass Rupert eine Frau mit so wenig Charakter geheiratet hat.«

Pia verzog missmutig ihre Mundwinkel. »Na ja ... ein bisschen hatte sie schon. Trotzdem hätte sie nicht gehen dürfen.«

»Ich bin auch gegangen«, sagte ich in Erinnerung an die schwierige Situation mit Steffen und seiner Mutter.

»Steffen hat dich weggeschickt, das ist ein Unterschied.«

»Trotzdem weiß ich nicht, ob es fair ist, über Ruperts Exfrau so hart zu urteilen«, meinte ich nachdenklich.

»Diese Frage stelle ich mir gar nicht. Er ist mein Lieblingscousin, das grenzt an Blutsbrüderschaft.« Sie sah mich entschlossen an. »Und jetzt lass uns einen Plan schmieden, wie wir ihn zu seinem Glück zwingen. Darauf wird es nämlich hinauslaufen.«

»Ohne mich!«, lehnte ich kategorisch ab.

Sie fuhr fort, als hätte ich nichts gesagt. »Vielleicht sollte ich ihn unter einem Vorwand zu mir einladen und dann seine ›Träger‹ wegschicken.«

»Pia«, bat ich sie inständig, »halte dich da bitte raus!«

Unschlüssig sah sie mich an. »Ohne Hilfe wirst du es nicht schaffen. Rupert entwickelt sich zu einem wahren Bollwerk, wenn eine Frau es auf ihn abgesehen hat. Und wenn er …«

»Ich habe es nicht auf ihn *abgesehen*!«, unterbrach ich sie entrüstet.

»Lass mich doch ausreden!«

Ihr Blick ließ mich augenblicklich verstummen.

»Und wenn er verliebt ist«, fuhr sie fort, »könnten selbst die Erbauer von Fort Knox noch etwas von ihm lernen.«

»Wie oft war er denn in letzter Zeit verliebt?«, fragte ich in einem beachtlichen Anflug von Eifersucht.

»Das würdest du gerne wissen, was?«

»Ja!«

»Keine Sorge«, erwiderte sie lachend, »da war nichts Ernstes. Und da du an meinen Eroberungsvorschlägen nicht interessiert bist, kommen wir jetzt zu mir. Hast du eine Idee, wie sich mein Single-Dasein beenden lässt?«

»Generell oder glücklich?«

»Glücklich natürlich«, erwiderte sie voller Inbrunst.

»Dann geh dort inline-skaten, wo du deinen Traumprinzen damals getroffen hast.«

»Das mache ich doch schon seit Wochen.«

»Mach weiter! Irgendwann taucht er dort wieder auf. Und

wenn du dann nicht gleich wieder mit der Tür ins Haus fällst …« Ich sah sie aufmunternd an.

»Ach, Anna, warum war ich nur so blöd? Ich könnte jetzt in seinen Armen liegen und …«

»Findest du, das ist eine vollwertige Alternative zu einem tief schürfenden Gespräch mit mir?«, fragte ich augenzwinkernd.

»Ja, das finde ich durchaus«, antwortete sie mit einem übermütigen Strahlen. »Und ich kann es kaum abwarten.«

Ich musste lachen. »Vielleicht kann ich dir die Wartezeit versüßen, indem du mir hilfst, es hier ein bisschen gemütlich zu machen?«

Sie sah sich stirnrunzelnd um. »Gemütlich ist es hier tatsächlich nicht, da hast du Recht.« Schon stand sie auf und begann, Möbel zu rücken.

Vier Stunden dauerte es, bis ich das Gefühl hatte, mich in meiner neuen Wohnung wohl fühlen zu können. Danach lud ich Pia als Dankeschön zum Essen ein.

Als wir an einem der Holztische des *Ab de Fisch* zwei Plätze ergattert hatten, gab sie mir den Tipp, mich dort einmal mit Rupert zu verabreden. Es sei sein Lieblingslokal. »Sag ihm einfach, es gäbe etwas wegen der Hausverwaltung zu besprechen.«

»Warum soll ich denn lügen?«

»Zu einer privaten Verabredung mit dir wird er nicht kommen.«

»Und du behauptest, er sei in mich verliebt«, sagte ich vorwurfsvoll.

»Wenn er es nicht wäre, würde er sich sofort mit dir verabreden. Denk daran, was ich dir über Fort Knox gesagt habe!«

»Pia, ich komme gerade erst aus einer schwierigen Beziehung. Ich weiß nicht, ob …«

»Keine Angst! Bei Rupert gibt es jede Menge Probleme mit der Eingangstür. Alles, was dahinter liegt, ist aber die Mühe wert.«

Bei Pias Worten musste ich an den Raum denken, in den ich einen Blick geworfen hatte, an diesen Raum zum Ankommen. Bei der Erinnerung daran stieg tief aus meinem Inneren ein Lächeln empor.

Eine Woche später zog ich mein Lieblingskleid an, ein knöchellanges, wasserblaues Leinenkleid, und machte mich auf den Weg zu Rupert. Voller Hoffnung stand ich vor seinem Haus und wartete darauf, dass er mir auf mein Klingeln hin öffnete.

»Frau Laudien«, begrüßte er mich überrascht durch die Sprechanlage.

Sekunden später hörte ich den Summer und stieß die Tür auf. Als ich ihn sah, durchströmte mich eine unbändige Freude. Wenn es ihm ähnlich ging, konnte er es allerdings sehr gut verbergen.

»Störe ich Sie?«, fragte ich leicht verunsichert.

»Nein. Was führt Sie hierher?« Sein Blick blieb kurz an meinem Kleid hängen.

»Ich wollte mit Ihnen essen gehen.«

»Wenn Sie Hunger haben, mache ich Ihnen gerne ein Brot. Kommen Sie herein.« Er wendete seinen Rollstuhl und verschwand in der Wohnung.

Ich folgte ihm in seine Küche, wo er die Kühlschranktür öffnete und Käse und Butter herausholte.

»Hunger ist in diesem Fall nicht unbedingt der primäre Antrieb«, bremste ich ihn, als er sich daranmachte, mir eine Scheibe Brot abzuschneiden.

Er zog eine Augenbraue in die Höhe. »Wenn Sie mit Essengehen ein Rendezvous meinen, Frau Laudien, dann lautet meine Antwort: nein.«

»Sind Sie kein bisschen neugierig darauf, wie es sein könnte, wenn wir zusammen ausgehen?«

»Ich kann es mir vorstellen, ich habe Phantasie«, antwortete er mit unbewegter Miene.

»Sie waren schon zugänglicher«, sagte ich vorwurfsvoll.

»Und Sie zurückhaltender.«

»Sie treiben mich zum Wahnsinn, Herr Wellensiek!«

»Das lassen Sie nicht meinen Berufsverband hören, dann bin ich ganz schnell meine Zulassung los.«

»Darf ich Sie etwas fragen?«

»Wenn es dazu dient, unserem Gespräch eine andere Richtung zu geben, nur zu.«

Das tat es keineswegs, aber ich fragte trotzdem. »Ist es nach Ihrer Scheidung irgendeiner Frau gelungen, sich mit Ihnen privat zu verabreden, oder gelingt es nur mir nicht?«

Er sah mich durchdringend an, so als wolle er mit seinem Blick erreichen, was seine Worte nicht schafften: mich in meine Grenzen zu verweisen. »Treffe ich Sie sehr damit, wenn ich gestehe, dass es nur Ihnen nicht gelingt?«

»Im Gegenteil«, antwortete ich mit einer wieder erwachenden Fröhlichkeit.

Seine Augenbrauen fuhren in die Höhe.

»Das verleiht mir einen Sonderstatus.«

»Ist das in diesem Fall nicht ein etwas zweifelhaftes Vergnügen?«, fragte er skeptisch.

»Nicht wenn Sie nur deshalb nicht mit mir ausgehen, weil es Ihnen zu gefährlich ist – gefühlstechnisch gesehen, meine ich.« Ich sah ihn herausfordernd an.

»Frau Laudien, lassen Sie die Finger davon!«

»Ich habe sie ja noch nicht einmal ausgestreckt.«

»Dann denken Sie auch gar nicht weiter darüber nach. Sie wissen nicht, worauf Sie sich einlassen.«

»Das weiß man am Anfang nie.« Ich hielt seinem Blick stand.

»Es gibt gebrannte Kinder, die das Feuer scheuen.«

»Und solche, die sich Gedanken darüber machen, wie sie in Zukunft besser mit dem Feuer umgehen.«

»Genug für heute«, entgegnete er sehr entschieden, legte Käse und Butter wieder in den Kühlschrank und rollte mir voraus Richtung Wohnungstür.

Gezwungenermaßen folgte ich ihm. »Ist das ein Rauswurf?«, fragte ich forscher, als mir zumute war.

»Sagen wir mal so: Ich biete Ihnen die Möglichkeit, bis zu unserem nächsten Wiedersehen Ihr Gemüt etwas abzukühlen.«

»Und wenn es kein Wiedersehen gibt, werden Sie mich dann vermissen?«

»Wenn ja, dann wären Sie die Letzte, der ich es auf die Nase bände.«

»Sie haben ein merkwürdiges Verständnis von Freundschaft.«

»Und Sie haben ein bemerkenswertes Durchhaltevermögen. Nur muss ich Ihre Hoffnungen enttäuschen.«

»Wir werden sehen.« Mein Lächeln fühlte sich an, als habe es die Hoffnung gepachtet.

Mit einem Kopfschütteln schloss er seine Tür vor meiner Nase.

Als ich diese Tür anstarrte, wurde mir bewusst, dass ich mir nichts sehnlicher wünschte, als dass meine Gefühle irgendwann offen von ihm erwidert würden.

Natürlich war ich mir im Klaren darüber, dass es in einer Liebesbeziehung zu einem Mann im Rollstuhl Hindernisse zu überwinden gab, von deren Existenz ich wahrscheinlich noch nicht einmal etwas ahnte. Aber hätte ich die Flinte ins Korn geworfen, ohne wenigstens versucht zu haben, diese

Hindernisse zu überwinden, wäre ich mir selbst untreu geworden. Ganz abgesehen davon, dass ich längst nicht mehr zurückkonnte. Meine Sehnsucht war stärker als meine Vorsicht. Die Schwierigkeit bestand allerdings darin, Ruperts Schutzwall zu überwinden.

Und in dieser Hinsicht machte er es mir nicht leicht. Als ich ihn zwei Wochen später während seiner Freitagnachmittagsrunde im Wald abpasste, sagte er mir klipp und klar, dass ich die fixe Idee, die ich mir in den Kopf gesetzt hätte, ein für allemal aufgeben müsse.

»Diese Idee entstammt nicht meinem Kopf, sondern meinem Herzen«, sagte ich.

»Das macht es zugegebenermaßen schwieriger, aber nicht unmöglich.«

»Ich kann das nicht.«

»Dann geben Sie sich Mühe!«, antwortete er streng.

»Warum gerade ich? Geben Sie sich doch Mühe.«

»Wie stellen Sie sich das vor, Frau Laudien?«

»Öffnen Sie die Tür einen Spalt breit.«

»Dann kann ich sie auch gleich aufmachen. Und genau das will ich nicht.«

»Bin ich Ihnen keinen Versuch wert?«, fragte ich traurig.

»Stellen Sie mir nicht solche Fragen und respektieren Sie endlich meine Verbotsschilder.«

»Ist das ein Hinweis darauf, dass ich es bei Steffen nicht getan habe und damit gründlich gescheitert bin?«

»Nein, ist es nicht. Hätte ich das gemeint, hätte ich es gesagt.«

»Wie halten Sie das eigentlich mit Ihren Patienten? Machen Sie denen keinen Mut, neue Beziehungen einzugehen?«

»Ich ermutige sie zum Umdenken, Normen zu hinterfragen und für sich neu zu definieren, angefangen bei den körperlichen.«

»Und was ist mit Gefühlen und Bedürfnissen?«

»Die sind gleich, ob jemand behindert ist oder nicht. Aber«, und damit bremste er mich aus, »nicht jeder sieht sein Glück in einer neuen Beziehung.«

Für den Augenblick hatte er mich mundtot gemacht, aber nicht blind. So schickte ich meine Blicke auf Wanderschaft und ließ sie ausdrücken, was er mir mit Worten verboten hatte.

»Frau Laudien, hat Ihnen schon einmal jemand gesagt, dass Sie eine fürchterliche Nervensäge sind?«

»Ich kann mich dunkel an etwas in dieser Art erinnern«, entgegnete ich sanft und versenkte meinen Blick in seinen.

Es war immer wieder dieser Blick, der seine Worte Lügen strafte. Wäre er nicht gewesen, hätte ich längst aufgegeben. Aber so bekam ich eine Ahnung davon, wie es sein könnte, von Rupert geliebt zu werden.

»Es wird Zeit für mich.« Schon griffen seine Hände in die Räder und setzten sie in Bewegung.

»Dann bis bald«, rief ich ihm hinterher. Kurz darauf war er aus meinem Blickfeld verschwunden.

Ziellos lief ich weiter, bis ich nach einer halben Stunde hinter dem Waldrand einen kleinen Bach entdeckte. Ich setzte mich am Ufer auf einen großen Stein und ließ meine Füße ins Wasser baumeln. Weit und breit war niemand zu sehen. Die Geräusche der Stadt wurden vom Vogelgezwitscher und dem Wind in den Bäumen gedämpft. Nach einer Weile stand ich auf, um mich ein paar Meter weiter ins Gras zu legen. Mit ausgebreiteten Armen lag ich da und ließ mir die Sonne ins Gesicht scheinen. In Gedanken begann ich, meinen Eltern von Rupert zu erzählen: von diesem unerklärlichen Gefühl der Vertrautheit, von einer Anziehung, die durch nichts an Kraft verliert und von einem Prickeln, das tief unter der Haut entsteht.

Von einem Moment auf den anderen überschwemmte mich eine Welle von Traurigkeit: Meine Eltern würden Rupert nie kennen lernen. Und er sie nicht. Ich setzte mich auf und wischte mir die Tränen aus dem Gesicht. Die Traurigkeit ließ sich jedoch nicht so leicht wegwischen, sie begleitete mich bis in den späten Abend hinein. Pia, die mich überreden wollte, mit ihr ins Kino zu gehen, sagte ich ab. Stattdessen schrieb ich Ralph einen lange überfälligen Brief. Zum Ausklang dieses melancholischen Abends überließ ich meine Seele den Songs von Herbert Grönemeyer.

Am nächsten Morgen war ich schon früh wach. Ich war mit Herzklopfen aus einem wilden Traum aufgewacht. In dem Moment, als ich die Augen aufschlug, hatte ich ihn jedoch bereits vergessen. Schlaftrunken machte ich mir einen Kaffee, setzte mich damit ans Fenster und sah dem Treiben auf der Straße zu. Ich spürte eine merkwürdige Unruhe, die mich nicht losließ und schließlich zum Einkaufen aus dem Haus trieb. Eine Stunde später kehrte ich kein bisschen entspannter mit zwei schweren Einkaufstüten zurück, die ich links und rechts neben mir abstellte, um meinen Briefkasten zu öffnen.

Hinter dem Türchen erwartete mich ein handschriftlich adressierter Brief, bei dessen Anblick mir das Herz schwer wurde. Ich kannte seine Schrift nicht, trotzdem wusste ich intuitiv, dass der Brief von Rupert stammte. Er wog zentnerschwer in meiner Hand. Mein Kopf sagte mir, dass es ein Abschiedsbrief war, während sich mein Herz mit aller Kraft das Gegenteil erhoffte. Hin- und hergerissen stand ich einfach nur da und hielt ihn in meinen Händen, als könne ich damit seinen Inhalt meinen Wünschen und Sehnsüchten entsprechend beeinflussen. Aber das konnte ich natürlich nicht.

Unser letztes Gespräch ging mir durch den Kopf, seine

letzten Worte: *Es wird Zeit für mich*. Hatte er sich damit endgültig von mir verabschiedet? Je länger ich darüber nachdachte, desto stärker wurde meine Gewissheit. Meine Augen schwammen in Tränen, ohne dass ich überhaupt eine einzige Zeile seines Briefes gelesen hatte. Kraftlos ließ ich mich auf eine Treppenstufe sinken und öffnete den Brief.

Liebe Anna Laudien,
Sie hatten Recht: Sie genießen einen Sonderstatus bei mir. Und weil das so ist, habe ich beschlossen, Sie nicht wiederzusehen. Ich kenne Sie inzwischen gut genug, um zu wissen, was Sie mir jetzt vorwerfen werden: Ich sei ein Feigling. Das mag stimmen, aber einfach habe ich es mir ganz bestimmt nicht gemacht. Ihnen Lebewohl zu sagen fordert mir mehr ab, als ich für möglich gehalten hätte. Ihr ›Warum tun Sie es dann?‹ habe ich so genau in den Ohren, als stünden Sie neben mir.
Wenn Sie sich in meine Lage versetzen, wissen Sie, warum ich es tue, warum ich nicht anders kann. Im Rollstuhl zu sitzen, die Beine nicht mehr zu spüren, nie mehr laufen zu können, für vieles, was früher in Sekundenschnelle ging, kleine Ewigkeiten zu brauchen – das ist für das Leben eines jeden Menschen eine Katastrophe, ein Desaster. Auch für mich. Und ich hadere nicht weniger damit, nur weil ich mich in der menschlichen Seele ein wenig auskenne.
Nachdem meine Frau und ich uns getrennt hatten, habe ich sehr lange gebraucht, um mein Gleichgewicht wieder zu finden. Natürlich soll man Beziehungen eine Chance geben und sich nicht verschließen. Aber ich habe Ihnen die Erfahrung voraus, wodurch die Beziehung zwischen einem Rollstuhlfahrer und einer ›Fußgängerin‹ tagtäglich belastet wird. Mir fehlt der Mut, es noch ein-

mal zu versuchen. Genauer gesagt, mir fehlt der Mut, es mit Ihnen zu versuchen. Ein Scheitern mit Ihnen würde mir noch mehr abverlangen als ein Lebewohl zur rechten Zeit.
Ich weiß, dass ich Ihnen mit meiner Entscheidung sehr wehtue, und ich wäre gerne da, um Ihre Hand zu halten. Aber das eine schließt das andere leider aus. Treten Sie aus lauter Wut gegen den nächsten Laternenpfahl, werfen Sie mir in Gedanken alle Schimpfworte an den Kopf, die Sie sich noch nie getraut haben, laut auszusprechen, aber bitte: Akzeptieren Sie meine Entscheidung. Rufen Sie mich nicht an und besuchen Sie mich weder zu Hause noch im Wald. Bitte! Wenn Sie es dennoch täten, würde das den Abschied nur hinauszögern.
Ein einziges Mal erlaube ich mir das, was ich schon lange wollte: Ich umarme Sie. Rupert Wellensiek.

»Verdammt, verdammt, verdammt!«, schluchzte ich, auf den Brief starrend, der langsam vor meinen Augen verschwamm. Das kann er nicht tun! Ich wischte mir über die Augen, um den Brief ein zweites und drittes Mal zu lesen. Wie festgenagelt saß ich auf der Treppe, während sich in meinem Inneren die Erkenntnis breit machte, dass ich Rupert verloren hatte.

Irgendetwas muss ich doch tun, überlegte ich fieberhaft. Einem Blitzgedanken folgend stellte ich meine Tüten in einer Ecke des Hausflurs ab, lief im Eilschritt zu meinem Auto und fuhr zu Pia.

»Er hat mich gerade eben angerufen«, sagte sie traurig, als sie mir die Tür öffnete.

Die Hoffnung, die mich hatte zu Pia fahren lassen, erstarb von einer Sekunde auf die andere. Ein Blick in ihr Gesicht genügte, um darin die Endgültigkeit wieder zu finden, die mich schon in Ruperts Brief so sehr erschüttert hatte. »Keine Eroberungsstrategien mehr?«, fragte ich schwach.

Sie schüttelte ihren Kopf. »Es tut mir so Leid, dass ich immer wieder versucht habe …« Sie sprach den Satz nicht zu Ende.

»Ich hätte mich auch ohne dein Zutun in ihn verliebt.«

»Du musst ihm sehr nahe gekommen sein. Ich habe ihn noch nie so erlebt wie eben am Telefon.« Sie stand mit hochroten Wangen vor mir.

»Und dass er es sich noch einmal anders überlegt?«

Wieder schüttelte sie ihren Kopf.

»Völlig hoffnungslos?«, fragte ich verzweifelt. Ich konnte meine Tränen nicht mehr zurückhalten.

Pia kam auf mich zu und legte ihre Arme um mich, als könne sie damit die Wucht ihrer Antwort abschwächen. »So habe ich ihn verstanden«, antwortete sie leise und hielt mich eine kleine Ewigkeit lang fest umschlungen, bis ich mich aus ihren Armen löste und zum Gehen wandte. »Bitte bleib!«, sagte sie. »Ich kann dich so nicht gehen lassen.«

»Mach dir keine Sorgen. Ich bin Montag im Büro. Bis dahin …« Die Worte blieben mir im Hals stecken. Ich winkte ihr nur zu und lief mit bleischweren Beinen die Treppe hinunter.

Irgendwie schaffte ich es zurück in meine Wohnung, wo ich mich auf meinem Bett zusammenrollte, abwechselnd weinte und vor mich hin starrte. Ich litt wie ein Tier. Ruperts Abschied tat mir mehr weh, als ich mir je hätte vorstellen können.

An diesem Wochenende verließ ich mein Bett nur, um mir etwas zu trinken zu holen oder zur Toilette zu gehen. Wenn ich von den um Rupert kreisenden Gedanken erschöpft war, schlief ich ein, um kurz darauf wieder hochzuschrecken. Als der Montagmorgen dämmerte, war ich fix und fertig, hatte verquollene Augen und Magenschmerzen. Vor allem aber hatte ich das Gefühl, etwas Unwiederbringliches verloren zu haben.

Mit einem letzten Rest an Disziplin quälte ich mich ins Büro. Während Pias gluckenhafte Fürsorge Balsam für meine wunde Seele war, brachten Birte Koflers schadenfrohe Blicke unseren Kleinkrieg fast wieder zum offenen Ausbruch. Während sie sich in der Gewalt hatte und mich ausschließlich mit überaus beredter Mimik traktierte, war ich kurz davor, verbal zu explodieren. Da ihre Finger jedoch augenscheinlich vor lauter Vorfreude, die Aufnahmetaste ihres Diktaphons endlich drücken zu können, zuckten, floh ich auf die Toilette, wusch mir mein Gesicht mit eiskaltem Wasser und atmete so lange tief durch, bis mein aufgebrachter Puls zur Ruhe kam.

Dieser Zustand hielt jedoch nicht lange an. Kaum saß ich wieder an meinem Platz, bat Jobst Kahl mich, kurz zu ihm zu kommen. Als ich vor seinem Schreibtisch stand, reichte er mir zwei Aktenordner.

»Ich möchte Sie bitten, diese beiden Objekte von heute an zu betreuen«, sagte er in einem betont munteren Tonfall. »Am besten sehen Sie die Akten kurz durch, und dann reden wir morgen darüber. Ich nehme Ihnen dafür das Objekt Behrendt ab.«

»Ich dachte, Sie seien mit meiner Arbeit dort zufrieden«, sagte ich verwundert.

»Das bin ich, sehr sogar.« Er wich meinem forschenden Blick aus.

»Warum nehmen Sie es mir dann weg?«

»Wir verfolgen hier das Rotationsprinzip.«

»Seit wann?«, fragte ich mit brüchiger Stimme.

»Seit heute.« Sein Unbehagen war deutlich spürbar.

Ohne ein weiteres Wort ging ich mit den Ordnern unterm Arm in Pias Zimmer und knallte sie ihr auf den Tisch. »Ihr seid wie die Mafia«, sagte ich bitter, »die Familie geht über alles. Ihr denkt nur daran, wie ihr Rupert vor mir schützen könnt. Hat einer von euch dabei auch mal an mich gedacht?« Mir standen schon wieder die Tränen in den Augen.

Pias Blick war voller Mitgefühl. »Wir haben dabei nur an dich gedacht.« Sie stand auf, kam um ihren Schreibtisch herum und strich mir sanft über die Schulter. »Rupert kann sich selbst helfen. Wir wollten dir die Qual ersparen, beruflich mit ihm zusammenzutreffen.«

»Soll ich jetzt auch noch dankbar sein?«, fragte ich verstört.

Pia sah mich wie ein waidwundes Reh an.

»Wirst du dich jetzt auch zurückziehen?«

»Anna, sag mal, spinnst du? Ich bin deine Freundin!«

»Und Ruperts Cousine.«

»Das lass mal meine Sorge sein.« Sie nahm ein Papiertaschentuch und tupfte mir vorsichtig die Tränen aus dem Gesicht. »Wer's mal bis in mein Herz geschafft hat, muss eine ganze Menge anstellen, um wieder rauszufliegen.«

Pias großes Herz war es schließlich auch, das mir dabei half, diese Woche durchzustehen. Als mich am Freitagvormittag Therese Behrendt im Büro anrief und für den Nachmittag zum Kaffee einlud, ließ mich die Vorstellung, Rupert dort im Hausflur über den Weg zu laufen, sekundenlang zögern. Das würde mir nur wehtun. Die *englische Rose* hatte mein Zögern bemerkt und machte mir mit wenigen Worten klar, dass sie ein Nein nicht akzeptieren würde. So hastete ich an diesem Nachmittag mit klopfendem Herzen an seiner Wohnungstür vorbei.

Als sie mir die Tür öffnete, sah sie rosiger denn je aus. »Kommen Sie herein, Frau Laudien.« Ein forschender Blick in mein Gesicht dämpfte ihr freudiges Strahlen. »Thea hat mir davon erzählt, es tut mir sehr, sehr Leid für Sie beide.«

Sekundenlang stand ich auf der Leitung, bis ich begriff, dass sie von Steffen sprach, während ich die ganze Zeit an Rupert dachte. »Wissen Sie, wie es Steffen geht?«

»Anfangs ging es ihm wohl sehr schlecht.« Sie wand sich sichtlich.

»Und jetzt geht es ihm besser?«

»Ich will Ihnen nicht wehtun, Frau Laudien.«

»Ich gehöre nicht zu den Frauen, die ihrem Partner kein neues Glück gönnen, nur weil die eigene Beziehung mit ihm schief gegangen ist«, sagte ich leise.

Sie atmete erleichtert auf. »Wie ich gehört habe, gibt es da eine junge Frau, die sich sehr um ihn bemüht. Sie ist eine seiner Arzthelferinnen. Was daraus wird, kann man nicht wissen …«

»Vielleicht etwas Dauerhaftes. Das wäre ihm jedenfalls zu wünschen.«

»Wenn Sie denken, was Sie sagen, warum sehen Sie dann so elend aus?«

Sie hatte mich nur anticken müssen, um einen wahren Wasserfall von Tränen und gestammelten Worten auszulösen. Ganz kurz erfasste mich Scham, einer Kundin meines Büros mein Herz auszuschütten. Aber dieses Gefühl war weit schwächer als mein Bedürfnis nach Trost.

Als ich schließlich geendet hatte, sah sie mich mitfühlend an. »Das ist schlimm. Er ist wirklich ein netter Mann. Was werden Sie jetzt tun?«

»Versuchen, mich an den Gedanken zu gewöhnen, dass ich Rupert nicht wiedersehe.«

»Das ist ein bisschen wenig, finden Sie nicht?« Sie hatte eine Sherryflasche und Gläser geholt.

»Für mich bitte nicht«, wehrte ich ab.

So schenkte sie nur sich ein und nippte an der goldbraunen Flüssigkeit. »Haben Sie den Brief dabei?«

Mit einem Nicken zog ich ihn aus meiner Hosentasche.

»Darf ich ihn lesen?«

Ich reichte ihn ihr und beobachtete, wie ihre Augen langsam darüber glitten, an manchen Stellen verharrten und zu manchen zurückkehrten. »Ein schöner Brief«, sagte sie mit einem Lächeln.

»Was ist an einem Abschiedsbrief schön?«

»Die Liebeserklärung, die darin steckt.«

Um Fassung ringend sah ich sie an.

»Da steht doch schwarz auf weiß, dass Ihre Gefühle erwidert werden.«

»Das macht es nicht leichter, ihn zu vergessen«, entgegnete ich mit Tränen in den Augen.

»Sind Sie noch ganz bei Trost, Frau Laudien? So einen Mann vergisst man doch nicht, um den kämpft man. Manche Menschen muss man zu ihrem Glück zwingen.«

»Das habe ich bei Steffen versucht und fürchterlich Schiffbruch damit erlitten.«

»Menschen sind verschieden. Was bei dem einen nicht funktioniert, kann bei dem anderen durchaus zum Erfolg führen.«

»Frau Behrendt, seien Sie mir nicht böse, aber Sie haben nicht gerade viel Erfahrung in diesen Dingen.«

»Das stimmt, trotzdem bin ich überzeugt, Sie sollten es versuchen.«

»Wie denn? Er hat doch geschrieben, ich solle ihn weder anrufen noch vorbeikommen.«

»Schreiben Sie ihm! Wenn mich nicht alles täuscht, wird er Sie sehr bald vermissen. Und wenn Sie Glück haben, ist diese Erkenntnis stärker als seine Angst.«

»Und wenn ich Pech habe?«

»Dann geht es Ihnen nicht schlechter als jetzt, Sie können also nur gewinnen.«

»Haben Sie sich das auch gedacht, als Sie uns ständig Ihre *Anregungen* geschickt haben?«, fragte ich.

»So in etwa.« Sie lächelte versonnen.

»Die Frage, wie es Ihnen mit dem Professor geht, ist fast überflüssig, stimmt's?«

»Wir haben eine wundervolle Freundschaft.«

»Nur eine Freundschaft?«

»Das ist eine ganze Menge, wie ich finde. Eine alte Jungfer wie ich ändert sich nicht von heute auf morgen. Außerdem haben wir beide uns über die Jahre beachtliche Eigenheiten angewöhnt, die lassen sich nicht so einfach ablegen.«

»Das klingt ein wenig nach Resignation«, meinte ich.

»O nein, das ist alles andere als Resignation, das ist Vorsicht. Wir haben beide mehr gefunden, als wir in unserem Alter noch zu hoffen gewagt haben. Und das werden wir hüten und nicht durch übereilte Aktionen aufs Spiel setzen.«

Ich saß einfach nur da und hing ihren Worten nach.

»Erzählen Sie mir eines Tages, wie es bei Ihnen ausgegangen ist, Frau Laudien?«

»Es ist doch längst aus«, erwiderte ich traurig.

»O nein«, sagte sie plötzlich ganz ernst, ließ es jedoch dabei bewenden und wechselte das Thema.

Als sie mich eine halbe Stunde später zur Tür begleitete, war ich in einer seltsam ruhigen Stimmung. Therese Behrendt war es gelungen, mir einen Strohhalm hinzuhalten, an dem ich mich festklammern konnte. Und das tat ich mit aller Kraft.

Das gesamte Wochenende dachte ich darüber nach, was sie gesagt hatte. Ich war hin- und hergerissen zwischen meinen Zweifeln und der Sehnsucht nach Rupert. Es war so verdammt schwer, mir einen Ruck zu geben und mich zu trauen. Was, wenn ich wie bei Steffen alles nur noch schlimmer machte? Nicht nur Rupert ist ein gebranntes Kind, das das Feuer scheut, dachte ich, auch ich bin eines. Doch dann fiel mir wieder ein, was ich Rupert zu diesem Thema gesagt hatte: Dass es auch solche gebrannten Kinder gäbe, die sich Gedanken darüber machen, wie sie in Zukunft besser mit dem Feuer umgehen. Aber wie sollte ich das machen? Denk nach, Anna!, befahl ich mir. Und ich dachte nach.

Am Montagabend schließlich setzte ich mich hin und schrieb den ersten Brief an Rupert. Ich erzählte ihm von meinem Alltag, von meinem Fühlen und Denken. Ich vermied es jedoch, ihm in irgendeiner Weise zuzusetzen, ihn zu drängen oder ihm Vorwürfe zu machen. Damit ich es mir über Nacht nicht noch einmal anders überlegte, warf ich den Brief noch am selben Abend ein.

Von diesem Tag an schickte ich Rupert mit schöner Regelmäßigkeit jede Woche einen Brief. Der November zog ins Land, und ich stellte fest, dass diese Briefe nicht nur meine Hoffnung wieder aufleben ließen, sondern mir auch meine Fröhlichkeit und Zuversicht zurückbrachten. Schließlich schufen sie eine Verbindung zu Rupert – wenn auch eine recht einseitige.

Erst hatte ich Pia nichts von den Briefen sagen wollen, um sie nicht in einen Konflikt zu stürzen. Wie unbegründet meine Sorge gewesen war, wurde mir klar, als ich es ihr schließlich doch erzählte. Sie griff sich ans Herz und sagte, ihr sei gerade eben ein Stein vom Herzen gefallen.

Hin und wieder rief Therese Behrendt mich im Büro an. Sie sei doch ein wenig gespannt, sie könne es nicht so recht abwarten, bis ich von mir hören ließe. Aber ich konnte ihr immer wieder nur das Gleiche berichten: Rupert reagierte nicht auf meine Briefe.

Er meinte es wirklich ernst. Ich jedoch auch. Und wenn er

den Mut hatte, meine Briefe zu öffnen, dann würde er eine Vorstellung davon bekommen. Ich schrieb ihm über meine unermüdlichen Anstrengungen, so viel wie möglich über die Probleme Querschnittsgelähmter zu erfahren. Er sollte nur nicht glauben, dass ich in völliger Naivität dem Glauben verfallen war, die Liebe würde schon alle Hindernisse beseitigen. Dass sie das nicht konnte, war mir schmerzlich bewusst.

Die Wochen vergingen, und ich hörte nichts von ihm. Dafür hörte ich von meinem Bruder, der beschlossen hatte, die Weihnachtsfeiertage bei mir zu verbringen. Die Zeit mit ihm flog nur so dahin, ich genoss jede einzelne Minute.

Kurz bevor er zu einem zweiwöchigen Skiurlaub aufbrach, fragte ich ihn, was er an Ruperts Stelle mit meinen Briefen tun würde.

Er antwortete: »Nicht darauf reagieren.«

»Nicht?«, fragte ich unglücklich.

Lachend nahm er mich in den Arm. »Wenn er weiterhin so wundervolle Briefe bekommen möchte …«

So setzte ich meine Briefe fort und erzählte Rupert weiter aus meinem Leben. Vom Zwist mit Birte Kofler, der nach wie vor allein durch zwei Diktaphone in Schach gehalten wurde. Von seiner Cousine Pia, meiner Freundin, die immer noch ihrem Traumprinzen nachtrauerte, was ich sehr gut nachempfinden konnte. Ich schrieb ihm, dass ich Steffen Anfang Februar zufällig in der Stadt getroffen hatte. Ihn zu sehen hatte eine leise Wehmut in mir ausgelöst. Er hatte mir von Thea erzählt, die längst wieder in ihrem Haus wohnte, und davon, dass er sich entschieden habe, in unserem Reihenhaus zu bleiben. Ob allein oder zu zweit – davon hatte er nichts gesagt.

Als Rupert Ende Februar immer noch nicht reagiert hatte, geriet meine Zuversicht ins Schwanken. Pia versuchte, mich zu trösten, aber ich war im wahrsten Sinne des Wortes untröstlich. Selbst Therese Behrendt fiel nichts mehr ein.

Doch plötzlich fiel mir etwas ein. Ich hatte Rupert von meiner Flugangst erzählt, unter der ich seit dem Absturz meiner Eltern litt. Den Gutschein für eine Flugstunde, den ich Thea hatte schenken wollen, hatte ich nie zurückgegeben. So machte ich mich auf nach Essen-Mülheim und nahm selbst diese Flugstunde. Es kostete mich eine unbeschreibliche Überwindung, in diese kleine Propellermaschine zu steigen. Als ich jedoch erst einmal darin saß und gebannt den Ausführungen des Fluglehrers lauschte, trat die Angst in den Hintergrund. Es wäre jedoch gelogen zu behaupten, sie habe sich in Luft aufgelöst. Spaß machte mir das Ganze auch nicht, ich war froh, als ich wieder festen Boden unter den Füßen hatte. Aber: Ich hatte es gewagt. Und genau das berichtete ich Rupert. Die Tage, die nun folgten, strichen zäh dahin, während das Warten an meinen Nerven zerrte.

Der Brief kam am zweiten Freitag im März. Ich starrte auf den Absender und brauchte Sekunden, bis ich begriff, was ich da in Händen hielt: Rupert hatte mir geschrieben. Mit aufgeregt klopfendem Herzen riss ich den Umschlag auf und zog eine weiße Karte heraus. Darauf stand nur ein einziger Satz: *Du gibst wohl nie auf, Anna.*

Noch am gleichen Tag schrieb ich zurück. Es war der wohl kürzeste und gleichzeitig fröhlichste Brief, den er jemals von mir erhalten hat, er enthielt nur ein einziges Wort: *Nein!*

Danksagung

Von Herzen danke ich
Peter Girus,
Hans-Hermann Wegmann und
Gertrud Utzmann.
Mit ihrer Klugheit, ihrer Menschlichkeit und
ihrem Verständnis haben sie mir in entscheidenden
Situationen meines Lebens sehr geholfen.
Bessere Lehrer hätte ich nicht finden können.